ANDREAS FRANZ
DANIEL HOLBE

Der Panther

JULIA DURANTS NEUER FALL

Besuchen Sie uns im Internet:
www.knaur.de

Originalausgabe August 2019
Knaur Taschenbuch
© 2019 Knaur Verlag
Ein Imprint der Verlagsgruppe Droemer Knaur GmbH & Co. KG, München
Alle Rechte vorbehalten. Das Werk darf – auch teilweise –
nur mit Genehmigung des Verlags wiedergegeben werden.
Redaktion: Regine Weisbrod
Covergestaltung: ZERO Werbeagentur, München
Coverabbildung: Rikhy Ray/EyeEm
Satz: Adobe InDesign im Verlag
Druck und Bindung: CPI books GmbH, Leck
ISBN 978-3-426-52085-7

5 4 3 2 1

Wie kannst du ruhig schlafen,
Und weißt, ich lebe noch?

Heinrich Heine, 1823/24

PROLOG

Panik.

Die letzten Gedanken einer Sterbenden, die verzweifelte Hoffnung auf Rettung.

Wolkenfetzen jagten über die Baumspitzen hinweg. Mitternacht war längst vorbei. Das Licht des Mondes hüllte die Einsamkeit des Waldes in ein eisiges Schwarz-Weiß.

Sie blickte ihn an. Unter dem Strumpf waren die Augen zu erkennen, deren Wachsamkeit nicht die geringste Bewegung entging. Der Rest der Konturen glich denen eines Raubtiers. Wie ein matter, schwarzgrauer Pelz lag der Stoff über der Haut. Zwang Nase und Lippen in ein formloses Dasein. Selbst wenn sie diese Nacht überlebte, sie würde ihn nicht wiedererkennen können. Nicht einmal die Augen, selbst wenn er ihr gegenüberstünde.

Als er ihr die Hände um den Hals legte, war sie sicher, dass sie die Nacht nicht überleben würde.

»Wehr dich nicht!«, hörte sie ihn sagen.

Wie sollte sie auch?

Ihre Gelenke lagen in Handschellen. Ihr nackter Körper lag zum Teil auf einer Picknickdecke, zerwühlt und mit allerlei Laub und Dreck darauf. Ihre Kleider; vom Leib gerissen. Zum Teil hatte sie es selbst getan. Nur BH und Slip hatte er ihr selbst genommen. War mit einer scharfen Klinge daruntergefahren – in diesen Sekunden hatte sie kaum zu atmen gewagt, damit er nicht abrutschte und ihr die Haut zerschnitt.

Als käme es darauf an.

*

Einige Stunden zuvor hatte sie noch an der Bushaltestelle gesessen. Nicht weit von einem Parkplatz, der auch von Berufspendlern genutzt wurde. Dorthin kam er, wenn sie sich trafen. Doch heute hatte er sich Zeit gelassen. Vermutlich der dichte Verkehr, es hatte einen schweren Unfall am Frankfurter Kreuz gegeben. Die Dämmerung hatte bereits eingesetzt, was ihr sichtlich Unbehagen bereitet hatte. Man las so viel Schreckliches in der Zeitung. Und dann hier an einer abgelegenen Haltestelle in der Nähe eines Parkplatzes, an dem allerlei zwielichtiges Gesindel verkehrte?

Der Mann beobachtete sie seit einer halben Stunde. Jede Muskelbewegung, jeden besorgten Blick, den sie in Richtung Straße warf. Ein Bus näherte sich, er hielt an, Leute stiegen aus. Sie blieb sitzen. Als der Bus sich wieder entfernte, kramte sie eine Zigarette aus der Handtasche. Paffte ein paar Züge, nur um den Glimmstängel dann halb geraucht in den Kanal zu werfen. Der nächste Griff hatte einer Packung Mentos gegolten, der übernächste förderte den Schminkspiegel zutage. Lippenstift, Augenbrauen, sie zupfte an sich herum. An ihrem perfekten Körper. Er betrachtete das Kleid. Sie hatte es schon einmal getragen. Doch heute stand es ihr besonders gut. Als er daran dachte, wie sich der Saum schon bald über ihre Knie nach oben bewegen würde, wurde ihm heiß und kalt. Seine Lenden begannen zu pulsieren. Und je länger er wartete, desto unerträglicher wurde seine Gier.

Doch er durfte seine Deckung nicht verlassen. Noch nicht.

Musste lauern wie ein Raubtier auf seine ahnungslose Beute.

Dann endlich näherte sich das Auto.

Sie sah es auch.

Winkte freudig, schaute sich sofort verstohlen um, aber niemand interessierte sich für sie.

Außer mir, dachte der Beobachter.

Und außer ihm.

Jenem fremden Mann, der hin und wieder in das Leben der jungen

Frau trat. Der sie vergessen ließ, dass sie eine Familie hatte, die von ihren Liebesspielen nichts zu ahnen schien.

Er folgte den beiden in den Wald.

Bei dem Gedanken daran, was passieren würde, ergoss er sich in seine Unterhose.

Ein Jumbo näherte sich.

Das Geräusch der Triebwerke übertönte den erstickten Schrei, noch bevor er ihr den Hals zudrückte. Seine Daumen gruben sich tief in die weiche Haut. Die Kette zerriss. Perlen kullerten über die Decke und verschwanden zwischen Nadeln und altem Laub.

Sie sah das Aufblitzen der Landeleuchten über ihren Kopf hinwegziehen.

Dann noch einmal den Mond und die Wolkenfetzen.

Ihre letzten Gedanken galten ihm.

Dann kam die Schwärze.

Für immer.

SAMSTAG

SAMSTAG, 8. JULI 2017, 6:10 UHR

Etwas regte sich neben ihm.

Nur langsam begriff der Mann, dass er in einem fremden Bett lag. Dass die Geräusche, die ihn umgaben, nicht die gewohnten waren. Dass er nicht alleine war.

In seinem Kopf hämmerte ein dumpfer Schmerz, der zweifellos von dem ganzen Alkohol kommen musste. Oder war da noch etwas anderes? Es atmete. Ein leises Räuspern, gefolgt von einem Stöhnen. Die Stimme klang gequält, woher kam sie?

Er war noch nicht in der Lage, die Quelle des Geräusches auszumachen. Sein Körper wollte sich drehen, er wollte sich aufrichten, und dann war da dieser Druck auf seiner Blase. Vermutlich war er deshalb wach geworden. Weder seine Augen noch sein Gehirn waren bereit für die Reize eines neuen Tages.

Das Sonnenlicht flammte unbarmherzig in das Zimmer.

Natürlich. Das Hotel.

Allmählich formten sich Erinnerungsfetzen.

Das Klo. Er musste aufstehen, ob er wollte oder nicht. Ohne sich nach ihr umzudrehen, quälte er sich in eine wacklige Sitzposition. Drückte sich nach einem Moment des Durchatmens in die Senkrechte, orientierte sich. Dann wankte er los in Richtung Badezimmer.

Sollte das Zimmer nicht eigentlich …?

Ein dunkles Sakko hing halb über der Sitzfläche eines Stuhles.

Hatte ich nicht eigentlich …?

Es hatte keinen Sinn. Das Gehirn des Mannes war noch nicht fähig, logische Schlussfolgerungen zu ziehen. Wie beiläufig wanderte sein Blick auf die Digitalanzeige des Weckers. Gerade Viertel nach sechs. Kein Wunder.

Während er sich im Sitzen erleichterte, fiel sein Oberkörper nach vorn. Seine Unterarme landeten auf den nackten Oberschenkeln. Wäre es nicht so unbequem gewesen, hätte er seinen Schlaf womöglich einfach hier fortgesetzt.

Ein Lichtreflex ließ ihn zusammenzucken. Der ungewohnte Glanz kam von seiner rechten Hand. Genauer gesagt von seinem Ringfinger. Müde hob er die Hand vors Gesicht und wiegte und drehte sie. Dann lächelte er, auch wenn selbst die leichteste Bewegung der Mundwinkel bereits neue Schmerzen zu verursachen schien.

Mit einem tiefen Seufzer drückte er sich nach oben und stützte sich auf das Marmorwaschbecken. Ganz behutsam, als wolle die Hand den Ring nicht daran zerkratzen, tastete er nach dem vergoldeten Wasserhahn. Hörte das Rauschen, blickte in den Strudel des Wassers und streckte dann die Hände unter das Nass. Rieb sich etwas davon in Gesicht und Nacken. Schenkte sich einen scheuen Blick. Obwohl er wusste, dass sein Spiegelbild kein allzu angenehmer Anblick sein würde.

»Mannomann, du wirst alt«, raunte er sich mit belegter Stimme zu. Weil seine Zunge klebte, füllte er ein Zahnputzglas mit kaltem Wasser. Stürzte es gierig hinab und wiederholte den Vorgang. Dann wischte er sich den Mund ab. Schaute noch einmal in das mit leichten Stoppeln übersäte Gesicht. Fuhr sich durch das dunkle, zerzauste Haar, welches wie Gummi wieder genau dorthin zurückschnellte, wo es vorher gelegen hatte.

Ohne eine Dusche würde er kaum wach werden und in Form kommen …

Später, entschied er. Es ist nicht einmal halb sieben.

Er ging zurück in Richtung Doppelbett. Eine zwei mal zwei Meter breite Matratze ohne Mittelritze. Eine Spielwiese für Verliebte oder

12

für Frischvermählte. Seine Zehen spielten mit dem Teppichboden, als er für einige Sekunden innehielt und die geschwungenen Konturen betrachtete, die sich unter der Sommerdecke verbargen. Er hörte ihren Atem, nur ganz leise. Die lackierten Zehennägel waren alles, was von ihr zu sehen war.

Peter Kullmer war ein glücklicher Mann, auch wenn er längst hätte merken müssen, was an dem Idyll nicht stimmte. Der Ring an seinem Finger, die gestrige Feier. Vor einem Jahr hatte er seine Lebensgefährtin um ihr Jawort gebeten. Doris Seidel hatte nicht gezögert. Gestern war es so weit gewesen. Ihre gemeinsame achtjährige Tochter hatte Blütenblätter gestreut. Viele Liter Bier, Wein und Sekt waren geflossen. Und härtere Sachen. Und ausgerechnet hier verlor sich Kullmers Erinnerung.

Wie enttäuschend, dachte er, während seine Zehenspitzen sich noch immer in den weichen Teppichboden gruben. Ausgerechnet in deiner Hochzeitsnacht hast du einen Blackout.

Dann flog die Tür auf, und die Blondine auf dem Bett richtete sich mit einem spitzen Schrei auf. Den blanken Busen mit der Decke verbergend, starrte sie Richtung Eingang.

»Zieh dich an. Wir haben einen Einsatz«, kam es von dort, während Kullmer nur langsam begriff, was soeben geschah.

Sein Blick suchte die Hose. Auf dem Stuhl.

Die Schuhe? Einer hier, einer dort. Als habe er sie mit Schwung von den Füßen befördert. Ebenso die Socken.

Einzig seine bunten Boxershorts trug er am Leib, sonst wäre er womöglich im Erdboden versunken. Wäre voll und ganz von dem kakifarbenen Weich verschlungen worden.

In der Hotelzimmertür stand Doris Seidel.

Vollständig bekleidet und sichtlich in Rage.

Peter Kullmer hoffte in dieser Sekunde eigentlich nur noch eines: dass sie ihre Dienstwaffe nicht bei sich trug.

9:58 UHR

Im Radio lief der Werbeblock an, der vor die Nachrichten geschaltet war. Julia Durant drehte die Lautstärke leiser, verärgert, weil man dem Song von Guns N' Roses über eine Minute Spielzeit gestohlen hatte. Ausgerechnet. Sie klappte den Innenspiegel ihres Opel Speedster hinunter und prüfte ihr Aussehen. Es missfiel ihr. Die Haut war glänzend und porig, unter den Augen lagen Schattenringe. Der halbe Körper sehnte sich nach Schlaf, die andere Hälfte nach einem Physiotherapeuten. Vermutlich lag es an dem vielen Sekt, dem Grillfleisch und dem ausgelassenen Tanz.

»Was soll's«, murmelte die Kommissarin und klappte den Spiegel hoch. Man heiratet schließlich nur einmal. Und bevor sich trübe Gedanken breitmachen konnten, schwang sie mit einem Ruck die Autotür auf und stieg aus.

Die Hochzeit ihrer beiden Kollegen hatte bei Julia Durant nicht nur angenehme Saiten anklingen lassen. Vor vielen Jahren, Anfang der Neunziger, war ihre eigene Ehe zerbrochen. Damals, mit gerade dreißig auf der Suche nach einer Neuorientierung, hatte sie ihre Brücken in München hinter sich abgebrochen und war nach Frankfurt gezogen. Und als leitende Ermittlerin der hiesigen Mordkommission wartete ein neuer Arbeitstag auf sie. Der Tod nahm keine Rücksicht auf Beziehungen. Genauso wenig wie auf verkaterte Ermittler.

Frank Hellmer schritt um die Ecke. Er fuhr den schwarzen Range Rover seiner Frau, ein ungewohnter Anblick. Schotter spritzte, als er auf den Parkplatz einschwenkte.

»Da hätten wir ja gleich im Hotel übernachten können«, rief er Durant beim Aussteigen zu und sah sich prüfend um. »Wo ist denn unser Dream-Team?«

Die Kommissarin hob die Schultern. »Angeblich wurden sie verständigt. Mehr weiß ich auch nicht.«

Ihr Partner umarmte sie flüchtig. Dann grinste er breit: »Du bist ja genauso verspannt wie ich. Kopfschmerzen inklusive?«

Julia rollte die Augen. Selbst diese Bewegung verursachte ihr ein Stechen. »Reden wir nicht drüber. Lass uns lieber mal sehen, was anliegt.«

»Warten wir nicht auf *die Kullmers?*« Hellmer grinste.

»Nein. Gönnen wir ihnen noch ein paar Flitterstunden«, entschied Durant und öffnete den Kofferraum, um ein Paar Wanderschuhe ans Tageslicht zu befördern.

Dr. Andrea Sievers vom rechtsmedizinischen Institut stand wie eine Astronautin inmitten einer Gruppe von schlanken Baumstämmen, deren Rinde alles andere als gesund aussah. Die meisten Äste waren kahl, was damit zusammenhängen mochte, dass die Bäume zu eng standen und einander das Licht raubten. In ihrer Mitte befand sich eine Art Lichtung. Dort wehte der leichte Schutzanzug der Rechtsmedizinerin in einer Brise. Fehlte nur noch der Helm. Als sie die beiden Kommissare erblickte, winkte sie: »Hallo, Lieblingskollegen! Immer dem Aroma nach …«

Julia schüttelte den Kopf, und Hellmer verzog den Mund. So unmöglich der Sarkasmus von Dr. Sievers auf andere auch wirkte, hinter der Fassade verbarg sich eine einfühlsame Frau und zugleich eine akribische Wissenschaftlerin, der kaum ein Detail entging. Dass sie den dauernden Kontakt mit dem Tod, den ihr Beruf mit sich brachte, mit einem dicken Fell aus schwarzem Humor abfing, konnte man ihr nicht übel nehmen. Tatsächlich meinte die Kommissarin, einen Geruch von Verwesung wahrzunehmen.

Hellmer kam ihr zuvor: »Na prächtig. Das brauche ich jetzt am allermeisten.« Er rümpfte demonstrativ die Nase.

Der Kriminaldauerdienst hatte vor knapp zwei Stunden die diensthabenden Ermittler benachrichtigt. In einem Waldstück nahe dem Flughafengelände hatte ein früher Spaziergänger zwei Leichen entdeckt. Der Hund habe verrückt gespielt, er habe ihn kaum halten können. Was er auf die Entfernung für verweste Wildschweinkadaver gehalten habe, so die Aussage des Auffindungszeugen, entpuppte sich bei näherem Hinsehen als zwei Körper mit unverkennbar menschlichen Schädeln. Die Schutzpolizei hatte den Fundort mit einem Notarzt aufgesucht und weiträumig abgesperrt. Dann hatte sich die Maschinerie in Gang gesetzt.

Als Durant und Hellmer die Szene erreichten, hielt sich die Kommissarin die Hand vors Gesicht, denn der Geruch war kaum zu ertragen. Angesichts der skelettierten Knochen fragte sie sich, weshalb es noch immer derartig stank.

»Es wird gleich besser«, sagte die Rechtsmedizinerin und deutete mit dem Daumen hinter sich. »Ein toter Waschbär, wir haben ihn vor ein paar Minuten erst gefunden. Ist eingetütet. Von *denen* da«, sie deutete zu Boden, »geht schon lange kein Gestank mehr aus.«

»Hm.« Die Kommissarin hatte noch immer eine Faust vor dem Mund. Eilig wurden ein paar Sätze gewechselt, die sich auf den vergangenen Abend bezogen. Neben den Kollegen des K11 hatte natürlich auch Dr. Sievers zu den Hochzeitsgästen gehört. Nur dass man Andrea weder die Folgen des Sekts noch die des Tanzens ansah.

Julia sah sich genauer um. Sie zählte zwei Oberkörper mit den dazugehörigen Extremitäten. Hier und da waren vereinzelte Knochen mit Tatortmarken versehen. Haare und Sehnen, eine Menge Ungeziefer, keine Kleidungsreste.

»Um Himmels willen!«, sagte sie.

»Das dachte ich mir auch.«

»Waren die beiden nackt?«

»Scheint so.« Andrea nickte. »Das war jedenfalls nicht der Waschbär.«

»Wie lange sind sie schon tot?«, erkundigte sich Frank.

»Grob gesagt, mindestens zwei bis drei Wochen. Eher mehr.«

»Bekommen wir das noch genauer?«, fragte Julia.

»Klar. Nach der Obduktion. Aber das dauert, nur damit das schon mal gesagt ist. Insektenbefall, Humus, Wildschweine, Klima.« Die Ärztin seufzte schwer. »Es ist der schlimmstmögliche Fundort zur schlimmstmöglichen Jahreszeit.«

Die beiden haben es nicht mehr eilig, dachte Julia Durant und rechnete zurück. Mitte Juni. Es war fast durchgehend sommerlich und trocken gewesen. Warum hatte man die Toten nicht längst gefunden?

Ein vorbeiziehendes Flugzeug ließ sie zusammenzucken.

»Scheiße, ist der tief!«, entfuhr es ihr.

»Frag mich mal«, murrte Frank Hellmer. »Bei uns im Garten kann ich den Piloten praktisch zuwinken.«

Durant schwieg. Auch wenn Frank damit sicher übertrieb, wusste sie, dass der Fluglärm ein Thema war, das das Rhein-Main-Gebiet noch lange beschäftigen würde. Das hatte man in München irgendwie eleganter gelöst. Sie räusperte sich und fragte nach Hinweisen auf die Identität der beiden.

»Fehlanzeige«, kam es von Andrea zurück. »Ich kann euch mit Gewissheit sagen, dass es sich um einen Mann und eine Frau handelt. Beide im mittleren Alter, also keine Jugendlichen. Er dürfte so um die eins achtzig sein, sie eins fünfundsechzig. Und spart euch die Frage nach einem Sexualdelikt. Zwischen dem Schweinkram, den die beiden hier womöglich veranstaltet haben, liegen Wochen und eine Rotte Wildsäue.«

»Und die Wildschweine haben …«, begann Hellmer angeekelt.

»Die haben alles angefressen oder weggeschleppt«, bestätigte Sievers mit einem langsamen Nicken. »Platzeck und sein Team werden eine Menge Spaß haben.«

Platzeck war der Chef der Spurensicherung. Meistens ein wenig mürrisch, weil alle Welt Wunder von ihm zu erwarten schien, war er im Großen und Ganzen eine allseits geschätzte Person, auf die man sich verlassen konnte. Er machte kaum Fehler, nichts, weswegen einem im Prozess wegen schlampiger Beweismittelsicherung ein Strick gedreht werden konnte.

»Apropos«, Julia sah Andrea fragend an, »gegenseitig umgebracht haben sie sich ja wohl nicht, oder? Gibt es irgendwelche Anzeichen?«

Andrea Sievers hob den Zeigefinger und schnalzte mit der Zunge. »Dachte mir schon, dass du so etwas von mir wissen willst. Aber gib mir wenigstens ein paar Stunden. Dann weiß ich, ob die Halsverletzungen vom Würgen kommen. Eines kann ich schon mal mit absoluter Gewissheit sagen.«

»Und das wäre?«, fragte Hellmer ungeduldig.

»Die beiden kreisrunden Austrittswunden an den Schädeln«, antwortete die Rechtsmedizinerin triumphierend. »So kaltblütig ist nicht mal der bösartigste Keiler.«

Sievers vergewisserte sich bei einem der Spurensicherer, ob sie den Schädel anheben dürfe. Unter seinem Schutzanzug nickte es zu einem dumpfen »Klaro«.

Durant fragte sich, wie Platzeck den Überblick über seine Untergebenen behielt, besonders jetzt, da sie alle in den gleichen unförmigen Anzügen steckten. Raumfahrer, dachte sie mit einem Lächeln. Selbst ihre Bewegungen erinnerten daran.

Die Rechtsmedizinerin wies auf den weiblichen Schädel. Man erkannte noch die langen Haare und die Gesichtsmuskulatur. Durant schluckte, es schien ihr wie eine Mischung aus einer ägyptischen Mumie, der man die Bandagen entfernt hatte, und einer Moorleiche. Sie verdrängte die Vorstellung, wie aasfressende Tiere über die Tote hergefallen waren, und zwang sich, sich auf die Bestie zu konzentrieren, die den beiden das angetan hatte.

»Kopfschuss«, hörte sie Andrea Sievers erklären, während ihr in Latex gehüllter Finger sich der Mundhöhle der Frau näherte. »Von unten hinein. Todsicher.«

Julia Durant kniff die Augen zusammen, prüfend, ob dieser Kommentar in Sarkasmus enden sollte. Doch die Ärztin war vollkommen ernst.

»Bei *ihm* wurde die Waffe unter dem Kinn angesetzt, also anders als bei ihr.«

»Vielleicht hat er sich geweigert, den Mund aufzumachen«, erwiderte Durant.

»Das – oder er war bereits bewusstlos. Vielleicht konnte er ihn nicht mehr öffnen. Oder er lag auf dem Rücken …«

»Klar«, unterbrach Hellmer die beiden. »Das wird die Obduktion zeigen. Bis dahin ist alles reine Spekulation.«

Durant schenkte ihm einen Blick. Hellmer war blass, ganz ungewohnt, denn ihm machten selbst grausame Szenen wie diese nur wenig aus. Zumindest zeigte er es nicht so.

»Ist alles okay mit dir?«, erkundigte sie sich.

»Ich bin kurz vorm Kotzen«, raunte er zurück. »Außerdem weiß ich, dass meine Tochter sich öfter in diesem Waldstück aufhält.«

Daher also wehte der Wind.

»Hier?«, fragte Durant ungläubig, als die nächste Maschine über ihre Köpfe hinwegdonnerte.

»Verstehen muss ich's nicht«, murrte Hellmer.

»Hallo!«, unterbrach Dr. Sievers die beiden. Sie hatte die Hände in die Hüften gestemmt und zog eine Grimasse. »Können wir mal bitte bei der Sache bleiben? Ich habe genauso wenig geschlafen wie ihr, und in diesem Scheißwald gibt es nirgendwo Kaffee.«

»Sind die Gnadenlosen denn informiert?«, wollte Hellmer wissen und spielte damit auf die Bestatter an. Sie tauchten an jedem Tatort auf, in billigen schwarzen Anzügen, die einen Hauch von Pietät vermitteln sollten. Trugen ihren Zinksarg mit sich, in dem schon unzählige andere gelegen hatten. Hielten sich dezent im Hintergrund, bis die Leiche zum Abtransport freigegeben wurde.

Wie aufs Kommando näherte sich ein Uniformierter, dem die beiden Männer schweigend folgten.

Julia Durant ertappte sich bei dem Gedanken, dass die Sicherstellung der Spuren wohl bis in den Abend hinein dauern würde. Ebenso wie es Zeit brauchen würde, den Toten DNA zu entnehmen und diese mit den bundesweiten Datenbanken abzugleichen. Ob sie sich noch ein paar Stunden Schlaf gönnen durfte?

Hellmer schien Ähnliches zu denken, wobei ihm noch die Sorge ins Gesicht geschrieben stand. Dachte er an seine Tochter? Aber sie war doch gestern auch bei der Hochzeit gewesen. Ihr ging es gut. Und Stephanie war eine relativ vernünftige Achtzehnjährige.

Julia Durant bereitete etwas ganz anderes zunehmend Kopfzerbrechen. Sie brauchte Doris Seidel und Peter Kullmer, sosehr sie ihnen auch ihre Auszeit gegönnt hätte. Doch ein Doppelmord dieser Art erforderte das ganze Team. Ungewöhnlich war, dass sie auch nach drei Versuchen niemanden der beiden ans Telefon bekam. Doch ausgerechnet als sie sich ihren Weg zurück in Richtung Parkplatz bahnte, erblickte sie die frisch verheiratete Kollegin.

Sie war allein.

Und sie sah fürchterlich aus.

10:23 UHR

Sie waren einen halben Kilometer vom Fundort entfernt. Ein Hundeführer der Polizei mit seinem Schäferhund. Ein muskulöses, groß gewachsenes Tier. Es wirkte aufgeregt, rastlos, die Nase stand nicht still.

Die Person wäre um ein Haar erstarrt, dann rief sie sich in Erinnerung, dass sie sich um nichts Gedanken machen musste. Keine Drogen. Keine Waffen. Nur ein Spaziergang am Samstagmorgen, wie viele andere es auch taten. Familien. Paare. Verliebte. Lebensfreude, wohin man auch sah. Als der Uniformierte auf derselben Höhe war, ein freundliches Nicken. »Na, Auslauf?«

20

»Leider nein«, gab der Beamte zurück. Sagen durfte er ja nichts. Doch die Person wusste ohnehin längst Bescheid.

»Ich habe die Einsatzfahrzeuge gesehen. Muss ich mir Sorgen machen?«

Der Beamte legte prüfend den Kopf zur Seite. »Nein«, entschied er. »Es besteht keine akute Gefahr. Aber dort hinten kommen Sie nicht weiter.«

»Wo hinten?«

»Sie können zum Schwimmbad rüber. Neben den Bahngleisen. Weiter in den Wald geht es nicht.«

»Hm. Und den Grund verraten Sie mir nicht?«

»Bedaure. Laufende Ermittlung.« Der Hund wurde unruhig, und der Beamte schickte sich an, weiterzugehen. »Hören Sie«, sagte er und hob die Augenbrauen, »die Mordkommission ist da. Das ist alles …«

Mehr brauchte es nicht.

»Danke«, wünschte die Person und hob zum Abschied die Hand. »Und viel Erfolg.«

Sie würden es brauchen.

Ob der Bulle begriff, dass er in die völlig falsche Richtung trabte? Dass es kaum mehr als eine Tierfährte war, die seinen Köter so in Aufregung versetzte?

Diese Pfeifen! Sie würden Tage brauchen, um zu begreifen, was sich hier abgespielt hatte. Wer sie waren, wo sie ermordet wurden, und warum.

»Ihr werdet es nie verstehen«, dachte die Person, noch immer lächelnd, und schritt weiter.

So wie die beiden es auch nicht verstanden hatten. Bis zum Schluss hatte sich in ihren Pupillen die Hoffnung widergespiegelt. Die bange Zuversicht, dass irgendein Jäger, oder der liebe Gott, oder der Mann im Mond ihnen zu Hilfe eilen würde. Doch keiner war gekommen. Nur das Raubtier mit der schwarzen Maske.

Wenige Minuten später erreichte die Gestalt die Absperrung, an der sich weitere Beamte tummelten. Ein Pärchen wechselte Worte mit den Männern, offenbar suchten diese nach einer Abkürzung auf die andere Seite des Fundorts.

Maliziöse Gedanken hallten durch das Gehirn und klangen bald wie ein Dialog zwischen Engelchen und Teufelchen.

Ich könnte sie euch zeigen …

Nicht hier und nicht jetzt!

Aber bald. *Sehr* bald.

Du bist ich,
ich bin du.
Ich töte dich.

11:17 UHR

Die meisten Fahrzeuge waren Einsatzwagen. Etwas abgelegen stand ein alter Golf Variant ohne Kennzeichen, der grelle Aufkleber des Ordnungsamtes prangte auf der Windschutzscheibe.

Julia Durant ging einige der Fragen durch, die zu klären waren.

»Halterermittlung der parkenden Autos. Irgendwie müssen die beiden ja hierhergekommen sein.«

Es musste doch festzustellen sein, wenn ein Wagen über Wochen auf demselben Platz stand. Andererseits fiel im Juni noch kein Laub, und es hatte kaum geregnet. Trotzdem.

»Erledige ich«, sagte Frank Hellmer.

»Erledige ich«, sagte Doris Seidel, praktisch zeitgleich.

Durant seufzte und bedeutete ihrer Kollegin, sich der Sache anzunehmen.

Vor einer Viertelstunde waren Durant und Seidel einander in die Arme gelaufen.

Doris war eine hochintelligente, analytisch denkende Kollegin, die Julia nicht nur beruflich schätzte. Kaum eins fünfundsechzig groß, kurze blonde Haare und feine Gesichtszüge, die jetzt müde und zerschlagen wirkten. Ausgerechnet heute.

»Mensch, da bist du ja! Was ist denn los?«, hatte Julia gefragt.

Erst wollte Doris die Sache abtun: »Wir haben einen Fall. Das ist jetzt wichtiger.«

Doch das ließ ihre Kollegin und Freundin nicht zu. »Nichts da, Doris. Du kommst total verheult hier an, ich will wissen, was los ist, sonst schicke ich dich sofort nach Hause.«

»Nach Hause.« Doris lachte kehlig und murmelte etwas von »keine zehn Pferde«.

»Jetzt sag schon«, drängte Durant, »bevor die anderen hier auflaufen.«

Was Doris Seidel ihr *dann* erzählte, schlug dem Fass den Boden aus. Konnte das sein? Hatte sie sich nicht getäuscht?

Doch andererseits: Was konnte man schon falsch daran interpretieren, wenn man einen halb nackten Mann in einem Hotelzimmer vorfand, auf direktem Weg ins Bett, wo eine nackte Blondine auf ihn wartete?

»Dieser Scheißkerl«, heulte Doris.

Ausgerechnet jetzt. Ausgerechnet so.

Julia schüttelte den Kopf und nahm sie in den Arm. »Willst du wirklich hierbleiben?«

»Ja. Bitte. Ich halte es nicht aus, woanders zu sein. Schon gar nicht zu Hause.« Doris Seidel wischte sich die Tränen ab, massierte die Schläfen und atmete tief durch. »Arbeit ist jetzt genau das Richtige. Am besten mit Schwung.«

»Das kannst du haben«, erwiderte Durant, und die Bilder der beiden skelettierten Leichen traten vor ihr geistiges Auge. Dabei schossen ihr eine Million Fragen durch den Kopf.

Gab es nicht irgendeine plausible Erklärung für Kullmers Verhalten? Wann hatte sie ihn am vergangenen Abend zuletzt gesehen?

Und warum ausgerechnet Barbara?

Eines war unstrittig: Peter Kullmer war ein Heißsporn. Die Jahre, in denen er als hochpotenter Gockel jedem Rockzipfel der Abteilung nachgestellt hatte, mochten zwar lange vorbei sein, doch seine Instinkte hatte er gewiss nicht verloren. Barbara Schlüter, zumindest glaubte Durant sich daran zu erinnern, war ebenfalls eine von Peters Eroberungen gewesen. Er hatte es wirklich überall probiert, sogar bei Julia selbst. Erfolglos. Ganz im Gegensatz zu Barbara. Das alles lag viele Jahre zurück.

Weshalb war Barbara dann auf der Gästeliste der Hochzeit gewesen?

In dubio pro reo, dachte Durant. Im Zweifel für den Angeklagten. Kullmer musste Rede und Antwort stehen. Er musste die Sache aufklären und Farbe bekennen. Und er musste die Konsequenzen tragen. *In flagrante delicto.* Mehr »flagranti« wäre es wohl nur gewesen, wenn Doris zehn Minuten später ins Zimmer geplatzt wäre …

»Wegen mir kannst du bleiben«, hatte Julia Durant entschieden. Schlechte Erfahrungen mit Männern hatte sie selbst weiß Gott genug gesammelt.

»Danke. Aber kein Wort zu den anderen«, trug Seidel ihr auf.

Durant versprach es ihr, auch wenn beiden klar war, dass sich diese Sache wohl kaum lange geheim halten ließ. Dann hatte Julia ihr in wenigen Sätzen von den beiden Leichen auf der Lichtung berichtet. Irgendwann war Hellmer dazugestoßen. Er schien sich nicht weiter an Seidels verquollenen Augen zu stören, jedenfalls sagte er nichts.

Während Doris sich also daranmachte, die Kennzeichen zu notieren und einen Blick in das Innere der Autos zu werfen, gingen sie die nächsten Fragen an.

»Vermisste Personen, männlich wie weiblich«, sagte Durant. »Zuerst aus der Stadt, alle Personen zwischen fünfundzwanzig und sechzig.«

Und auch wenn es ihr nicht passte, sie mussten die Fahndung an Darmstadt, Offenbach und Wiesbaden weitergeben. Süd-, Südost- und Westhessen. Zu zentral lag diese Gegend. Zu gut angebunden an sämtliche Verkehrswege.

Was der Kommissarin genauso wenig passte, war, dass sie immer wieder an Barbara denken musste.

»Wenn das ein Pärchen war«, dachte sie laut, »wer hat die beiden dann getötet? War es ein Raubmord? Oder ein Sexualdelikt? War es jemand, der ihnen zufällig über den Weg lief? Aber geht jemand ohne Vorsatz mit einer Schusswaffe in den Wald?«

Hellmer nickte und nahm den Faden auf: »Ich frage mich, ob der Fundort auch der Tatort ist. Und wo sind die Kleidungsstücke und die persönlichen Gegenstände? Das kann doch nicht alles von Tieren verschleppt worden sein.«

»Du meinst, der Täter hat Souvenirs mitgenommen?«

»Entweder das, oder er wollte sämtliche Spuren beseitigen.«

»Da ist mir mein Gedanke aber lieber«, warf Durant ein, und Hellmer neigte fragend den Kopf.

»Wenn er so krank ist, dass er Souvenirs sammelt«, erklärte Durant, »ist mir das fast lieber als irgendein hochintelligenter Killer, der seine Tatorte akribisch reinigt.«

»Na ja.« Hellmer schien das etwas weit hergeholt zu finden, und auch Julia musste sich eingestehen, dass der Gedanke nicht zu Ende gedacht war.

Doch bevor sie das ausdiskutieren konnten, kam Doris Seidel zurück.

Sie hatte sämtliche Autotypen und Kennzeichen notiert und wollte mit der Kamera losziehen, um überall dort, wo auf den Sitzen, Armaturen oder der Heckablage etwas Auffälliges zu sehen war, Fotos zu machen.

»Diese drei hier«, sie reichte Durant einen Zettel, »fallen aus der Reihe.«

Die Kommissarin bedankte sich und las die Kennzeichen.

GG, OF, KI.

Groß-Gerau und Offenbach. Nachbarn.

»Denkst du auch an Kollege Brandt?«, hörte sie Seidel fragen.

Peter Brandt war Ermittler der Mordkommission im Präsidium Südosthessen, welches seinen Sitz in Offenbach hatte. Auch wenn er eine
notorische Abneigung gegen alles hatte, was von der anderen Seite
des Mains kam, verband Durant und ihn eine kollegiale Freundschaft. Das mochte nicht zuletzt damit zusammenhängen, dass sie
aus München stammte und somit im Grunde von derselben Uferseit-
te wie Brandt.

Tatsächlich spielte all das im Augenblick nicht die geringste Rolle für
die Kommissarin. Sie schüttelte den Kopf. Denn sie dachte an das
dritte Kennzeichen. Ausgerechnet Kiel?

Seidel hielt ihr Handy bereit. »Der GG ist ein Suzuki Vitara, ziemlich heruntergekommen. TÜV abgelaufen im Juni.«

Durant rechnete nach. Laut Dr. Sievers lag der Todeszeitpunkt, rein
rechnerisch, etwa Mitte Juni. Gehörte das Fahrzeug dem oder den
Opfern? War es zuletzt mit gültigem TÜV bewegt worden? Hierher?

»Der Offenbacher scheint eine Familienkutsche zu sein«, fuhr Doris
Seidel fort. »Kindersitz auf dem Beifahrersitz.«

»Vorne?«, fragte Durant.

»Ja.«

Julia Durant überlegte, ob man aus einem vorn befindlichen Kindersitz schließen durfte, dass der Fahrzeughalter alleinstehend sei. Ihr
fehlte es an solchen Erfahrungen. Denn ihr Kinderwunsch, den sie
in den Dreißigern noch intensiv gehegt hatte, war unerfüllt geblieben. Und jetzt, mit vierundfünfzig, war sie in einem Alter, wo sie
sich damit abgefunden hatte. Nur noch selten verspürte sie leise
Wehmut, meistens dann, wenn die Boulevardpresse sich auf eine
Prominente stürzte, die mit Mitte fünfzig noch einmal schwanger
werden musste. Und alle Welt sich das Maul darüber zerriss.

Der Kindersitz jedenfalls, nein. Kutschierte Kullmer seine Tochter nicht auch vorne sitzend? Durant biss sich auf die Lippe. Kein guter Vergleich an diesem Tag.

»Was für eine Marke?«

»Opel Astra«, antwortete Seidel. »Auch schon ein paar Jahre auf dem Buckel. Es liegen haufenweise Fast-Food-Tüten drin, so als wohne einer in dem Auto. Und der Aschenbecher quillt über.«

»Hm.«

»Er ist mir aufgefallen, weil die Scheibe total schmierig ist. Und die Reifen verstaubt und mit Spuren von herabrinnendem Wasser. Neben dem alten Kombi scheint er das am längsten hier stehende Auto zu sein.«

»Okay. Und der Kieler?«

»Ein silberner BMW. Schnittig, sauber, Lederausstattung und ein paar Accessoires. Ein typisches Vertreterauto, ohne das fremde Kennzeichen wäre es kaum aufgefallen. Ein Kilometerfresser, mit dem es sich bequem reisen lässt.«

Durant sah sich um. »Und wo ist der Fahrer?«

»Eben« Seidel grinste schief. »Das frage ich mich auch. Wobei der Wagen garantiert nicht seit mehreren Wochen hier abgestellt ist.«

»Ich gebe das alles weiter.« Durant wählte die Nummer von Platzecks Diensthandy. Wechselte ein paar Sätze mit ihm und bat anschließend darum, dass sich jemand um den Golf Variant kümmern solle. Er müsste ohnehin demnächst abgeschleppt werden. Durant ordnete an, dass man sich die Fahrgestellnummer zugänglich machen solle. So behutsam wie möglich.

Platzeck lachte. »Kinderspiel bei 'nem alten Dreier! Da siehst du hinterher nichts, als wären wir nie drin gewesen. Und im Übrigen heißt das FIN. Fahrzeug-Identifizierungsnummer.«

»Du hast mich ja auch so verstanden«, gab die Kommissarin mit bittersüßem Tonfall zurück. Als sie auflegte, hörte sie Hellmer gerade etwas über Peter Kullmer sagen. Ein Kloß formte sich in ihrem Hals, als sie das Aufflammen in Doris Seidels Augen sah. Am liebsten hätte

27

sie ihren Kollegen am Schlafittchen gepackt und zurück in den Wald gezogen, doch das war gar nicht nötig.

»Dienst ist Dienst«, kam es mit eisiger Gleichgültigkeit. »Wenn das Handy klingelt, hat nun mal der Job Priorität.«

Hellmer wollte dagegenhalten, doch Durant sagte: »Kennen wir doch alle, oder etwa nicht, Frank?« Sie zwinkerte ihm derart provokant zu, dass er spontan nichts erwidern konnte. »Na komm, dann vergeuden wir mal nicht unsere Zeit«, fuhr sie fort. »Wenn wir schon so früh hier antreten müssen …«

Doris Seidel bedankte sich mit einem traurigen Lächeln und widmete sich wieder den geparkten Fahrzeugen.

Eine Viertelstunde später beobachtete Frank Hellmer die Handgriffe, mit denen der Golf aufgebrochen wurde. Es waren wenige, gezielte Handlungen, ausgeführt von einer blutjungen Kollegin mit kecken Augen und braunem Pferdeschwanz. Alles unter dem Blick von Platzeck. Es dauerte nur Sekunden, dann schwang die Fahrertür auf, und von »Aufbrechen« konnte da wirklich keine Rede sein. Man würde nicht die kleinste Spur sehen. Hellmer trat einen Schritt zurück, um die Motorhaube freizugeben, da meldete sich sein Telefon.

»Ach schau an«, begrüßte er den Anrufer, der offenbar nicht an einem Schlagabtausch interessiert war.

»Hast du Zeit?«

»Machst du Witze? Wir stecken in einem Doppelmord.«

»Scheiße.« Peter Kullmer ließ eine Pause, man konnte seine Gedanken förmlich mahlen hören. »Ist Doris auch da?«

»Logo«, antwortete Frank. »Wir vermissen dich alle schon. Wo steckst du denn?«

»Das glaube ich eher weniger«, murrte Peter. »Ich meine, dass ihr mich alle vermisst.«

»Jetzt spuck's schon aus, verdammt!« Hellmer sprach so energisch, dass die beiden Forensiker für eine Sekunde innehielten und zu ihm blickten.

»Scheiße, Frank, das ist nicht so einfach«, druckste sein Kollege. »Bist du allein?«

»Jein. Stehe hier auf einem Parkplatz.«

»Hm. Und Doris und Julia?«

»Stehen in einer anderen Ecke. Verdammt, Peter, jetzt mach endlich mal 'ne Ansage!«

»Hm …« Pause. »Hat Doris nichts gesagt?«

Hellmer verneinte, kurz angebunden, und wartete darauf, was Kullmer ihm erzählen würde. Doch als dieser ihm seine Erinnerungsfetzen wiedergab, stockte ihm der Atem.

»Du hast *was?*«

»Komm schon, Frank. Ich weiß nicht, *was* ich hab! Ich weiß gar nichts, kapierst du?«

Frank Hellmer hatte eine ziemlich unrühmliche Vergangenheit, wenn es um eheliche Treue ging. Er hatte seine erste Ehe – seine gesamte Familie, um genau zu sein – vor vielen Jahren vor die Wand gefahren. So sehr, dass außer Trümmern nichts mehr geblieben war. Und seine zweite Frau, Nadine, hatte er nach Strich und Faden betrogen. Damals, als der Alkohol ihn so fest im Griff gehabt hatte, dass es einem Wettrennen gleichkam, was zuerst draufgehen würde. Seine Ehe? Seine Leber? Es war ein Kampf auf Leben und Tod gewesen – und Hellmer hätte ihn ohne seine Frau und ohne Julia Durant verloren.

Fischte Kullmer etwas nach seinem Verständnis?

Peters Vergangenheit war kein Geheimnis. Es glich einem Wunder, dass er kein halbes Dutzend unterhaltspflichtiger Nachkommen hatte. Doch seit der Liaison mit Doris Seidel war alles anders. Oder etwa nicht?

»Hallo? Bist du noch da?«

Hellmer räusperte sich. »Ähm, klar. Aber was soll ich jetzt machen?«

Am anderen Ende der Verbindung seufzte es: »Wenn ich das bloß wüsste.«

14:25 UHR

Die mehrspurige Trasse verlief von Süden her in Richtung Stadt. Für eine Weile vermittelte sie den Eindruck, als führe sie immer tiefer in ein Waldgebiet hinein. Dann, urplötzlich, zeigten sich Häuser unterschiedlichster Bauweise, und von den Botschaftsgebäuden wehten bunte Fahnen. Das Institut für Rechtsmedizin befand sich in einem erhabenen Sandsteingebäude. Bei ihrem ersten Besuch dort war Andrea Sievers prompt vorbeigefahren, und sie wusste, dass es vielen Passanten ähnlich erging. Man übersah vielleicht nicht das Gebäude, aber man übersah die Beschilderung. Man hatte keine Vorstellung davon, was sich im Inneren abspielte. Welche Bilder sich den Beschäftigten boten, insbesondere heute.

Dr. Sievers hatte die Leitung des Instituts vor ein paar Jahren übernommen. Dazu gehörte es auch, Medizinstudentinnen und -studenten mit Leichenöffnungen zu beglücken, eine Tätigkeit, die sie insgeheim genoss. Spätestens, wenn sie mit ihrem Besteck den Dünndarm anhob und dieser wie überdicke Spaghetti herabhing, vergingen auch dem letzten Großkotz die Machosprüche.

Seufzend drückte Andrea ihre Zigarette in den Sand des Aschers und erhob sich. Sie musste zurück in den Keller. Niemand würde ihr die Arbeit abnehmen. Wie unbeschwert wäre es doch, ein paar Studenten zu bespaßen. Stattdessen wartete ein skelettiertes Pärchen. Ein unvollständiges Pärchen noch dazu. Man hatte circa neunzig Prozent des Mannes gefunden und fünfundachtzig Prozent der Frau, wenn man das so sagen konnte. Andrea nahm wieder ihren Platz ein und prüfte, wo ihre Aufzeichnungen abrissen. Genau, dachte sie. Die Fehlteile der Frau. Irgendwo im Wald mussten sich unter anderem zwei Finger von ihr finden. Sie beendete die Aufstellung und gab die Daten in einem kurzen Telefonat an Platzeck weiter.

»Du bist witzig!«, rief dieser. »Wie sollen wir das denn finden? Mit einer Hundertschaft?«

»Weiß ich selbst. Fakt ist aber, dass diese Körperteile fehlen. Und es gibt drei Möglichkeiten, von denen ich eine so gut wie ausschließen kann. Wildtiere haben sie gefressen, Wildtiere haben sie verschleppt, oder der Täter hat sie abgetrennt.«

»Lass mich raten. Kein Souvenirjäger?«

»Sieht nicht danach aus«, murmelte Andrea. Einer aktuellen Studie zufolge galt es als äußerst unwahrscheinlich, dass Leichenzerstücke-lungen außerhalb der Wohnung von Täter oder Opfer vollzogen wurden. Wobei es keine echte Zergliederung gegeben hatte. »Wenn es menschlichen Ursprungs ist«, fuhr sie fort, »hat er viel zu früh mit dem Zerlegen aufgehört. Wurde er gestört? Warum hat dann keiner die Leichen gemeldet? Verstehst du? Sucht den Kram zusammen, egal wie, oder schließt das Ganze ab. Ich möchte jeden noch so klei-nen Fitzel, an dem sich DNA befinden könnte, auf dem Tisch haben, versprich mir das bitte!«

Platzeck versicherte ihr, dass sie das Waldstück systematisch durch-kämmen würden.

Sievers ließ den Blick über die beiden Toten wandern. Dann griff sie erneut zum Telefon, um Julia Durant zu erreichen.

»Bei der Frau handelt es sich um eine etwa fünfunddreißig Jahre alte Brünette«, begann sie ohne große Vorrede, »eins fünfundsechzig, um die sechzig Kilo, alle Angaben wie immer ohne Gewähr.« Im Folgen-den ratterte Andrea ihre Erkenntnisse herunter, wobei sie betonte, dass vieles nur auf Vermutungen beruhen könne. Der Zustand der Leiche sei einfach miserabel. Die Frau habe allem Anschein nach ein Kind entbunden, musste Laufsport betrieben haben und sei am Schulterblatt tätowiert gewesen. Der Tod sei entweder durch den Kopfschuss herbeigeführt worden oder aber durch Erwürgen. Das gebrochene Zungenbein deutete auf ein starkes Würgen hin.

»Bei ihm auch?«, fragte Durant, die daran dachte, dass das Festhalten und Würgen im Grunde auch von einem sexuellen Peiniger ausge-hen könne. Und das musste nicht zwingend der Mörder sein.

»Jep.« Andreas Antwort brachte diesen Gedanken direkt zum Platzen. »An seinem Hals ist es sogar noch deutlicher zu sehen.«

»Wieso?«

»Weil sein Hals noch *da* ist.«

Julia Durant rollte die Augen. »Verstehe.«

So einfühlsam Andrea Sievers als Mensch auch sein mochte, wenn sie ihren Job tat, schien sie einen Titanpanzer zu tragen.

»Kommen wir zu ihm«, fuhr die Rechtsmedizinerin fort, und die Prozedur begann von vorn. Größe, Gewicht, alles nichts Besonderes. Mittvierziger, dunkelhaarig, eins achtzig, achtzig Kilo. Tragespuren einer schweren Uhr. Klebereste auf der Haut an den Handgelenken, die es im Übrigen auch bei der Frau gegeben habe.

»Sie waren gefesselt«, konstatierte Durant. »Gibt es Hinweise auf sexuelle Aktivität?«

»Bedaure. Bei ihm gibt's nicht mehr viel, was ich untersuchen kann. Und bei ihr … zu lange her. Ich bin noch nicht fertig, aber …«

»Ja, schon gut. Melde dich bitte, hörst du?«, drängte die Kommissarin. »Kannst du mir noch etwas zum Todeszeitpunkt sagen?«

Andrea Sievers zog ihren Kalender hervor, auf dem sie einen Kringel um die dreiundzwanzigste Kalenderwoche gezogen hatte. »Pfingsten«, sagte sie leise. »Irgendwann um diese Zeit, wobei das Plus/Minus hier schon ziemlich groß wird.«

»Das sind über vier Wochen«, rechnete Julia Durant nach und seufzte. Sie bedankte sich, schälte sich aus ihrem Bürostuhl und trat vor die Kaffeemaschine. Den bitteren Geschmack im Mund würde sie heute wohl nicht mehr losbekommen.

Kurze Zeit später führten die Halterermittlung und der Abgleich der Vermisstenmeldungen zu einem interessanten Ergebnis. Auch wenn man noch ohne eine eindeutige Identifizierung über äußere Merkmale, Fingerabdrücke oder DNA auskommen musste, erschien die Übereinstimmung anderer Faktoren als ziemlich belastbar. Am zehnten Mai war die dreiunddreißigjährige Susan Satori aus Heusen-stamm von ihrem Ehemann als vermisst gemeldet worden. Zuletzt gesehen hatte er sie am Freitagnachmittag, am Abend war sie mit ihrem Opel Astra weggefahren und seither weder erreichbar gewesen noch im Freundeskreis gesehen worden.

»Ist es *der* Astra?«, vergewisserte sich Julia Durant bei Doris Seidel, die ihr die Neuigkeit soeben überbracht hatte.

Doris nickte. »OF, mit Kindersitz.«

Beide Frauen wussten, was das bedeutete. Dort draußen gab es ein Kind, das seit Wochen auf die Heimkehr seiner Mutter wartete. Und die nächste Person, die seine Mutter erwähnte, würde ihm einen Alp-traum überbringen, von dem es sich jahrelang nicht erholen würde. Vermutlich nie.

Ein digitales Klingeln ließ Durant aufhorchen. »Dein Telefon«, sagte sie und deutete in Richtung von Doris' Büro.

Augenrollen. »Ich weiß. Es ist Peter.«

»Scheiße, ihr müsst das klären.«

»*Ich* muss ja wohl gar nichts!«, erwiderte Doris trotzig.

Verdenken konnte Julia ihr diese Reaktion nicht.

15:00 UHR

Kommissariatsleiter Hochgräbe hatte zur Dienstbesprechung gebe-ten. Anwesend waren neben ihm Durant, Hellmer und Seidel. Claus Hochgräbe hatte den Konferenzraum gewählt, obwohl auch sein Büro genügend Platz geboten hätte. Auf einem Tisch warteten Kaffee und Sprudelwasser, Tassen, Gläser und sogar eine Dose mit Schoko-gebäck. Überbleibsel eines anderen Treffens, vermutete die Kommis-sarin, was niemanden hinderte, zuzugreifen.

Wenige Minuten zuvor hatten sie und Claus auf dem Flur gestan-den. Die beiden waren seit einigen Jahren ein Paar, und Anfang 2015 hatte Hochgräbe den Leitungsposten übernommen. Diese Veränderung war anfangs nicht einfach gewesen, denn Julia ließ sich nicht gerne in ihre Arbeit hineinreden. Aber die beiden hatten einen Weg gefunden. Nur auf überschwängliche Liebesbekundungen im Präsidium verzichteten sie. Außer wenn sie hin und wieder einen unbeobachteten Moment erhaschten. Heute allerdings hing eine ungemein gedrückte Stimmung in der Luft, und das hatte nicht hauptsächlich etwas mit dem ermordeten Pärchen zu tun.

»Und Peter hat …?«, raunte Hochgräbe, nachdem er sich umgesehen hatte, ob niemand lauschte.

»Ich weiß es nicht«, gab Durant zurück. »Doris meint, sie habe ihn in flagranti erwischt. Und um ehrlich zu sein, fehlt mir auch die Fantasie, welche Erklärung es sonst geben könnte. Fremdes Zimmer, alte Flamme …« Sie unterbrach sich und hob die Schultern.

»Schöne Scheiße. Und wo ist Peter?«

»Keine Ahnung. Doris hat seine Nummer geblockt und will außer dem Fall von nichts hören. Nehme an, er sitzt zu Hause. Jemand muss ja auf Elisa aufpassen. Und sein schlechtes Gewissen wird ihn vermutlich auffressen.«

Hochgräbe zog den Mund in die Breite. Er hatte noch etwas sagen wollen, doch ausgerechnet jetzt kamen Seidel und Hellmer aus unterschiedlichen Richtungen angetrabt, und das Privatleben wich wieder dem Dienstlichen.

Julia Durant zerkaute einen Keks und spülte ihn mit einem Schluck Kaffee hinunter. Soeben hatte sie die jüngsten Erkenntnisse über das weibliche Opfer zusammengefasst.

»Wow«, schlussfolgerte Hochgräbe. »Dann ist der Tote also schon mal nicht ihr Ehemann, weil dieser sie ja vermisst gemeldet hat.«

»Exakt.« Hellmer nickte. »Außerdem ist der Ehemann einen Kopf kleiner als der Tote, und er hat in den vergangenen Wochen mehrfach nachgefragt.«

34

»Mich wundert, dass das Auto nicht entdeckt wurde«, sagte Hochgräbe, doch hierfür hatte Julia eine Erklärung:

»Das parkte so, dass man es von der Straße nicht sieht. Da hätte man schon gezielt auf den Parkplatz fahren und suchen müssen.«

»Trotzdem ärgerlich. Wir reden immerhin von vier Wochen.« Hochgräbe drehte seine Tasse in den Händen. »Na ja. Was ist mit *ihm?*«

»Noch nichts Neues«, antwortete Seidel. »Ich warte auf die Rückmeldung aus Kiel. Da scheint man sich samstags etwas schwerzutun.« Ihre Finger fuhren sich zittrig durchs Haar. »Die Fahrgestellnummer des Golfs ergab einen Treffer. Irgendein Typ, der sich keiner Schuld bewusst ist und behauptet, man habe ihm die Kennzeichen gestohlen. Mimte das Unschuldslamm und war so frech, zu fragen, wer ihm seine aufgebrochene Tür ersetze.«

Die anderen lachten auf.

»Stattet ihm trotzdem einen Besuch ab«, sagte Hochgräbe. »Identität, Alibi, eventuelle Verbindung zu der Ermordeten. Wir können es uns nicht leisten, dem nicht nachzugehen. Was ist mit dem Auffindungszeugen?«

»Steht alles noch an«, sagte Durant, und niemand musste laut aussprechen, dass es in diesem Fall eine ganze Menge ungünstiger Faktoren gab. Der lange Zeitraum zwischen der Tat und dem Ermittlungsbeginn war einer. Der fehlende Mann, Kullmer, ein anderer. Sie einigten sich darauf, dass Durant und Hellmer nach Heusenstamm fahren sollten. Der Besuch beim hinterbliebenen Ehemann hing wie ein Damoklesschwert im Raum. Es war eine der schwersten und unangenehmsten Pflichten, die man bei der Mordkommission zu erfüllen hatte, und es war nichts, was im Laufe der Jahre einfacher wurde. Auch wenn die Übermittlung von Todesbenachrichtigungen für die Kommissare ein sich wiederholendes Ritual war: Für jeden Angehörigen war es das erste Mal. Und es traf mit voller Wucht. Schreien, Tränen, Apathie. Nach dem ersten Aufflammen schien in den Angehörigen etwas zu sterben. Etwas in ihrem Blick, etwas in ihren Bewegungen. Als nähme der geliebte Mensch einen Teil von ihnen mit ins Grab. Und es geschah immer genau dann, wenn die Kommissare die Gewissheit überbrachten. Boten des Todes, die zuerst eine Leiche fanden und, als wäre das nicht schlimm genug, auch noch das Glück eines Lebenden zerstörten. Töteten.

»Dann klemme ich mich mal hinter den Golf-Typen«, sagte Doris Seidel.

Hochgräbe hatte nichts einzuwenden. »Ich habe eben noch mal mit der Rechtsmedizin gesprochen«, gab er in die Runde. »Die bundesweite Datenbankabfrage mit DNA ist erst ab Montag möglich. Schneller kriegt Andrea es nicht hin. Und die Sache mit den Fingerabdrücken ist Glückssache. Aber wir kennen sie ja. Sie wird da schon etwas zaubern.«

Durant musste schmunzeln. Zaubern. Manchmal grenzte es wahrlich an Magie, wenn Sievers zum Beispiel einen vertrockneten Finger in Salzlösung einlegte, nur um Stunden später einen nahezu perfekten Abdruck von ihm zu entnehmen.

Doch schon wurde ihr Gemüt wieder schwer. Bis dahin würden DNA oder andere Methoden die Identität des Toten vermutlich längst verraten haben. Über den Täter allerdings sagte das alles nichts aus.

»Wundert mich, dass es in ganz Hessen keine Vermisstenmeldung gibt, die auf unseren Toten passt«, murmelte Hellmer.

»Ein Grund mehr, die Kieler Spur im Auge zu behalten«, kam es von Seidel.

Ein paar Minuten später löste sich die kleine Versammlung auf. Nicht ohne dass die meisten sich im Hinausgehen noch eine Handvoll Kekse angelten.

15:30 UHR

Der Motor des BMW näherte sich, und sofort legte sich eine kalte Faust um das Herz der Frau. Michaela stand am Herd, den Wasserkocher im Blick. Sie wollte sich einen Kräutertee zubereiten, denn die Nervosität schlug ihr auf den Magen.

Er war pünktlich wie ein Uhrwerk. Vielleicht die letzte Tugend, an der ihr Mann festhielt. Kein Auto in der Nachbarschaft hatte denselben Klang wie der Sechszylinder – und tatsächlich, in der nächsten Minute knarrte auch schon das Gestänge des elektrischen Flügeltors. In dem Glasbauch begann es leise zu zischen, und die ersten Bläschen tanzten über den Metallboden, der von weißen Kalkflocken übersät war, als wäre es eine Schneekugel. Schwere Schritte ertönten auf der Holztreppe, die von der Garage ins Innere des Hauses führten. Dann die Klinke.

Michaelas Hände klammerten sich um den Rand der Arbeitsplatte. Ihr Herz hämmerte bis in die Kehle, und sie überlegte fieberhaft, ob sie an alles gedacht hatte. Ihr Handy. Das Tablet. Er kontrollierte ihr Leben, er hatte sie vollkommen von sich abhängig gemacht. Hatte ihr gesamtes Vermögen in dubiosen Geschäften verzockt und kettete sie damit nur noch mehr an sich. Das Haus, das Auto, alles war mit Schulden belegt, und eine Trennung würde Michaela in den Abgrund stürzen. Zumindest hatte sie das die längste Zeit der vergangenen Jahre geglaubt.

»Da bin ich«, schallte es in den Flur. Hatte er getrunken, oder war es nur die verzerrte Akustik? Beides war möglich.

Schon stand er hinter ihr und reckte die Hände aus. Michaela entzog sich.

»Hallo?!«, keuchte er angestrengt und griff nach ihrer Schulter. »Eine Begrüßung sieht aber anders aus.«

Er versuchte, sie umzudrehen.

»Warte. Das Wasser kocht gleich«, antwortete sie leise.

»Ist mir scheißegal.« Jetzt roch sie den Alkohol.

»Hallo, mein Liebling«, säuselte sie aufgesetzt. »Schön, dass du da bist.«

»Geht doch«, murrte er und zwang ihr einen feuchten Kuss auf die Wange. Seine Barthaare kratzten. Eine fettige Haarsträhne fuhr ihr durchs Gesicht.

Vor Jahren, als sie geheiratet hatten, war er ein ansehnlicher Mann gewesen. Alte Fotos ließen eine gewisse Ähnlichkeit mit Frank Zappa erkennen. Groß, schlank, tiefgründige Augen und die typisch markante Gesichtsbehaarung. Übrig davon waren eine ungepflegte Frisur und ein aus der Form geratener Körper. Die Haare über der Oberlippe gelb vom Zigarettenrauch, und viel zu oft schien der Alkohol aus sämtlichen Poren auszudünsten.

Das Schicksal hatte eine glücklich begonnene Ehe kinderlos gelassen und durch gezielte Einschläge zu einem finsteren Gefängnis umgebaut. Las er in ihren Augen, wie sehr sie ihn verabscheute?

Sie zwängte sich aus seinem Griff und wandte sich dem sprudelnden Kocher zu. Doch schon geriet er in Rage, wollte sie überwältigen, die Bewegungen gerieten außer Kontrolle. Das Nächste, was sie hörte, war ein Scheppern, gefolgt von einem unsäglichen Schmerz, als das kochende Wasser ihre Hand verbrühte. Sie schrie – und auch seine Stimme erhob sich. Beide stürzten zum Wasserhahn, kaltes Wasser spritzte über das schmutzige Geschirr in der Spüle. Beide Hände gierten nach Abkühlung.

»Du dumme Fotze!«, stieß er hervor und stieß sie grob von sich.

»Danke schön!«

»*Du* hast doch danach gegriffen«, gab sie zurück.

Doch schon stampfte er davon.

Die Badezimmertür flog auf. Dann der Schrank. Vermutlich kramte er nach einem Pflaster und einer Salbe.

Michaela bewegte sich wie in Zeitlupe. Ihre Verletzung war nicht so schlimm wie befürchtet. Nur ein paar Spritzer. Sie ließ kaltes Wasser

38

darüberrinnen, auch wenn sie einmal gelesen hatte, dass das nicht die beste Behandlung einer Verbrühung sein sollte.

Beklommenheit machte sich breit. Was würde er mit ihr machen, wenn er aus dem Bad zurückkehrte? Sie wusste es nicht.

Doch dann spulten sich die Geräusche, die sie vor Minuten gehört hatte, erneut ab. Nur rückwärts. Treppe. Garage. Sechszylinder.

Er fuhr weg? Tatsächlich. Michaela atmete auf.

Natürlich wusste sie, dass es noch nicht vorbei war.

Ihr Blick wanderte auf den Glaskocher. Es war noch genügend Wasser in ihm.

Sie goss sich eine Tasse ein.

Sehnsüchtig betrachtete sie das Tablet und ihr Handy, die säuberlich auf der Eckbank lagen. Direkt neben der zusammengerollten Katze, die sich irgendwann lautlos dort platziert haben musste. Manchmal erschreckte sich Michaela vor dem Tier, dabei war sie ein grundgütiges Wesen. Vielleicht das einzige unter diesem Dach.

Für eine Sekunde ertappte sie sich bei dem Gedanken, was wohl aus dem Haus und der Katze werden würde, wenn …

Doch dazu würde es nie kommen.

Die Übelkeit kehrte wieder. Müde trottete Michaela mit der Teetasse in Richtung Eckbank.

Nein, es war noch nicht vorbei.

Es war nur vertagt.

Und wenn ihr Mann das nächste Mal zurückkam, würde es richtig schlimm werden.

15:55 UHR

Sie gibt sich ja ziemlich tapfer«, begann Frank Hellmer das Gespräch, nachdem die beiden Kommissare eine Zeit lang schweigend nebeneinandergesessen hatten. Julia genoss die hohe Sitzposition des

Rovers, ein deutlicher Kontrast zu ihrem kleinen, tief liegenden Roadster. Frank, der am Steuer saß, sprach von Doris Seidel, kein Zweifel.

»Das wird nicht lange halten«, schätzte Julia Durant. »Der große Knall steht noch an, spätestens nachher, wenn sie nach Hause muss.«

»Hm. Und was sollen wir machen?«

Julia zuckte mit den Achseln. Dasselbe Gespräch hatte sie bereits mit Claus Hochgräbe geführt. »Da können wir nicht viel machen. Außer uns bereithalten, falls das Ganze eskaliert. Vielleicht könnt ihr Elisa für ein paar Tage nehmen.«

»Ja, daran hab ich auch schon gedacht.«

Beide waren sichtlich erleichtert, dass sie ihre Gedanken noch nicht auf das bevorstehende Treffen konzentrieren mussten.

Vielleicht war das auch der Grund, weshalb Hellmer die Nibelungenallee wählte und über das Nordend in Richtung Osthafen fuhr. Erst dann steuerte er auf die A 661 in südliche Richtung. Er schien es nicht eilig zu haben.

»Meinst du denn, er hat?«, fragte er irgendwann.

»Ich frag's mich auch die ganze Zeit«, sagte Durant. »Aber ich wünsche mir, dass es nicht so war.« Sie schluckte. »Auch wenn ich's mir beim besten Willen nicht erklären kann, warum er ausgerechnet bei der Schlüter war.« Sie stöhnte auf. »Lass uns bitte von etwas anderem reden, okay?«

»Klar.«

Nach weiteren zehn Minuten Fahrt erreichten sie ein Mehrfamilienhaus in Götzenhain, einem Ortsteil von Dreieich. Hellmer musste mehrfach ansetzen, um den sperrigen Wagen halbwegs gerade in eine Parklücke zu manövrieren.

»Echt jetzt?« Julia grinste, als sie die Schweißperlen auf Franks Stirn entdeckte.

»Sei bloß still! Ich fahre seit Jahren nur den 911er.«

»Schon klar.« Sie löste den Gurt, und ihr Blick wanderte zufällig auf ein zerknittertes Zigarettenpäckchen, welches beim Rangieren unter dem Sitz hervorgerollt war. Es war schon so lange her, dass sie dieses Laster abgelegt hatte. Und trotzdem blieb der Geschmack. Und das Verlangen, wenn auch nur hin und wieder. Eben war einer dieser schwachen Momente, was damit zusammenhängen mochte, was ihnen bevorstand.

Hellmer hüstelte. »Können wir?«

»Hilft ja alles nichts.« Durant verabschiedete sich von dem Gedanken an heißen, aromatischen Tabakrauch, den sie in ihren Mundraum sog, und knallte die Tür zu.

»Wo müssen wir hin?«

Hellmer nannte die Nummer, und die beiden marschierten los.

Erst nach dreimaligem Klingeln regte sich etwas im Inneren. Während die Kommissare die Köpfe in Richtung der Gegensprechanlage gebeugt hielten, erschien ein Schatten hinter dem Strukturglas der Haustür. Dann schwang sie auch schon auf.

»Wer sind Sie?« Der Fragesteller gab eine traurige Figur ab. Eine Trainingshose aus dunkelblauer Baumwolle, darüber ein verwaschenes T-Shirt. An den Füßen Turnschuhe. Der Bauchansatz ließ darauf schließen, dass weder die Sporthose noch die Schuhe in den letzten Jahren ihrem eigentlichen Zweck nach verwendet worden waren.

»Durant und Hellmer, Kriminalpolizei Frankfurt«, stellte Julia sich selbst und ihren Partner vor und zeigte ihren Dienstausweis. Sie hatte es sich schon lange abgewöhnt, mit der Tür ins Haus zu fallen. *Mordkommission.* Auf ihr Gegenüber hätte dieses Wort wohl wie ein Vorschlaghammer gewirkt.

Doch der Gesichtsausdruck des Mannes, der nur eine Handbreit größer war als Durant selbst, sprach Bände. Er rieb sich über das schon seit Tagen unrasierte Gesicht. Hautschuppen rieselten hinab.

»Kriminalpolizei«, hauchte er und trat ein Stück zur Seite, um die beiden hereinzulassen. »Das heißt nichts Gutes. Oder etwa doch?«

In seinen Augen flackerte es, und Durant vermochte nicht zu unterscheiden, ob es sich dabei um Hoffnung oder Angst handelte. Wahrscheinlich etwas von beidem. Sie hatte dieses Flackern schon viel zu oft gesehen.

»Herr Satori«, begann sie angestrengt, »wollen wir nicht erst hineingehen?«

Am Ende der ersten Treppe stand eine Wohnungstür offen. Satori blickte treppauf, dann zurück in Durants Gesicht. »Mein Kleiner ist da oben«, sagte er. »Bitte sagen Sie mir *jetzt,* was Sache ist. Ist Susan … Ha-haben Sie sie gefunden?«

»Es tut uns leid«, erwiderte die Kommissarin kleinlaut.

Die Nachricht riss dem Mann förmlich den Boden unter den Füßen weg. Nur mit Mühe bekam Hellmer ihn zu greifen, als er mit einem Scheppern gegen die Briefkästen strauchelte, die neben der Haustür ins Treppenhaus ragten.

»Herr Satori«, keuchte er und richtete ihn auf.

Satori japste nach Luft. »Susan!« Tränen quollen ihm aus den Augen. »Sind Sie sich sicher? Absolut sicher?«

Julia Durant nickte langsam, auch wenn sie gerne etwas anderes getan hätte. Und was war schon absolute Sicherheit?

»Es besteht kaum Zweifel. Tut mir leid.«

Es dauerte, bis sie die Treppe bis zur Wohnungstür genommen hatten. Satori bebte noch immer, hielt seine Tränen nun aber halbwegs unter Kontrolle. Er musste jetzt stark sein, er wollte seinem Kind nicht wie ein Nervenbündel gegenübertreten. Wie alt mochte das Kind sein? Maximal im Grundschulalter, wenn sie an den Sitz dachte. Wie brachte man einem Schulkind den Tod der eigenen Mutter bei? Und war es bei einem Kleinkind, das viel weniger begriff, einfacher oder schwieriger?

Durant erinnerte sich, wie schwer es mit fünfundzwanzig gewesen war. Ihre Mutter hatte stark geraucht. Sie war langsam und qualvoll erstickt. Viel Zeit, sich mit dem schleichenden Tod auseinanderzusetzen. Viel Zeit, um die Lebensfarbe aus dem Gesicht schwinden zu sehen, bis nur noch ein tristes Grau übrig gewesen war.

Sie fröstelte. Auch die Satoris warteten seit einem Monat auf die Nachricht über Leben und Tod.

Kinderstimmen drangen an Julias Ohr, erst dann begriff sie, dass es der Fernseher war. Auf dem Sofa davor aalte sich ein circa vierjähriger Blondschopf, der um sich herum nichts wahrzunehmen schien. Erst als Satori die Fernbedienung zur Hand nahm und ihm nach dem Abschalten etwas zuraunte, nahm der Kleine die Besucher wahr. Er versteckte sich hinter einem Stofftier, bis sein Vater ihm erklärte, dass es sich um Polizisten handele.

»Und wo sind die Uniformen?«, fragte er mit kritischer Miene.

»Wir müssen am Wochenende keine tragen.« Frank Hellmer lächelte und griff in seine Tasche. »Aber unseren Ausweis haben wir dabei.«

Der Junge betrachtete den Dienstausweis nur kurz, dann prüfte er Hellmers Hosenbund. »Hast du keine Pistole?«

»Nein.«

»Warum nicht?«

»Na ja, das ist auch wegen dem Wochenende.«

Durant musste ebenfalls lächeln. Hellmer machte seine Sache gut.

»Wie heißt du eigentlich?«, wollte der Kommissar wissen. »Ich bin Frank.«

»Philip.«

»Zeigst du mir dein Zimmer?«

Sofort signalisierte Philip Begeisterung und griff nach Hellmers Hand, um ihn in die richtige Richtung zu ziehen. Der Kommissar folgte ihm, und der Junge hatte längst zu plappern begonnen. Es ging um irgendeinen »Ninjago«, was auch immer das war. Die beiden verschwanden um eine Ecke, dann ging eine Tür, und es waren nur noch gedämpfte Geräusche zu hören.

»Was passiert jetzt?«, fragte Satori, der sich auf einen Stuhl am Esstisch gesetzt hatte. »Muss ich sie identifizieren?«

43

Warum muss er ausgerechnet *das* fragen?, dachte Julia. Sie zog sich einen Stuhl zurecht und nahm ihm gegenüber Platz. Dann schürzte sie die Lippen. »Tut mir leid, aber das ist nicht nötig«, wich sie aus.

»Nein?«

»Die lange Zeit im Wald«, versuchte sie sich an einer möglichst sanften Erklärung.

»Aber ... Ich wollte sie noch einmal sehen ...«

Das wollen Sie *definitiv* nicht, schoss es der Kommissarin durch den Kopf.

»... und was ist mit Philip? Ich meine – das Kind muss sich verabschieden!«

»Wir haben Ihre Frau anhand ihrer Merkmale identifiziert. Dank Ihrer präzisen Beschreibung können wir ziemlich sicher sein. Spätestens, wenn Fingerabdrücke und DNA kommen werden ...«

Durant unterbrach sich. All das spielte für Satori nicht die geringste Rolle.

»Verzeihung«, fuhr sie fort. »Aber wir versuchen noch immer zu rekonstruieren, was genau sich zugetragen hat.«

»Wurde sie ...«

Durant nickte. »Ich bedaure. Es gibt keinen Weg, Ihnen das leichter zu machen. Aber Ihre Frau wurde Opfer eines Gewaltverbrechens.«

»Vergewaltigung?«

»Das können wir nicht sagen«. Durant schluckte schwer. »Allerdings gibt es eine Sache, die ich Ihnen jetzt sagen muss-«

Und diese Sache war von allen die schwerste. »Ihre Frau war nicht allein. Sie wurde neben einem weiteren Leichnam gefunden. Im Wald, Nähe Kelsterbach ...«

»*Ein anderer Toter?*« Satori sprang auf. »Ein *männlicher* ...?«

Durant bestätigte. Sie spulte ein paar Details ab, doch Satori bekam vermutlich kaum noch etwas davon mit.

Ob er wisse, um wen es sich handeln könne.

Ob seine Frau womöglich ein Verhältnis haben könne.

Es verstrich eine zähe, tränenreiche Viertelstunde, voller Frust und Wut, voller Enttäuschung und Selbstzweifel.

»Da stehe ich nun«, resümierte Satori irgendwann und erhob sich. Er schritt zielstrebig zu einem Vorhang, hinter dem sich eine Art Speisekammer verbarg, und kehrte mit einer Flasche Jägermeister zurück. Er wog sie in der Hand, murmelte etwas von einem Geschenk, drehte den Deckel auf und nahm einen mutigen Schluck.

Er wischte sich über den Mund und verzog das Gesicht. Dann wiederholte er das Ganze und stellte die Flasche danach auf die krümelige Tischplatte.

»Ich habe nichts Stärkeres da«, sagte er. »Ich trinke eigentlich nicht.«

Julia Durant nickte. Ihre Gedanken galten dabei vor allem dem Kind. »Haben Sie jemanden, der Sie unterstützen kann?«

»Wieso?« Satori reagierte fast schon trotzig. »Wir kommen seit vier Wochen bestens zurecht!«

»Trotzdem. In dieser Situation …«

»Ich kriege das schon hin. Unser Pfarrer wohnt ums Eck, ich bin aktiv in der Gemeinde. Und Philip hat ein paar gute Freunde. Das wird ihn ablenken.«

Julia Durant schob ihre Visitenkarte über den Tisch und zog dabei eine Bahn in die Krümel. »Bitte melden Sie sich jederzeit, wenn Sie jemanden brauchen«, sagte sie. »Ich habe selbst einen Verlust erlitten. Ich weiß, wie Sie sich fühlen.«

»Ach ja?« Satoris Augen flammten auf. »Hat Ihr Mann auch im Wald eine andere gevögelt, bevor er umgebracht wurde?« Er schnaufte und schob eine kleinlaute Entschuldigung hinterher.

Durant griff kurz nach seiner Hand, dann stand sie auf. »Schon gut. Ich habe solche Situationen leider schon öfter miterlebt. Deshalb weiß ich, dass es gut ist, wenn man jemanden hat.«

Satori legte den Kopf nach hinten. »Wie geht es jetzt weiter?«

»Sobald die Rechtsmedizin uns das Okay gibt, können Sie Ihre Frau bestatten. Und wir werden das Umfeld beleuchten. Das heißt, wir müssen uns noch einmal ausführlich unterhalten. Auch über Ihr Alibi, das können wir Ihnen nicht ersparen. Aber das muss nicht heute sein.«

»Hm.«

»Trotzdem: Es wäre hilfreich, wenn Sie uns alles mitteilen könnten, was zum Zeitpunkt des Verschwindens bei Ihnen los war. Alles, was vielleicht anders war als sonst.«

Satori blieb mit nachdenklicher Miene am Tisch sitzen, und Durant machte sich auf den Weg zum Kinderzimmer, um ihren Partner abzuholen.

16:37 UHR

Doris Seidel kehrte an ihren Schreibtisch zurück. Ihre Beine waren schwer, und sie war froh, für ein paar Minuten einfach nur dasitzen zu können und nichts zu tun. Sie legte das Smartphone neben die Tastatur. Ein verstohlener Blick auf das Display verriet ihr, dass eine neue Nachricht im Messenger eingegangen war. Von ihm. Daran bestand kein Zweifel. Doch Doris hatte sowohl die mobile wie auch die Festnetznummer von Peter Kullmer blockiert. Das Gleiche galt für anonyme Anrufe, für unterdrückte Rufnummern und für SMS. Sollte er sehen, wie er klarkam.

Dennoch: Man konnte nicht alles sperren. Außerdem war da noch Elisa, ihre Tochter. Peter kümmerte sich zwar rührend um sie, und ein eigenes Handy besaß sie noch nicht, aber sie würde Fragen stellen. Insgeheim fürchtete Doris, dass ihr Ehemann auf die naheliegende Idee käme, hier im Präsidium aufzukreuzen. In ihrem gemeinsamen Büro. Doch wenn Peter noch ein Fünkchen Verstand besaß, würde er begreifen, dass es momentan nichts brachte, ihr auf die Pelle zu rücken.

Die Kommissarin trank einen Schluck Cola aus einer längst warmen und durchgeschüttelten Flasche, die sie unterwegs an einer Tankstelle gekauft hatte. Dann legte sie den Finger auf den Startknopf des Computers und wartete, bis das System hochgefahren war. Sie verfasste einen kurzen Bericht über den Halter des VW Golf, den sie soeben befragt hatte.

Weshalb er den Wagen auf einem öffentlichen Parkplatz »entsorgt« habe.

Der Mann hatte von festgefahrenen Bremsen gesprochen. Von Reparaturen, die sich nicht mehr lohnten. Er gab schließlich zu, dass er gehofft habe, jemand würde den Wagen stehlen.

Als Tatverdächtiger schied er mit großer Wahrscheinlichkeit aus. Ein Großbauprojekt in Fernost. Er war Mitte Mai nach Peking aufgebrochen und erst vor zehn Tagen zurückgekehrt. Alleinstehend und ohne Kinder, konnte dieses Alibi zwar niemand bestätigen, doch Seidel hatte mit zwei Arbeitskollegen telefoniert, die er ihr genannt hatte. Und sie hatte die Flugtickets in Augenschein genommen.

Unverdächtig, so ihre Kategorisierung am Ende.

Als das Telefon klingelte, zuckte sie zusammen. Peter? Nein. Sie atmete erleichtert auf. Die Vorwahl kam von außerhalb. Seidel nahm den Hörer ab und meldete sich.

»Hier spricht Sören Henning, Kriminalpolizei. Kiel. Ich frage mich gerade, ob wir schon mal miteinander zu tun hatten.«

Doris Seidel erinnerte sich dunkel. Da war mal etwas gewesen, einige Jahre zuvor. Sie wechselten ein paar Sätze, es ging hauptsächlich um Julia Durant, mit der Henning damals den meisten Kontakt gehabt hatte. Doris war heilfroh, dass die Hochzeit nicht zur Sprache kam. Kiel lag weit genug weg. Derlei Details ...

»Weshalb ich anrufe«, unterbrach Sören Henning ihre Gedanken, »es geht um diese Kennzeichenabfrage.«

Doris Seidel überlegte kurz. Es war in der Tat verwunderlich, warum die Kieler Mordkommission sich meldete. Und warum direkt bei der Frankfurter Mordkommission? *Noch* war der Tote nicht identifiziert. Es handelte sich bislang um einen rein erkennungsdienstlichen Vorgang.

47

Henning gab ein paar Daten durch. Dann: »Der Mann ist absolut unauffällig. Bis auf ein paar Punkte in Flensburg vielleicht. Na ja, und dass er eben vor vier Wochen als vermisst gemeldet wurde. Aber man sagte uns, dass der Wagen in Verbindung mit einer Straftat stehe. Stimmt das?«

»Ein Doppelmord«, bestätigte Doris Seidel. »Der Tatzeitpunkt passt zur Vermisstenmeldung. An welchem Datum war das genau?«

Henning nannte den zwölften Juni, ein Montag, und Seidel notierte es sich. Dann berichtete sie kurz von den skelettierten Körpern, und die beiden verabredeten, dass die Spurensicherung Fingerabdrücke aus dem Fahrzeug nehmen sollte.

»Lenkrad, Radio und die gängigen Teile«, zählte die Kommissarin auf, »und wir checken nach Kaugummi oder Zigarettenkippen wegen der DNA.«

»Danke.«

»Verraten Sie mir jetzt auch, was die Mordkommission in Kiel mit unserem Pärchen zu tun hat?«, fragte Doris geradeheraus.

Sören Henning räusperte sich. »Vielleicht sollten Sie sich das am besten ansehen.«

Sie wurde hellhörig. »Was ansehen?«

»Wir haben einen ähnlichen Fall. Doppelmord an einem Pärchen. Vor zwei Jahren, in einem Moorgebiet nicht weit von hier.«

Doris versteifte sich. Doppelmorde gab es überall. Da musste noch mehr sein. Tatsächlich fuhr ihr Kollege mit einer Aufzählung von Todesumständen fort, die sie erschaudern ließen. Und zwar nicht wegen ihrer besonderen Brutalität, sondern weil sich das Ganze wie eine exakte Kopie des aktuellen Falles anhörte.

Jemand sollte sich das besser mal ansehen, darüber waren sie sich schnell einig.

»Soll ich Ihnen die Akten zukommen lassen?«, wollte Henning wissen. »Ich sag's Ihnen aber gleich: Nicht alles davon ist digitalisiert. Und es sind *Kisten*«, betonte er.

Doris Seidel wechselte die Hand, mit der sie den Hörer hielt. Ihre Finger hatten feuchte Abdrücke darauf gezeichnet. Sie rieb sich die Hand an ihrer Jeans, dabei blieb sie mit etwas an einer Naht hängen. Für einige Sekunden verharrte ihr Blick auf dem goldenen Ehering, in dem ein kleiner Stein eingefasst war. Spürte den Kloß, den sie schon den ganzen Tag über im Hals trug, auf unangenehme Größe anschwellen. In diesem Augenblick wurde ihr klar, dass sie es war, die in den Norden reisen musste. Besser heute als morgen.

20:20 UHR

Michaela Körtens schaltete den Fernseher aus.
Sie hatte eine Stunde im Bad verbracht, dann auf der Couch verharrt. Die *Tagesschau* gesehen, Hauptthema war der G-20-Gipfel in Hamburg gewesen. Doch ihr Interesse an Politik hatte die junge Frau schon lange verloren. Was taten die da oben schon für sie? Interessierte sich jemand dafür, wie ihr Mann sie behandelte? Wie er sie unterdrückte, wie er sie peinigte? Wenn sie Kinder hätte, so viel wusste sie, *dann* würde der Staat sich um sie kümmern. Jugendamt, Familiengericht, Kinderheim. Das hatte sie alles selbst erlebt. Wenn Kinder im Spiel waren, zerriss die Obrigkeit Familien mit Leichtigkeit. Doch heute? Wo waren die Helfer, die Gutmenschen, die Besserwisser denn alle? Natürlich, sie konnte ja gehen. Jederzeit.
»Warum packen Sie nicht einfach Ihre Koffer, Frau Körtens?«, hatte man sie gefragt.
»Sie haben doch einen Mann, der verdient«, hieß es anderswo. »Sie haben da kaum Ansprüche. Wieso arrangieren Sie sich nicht einfach?«
Arschlöcher.
Zum tausendsten Mal klappte sie die Schutzhülle des Tablets auf. Ein von mehreren Modellen überholtes Gerät mit schwächelndem

Akku, aber für Michaela seit geraumer Zeit das Zentrum ihres Glücks. Sie rief eine Website auf, die nicht in den Favoriten auftauchte. Loggte sich mit einem Fantasienamen ein, um zu sehen, ob eine neue Mail auf sie wartete.

Ihr Mann war misstrauisch. Und technisch halbwegs versiert. Er hielt es nicht für nötig, seine Besuche auf Pornowebsites zu verheimlichen, kontrollierte wohl aber, was Michaela so trieb. Dabei hatten sich ihre wenigen Ausflüge in die Welt des Internets auf Kleinanzeigen und Facebook beschränkt. Für das eine fehlte allerdings das nötige Geld, und das andere brachte kaum mehr als sinnlosen Zeitvertreib. Enge Freunde hatten weder Michaela noch ihr Mann. Bis auf eine Ausnahme.

Ihr Herz begann zu pochen. Eine neue Nachricht. Keine Werbung. *Er.*

> Hallo mein Herz,
> ich kann um halb neun weg. Fahre dann an den Hauptbahnhof und setze mich zu Starbucks oder bleibe in der Nähe vom Auto. Habe ein bisschen was vorbereitet, ich hoffe so sehr, dass es bei Dir klappt. Ich kann es kaum mehr ertragen zu warten und spüre Dich schon in meinen Armen liegen.
> Ich küsse Dich zärtlich

Was für ein wundervoller Mann. Seine Worte berührten Michaela, denn sie empfand genauso. Wie gerne hätte sie geantwortet, doch stattdessen schnellte sie nach oben. Das Tablet glitt ihr aus der Hand, sie bückte sich danach. Ruhig, mahnte sie sich. Zuerst ausloggen und den Verlauf löschen. Nicht auszudenken, was geschehen würde …

Als Michaela auf den Bordstein trat, zuckte sie zusammen.
Diesmal sah sie ihn, bevor sie das verhasste Motorengeräusch hörte.
Fünf Häuser weiter bog der BMW um die Straßenecke.

22:40 UHR

Barfuß laufe ich über den Waldboden.
Warum habe ich keine Strümpfe, keine Schuhe?
Warum hast du mir keine gegeben?
Warum hast du mich allein gelassen, warum muss ich hier sein?
Ich spüre, wie die Nacht mir im Nacken sitzt. Wie es unter meiner Haut
brennt.
Das Verlangen, die Gier, der Geschmack, auf den du mich gebracht hast.
Das erste Mal, das letzte Mal.
Ich bin wie du.
Ich muss töten.

Gedankenfetzen, Stimmen, die wie ein Tonband durch die Gedanken hallten. Das Raubtier spürte die Stiche der Tannennadeln, die
kleinen Steinchen und jeden Ast, auf den es trat. Barfuß. Wie auf
leisen Pfoten, die sich ohne Laut durch das Unterholz bewegen. Auf
der Lauer, auf der Jagd.
Sein Ziel hatte das Raubtier längst erspäht, auch wenn die Zeit noch
nicht gekommen war.
Als der Mond hinter den Baumwipfeln hervortrat und den Wald in
gespenstisches Licht tauchte, zuckte die Gestalt zurück, als hätte sie
Angst, von einem Lichtstrahl getroffen zu werden. Sie verbarg sich
im Schatten der schlanken, eng beieinander gewachsenen Stämme.
Und wartete auf den richtigen Augenblick, während auf einer nahe
gelegenen Lichtung lustvolle Geräusche erklangen.

Ingo Bierbaß stöhnte laut auf.
Er hatte seine Hose bis über die Knie hinabgezogen, sie hatte ihm
dabei geholfen. Als er in sie eingedrungen war, jauchzte sie auf.
Ihre Finger gruben sich tief in seinen Rücken. Sanft, aber bestimmt stieß er immer wieder tief in den Unterleib seiner Freundin.

Diese befand sich unter ihm, folgte dem Rhythmus seiner Bewegungen.

Sie hatten sich in der Stadt verabredet, und nur mit viel Mut war es Michaela gelungen, tatsächlich zu kommen. Das Schicksal prüfte die junge Beziehung vom ersten Augenblick an hart. Doch sie hatte ihrem Mann die Stirn geboten, etwas, was sie nur gewagt hatte, weil sie sich auf offener Straße befanden.

»Wo willst du hin?«

»Ich gehe heute aus.«

»Untersteh dich!«

»Du bist doch auch den ganzen Tag weg«, hatte sie gekontert. »Du kommst und gehst, wie es dir gerade in den Kram passt. Heute Abend möchte ich …«

»Ja, ja, ja, ist mir scheißegal.«

Und dann war er einfach weitergefahren. Dieses gottverdammte Arschloch.

Sie hatte gewonnen. Eine Schlacht vielleicht bloß und nicht den Krieg. Doch sie war frei, wenigstens für ein paar Stunden. Das Herz hüpfte in ihrer Brust, auch wenn sie den Angstschweiß noch zehn Minuten lang auf der Haut spüren würde.

Am Hauptbahnhof war sie bei Ingo eingestiegen. Nur verstohlen hatten die beiden sich begrüßt. Flüchtige Berührungen, die wie Stromschläge bitzelten. Sehnsucht und Verlangen. Die gesamte Fahrt über lagen ihre Hände auf dem Oberschenkel des anderen. Ingo steuerte in westlicher Richtung aus der Stadt hinaus, bis die Autos und die Lichter weniger geworden waren. Sie hatten im Schutz der Bäume eine Weile geknutscht, bis das Lenkrad und der Handbremshebel ihnen auf den Nerv gegangen waren.

»Hast du die Picknickdecke noch im Kofferraum?«, fragte Michaela.

»Klar. Und ich kenne eine gute Stelle.«

Wie junge, brünstige Rehe drängte es die beiden in den Wald hinein. Sie hatten nur ein paar Stunden Zeit, dann wurde Ingo zu Hause erwartet. Spätestens am Morgen, wenn er für seine Familie Frühstück bereiten sollte. Eine Familie, die ihn nicht brauchte. An der er nur noch wegen der Kinder hing. Michaela ging es ähnlich, wenn auch auf andere Art und Weise. Hätte sie Geld, hätte sie eine Familie, sie wäre vermutlich schon längst zu neuen Ufern aufgebrochen. Doch stattdessen ließ sie sich bevormunden und seit geraumer Zeit sogar misshandeln. Sie hatte keine Kraft mehr, sich ihm entgegenzustellen. Doch seit sie Ingo, ihrem alten Schulfreund, auf einem Klassentreffen begegnet war, schien ihr Leben einen neuen Weg einzuschlagen.

Heute schliefen sie zum ersten Mal miteinander.

Er kam viel zu schnell. Seit Wochen hatte er sich vorgestellt, wie es wohl sein würde. Wie sie sich anfühlte, wie er tief in sie eindrang. Ein heißes Zucken, ein lautes Jauchzen, und schon schämte er sich.

»Tut mir leid«, keuchte er und griff nach einer Haarsträhne, die auf Michaelas Wange klebte.

»Muss es nicht.« Sie atmete flach. »Es war wunderschön. Du müsstest nur ... also, ich bekomme kaum Luft.«

»Ups.« Ingo rollte sich zur Seite, wollte den Arm um seine Freundin schlingen, da registrierte er etwas in ihren Augen. Ein Schatten. Angst.

Aber noch bevor er sich nach der Ursache erkundigen konnte, schlug ihm ein Ast mit solcher Wucht ins Genick, dass er nur noch Schwärze sah. Und Sterne, die vor seinen Augen tanzten, während er auf die Decke klatschte.

Du bist ich,
ich bin du.
Du bist in mir,
ich bin in dir.
Ich töte dich.

23:04 UHR

Doris Seidel lauschte der Wettervorhersage und den Verkehrsmeldungen auf HR1, dann drehte sie das Radio aus. Es war eine ruhige Nacht. Warm, trocken, keine besonderen Vorkommnisse auf den Straßen. Noch immer befand sie sich im Polizeipräsidium, doch sie wusste, es war Zeit. Höchste Zeit, sich den Dingen zu stellen, vor denen sie am liebsten davonlaufen würde. Die sie ausblenden wollte. Sie wurde wütend, denn sie hatte sich das alles nicht ausgesucht. *Er* hatte sie in diese unerträgliche Situation gezwungen. Und den ganzen Tag über hatte er versucht, sie zu erreichen. Vermutlich würde er um sie herumscharwenzeln wie ein geprügelter Hund, sobald sie die gemeinsame Wohnung auf dem Riedberg betrat.

»Nicht mit mir«, dachte Doris und schritt zu ihrem Schrank, der sich neben einem übervollen Regal mit Büchern und Aktenordnern befand. Das rötliche Holz um den Knauf war matt und abgegriffen. Die Tür schwang auf, im Inneren befand sich eine Trainingstasche mit Wechselklamotten. Im Kofferraum des Ford Kuga wartete die Kleidung, die sie aus dem Hotel mitgenommen hatte. Dazu ihre Hygieneartikel.

»Du musst nicht nach Hause«, entschied sie, nicht ohne Gram, weil sie an ihre Tochter denken musste. Doch Elisa war ein Papakind, die beiden kamen wunderbar miteinander klar, und in diesem speziellen Moment war Doris darüber erleichtert, auch wenn sie sonst oft eifersüchtig war. Gerade jetzt, wo es drauf ankam, konnte Peter sich kümmern. Immerhin trug er die Schuld an dieser Misere. Doris griff entschlossen nach der Tasche.

Kommissariatsleiter Hochgräbe hatte eine Dienstreise nach Kiel für etwas überstürzt gehalten. Doch gut möglich, dass Julia Durant ihn dann bearbeitet hatte. Möglich auch, dass er sich ausgemalt hatte, wie die Arbeit zwischen Kullmer und Seidel wohl aussehen würde, wenn die beiden zur selben Zeit am selben Ort sein mussten.

54

»Klärt eure Angelegenheiten!«, waren die Worte des Chefs zum Abschied gewesen. Klärt euren Kram, damit er den Fall klären konnte. Nach einer ersten Einsicht in die Dateien, die per E-Mail von den Kieler Kollegen gekommen waren, schien die Reise in den Norden ein wichtiges Puzzlestück zu sein. Und Doris Seidel war dankbar für eine Fluchtmöglichkeit. Vor Jahren hatte es sie aus fast denselben Gründen von Köln nach Frankfurt verschlagen. Eine gescheiterte Beziehung. Ein endgültiger Wechsel. Noch traute sie sich nicht, darüber nachzudenken, welche Parallelen es seit gestern gab.

Geschichte wiederholte sich eben. Zumindest, wenn man dieselben Fehler beging.

Und die Morde wiederholten sich offenbar auch. Wenn ich schon das eine nicht mehr ändern kann, dachte die Kommissarin, dann vielleicht das andere.

SONNTAG

SONNTAG, 9. JULI, 9:55 UHR

Für die Hälfte der Bundesländer hatten mittlerweile die Sommerferien begonnen. Auch Hessen gehörte dazu, der Norden hingegen musste noch eine Weile warten. Sie hatte am späten Abend die Fahrpläne der Bahn gecheckt, die ICEs von Frankfurt nach Hamburg fuhren praktisch rund um die Uhr. Umsteigen, eine Stunde Weiterfahrt, alles in allem ein Zeitaufwand von mindestens sieben Stunden. Dafür hätte sie schlafen können, doch sie wusste, dass ihr das ohnehin nicht gelänge.

Stattdessen hatte Doris Seidel ihr Reisegepäck ins Heck des Ford Kuga verstaut und sich im Präsidium einquartiert. Nur für ein paar Stunden, spätabends, als alle anderen längst nach Hause gegangen waren. Im Untergeschoss, wo sich unter anderem die Abteilung für Computerforensik befand, hatte IT-Chef Michael Schreck einen Dreisitzer stehen. Umringt von allerlei technischem Gerät. Versteckt hinter drei Raumteilern, hinter denen sich außerdem kilometerlange Kabel und ein paar klobige Serverschränke verbargen. Immer summte es, und stets blinkten winzige grüne und gelbe Betriebsleuchten. Doch für ein paar Stunden ungestörten Schlaf, hatte Doris Seidel entschieden, war es nicht der schlechteste Ort. Vor allem da sie hier niemand finden würde. Nicht auszudenken, wenn Peter auf den Gedanken gekommen wäre, mitten in der Nacht hier aufzukreuzen. Immerhin wusste er, dass Doris sich im Präsidium befand. Wo sollte sie auch sonst hin? Sie hatten sich eine Eigentumswohnung im neu entstehenden Stadtteil auf dem Riedberg gekauft. Atemberaubender Blick auf die Stadt und doch eine manchmal fast schon ländlich wirkende Distanz. Trotzdem blieb der kräftige Puls Frankfurts noch zu spüren. Aber was nutzte ihr all das? Seidels Kopf drehte sich.

Eine Wohnung. Eine Tochter. Ein Trauschein, der gerade mal zwei Tage alt war.

Ein Haufen Scherben.

Sie war gut durchgekommen. Der Reiseverkehr würde sich erst im Lauf des Tages und dann hauptsächlich südwärts verdichten. Ohne zu viel Zeit in der Hafenstadt zu vertrödeln, hatte Seidel das Präsidium angesteuert und sich zu Sören Henning durchgefragt. In ihrem Kopf war noch kein Platz für die Eindrücke des Nordens, für seine Reize. Auch wenn sie spätestens seit Hannover spürte, wie gut ihr die Distanz zu allem tat.

Gemeinsam fuhren die beiden mit Hennings Wagen nun aus der Stadt in Richtung Norden, wo er, nachdem die Straßen immer schlechter und enger geworden waren, irgendwann an einem Feldweg zu stehen kam. Sie befanden sich mitten im Nirgendwo, und während Doris sich noch umschaute, war Henning so schnell ausgestiegen, dass sie erschrocken zusammenfuhr, als er die Beifahrertür aufriss. Er gab sich als Gentleman. Irgendwie tat das gut. Dann fiel sein Blick auf ihre Turnschuhe.

»Da können wir ja froh sein, dass es so trocken ist«, kommentierte er.

»Wieso? Ist dieser Wald etwas Besonderes?«, wollte sie wissen, denn mit diesen Schuhen hatte sie noch jede Outdoorstrecke rund um Frankfurt bewältigt.

Sören Henning grinste breit. »Es ist ein Moor, wie der Name schon sagt. Aber keine Sorge. Auf den Trampelpfaden bleiben die Füße trocken.«

Hatte sie den Augenblick verpasst, an dem der Gentleman dem Klugscheißer gewichen war? Oder hatte Doris vielleicht einfach nur ein dünnes Fell?

Schweigend trottete sie hinter dem Hünen her. Es hätte ein zauberhafter Spaziergang sein können. Niedrige, schlanke Birken bildeten lichtdurchlässiges Dickicht. Während die Wege schmäler wurden, schienen die Stämme krummer und knorriger zu werden, dazwischen Lichtungen mit Wollgrasteppichen, deren weiße Bäusche sich hin und her wiegten. Ein zauberhafter Spaziergang. War es das, was die beiden Personen hierhergelockt hatte?

Sören Henning führte die Kommissarin zu einem kaum erkennbaren Abzweig. Der Boden wurde nach wenigen Metern weich. Hennings Stiefel machten schmatzende Geräusche. Und dann durchbrach ein Reh die Stille. Seidel wäre fast das Herz stehen geblieben, als das junge Tier nur einen Steinwurf von den beiden entfernt aufsprang und das Weite suchte.

»Hier ist es«, hörte sie den Kollegen sagen.

Wollgras. Wattebäusche. So weit das Auge reichte.

»Hier?«

Er nickte. »Hendrik Kirch und Tanja Meier. Er kam aus Kaltenhof, da sind wir eben durchgefahren. Sie aus Dänischenhagen. Auch nicht weit.«

Doris erinnerte sich, den Ortsnamen gelesen zu haben. Henning fuhr fort mit dem, was man über den Tathergang wusste. Die beiden waren im September 2015 zum letzten Mal lebend gesehen worden. Ein ungewöhnlich warmes Wochenende, vor allem nach dem kalten und verregneten Sommer. Laut Tanjas Eltern war die Mittzwanzigerin seit ein paar Wochen mit dem Bauernsohn der Großfamilie Kirch liiert gewesen. Er habe sie abgeholt, sie habe ohnehin mehr dort gelebt als zu Hause. Aber das sei wohl normal bei Frischverliebten. Tanjas Vater war ein hoher Beamter und hielt nichts von der Beziehung zu Hendrik, zumal die Familie in den einen oder anderen Skandal verwickelt war. Eine rücksichtslose Sippschaft, so hieß es, aber Hendrik sei ein eher gutmütiger Typ, der etwas aus der Art schlage. Weil die beiden sich öfter zurückzogen, war das Verschwinden erst nach drei Tagen aufgefallen. Tanja arbeitete in einem Sanitätshaus, und ihr Chef hatte sich telefonisch erkundigt, ob sie noch immer krank sei.

»Die beiden wurden mit starkem Klebeband gefesselt, er lag dort.« Henning deutete an den Fuß einer schief gewachsenen Birke. »Untenherum unbekleidet, oben T-Shirt und dünner Pullover. Blut auf der Brust. Er wies Würgemale auf und hat einen Kopfschuss erhalten, der aber nicht tödlich war.«

»Wie denn das?«

»Er war bereits erstickt.«

Seidel schluckte. Ein Ritual? Hatte es sich in Frankfurt genauso abgespielt?

»Was ist mit ihr?«

»Dasselbe. Sie war nackt, aber wir können nicht sagen, wie viel von der Kleidung sie sich selbst entfernt hat. Auf dem Shirt und der Decke waren Spermaspuren, doch das Shirt lag meterweit entfernt von ihr.« Wieder deutete der Kommissar zwei Positionen an. Tanjas Körper hatte demnach unmittelbar neben dem ihres Freundes gelegen. Auf der Decke.

»Sperma von *ihm?*«

Sören Henning nickte düster. »Wenigstens hat das Arschloch ihnen noch ihren Spaß gegönnt. Vermutlich hat er sich dabei einen runtergeholt.«

Seidel verzog die Nase. »Hat man aber nichts gefunden, nehme ich an.«

»Quatsch. Keine Chance hier, schon gar nicht drei Tage später. Und geregnet hatte es außerdem.«

Die Kommissarin stellte weitere Fragen nach dem Todeszeitpunkt, der Auffindung, Zeugen, möglichen Verdächtigen. Man hatte den Doppelmord zunächst als Beziehungstat behandelt, im Umfeld der Familien ermittelt, einen möglichen Nebenbuhler gesucht. Doch nichts hatte zu einem Ergebnis geführt. Der Fall wurde kalt, ein

Cold Case, das Leben ging weiter. Selbst für die Angehörigen von Tanja und Hendrik.

»Sie gehen also davon aus, dass es sich um einen deutschlandweit agierenden Serienkiller handeln könnte?«, stellte Henning wie beiläufig fest.

Seidel blickte ihn fragend an. »Habe ich das gesagt?«

»Nein. Aber Sie kommen über Nacht in den Norden … und wirken ziemlich angestachelt, wenn ich das mal so sagen darf.«

»Besser, als Akten durchs Land zu schicken«, wich die Kommissarin aus. »Außerdem sprechen die Kopfschüsse, das Klebeband und der ganze Tathergang eine recht deutliche Sprache. Das sind zu viele Details, um Zufälle zu sein.«

»Stimmt.« Ihr Kollege lenkte ein, legte jedoch im nächsten Moment die Stirn in angestrengte Falten. »Und der Täter soll demnach von hier kommen? Ist das nicht unlogisch? Ich dachte, der Kieler sei eines Ihrer Opfer.«

»So weit sind wir noch nicht. Irgendeine Verbindung muss es geben. Haben Sie den Halter des Wagens schon aufgesucht?«

Sören Henning schüttelte den Kopf. »Wir können direkt hinfahren. Die Meldeadresse befindet sich zwanzig Kilometer von hier. Das ist alles ein Aufwasch.«

11:40 UHR

Das kleine Haus von Ansgar Bartelsen befand sich im Süden von Eckernförde in Richtung Windeby in einer ruhigen Seitenstraße. Sofort spukte etwas in ihrem Kopf herum, doch Doris Seidel vermochte es nicht zu greifen. An einem der gemauerten Pfosten verriet ein aus Ton geformtes und von Hand verziertes Schild die Namen der Bewohner. Ansgar und Frauke Bartelsen sowie deren Tochter Petra. Die bunten Farben, mit denen das Kunstwerk gestaltet war, waren verblasst.

60

In diesem Moment war Doris Seidel nicht allzu böse, dass sie noch keine offizielle Todesbenachrichtigung überbringen mussten. Noch war der Tote nicht identifiziert. Während sie über die schiefen Pflastersteine schritt, fragte sie sich, was man als Angehöriger wohl schwerer verdauen würde. Die Nachricht, dass der Ehemann tot war, oder die, dass er als mutmaßlicher Killer gesucht wurde.

Und dann war da noch etwas, was ihr aufgefallen war. Nicht ein einziges Auto in der Straße hatte ein Kieler Nummernschild.

»Ist ein bisschen irritierend«, erklärte Sören Henning, bevor sein Finger die Türklingel traf. »Die Kennzeichen gehören zu Rendsburg. Aber Bartelsens Firma ist in Kiel und der Geschäftswagen auch dort zugelassen. Allerdings ist es sein Auto, also keines, was von mehreren Personen gefahren wird.«

»Aha.« Doris Seidel wusste bereits, dass es sich um einen größeren Konzern handelte, der im medizinischen Bereich agierte. Bartelsen war demnach eine Art Vertreter, also jemand, der herumkam. So gut das alles auch gepasst hätte …

Die Haustür öffnete sich. Ein Paar strahlend blaue Augen blickten die beiden Kommissare an. Sie leuchteten fast noch heller als die von Sören Henning. Dazu hatte die sehr jung wirkende ungeschminkte Frau strohblondes Haar, welches sich nur schwer bändigen zu lassen schien. Überall kringelten sich Strähnen aus dem geflochtenen Zopf heraus. Sie trug eine verwaschene Jeans und knallrote Wollsocken. Dazu ein Micky-Maus-T-Shirt, unter dem sich der BH abzeichnete.

»Sind Sie von den Zeugen Jehovas?«, fragte Petra Bartelsen kess. »Dann hätten Sie nämlich schlechte Karten.«

»Kriminalpolizei«, sagte Henning unbeeindruckt. Er sparte sich lange Erklärungen in puncto Frankfurt und Kiel, sondern kam direkt zur Sache. »Wir kommen wegen Ansgar Bartelsen.«

»O nein.« Ihre Hand legte sich vor den Mund. »Kripo? Was ist mit meinem Dad?«

Doris Seidel biss sich auf die Zunge. Deshalb wirkte die Frau so jung. Sie war seine Tochter. Dann war sie keine Mittdreißigerin, die sich gut gehalten hatte, sondern vielmehr eine Anfang-Zwanzigerin, die älter wirkte.

Sören Henning setzte den Dialog fort.

Ob sie selbst die Vermisstenmeldung aufgegeben habe. *Ja.*

Wann sie ihn zurückerwartet habe.

Damals? Freitagnachts. Aber es kam nicht selten vor, dass er spontan eine Nacht oder das Wochenende dranhängte. Erst am Sonntag habe sie ihn zu erreichen versucht.

Das war der 11. Juni gewesen, erinnerte sich Doris Seidel. Die Vermisstenanzeige war laut Henning einen Tag später eingegangen.

Ob sie hier alleine lebten.

»Seit Mamas Tod ja«, antwortete die junge Frau mit betrübter Miene. »Sie ist vor zwei Jahren gestorben.«

»Darf man fragen, woran?« Seidel klinkte sich ins Gespräch.

»Krebs. Wieso ist das wichtig?«

»Nur so. Tut mir leid. Dieser verdammte Krebs.«

Frau Bartelsen nickte. »Was ist denn jetzt mit meinem Dad?«

»Das wissen wir noch nicht genau«, sagte Kommissar Henning. »Meine Kollegen haben in Frankfurt seinen Wagen gefunden.«

»Gefunden?«

»Auf einem abgelegenen Parkplatz. Verlassen«, erklärte Doris. »Und das Ganze leider in unmittelbarer Nähe eines Tatorts.«

Die junge Frau wurde kreidebleich und griff nach dem Pfosten der Holztreppe. »Soll das etwa heißen …?«

»Wir wissen noch nichts Genaues. Aber die Überprüfung des Kennzeichens führte uns zu Ihnen. Haben Sie ein aktuelles Foto Ihres Vaters?«

»Ja, warten Sie.« Petra druckste. »Kommen Sie doch bitte mit ins Haus.«

Es dauerte nicht lange, da kehrte sie zurück. Das Foto in ihrer Hand zeigte eine glücklich wirkende Familie.

»Es entstand drei Monate *vorher*. Der Schein trügt. Mama hat sich gewünscht, dass wir ein ganz normales Foto machen, auf dem man ihr nichts ansieht.« Die junge Frau schwieg ein paar Sekunden und wischte sich verstohlen die Augenwinkel. »Sie war sehr tapfer.«

Doris Seidel wartete einen Moment, bis sie fragte: »Wissen Sie, wie groß Ihr Vater ist?« Auf dem Foto war es nicht eindeutig zu erkennen. Aber die Statur hätte zu der des Opfers passen können.

»Eins dreiundachtzig.« Die Tochter lächelte. »Im Perso steht ein Zentimeter mehr, und er betont immer, den lässt er sich nicht mehr wegnehmen. Deshalb weiß ich das so genau.«

Seidel atmete schwer. Die Körpergröße passte ziemlich genau zu den von Andrea Sievers ermittelten Werten.

»Frau Bartelsen«, sagte sie leise und hätte am liebsten nach den Händen der jungen Frau gegriffen, »es besteht leider die Möglichkeit, dass Ihrem Vater etwas zugestoßen ist.«

»Bis jetzt wissen wir es aber nicht genau«, betonte Sören Henning.

»Okay.« Petra Bartelsens Augen weiteten sich. »Und jetzt?«

»Es wäre hilfreich, wenn wir Kleidung oder Hygieneartikel Ihres Vaters hätten. Ungewaschene Kleidung, einen Kamm oder die Zahnbürste.«

Petra lachte schnarrend. »Die hat er hoffentlich mitgenommen!«

»Verzeihung. Aber etwas in dieser Art.«

»Ich sehe mal nach.«

Frau Bartelsen schlurfte davon. Es dauerte länger als erwartet, und nach einem stummen Blickwechsel mit ihrem Kollegen entschied Doris Seidel, der Frau nachzugehen. Sie erreichte gerade den Flur, als sie ein Schluchzen hörte.

»Bitte lieber Gott … nicht auch noch das …«

Also glaubte sie doch an etwas. Irgendwie war das in diesem Moment beruhigend zu wissen. Denn so ungern die Kommissarin es sich auch eingestand: Die Wahrscheinlichkeit, dass Petra Bartelsen nun eine Vollwaise war, war groß. Welche Erklärung konnte es schon für das

Verschwinden des Vaters geben? Für den Körper am Fundort und für den abgestellten Wagen? Sie atmete noch einmal tief durch, bevor sie in den Türrahmen trat.

»Alles in Ordnung?« Seidels Frage klang abgedroschen, und sie hätte sie gerne zurückgenommen.

Petra fuhr herum, und ein Handtuch fiel zu Boden. »Nein, aber danke der Nachfrage.« Sie bückte sich danach und schniefte. »Ich habe eine Scheißangst, verstehen Sie? Ich meine, Sie würden doch nicht extra hierherkommen, wenn Sie nicht davon überzeugt wären …«

»Nein. Das stimmt so nicht«, entgegnete Doris und trat neben sie. Vorsichtig legte sie den Arm um die junge Frau. Sie spürte ihren Herzschlag. »Allerdings lassen die Indizien nichts Gutes vermuten. Es tut mir leid, dass wir Sie dieser Ungewissheit aussetzen müssen.« Petra begann leise zu weinen und neigte den Kopf an Doris' Schulter. »Dann habe ich niemanden mehr. Niemanden!«

»Lassen Sie uns nach DNA suchen, okay?«, schlug die Kommissarin nach einer Weile vor, in der die beiden einfach nur an den Waschtisch gelehnt dagestanden hatten. »Umso schneller können wir Gewissheit erlangen.«

»Wie soll das denn gehen?« Frau Bartelsen löste sich aus ihrer Nähe und fuhr sich mit der Handfläche über die Stirn. »Sie schicken das Zeug nach Frankfurt? Zwei Tage. Dann die Analyse. Wie lange dauert die? Bis dahin kann ich mich ja in die Klapse einweisen lassen!« Seidel schüttelte den Kopf. »Wir erstellen den genetischen Fingerabdruck hier oben. Die Probe aus Frankfurt liegt dann schon vor. Es wird also nicht lange dauern.« Sie hielt eine Sekunde inne, dann fuhr sie fort: »Trotzdem wäre es gut, wenn es da irgendwen für Sie gäbe. Sie sollten jetzt nicht alleine sein.«

»Können vor Lachen!«

»Keine Nachbarn, Arbeitskollegen …?«

»Schon gut.« Petra winkte ab. »Ich stehe morgen früh ab sieben Uhr wieder auf der Matte. Das ist Ablenkung genug.«

64

»Wo arbeiten Sie?«

»See-Apotheke, Eckernförde.«

Petra Bartelsen machte keinen Hehl daraus, dass ihr der Sinn nicht mehr nach einer längeren Unterhaltung stand. Ein normales Abwehrverhalten, wie Seidel wusste. Selbstschutz. Sie nahm das Handtuch, einen Nassrasierer und eine Bürste entgegen. Außerdem fischte Petra ein T-Shirt aus dem Wäschekorb, in das Socken und Boxershorts eingewickelt waren.

»Brauchen Sie auch etwas von mir?«, fragte sie. Als Doris bejahte, öffnete sie den Spiegelschrank und entnahm ihm einen Damenrasierer. »Hier. Da sind garantiert nur meine Haare dran.«

Doris tütete die Sachen ein. »Vielen Dank, das sollte genügen. Sie bekommen die Dinge so schnell wie möglich zurück.«

Sören Henning überreichte der Frau noch eine Visitenkarte und notierte sich die Telefonnummer der Apotheke sowie Frau Bartelsens Handynummer.

»Wir hören uns morgen«, sagte er zum Abschied. »Und wenn bis dahin etwas ist, bitte melden Sie sich. Auf der Karte steht auch meine Mobilnummer.«

Als sie wieder in den Dienstwagen stiegen, fasste die Kommissarin sich an die Stirn. »Ich bin so blöd!«, rief sie aus.

Henning grinste und räusperte sich. »Soll ich Ihnen jetzt widersprechen?«, fragte er mit einem schelmischen Zwinkern. »Oder erklären Sie mir, was es mit dieser Annahme auf sich hat?«

»Windeby! Die Moorleichen!«, ratterte es aus Doris Seidels Gedächtnis. Sie erinnerte sich an einen Fernsehbericht, der für Aufregung gesorgt hatte. Es war Jahre her, da waren in unmittelbarer Nähe im Moor die Überreste eines jungen Mannes und einer jungen Frau entdeckt worden. Ein weiteres totes Pärchen, wenn man es mal so betrachtete. Nur dass die beiden bereits seit vielen Hundert Jahren tot waren, was man sich anhand des perfekt konservierten Zustands kaum hatte vorstellen können. Man hatte sogar damit begonnen, die Gesichter zu rekonstruieren, erinnerte sich Doris, aber dann hörte sie ihren Kieler Kollegen bereits auflachen.

»Ja, sehr gut, Frau Kollegin! Nur dass es sich bei dem Mädchen von Windeby ebenfalls um einen Kerl handelte, wie man mittlerweile weiß. Und dass er zu einem völlig anderen Zeitpunkt gestorben ist.«

»Oh, das wusste ich nicht.«

»Macht ja nichts«, feixte Henning. »Aber dieser eine spezielle Cold Case, den wir haben, reicht mir vollkommen. Graben wir also bitte keine weiteren Pärchen aus, schon gar keine, die nicht einmal was miteinander zu tun hatten. Das verkrafte ich nicht.«

Die beiden lachten kurz auf, während der Kommissar das Auto über eine Kreuzung in Richtung B 76 steuerte. Die Ostsee kam in Sicht, und für einen Moment war Doris Seidel versucht, ihn zu bitten, den Strand anzusteuern. Der Geschmack von Salz, eine kühle Brise in den Haaren und die nackten Füße in der Brandung …

Verstohlen lugte sie auf den großgewachsenen Mann auf dem Fahrersitz. Diese Augen. Diese manchmal schon stoische Ruhe. Sofort wischte sie die Gedanken beiseite, doch es war zu spät. Die Wogen der Erinnerung rollten an wie ein Tsunami und rissen ihr die Füße weg. Zu weh tat das, was sie gestern Morgen gesehen hatte.

»Mal was anderes«, hörte sie Sören Henning sagen, und sie schüttelte den Kopf, als könne sie damit alle Sorgen verwirbeln.

»Ja?«

»Haben Sie registriert, wo Petra Bartelsen arbeitet?«

»Hm. Eine Apotheke.«

»Exakt.« Henning hob vielsagend die Augenbrauen. »So ähnlich wie Tanja Kirch.«

»War das nicht ein Sanitätshaus?«

»Schon, aber trotzdem.« Henning umklammerte angestrengt das Lenkrad, denn der Verkehr war ungewöhnlich dicht für einen Sonntag. Doch seine Augen waren hellwach. »Zwei Doppelmorde, eine Apotheke, ein Sanitätshaus, ein Pharmavertreter«, zählte er auf. »Das sollten wir im Auge behalten, finde ich.«

14:17 UHR

Es war ein heißer, sonniger Julitag, und die halbe Stadt schien sich in die städtischen Grüngebiete zu verziehen. Von der Schwanheimer Düne bis in den Riederwald roch es nach Gegrilltem. Kinderlachen, umhertollende Hunde, verliebte Pärchen und Alte, die das bunte Treiben schweigend beobachteten. Viele hingen dem Müßiggang nach, und auch bei der Polizei sehnte man sich nach einem ruhigen Sonntag.

Als der Anruf einer aufgebrachten Spaziergängerin das 10. Polizeirevier in der Goldsteinstraße in Niederrad erreichte, platzte dieser Traum für die Diensthabenden. Zuständig für drei Stadtteile im Süden des Mains, gehörte zu den gut dreißig Quadratkilometern auch eine Menge unübersichtliche Naherholungsfläche. In einem schwer zugänglichen Gebiet hatten zwei Geschwister eine grausame Entdeckung gemacht: die Leichen zweier Erwachsener. Unbekleidet, mit Zweigen bedeckt. Ihre Füße schauten in Richtung der Kinder, und nur mit Mühe hatte die Mutter verhindern können, dass die beiden auch die Gesichter der Ermordeten sahen.

Umgehend wurde die Mordkommission eingeschaltet; Julia Durant befand sich zu diesem Zeitpunkt in ihrer Wohnung im Frankfurter Nordend. Sie war mit Claus im Präsidium gewesen, das nur einen Steinwurf entfernt lag. Nun aßen sie zu Mittag, es gab belegte Baguette mit Salami, Gurke und Käse. Für etwas Warmes war das Wetter eindeutig zu heiß. Fürs Arbeiten auch, dachte die Kommissarin. Doch allein die Ermittlung um die beiden Pfingstleichen hatte ihnen den freien Tag geraubt. Und jetzt noch zwei neue?

»Fahren wir zusammen?«, erkundigte sich Claus mit vollem Mund.

»Tausendmal lieber mit dir als mit Peter«, antwortete Julia nickend. Sie hatte Frank Hellmer am Vortag darum gebeten, sich um Kullmer zu kümmern.

»Warum ich?«, hatte er sich gewehrt.

»Weil du eine gewisse, hm, Vorgeschichte hast«, war Durants Argument. »Außerdem steht ihr beide euch näher als er und ich. Und du bist ein Mann. Mensch, Frank, ich hoffe und bete, dass das Ganze sich in Wohlgefallen auflöst. Ich kann's echt nicht gebrauchen, wenn diese Truppe auseinanderbröckelt.«

»Ist ja schon gut.«

»Na hoffentlich«, hatte sie leise geantwortet. Hoffentlich würde alles wieder irgendwie gut werden.

Claus Hochgräbe stand neben dem knallroten Roadster und wartete darauf, dass Julia die Tür aufschloss. Wie selbstverständlich wartete er an der Fahrertür, was die Kommissarin irritierte.

»Willst *du* fahren?« Sie hielt den Atem an, denn das war ihr Auto. Ihre Stadt. Erleichtert registrierte sie, dass er den Kopf schüttelte.

»Auf keinen Fall. Aber ein Gentleman darf man doch noch sein, oder?«

Sie küssten sich, dann hielt er ihr die Türe auf und wartete, bis sie den Gurt umgelegt hatte. Als er neben ihr Platz nahm, fragte er: »Was haben die Kollegen denn noch gesagt?«

»Ein Mann und eine Frau. Die Toten sind wohl größtenteils abgedeckt, aber sie hat rot lackierte Zehennägel, die stachen ihnen ins Auge.«

»Den Kindern?«

»Den Beamten«, korrigierte Durant. »Doch den Kindern sicherlich auch. Schrecklich, wenn man so etwas sehen muss. Hoffentlich bekommen die beiden keinen Knacks fürs Leben. Es ist ohnehin schon zu viel, was man Kindern in dieser Welt zumutet.«

Hochgräbe nickte und schwieg.

»Wo müssen wir hin?«, fragte er schließlich.

»In den Stadtwald. Magst du uns navigieren?«

Durant nannte ihm eine Straßenkreuzung, von der aus sie sich so lange in südlicher Richtung halten sollten, bis sie auf eine Polizeiabsperrung trafen. Hochgräbe murmelte die Straßennamen vor sich hin, während er das Navi damit fütterte.

»... Lange Schneise?« Seine Stirn kräuselte sich. »Hier steht, dass wir da nicht hinfahren können.«

»*Dürfen,* nicht können«, verbesserte Durant ihn mit einem Lächeln.

»Sind alles Waldwege. Solange mein Fahrwerk es mitmacht, können wir bis zum Fundort durchfahren.«

Die Absperrung erschien wie aus dem Nichts. Eine leichte Biegung, dann versperrten ein halbes Dutzend Fahrzeuge die Durchfahrt. Eine Handvoll Passanten drückte sich herum, zwei Schutzpolizisten verwiesen auf andere Wege. Der Wald war kreuz und quer durchschnitten, an manchen Stellen so geradlinig wie ein Schachbrett.

Durant eilte zielstrebig auf einen Kollegen zu und wies sich aus. Dann ließ sie sich erklären, wohin sie mussten.

»Schwanheimer Wiese Richtung Riedwiese«, erklärte der Beamte mit dem Finger auf einer topografischen Karte, die er auf der Motorhaube entfaltet hatte. »Wenn Sie wollen, gebe ich Ihnen die Koordinaten ...«

»Nein danke«, lehnte die Kommissarin ab und schluckte hart. Sie hatte diese beiden Flurnamen erst gestern gehört. Auch wenn sie heute von der anderen Seite gekommen war, so wusste sie, dass es sich um dasselbe Gebiet handelte, in dem man auch das Pärchen am Vortag aufgefunden hatte.

Sie wagte es kaum zu denken.

Ein Serienkiller?

»Was ist mit dir?«, wollte Hochgräbe wissen und fasste sie sanft an der Schulter.

Durant erklärte es ihm.

»Verflixt und zugenäht! Ein neuer Doppelmord, während der ganze Wald voller Polizei ist?«

Die beiden schritten los, so zügig, dass an eine weitere Unterhaltung kaum zu denken war. Julia kam trotz jahrelangen Lauftrainings ins Keuchen. Folge des jahrelangen Rauchens?

Der Fundort war weiträumig mit Flatterband abgesperrt, und es schien, als betrachteten sie die Wiederholungsaufnahme eines gerade erst gesehenen Filmes.

Dr. Sievers erhob sich und rief den beiden zu: »Und täglich grüßt das Murmeltier!«

Sie zog sich den Mundschutz unters Kinn und ging den Kommissaren entgegen. »Wenn ihr mir meinen Urlaub vermiesen wollt, vergesst es! Übernächsten Samstag fliege ich, das schwöre ich euch, und wenn ihr mir bis dahin jeden Tag solche Geschenke macht!«

Julia wusste nicht, wovon die Rechtsmedizinerin sprach. Hatte sie ihr gegenüber einen Urlaub erwähnt? »Reden wir erst mal davon, okay?« Sie deutete in Richtung der Toten.

»Copy-Kill, würde ich sagen«, erwiderte Andrea und zuckte mit der Schulter. »Ein Pärchen. Entkleidet, gefesselt und erschossen. Nur dass die beiden etwas frischer sind und nicht so vergammelt. Und rumgeknabbert hat auch noch keiner dran.«

Julia rümpfte die Nase.

Die Spaziergängerin hatte direkt bei der Polizei angerufen. Trotzdem war der Notarzt zuerst an Ort und Stelle gewesen. So behutsam wie möglich wurden die beiden Körper auf *signa mortis* untersucht; Todeszeichen wie ausbleibende Atmung, fehlender Puls, Hornhauttrübung und Leichenkälte. Außerdem waren durch stundenlanges Verharren in Rückenlage die Totenflecke deutlich ausgeprägt, die vom Absinken des Blutes verursacht werden. Bei beiden Verstorbenen waren diese roten Verfärbungen bis in den Achselbereich zu erkennen. Einer vorsichtigen Einschätzung zufolge ging der Notarzt von einem Ableben um Mitternacht aus. Als Ursache hatte er die Kopf-schüsse vermerkt.

Andrea wedelte mit den Papieren, die er ihr überlassen hatte. »Die Sache ist heute mal recht eindeutig. Meinen Untersuchungen zufolge gehe ich von ein Uhr aus. Relativ genau, denn wir hatten heute Nacht keinen großen Temperaturabfall. Und das Schöne ist: Es gab gleich zwei Lebern, in die ich piksen konnte.«

Gemeinsam gingen sie zu den noch immer größtenteils bedeckten Körpern, die wie aufgebahrt nebeneinanderlagen.

Hochgräbe rieb sich das Kinn. Er murmelte etwas von »Jagdbruch«, was Durant hellhörig werden ließ.

»Was sagst du da?«

Hochgräbe beugte sich nach vorn, um in die Gesichter der Toten zu sehen. Unter seinen Schuhen knackte es.

»Keine Zweige im Mund«, sagte er dann. »Kein letzter Bissen.«

»Du redest von Jägerschmuck, richtig? Was ist mit den ganzen Zweigen auf den Körpern?«

Hochgräbe winkte ab. »Ein Schützenbruch oder ein Zeichen von Inbesitznahme kommen nicht infrage«, erklärte er. »Dafür würde ein einzelner Zweig genügen, etwa unterarmlang. Beim letzten Bissen würde einer im Mund stecken. Aber das hier … nein. Ich tippe auf reine Tarnung. Der Täter muss gewusst haben, dass halb Frankfurt heute ins Grüne strömt.«

»Du kennst dich aber gut aus.«

»Mit Jägerei?« Hochgräbe wippte den Kopf hin und her. »Nur ein bisschen. Aber hey, ich habe einen Großteil meiner Kindheit im Allgäu verbracht. Das prägt eben.«

Julia nickte. Sie stammte selbst aus Bayern. Und außer dem Brauch, erlegtem Wild einen Zweig ins Maul zu legen, wusste sie nichts über Jagdbräuche. Dafür hatte sie ein Gespür für die Psyche von Serienkillern. Und das, was sich hier anzubahnen schien, schmeckte ihr überhaupt nicht.

Sie ordnete an, dass die Zweige nun beiseitegeräumt werden dürften. Während schutzbekleidete Kollegen der Spusi das behutsam in Angriff nahmen, folgte die Kommissarin jeder Bewegung mit Argusaugen. Als Erstes fiel ihr auf, dass der Mann die Frau an der Hand hielt.

»Siehst du das? Ein Liebespaar. Der Mörder wollte, dass wir sie als solches erkennen.«

Sie beugte sich so weit hinab, wie sie konnte. Dann erkannte sie die Eheringe. Claus sah sie offenbar auch.

»Verheiratet«, brummte er. »Gab es gestern auch so etwas?«

»Nicht dass ich wüsste.« Durant suchte den Blick der Rechtsmedizinerin, die jedoch ebenfalls verneinte. Andererseits konnte bei einer Liegezeit von vier Wochen eine Menge passiert sein. Ein Ehering, der vom Finger rutschte. Eine Elster. Durant dachte an den Einsatz eines Metallsuchgeräts, verwarf den Gedanken aber vorläufig wieder. »Zumindest wissen wir von gestern, dass es sich nicht um Eheleute handelte«, fuhr Durant fort. »Das scheint also kein Kriterium. Eher Zufall.«

Und, zu Dr. Sievers gewandt: »Würdest du die Ringe bitte abziehen, bevor die beiden weggebracht werden? Die Gravuren könnten hilfreich sein.«

»Ich kann's versuchen.«

Sie warteten, bis die Spurensicherer sämtliche Zweige entfernt und ein paar Proben in Plastikbeuteln verstaut hatten. Dann machte einer zwei Dutzend Fotos aus allen möglichen Perspektiven. Als er sich zurückzog, bedeutete er mit einem auffordernden Nicken, dass die Toten nun bewegt werden durften.

Andrea, die in der Zwischenzeit eine Zigarette geraucht hatte, trat diese auf dem Boden aus und vergewisserte sich, dass keine Glut mehr übrig war. Sie bückte sich und zog zwei Plastikflaschen aus dem Lederkoffer. Die erste hatte einen Sprühkopf, und tatsächlich gelang es ihr nach kurzer Behandlung mit einer schäumenden Flüssigkeit, beide Ringe abzuziehen.

72

»Voilà«, sagte sie, während sie das Metall in Julias ausgestreckte Hand klimpern ließ. »Darf ich jetzt nach meinem eigenen Fahrplan weitermachen?«

»Sicher.« Die Kommissarin hielt die Trauringe in die Sonne und las mit zusammengekniffenen Augen die Inschriften.

Bis zum Mond ... Manuela 10.6.2006
André ∞ 5. November 2011

»Ausgerechnet an meinem Geburtstag«, murmelte sie und erntete einen fragenden Blick von Claus Hochgräbe.

»Hier. André.« Sie gab ihm den Ring. »Er hat am 5.11.2011 geheiratet.«

Sie rechnete nach. Das war ihr achtundvierzigster Geburtstag gewesen. War es das Jahr, in dem sie bei Paps in München gewesen war? Oder war sie in Südfrankreich gewesen, bei ihrer Freundin Susanne Tomlin? Keine Zeit zum Sinnieren.

Hochgräbe nickte. »Ach so. André heißt er also. Dann kann der Erkennungsdienst loslegen. Wie heißt sie?«

»Nicht so voreilig.« Durant reichte ihm den zweiten Ring. »Die Hochzeitsdaten sind unterschiedlich. Das mag vielleicht ein Liebespaar sein. Ein Ehepaar sind die beiden nicht!«

Im Kopf ging sie bereits die Gespräche durch, die bald zu führen waren. Nicht nur, dass irgendwo in der Stadt zwei Menschen auf ihre Partner warteten und sich mit deren Tod abfinden mussten. Viel schlimmer musste es sich anfühlen, wenn man erfuhr, dass sie Hand in Hand mit einem anderen gestorben waren.

Julia Durant zwang sich, nicht an Doris Seidel zu denken, und ging noch einmal zu Andrea Sievers. »Bitte mache bei ihr einen Abstrich. Ich will wissen, ob sie vor ihrem Tod Sex hatte. Und ich will wissen, ob sie ihn mit ihm hatte – oder mit jemand anderem. Ob sie vielleicht Sex mit ihrem Mörder hatte.« Julia atmete durch, dann fuhr sie fort: »Falls ja, möchte ich wissen, ob der Sex freiwillig war. Und wie oft …«

Andrea lachte spitz. »M-hm, und ob er gut war, soll ich am besten auch rausfinden. Verstehe.«

»Wenigstens weißt du, worauf ich hinauswill. Wir brauchen eine Abfolge der Ereignisse, alles, was sich noch herausfinden lässt. Alles, was uns das Pärchen gestern nicht mehr verraten konnte. Na ja, und als Allererstes brauchen wir Fingerabdrücke, und zwar so schnell wie möglich.«

»Okay. Sonst noch etwas, oder darf ich weitermachen?«

Hochgräbe meldete sich zu Wort: »Mich würde interessieren, ob das hier auch der Tatort war.« Er deutete auf die lang gezogene Lichtung, die sich neben ihnen erstreckte. »Ziemlich riskant, finde ich. Die Wahrscheinlichkeit, auf ein paar andere mondsüchtige Verliebte zu treffen, ist doch recht hoch.«

In diesem Moment erblickte er etwas abseits eine Kollegin der Spusi, die den Kopf gerade für eine Zigarettenpause aus ihrem Kokon gestreckt hatte. Hochgräbe machte sich auf den Weg zu ihr, um diesen Punkt zu besprechen. Vermutlich würden in absehbarer Zeit dieselben Männer und Frauen durch den Wald kämmen, die auch schon gestern hier gesucht hatten. Mit Hunden. Nur dass die Spuren, die Gerüche, noch frisch waren. Julia Durant seufzte und hielt für ein paar Sekunden inne.

Dann nahm sie das Smartphone zur Hand und knipste die beiden Gesichter. Sie achtete darauf, dass auf keinem der Bilder mehr als nur das Konterfei zu erkennen war. Dabei fiel ihr auf, dass ausgerechnet die Person, an deren Umstände sie nicht hatte denken wollen, schon zweimal angerufen und eine Nachricht auf der Mailbox hinterlassen hatte.

»Hallo, hier Doris. Julia, bitte ruf mich dringend zurück. Wir haben Fingerabdrücke erhalten, die wir mit denen auf einer Zahnbürste abgleichen konnten. Der Kieler ist also zweifelsfrei identifiziert. Das ist das eine. Aber wir müssen auch unbedingt über diesen Doppelmord hier oben reden. Da passt viel zu viel, als dass es sich um einen Zufall handeln könnte. Ruf mich also an, wir fahren nachher noch mal zur Tochter des Toten. Bis dann, ach ja, und schönen Gruß von Sören Henning!«

14:20 UHR

Peter Kullmer sah, gelinde gesagt, beschissen aus. Wenn er sonst schon seine schwarz-graue Mähne nur so viel bändigte wie unbedingt nötig, wirkte er nun, als habe er mit den Fingern in der Steckdose vor dem Spiegel gestanden. Dazu der seit Tagen nicht rasierte Bart. Was am Tag der Hochzeit noch lässig ausgesehen hatte, war heute nur noch ungepflegt. Dazu kam eine Gesichtsfarbe, die auf ein wenig ausgewogenes Verhältnis von Alkohol, Fast Food und Sonnenlicht schließen ließ.

»Was willst du denn hier?«, fuhr er Frank Hellmer an, nachdem dieser Sturm geklingelt hatte.

»Erst mal reinkommen.« Hellmer schob sich an seinem Kollegen vorbei, ohne eine Reaktion abzuwarten. Im Inneren war es düster, die Jalousien hinuntergelassen. Der Fernseher lief, jemand ballerte mit ganzer Kraft, und die Surroundanlage verrichtete ihre Arbeit. Elisa war nicht da; Hellmers Frau Nadine hatte diese schon am Samstag nach Okriftel geholt.

Frank sank auf die Couch, nachdem er ein paar Chipskrümel heruntergeklopft hatte. »Mann, Mann, zwei Tage, und schon sieht's hier aus wie im Saustall.«

»Leck mich. Wenn du gekommen bist, um zu meckern …« Kullmer plumpste neben ihn.

»Sagst du mir jetzt, verdammt noch mal, was du mit dieser Babsi getrieben hast?« Hellmer griff sich an den Kopf. »Mensch, Peter, in deiner *Hochzeitsnacht!*« Er betonte jede einzelne Silbe.

75

»Ich war so zu, ich weiß es nicht mehr!«, betonte Kullmer. »Aber ich schwöre dir, Frank, ich würde niemals ... verstehst du ... *Nie!*«

»Das kam leider nicht so rüber.«

Kullmer schlug auf den Beistelltisch, so fest, dass eine Flasche umfiel. »Scheiße! Frank! Ich *könnte* das gar nicht. Doris ist mein Leben, ich liebe sie über alles! Und sie blockiert mich einfach.«

Hellmer schnaubte. »Ich kann's ihr nicht verdenken, um ehrlich zu sein. Hast du dich mal in ihre Lage versetzt? Immerhin warst du in Babsis Zimmer, da beißt die Maus keinen Faden ab.«

»Und was ist mit der Unschuldsvermutung? Wollen wir zu Andrea fahren und Abstriche machen lassen? Soll ich das Hotel nach Überwachungsvideos fragen? Hör mal, Frank, ich würde alles ... *alles* tun! Aber ich weiß nicht, was.«

»Hast du mir ihr darüber gesprochen?«

Hellmer meinte Barbara Schlüter, so viel war Kullmer klar. Er schüttelte den Kopf: »Nein«, antwortete er bedröppelt. »Ich hab mich nicht getraut. Was, wenn ...«

»Tja«, sagte Hellmer, »dann hieße das, du kennst dich selbst ziemlich schlecht. Denn wenn du dir so sicher bist ...«

»Hör schon auf!«

Frank kam es vor, als wolle Peter noch etwas sagen, doch dieser verfiel in angespanntes Schweigen.

»Soll ich sie anrufen?«, schlug er seinem Freund daher vor.

»Mh.«

»Ich werte das mal als Ja«, sagte Hellmer und deutete auf Kullmers Smartphone. »Nummer ist gespeichert?«

»Mh.«

Frank Hellmer nahm das Gerät auf und entsperrte es. Er hatte die simple Wischbewegung oft genug gesehen, die Kullmer auf dem Display ausgeführt hatte.

»Ich gehe nach nebenan«, sagte er und scrollte bereits durch Kullmers Kontaktliste.

76

15:33 UHR

Doris Seidel betrachtete die Zahlen auf dem altmodischen Radiowecker in Frau Bartelsens Küche. 3:33, der Doppelpunkt, der die Schnapszahl trennte, blinkte hektisch und ließ sie wie gebannt darauf warten, dass die Minute endlich umsprang.

Petra Bartelsen hatte die Nachricht mit unerwarteter Gefasstheit aufgenommen.

Am frühen Sonntagvormittag war Dr. Sievers die Entnahme eines Fingerabdrucks des toten Mannes gelungen. Lückenhaft zwar, doch sie hatte die Ergebnisse sofort nach Kiel gesendet, wo man sie mit den Abdrücken abglich, die man von Bartelsens persönlichen Gegenständen genommen hatte. Das Ergebnis war nahezu eindeutig: Die Wahrscheinlichkeit, sich zu irren, lag im Kommabereich. Absolute Gewissheit würde der genetische Fingerabdruck geben. Doch Petra schien sich mit der erschütternden Realität arrangiert zu haben.

»Ich habe damit gerechnet«, sagte sie leise. »Seit Sie hier waren. Seit Sie vorhin angerufen haben, um noch einmal kommen zu dürfen.«

Ihre Augen wirkten, als würden sie gerne weinen, hätten aber keine Tränen mehr.

Sören Henning wechselte ein paar einfühlsame Sätze mit ihr, während die Kommissarin sich durch ein paar Unterlagen blätterte, die sie ihnen bereitgelegt hatte. Reiseabrechnungen, ein paar Notizen, hauptsächlich Geschäftliches. Ansgar Bartelsen war viel herumgekommen; Frankfurt war dabei immer das Hauptreiseziel, vermutlich der zentralen Lage wegen. Laut Terminplan war die 23. Kalenderwoche, direkt nach Pfingstmontag, bis zum Wochenende mit Textmarker geblockt. Donnerstag, der 8. Juni, war mit einem Pfeil versehen, der bis Samstag reichte. Danach ein Fragezeichen mit rotem Kugelschreiber.

»Seine Reisepläne gingen von Donnerstag bis Samstag«, las die Kommissarin laut, »mit einer Option auf Sonntag?«

»Hatte ich das nicht schon gesagt?«, fragte Petra. »Manchmal hat er das so gemacht.«

»Und der Rest der Woche?«

»Er hat immer die ganzen Wochen markiert, wenn er verreiste. Damit er es im Blick behielt. Damit er sich um den Rasen, ums Haus, na ja, eben um alles kümmern konnte.«

Petra schluchzte auf. »Warum hat ihn jemand umgebracht?«

»Das versuchen wir herauszufinden«, sagte Seidel. »Bitte denken Sie noch einmal genau nach. Wissen Sie, ob Ihr Vater sich mit jemandem getroffen hat? Ob er jemanden in Frankfurt kannte? Hat er irgendwann mal etwas erwähnt?«

»Das weiß ich nicht …« Frau Bartelsen fuhr sich nervös mit den Händen übers Gesicht. »Das heißt, nein. Ich glaube auch nicht, dass er mir etwas erzählt hätte. Wieso ist das so wichtig?«

»Wir versuchen, seine letzten Stunden zu rekonstruieren«, erklärte die Kommissarin. »Und wir müssen dabei die Möglichkeit in Betracht ziehen, dass Ihr Vater und seine Begleiterin gezielt ausgewählt und umgebracht wurden.«

Petras Kinnlade klappte herunter. »Gezielt?«

Doris Seidel fühlte sich gefangen in dem Zwiespalt, einerseits nicht zu viel über die Ermittlungsdetails bekannt zu geben und andererseits so gezielt wie möglich nachzufragen. »Nun«, begann sie, »die Frau war verheiratet. Das ermöglicht eine Beziehungstat.«

Hätte Seidel in diesem Augenblick von dem neuen Leichenfund in Frankfurt gewusst, hätte sie dieser Möglichkeit wohl nicht mehr so viel Gewicht eingeräumt. Eine Beziehungstat endete für den Mörder in der Regel mit dem Dahinscheiden seines verhassten Opfers. Dennoch stellte sie die Frage, auch wenn ihr der Doppelmord im Moor dabei störend im Kopf herumspukte. Nur weil manches auf eine Mordserie hindeutete, war es noch zu früh, um alle anderen Möglichkeiten auszublenden.

Aber erst als Doris sich für ein paar Minuten entschuldigte, um die Toilette aufzusuchen, und ihr Smartphone aus der Tasche zog, fiel ihr der Fehler auf, den sie begangen hatte: Sie hatte das Gerät auf »nicht stören« geschaltet, um sicherzugehen, dass ein gewisser Ehemann sie nicht erreichen konnte. Dass dabei auch die dringenden Anrufe von Julia Durant auf der Strecke blieben, hatte sie schlicht nicht bedacht. Einzig die Anrufliste verriet der Kommissarin, dass Julia Durant es schon drei Mal versucht hatte.

Noch immer im Bad der Bartelsens stehend, wählte Doris sie an.

»Sorry! Ich habe meinem Gerät einen Maulkorb angelegt.«

Durant ging nicht darauf ein. »Wir haben einen weiteren Doppelmord. Selber Wald, sogar fast dieselbe Stelle. Wieder ein Pärchen. Beide verheiratet, aber nicht miteinander.«

Seidel schluckte. »Scheiße. Dann haben wir einen Mörder, der es auf Liebespaare abgesehen hat.«

»Sieht ganz danach aus. Liebespaare, die einen anderen Partner zu Hause sitzen haben.«

Doris spürte förmlich, wie Julia sich jetzt auf die Unterlippe biss. Ein übler Fauxpas, aber gewiss nicht mit Absicht.

»Bartelsen ist Witwer«, erwiderte Seidel daher nur. »Und die anderen beiden, hier im Moor, waren ein Pärchen. Schon länger, ganz offiziell und ohne Nebenbuhler, soweit Henning mir berichtete.«

»Tja. Das müssen wir alles mit einbeziehen«, sagte Durant. »Schöne Grüße zurück übrigens an Sören Henning. Das ist, mein Gott, auch schon wieder fünf Jahre her.«

Sie schwieg einige Sekunden, bevor sie die nächste Frage stellte: »Wann kommst du denn wieder? Ich brauche mein Team, hörst du? Und zwar mein ganzes.«

»Ich weiß«, antwortete Seidel leise. »Weglaufen bringt ja auch nichts.«

Sie versprach ihrer Kollegin, die Ermittlungsakten des toten Pärchens Kirch/Meier mitzubringen. Womöglich wären die Kieler dankbar, wenn sich jemand ihres Cold Case annahm. Sie wollte gegen Abend aufbrechen, da sollten die Autobahnen sich größtenteils von den Sonntagsfahrern erholt haben, und sie konnte gegen Mitternacht wieder in Frankfurt sein. Die Wäsche reicht noch für eine Nacht auf Schrecks Couch, dachte Doris.

Sie kehrte zurück zu Sören Henning und Petra Bartelsen.

Henning stand auf und reichte Petra die Hand: »Bitte melden Sie sich jederzeit. Versprochen?«

Sie nickte nur und schniefte. »Danke.«

Auch Doris verabschiedete sich. Dabei drückte Petra ihre Hand besonders fest, als sie sagte: »Finden Sie den Mörder. *Bitte*.«

»Werden wir«, versprach Doris, auch wenn sie nichts von derartigen Floskeln hielt. Doch in Momenten wie diesen schien alles erlaubt, was den Hinterbliebenen in irgendeiner Form half.

16:10 UHR

Julia Durant ließ sich auf den Sitz ihres Roadsters fallen. Das Dach war geöffnet, die Sonne brannte ihr auf die Stirn. Anhand der Hochzeitsdaten war es kein Hexenwerk gewesen, die Identitäten der beiden Toten herauszufinden. Daraufhin hatte sie sich mit Claus Hochgräbe auf den Weg ins Westend gemacht, wo sie eine gewisse Manuela Bierbaß angetroffen hatten. Eine attraktive Frau Ende dreißig, die gerade von ihrem Hometrainer gestiegen war. Minuten später war das graue Handtuch, welches sie sich um den Hals gelegt hatte, tränennass. Zuerst ein spitzer Schrei, dann Entsetzen. Anhand der zahlreich in der Wohnung hängenden Fotos war die Identifizierung des Ermordeten eindeutig. Kanada, Australien, Südamerika, Mexiko. Die beiden waren viel herumgekommen.

Nur nicht auf den Mond, hatte Durant gedacht und sich sofort für diesen Gedanken geschämt. Doch war es nicht unerträglich? Da lebte man seit Jahren zusammen, verreiste, musste sich offensichtlich finanziell keine Sorgen machen, und trotzdem riskierte man alles.

Das Eheversprechen. Treue. Zum Glück gab es keine Kinder, die nun Halbwaisen waren. Kinder waren immer die Leidtragenden, die Opfer des menschlichen Egoismus, der allen Erwachsenen – durch die Bank weg – innewohnte.

Ob die Ehe glücklich gewesen sei. *Ja.*

Was sollte sie auch dazu sagen? Die beiden kannten sich, so die Angaben der Frau, schon aus der Schulzeit. Selber Jahrgang, selbe Klasse. Die erste große Liebe.

Wohin ihr Mann gegangen sei. Das wisse sie nicht.

Als Durant der Witwe andeutete, dass Herr Bierbaß womöglich eine Affäre gehabt haben könne, war diese beinahe ausgerastet. Zurück blieb ein nervliches Wrack, und die Kommissarin war heilfroh, dass sich in unmittelbarer Nachbarschaft ein mit dem Paar befreundeter Arzt befand, der ihr ein Beruhigungsmittel geben konnte.

»Ich ertrage das nicht«, sagte sie schwer atmend zu Hochgräbe, der auf dem Beifahrersitz saß.

»Lass uns einen Kaffee trinken gehen, bevor wir zu diesem André fahren«, schlug er vor. Der gehörnte Ehemann des weiblichen Opfers. Durant nickte und steuerte den Opel zur Kreuzung Adickesallee und Eckenheimer Landstraße, wo sie den Wagen auftankte, während Claus bei McDonald's Kaffee aus Pappbechern holte. Dann ging es weiter in Richtung Norden, unter der A 661 hindurch zum Frankfurter Berg.

Das Reihenendhaus befand sich in einem der zahlreichen Abzweige des Wickenwegs. Ein bordeauxfarbener BMW-Kombi parkte vorwärts in der Einfahrt. Der Kommissarin fiel auf, dass das Kennzeichen schief angebracht war und eine der Heckleuchten einen Sprung hatte. Rost bildete einen Kranz um das blau-weiße Markenlogo.

Die Fassade und der kleine Vorgarten wirkten nicht besonders gepflegt, aber auch nicht verwahrlost. Der Briefkasten war mit Kabelbindern befestigt, und die Türklingel schien außer Betrieb oder abgeschaltet zu sein.

»Hallo!« Hochgräbes Stimme erdröhnte parallel zu seinem Klopfen. Nichts regte sich. Er wartete einige Sekunden, dann ließ er die Knöchel erneut auf das Strukturglas fallen. Innen klimperte etwas – vermutlich Dekor, das von der Tür hinabbaumelte. Dann erkannten die Kommissare einen Schatten, der sich im Schneckentempo bewegte.

»Herrgott! Hast du keinen …« Die Tür flog nach innen. Der Mann trug nichts als Boxershorts und ein schwarzes T-Shirt, das sich wie ein Ballon über den Bauch spannte. Um den Mund ein dunkler Bart, die wenigen Haare in simplem Bürstenschnitt.

»Wer sind Sie denn?«, fragte er verdutzt.

»Sie haben mit jemand anderem gerechnet?«, sagte Durant.

»Meine Frau … Wer sind Sie?«

»Kriminalpolizei«, antwortete Hochgräbe. »Dürfen wir reinkommen? Die Nachbarn bekommen sonst Stielaugen.«

»Wichser«, murmelte der Mann kaum verständlich und trat beiseite. »Was wollen Sie von mir? Hat Michaela …«

»Michaela ist Ihre Frau, richtig?«, erkundigte sich Durant und begann, die Tapeten nach Fotografien abzusuchen. Doch außer einigen Kalendermotiven Fehlanzeige. Zögerlich griff sie nach ihrem Mobiltelefon.

»M-hm. Und sie ist nicht da. Sind Sie deshalb hier?«

Statt den beiden einen Platz anzubieten, ließ André Körtens sich auf das Ledersofa fallen, die dortige Kuhle ließ vermuten, dass er sich hier öfter aufhielt.

Auch das Wohnzimmer zeigte keine gemeinsamen Bilder. Also schritt Durant an den gekachelten Couchtisch, beugte sich zu Körtens und hielt ihm das Foto entgegen.

»Es tut mir leid, dass ich Sie das jetzt fragen muss«, sagte sie, »aber ist das Ihre Frau?«

Die Augen des Mannes weiteten sich. »Scheiße, ja! Was ist das für ein Bild? Wo ist das?«

»Es tut uns leid«, ergriff Hochgräbe das Wort, »aber Ihre Frau wurde heute tot aufgefunden.«

82

»T-tot?« Körtens richtete sich kerzengerade auf. »Was heißt tot? Hatte sie einen Unfall? Reden Sie doch – verdammte Scheiße!«

»Es wurden zwei Personen aufgefunden«, erklärte Hochgräbe, den goldenen Ring verkrampft in der Faust haltend. »Eine davon war Ihre Frau. Wir haben *das* hier gefunden.« Er legte das Metall auf den Tisch. »Beide sind einem Gewaltverbrechen zum Opfer gefallen.«

»Wer ist der andere?«

»Herr Körtens, bitte«, wich Hochgräbe aus.

»Also ist es ein Mann, ja?«, schrie Körtens. »Ich habe ›der‹ gesagt, und Sie haben es nicht korrigiert!«

»Es war ein Mann«, bestätigte Durant leise. »Haben Sie denn einen Verdacht?«

»Verdammte Hure!« Mit einer wütenden Geste schlug Körtens den Ring vom Tisch. Laut klingend hüpfte er über das Laminat und kullerte anschließend hinter ein Holzregal, wo er eine gefühlte Ewigkeit taumelte, bis er endlich still lag. Tränen schossen dem Mann in die Augen, und Durant wusste nicht, ob es aus Wut oder Trauer war.

»Sie wollen mir also nichts sagen?«

»Wir können noch nicht«, sagte Hochgräbe, was nicht ganz stimmte. Sie mussten ja nach Ingo Bierbaß fragen; nach der Verbindung zwischen ihm und Michaela. Aber er wollte warten, bis Körtens sich beruhigt hatte.

»Haben Sie … ich meine, was ist mit dem Mörder? War *er* es?«

»Nein. Beide wurden ermordet. Wir stehen noch ganz am Anfang unserer Ermittlung.«

»Hm.« Körtens kratzte sich am Bauch. Dann platzierte er sich wieder in seiner Kuhle. »Dann stimmt es wohl doch. Jeder bekommt das, was er verdient.«

»Wie bitte?«, entfuhr es Durant.

»Sie haben schon richtig gehört«, entgegnete Körtens mit eingefrorener Miene. »Wäre meine Frau gestern Abend da gewesen, wo sie hingehört, nämlich hier, dann wäre sie jetzt noch am Leben.«

Etwas später, am Auto, drehte Durant sich noch einmal zum Haus der Körtens um. Sie meinte, die Gestalt des Mannes am Fenster zu erkennen. Blickte er ihnen nach? Was genau ging in ihm vor? Niemand konnte seiner Ehefrau doch ernsthaft wünschen, dass sie zusammen mit ihrem Liebhaber ermordet wurde. Entweder war man so abgebrüht und erledigte das selbst. Oder man ließ sich einfach scheiden. Oder aber die Nachricht riss einem den Boden unter den Füßen weg. Eine Affäre? Wie lange schon? Und mit wem?

Aber Körtens hatte nicht gefragt. Er hatte auf seiner Couch geklebt und den beiden Ermittlern deutlich zu verstehen gegeben, dass sie sich zum Teufel scheren konnten.

»Meinst du, er hat was damit zu tun?« Durant brachte ihren Gedanken laut zu Ende.

Hochgräbe stülpte die Lippen nach außen. »Ich weiß nicht. Sicher ein jähzorniger Mensch, etwas kleinkariert. Jemand, mit dem man als Nachbar nicht im Clinch liegen will. Aber Mord? Ich kann's mir nicht so recht vorstellen.«

»Stimmt schon«, brummte Durant und stieg ein. Sie wartete, bis Hochgräbe neben ihr saß und die Tür geschlossen war. Dann sagte sie: »Wir müssen ihn und auch Frau Bierbaß mit den Namen konfrontieren.«

»Ich habe es extra hinausgezögert«, sagte Hochgräbe. »Vielleicht laden wir die beiden ins Präsidium? Gleichzeitig. Dann können wir sehen, ob sie sich kennen.«

»Morgen, okay?«, schlug Julia Durant vor, und Claus hatte nichts dagegen einzuwenden.

Als sie losfuhren, stand André Körtens noch immer hinter dem Vorhang.

Jeder bekommt das, was er verdient.

17:05 UHR

Die Gestalt stand am Fenster und beobachtete eine junge Katze, die hinter einem vom Wind vorangetriebenen Blatt herjagte.

Unschuldig und jung. So sind alle Katzen, bis das Leben ihnen zeigt, dass das Jagen kein Spiel ist. Dass es nicht um das Einfangen von Blättern geht oder um das Wollknäuel alter Damen. Dass es das Töten ist, mehr noch: das Todesspiel, was letzten Endes zählt. Ohne die Jagd, ohne das Töten wird der Hunger nicht befriedigt. Was heute noch ein unschuldiges Spiel ist, kann morgen schon etwas anderes sein.

Vorbei ist die Unbeschwertheit.

Wenn das Opfer erkennt, dass es den Fängen nicht mehr entkommen kann. Wenn es verletzt und entkräftet ist, wenn es nur noch auf das Unvermeidliche wartet. Das Unvermeidliche herbeisehnt, um nicht mehr gequält zu werden.

Vorbei ist die Kindheit.

Sie lässt uns alle zu Bestien werden, ob träger Stubenkater oder kaltblütige Raubkatze.

Zufrieden nahm das Raubtier einen Schluck Wodka-O aus einem Glas, in dem die Reste zweier Eiswürfel schwammen. Der Prädator hatte Beute gemacht. Getötet, so wie gelernt. Gejagt, gespielt und getötet. Zwei untreue Seelen, die den Tod verdient hatten.

Und jetzt stand das Raubtier da. Beinahe friedlich. Es wartete.

Die Katze hatte das Interesse an dem Blatt verloren und aalte sich auf den warmen Waschbetonplatten in der Sonne.

Das war der Unterschied zwischen Erwachsenem und Kind.

Wenn ich eine Fährte aufgenommen habe, lasse ich nicht mehr davon ab. Erbarmungslos. Ein Mensch, der keine Gnade kennt.

So wie er.

Das war es, was den Menschen zum Raubtier werden ließ.

Tiere kennen keine Gnade.

Etwas kribbelte im Bereich der Leisten, und es kam nicht vom Alkohol. Erregung brannte in den Adern, und die Zunge fuhr lüstern an der Oberlippe entlang.

Das Tier war erwacht, und es brannte darauf, sich auszuleben.

MONTAG

MONTAG, 10. JULI, 0:49 UHR

Doris Seidel drehte den Zündschlüssel, und der Motor verstummte. Sie gähnte und streckte sich, die Hände fest ums Lenkrad geklammert. Sollte sie tatsächlich aussteigen? Die weiche Couch im Präsidiumskeller kam ihr in den Sinn, sie hatte in den vergangenen Stunden des Öfteren an sie gedacht. Stattdessen parkte der Ford Kuga nun in einem anderen Stadtteil. Frankfurt, Riedberg. Ein praktisch aus dem Nichts entstandenes Wohnquartier mit unzähligen Mehrfamilienhäusern und Eigentumswohnungen. Eine davon gehörte ihr und Peter. Ob er dort oben im Bett lag? Ob Elisa in ihrem eigenen Zimmer schlief? Was mochte das Mädchen von ihr denken? Doris seufzte. Sie hatte ja schlecht bei Peter anrufen und nach ihrer Tochter verlangen können. Sie vermisste die Kleine. Die Straßenlaterne schien ihr direkt ins Gesicht, und sie war froh, dass zu dieser späten Stunde kaum jemand auf dem Gehweg entlanglief. Niemand, der ihre Tränen sah. Keiner, der sie kannte. Keiner, der sich wunderte, weshalb sie in ihrem Wagen ausharrte.

»Ich kann das nicht«, sagte sie sich dann mit einem entschlossenen Schniefen. In der nächsten Sekunde dröhnte auch schon der Motor auf. Die Tankanzeige verriet ihr, dass die Reichweite unter hundert Kilometern lag, doch das sollte genügen. Die Kommissarin wendete das Fahrzeug an der nächstgelegenen Kreuzung und steuerte zurück in Richtung Autobahn.

Kurze Zeit später kam sie vor einem in warmes Licht getauchten Gebäude zu stehen. Die Digitalanzeige verriet, es war elf Minuten nach eins. 1:11. Doris hatte schon tags zuvor immer wieder daran denken müssen. 111. 333. Konnte es tatsächlich sein …

Vor ein paar Stunden, sie war im Nirgendwo zwischen Hamburg und Hannover gewesen, hatte Julia Durant sie noch einmal erreicht.

»Ich bin am Steuer«, hatte Seidel kurz angebunden gesagt.

»Macht nichts, Hauptsache, du bist wieder erreichbar.«

»Dienstlich«, betonte sie. »Und nur für dich.«

»Schade«, entgegnete Durant. »Denn du solltest dich mal bei Frank Hellmer melden. Sehr bald, wenn's geht.«

»Julia, bitte erspar uns das, okay?« Sie stöhnte. »Keine Verzweiflungs…«

»Nein, ganz sicher nicht. Wie gesagt: Tu uns allen, aber vor allem dir selbst den Gefallen. Such dir einen Parkplatz und rufe bei Frank an. Wo bist du denn?«

»Lüneburger Heide, Soltau vorbei«, hatte Doris Seidel gesagt. Und eine unruhige Neugier ließ sie fragen: »Was will Frank denn von mir?«

»Das soll er dir selbst sagen, er wollte nicht mit Details rausrücken. Er kam nur nicht durch deine ganzen Anrufsperren, deshalb melde ich mich. Aber wie gesagt, ruf ihn um Himmels willen gleich an, versprochen?«

Seidel reagierte mit einem Schnauben. Blieb ihr denn eine Wahl?

Und dann hatte Frank Hellmer ihr etwas von vertauschten Zimmern erzählt. Von verdrehten Zahlen und irgendwelchen bescheuerten Blumen.

333. 111.

Und von dieser bescheuerten Babsi Schlüter, diesem abgetakelten, einstigen Feger aus dem Sittendezernat. Wie sie einen total betrunkenen und desorientierten Mann vor ihrer Zimmertür gefunden hatte, fluchend, weil er nicht hineinkam. Ein Mann, mit dem sie das

88

eine oder andere Mal ins Bett gegangen war, auch wenn das schon über zehn Jahre zurücklag. Die beiden waren befreundet geblieben. Barbara war genau wie der Rest von der Sitte zum Poltern gekommen und über Nacht geblieben. Ohne die Absicht, ausgerechnet den Bräutigam zu verführen. Und sie hatte Stein und Bein geschworen, dass sie ihn nicht berührt hatte. Nicht einmal ein bisschen. Er sei plump an ihr vorbei ins Bett marschiert und hatte sich nicht dazu bewegen lassen, wieder aufzustehen.

»Und warum hat die blöde Kuh dann nicht bei mir angerufen?«, hatte Doris sich empört.

»Sie war selbst ziemlich angeheitert«, erklärte Hellmer daraufhin. »Sie wollte nur ein bisschen klarer werden. Hatte die Hoffnung, ihn dann zu dir bringen zu können. Daraufhin ist sie eingeschlafen. Als nächste Erinnerung kommst dann schon du.« Er kicherte. »Du hast wohl einen bleibenden Eindruck hinterlassen.«

»Selbst schuld«, zischte sie.

So richtig glauben konnte sie das alles nicht. Aber irgendwie erschien das Ganze auch plausibel. Und ein großer Teil in Doris Seidel wünschte sich nichts mehr, als dass diese Geschichte wahr war.

Nun stand sie auf dem Parkplatz des Hotels, wo vor ein paar Tagen noch alles in bester Ordnung gewesen war. Wo alles mit Blumen und Bändern geschmückt gewesen war und wo die Kollegen ihnen ein Ständchen gesungen hatten. Fürchterlich disharmonisch, aber dennoch rührend. Eine Jugendstilvilla mit umliegendem Park, zwischen Frankfurt und Darmstadt gelegen. Ein angegliedertes Hotel mit mehreren Dutzend Zimmern, die neben den Kennnummern der Etage Blumennamen trugen. Veilchen, Lilie, Rose. Auf den Zimmerkarten befanden sich Symbole der Blüten. Die Hochzeitssuite war das Rosenzimmer mit der Nummer 3.31.

Seidel verriegelte den Ford und trat in die matt beleuchtete Lobby. Ein junger Südländer verwandelte sein unterdrücktes Gähnen in ein müdes Lächeln.

»Guten Abend.«

Sie hatte ihn noch nie zuvor gesehen, am Wochenende war er jedenfalls nicht dabei gewesen. Vielleicht setzte man für den Nachtdienst anderes Personal ein.

»Guten Abend.« Sie lächelte. »Seidel mein Name, Kripo Frankfurt, aber ich bin nicht dienstlich hier.«

»Oh. Sondern?« Mit einem Mal war der junge Mann hellwach.

»Ich habe am Freitag hier übernachtet. Eine Hochzeit. Ist das Rosenzimmer momentan belegt?«

Es klapperte kurz auf der Tastatur. »Nein.«

»Ich würde nur noch einmal kurz nach oben, geht das?« Doris kam ein Gedanke. »Sämtliche Fotos sind verwackelt. Ich würde gerne noch ein paar Aufnahmen machen.«

Es klapperte noch einmal. Der Dunkelhaarige schien unschlüssig, vermutlich überprüfte er, ob der Name Seidel im System auftauchte.

»Können Sie sich ausweisen?«

»Klar. Bitte.« Die Kommissarin reichte ihm Dienst- und Personalausweis.

»Eigentlich darf ich nur Gäste nach oben lassen«, sagte er. »Aber in Ihrem Fall … Und meinen Glückwunsch noch!«

Doris bedankte sich und eilte in Richtung Aufzug. Im Geist ging sie die Wege von Freitagabend ab. Ballsaal, Toiletten, Küche, Terrasse. Der Gang zwischen Aufzug und Treppe. Sie entschied sich für die teppichbelegten Stufen. Schon zwischen dem ersten und zweiten Stock verlor sie die Orientierung. Alles sah gleich aus, auch wenn ein Blick übers Geländer einem recht eindeutig verriet, wie hoch man sich befand.

Im dritten, obersten Geschoss bog sie in den breiten Gang ein, der zu den Zimmern führte. Enzian. Lilie. Tulpe.

Irgendwann erschien das Piktogramm der Blüte. Zugegeben, sie hatte eine entfernte Ähnlichkeit mit einer Rose.

Dahlie 3.13

Dieser Blödmann. Er hatte tatsächlich Dahlie und Rose verwechselt?

War er, so wie sie eben, den Gang entlanggelaufen? Torkelnd und übermüdet vor dem nächstbesten Zimmer zum Stehen gekommen?

Wenn die Sache so lag – und noch war Doris nicht zur Gänze überzeugt –, dann musste sie sich bei ihrem frischgebackenen Ehemann entschuldigen.

Wieder dachte die Kommissarin an die Couch im Präsidium.

9:30 UHR

Polizeipräsidium, Dienstbesprechung

Doris Seidel saß am einen Ende der Stuhlreihe, Peter Kullmer am anderen. Dazwischen Durant und Hellmer. Ein seltsames Bild. Kein lockerer Small Talk. Claus Hochgräbe lehnte an einem der Stehtische des Konferenzzimmers und durchforstete die Papierbahnen. Sämtliche Personen waren aufgelistet; sowohl die Ermordeten als auch deren direktes Umfeld, sofern schon bekannt.

»Wir haben von keinem der vier ein Handy oder Ähnliches«, fasste der Chef zusammen. »Keine Autoschlüssel, keine Portemonnaies, keine persönlichen Gegenstände.«

»Und die Eheringe?«, wollte Hellmer wissen.

»Fehlanzeige bei den Juni-Morden«, sagte Durant. »Frau Satori fehlten drei Finger, da wissen wir nicht, wo er abgeblieben ist.«

»Und Bartelsen ist Witwer«, ergänzte Seidel.

Frank Hellmer räusperte sich. »Trotzdem. Warum nimmt der Täter alles mit, aber nicht die Ringe?«

Durant kam die Szene am Fundort in den Sinn. Andreas Sprühflasche. »Vielleicht hat er sie nicht abbekommen.«

»Mag sein. Wenn wir aber jemanden haben, der untreue Pärchen abstraft …«

»Haben wir nicht.« Seidel meldete sich erneut zu Wort. »Die beiden Toten aus dem Moor waren offiziell liiert. Keine verschmähten Ex-Freunde, keine Nebenbuhler.«

»Wissen wir das sicher?«, fragte Hellmer nach.

»Hennings Abteilung hat das überprüft«, erwiderte Seidel, und damit schien ihr Kollege fürs Erste zufrieden zu sein.

»Formulieren wir es einfacher.« Durant klinkte sich wieder ein. »Zielpersonen sind Paare, also solche, die zum Zeitpunkt ihrer Ermordung als verliebte Pärchen auftraten. Das umfasst alle drei Fälle, unabhängig, ob sie miteinander liiert waren oder mit jemand anderem.«

Sie vermied es tunlichst, Peter Kullmer anzusehen. Oder gar Doris Seidel.

»Ich gebe das so weiter.« Hochgräbe sah auf seine Armbanduhr. »Es ist zumindest möglich, dass die drei Fälle nicht die einzigen sind. Weitere Parallelen?«

Die Ermittler betrachteten die sechs Fotografien, die ihnen von den Whiteboards entgegensahen. Drei Frauen, drei Männer. Allesamt unterschiedlich in Alter, Statur und Haarfarbe.

»Ich setze mich später mal mit Alina in Verbindung«, sagte Durant, nachdem keiner sich zu Wort meldete.

»Für ein Täterprofil?«, fragte Hellmer ungläubig. »Was haben wir denn schon an Anhaltspunkten?«

»Nicht viel«, gab die Kommissarin spitz zurück, »aber deshalb sitze ich nicht untätig herum und warte darauf, dass er uns ein weiteres Pärchen vor die Füße wirft. Schon mal an die Presse gedacht?«

»Ja, schon gut«, murmelte Hellmer.

Alina Cornelius war eine enge Freundin von Julia Durant. Psychologin, Therapeutin, Vertraute. Auch die Kommissarin hatte schon ihre Dienste in Anspruch genommen, doch das war lange her. Eine andere Zeit, ein düsteres Kapitel verband die beiden Frauen. Das gehörte jedoch der Vergangenheit an und spielte nur noch selten eine Rolle.

»Um die Presse kümmere ich mich«, betonte Hochgräbe. »Niemand lässt etwas verlauten, keiner geht auf Spekulationen ein, ist das klar?« Alle nickten. Und alle wussten, dass die Reporter wie Aasgeier in das Waldstück einfallen würden, sobald sich herumsprach, dass dort gleich zwei ermordete Liebespaare aufgefunden worden waren.

»Wir sollten die Handys checken«, schlug Kullmer vor. »Ein Schuss ins Blaue, aber wie viele Sendemasten stehen in unmittelbarer Nähe des Fundorts?«

»Guter Ansatz.« Hochgräbe klappte seinen Laptop auf. Er startete eine kurze Suche, er räusperte sich. »Im Wald direkt keiner, aber rundherum gibt's einige. Zwölf, um genau zu sein. Plus ein paar mehr, wenn man südlich der Bahnstrecke geht. Oder in Richtung Innenstadt. Viel Spaß beim Suchen.«

Unwillkürlich dachte Julia Durant an Michael Schreck. Für den Leiter der Computerforensik wäre eine solche Sisyphusarbeit eine willkommene Herausforderung gewesen. Doch Schreck jagte Cyberkriminelle jenseits des Atlantiks. Mit ihm war in absehbarer Zeit nicht zu rechnen.

»Trotzdem«, beharrte Kullmer. »Wir haben vier Geräte, wenn jeder unserer Toten eines besaß. Und wer geht heutzutage schon ohne vor die Tür. Die Handys sind weg, wie alles andere auch. Vielleicht hat der Täter sie ja nicht abgeschaltet? Oder hat sie erst später unbrauchbar gemacht? Dann könnte das eine Spur sein. Wir kennen doch die Uhrzeit, mindestens bei den beiden von heute. Lässt sich nicht feststellen, wo diese zuletzt eingeloggt waren?«

»Okay.« Hochgräbe nickte. »Nehmt euch der Sache an. Die IT soll ihr Bestes geben.«

Betretenes Schweigen. Claus hatte »Nehmt euch« gesagt, in alter Gewohnheit. Doch das war momentan wohl keine gute Idee, auch wenn keiner der beiden sich dazu äußerte. Doch ihre Gesichter sprachen Bände.

»Wir erwarten gleich Frau Bierbaß und Herrn Körtens«, sagte Julia daher schnell. »Doris müsste mir vielleicht helfen, ich bräuchte noch ein Paar wachsame Augen, damit uns keine verdächtige Regung entgeht.«

Claus nickte dankbar. »Okay. Frank und ich nehmen Körtens, du und Doris die Frau.« Er nannte zwei Räume, die zur Verfügung standen. »Wir sollten außerdem die E-Mails et cetera auswerten. Irgendwie müssen die beiden sich ja verabredet haben, auch wenn ich fürchte, dass das heutzutage alles per Handychat gemacht wird.«

Hellmer stöhnte auf. »Allerdings. Wenn ich da an meine Tochter denke ...«

»Trotzdem. Sicher ist sicher. Wir haben die beiden Ehepartner gebeten, uns die Geräte zur Verfügung zu stellen. Mal sehen, wie kooperativ sie sind.«

Zwanzig Minuten später erschien André Körtens. Er übergab ein Tablet in einer Schutzhülle. An den PC, so hatte er bereits am Tag davor gesagt, sei seine Frau nicht gegangen. Wo ihr Smartphone sei, wisse er nicht.

Körtens trug eine ausgewaschene Bluejeans und Adidas-Turnschuhe. Darüber einen dunklen Wollpulli, obwohl es draußen bereits sehr warm war. Nachdem Hochgräbe ihn begrüßt hatte, schickte er ihn in den Besprechungsraum, in dem bereits Manuela Bierbaß zusammen mit den beiden Kommissarinnen saß.

»Guten Morgen. Falscher Raum.« Durant streckte ihm lächelnd die Hand entgegen. Dabei beobachtete sie, ob Körtens auf die Frau reagierte. Und Seidel ließ dabei keinen Blick von der Bierbaß.

Hochgräbe erschien im Türrahmen. »Verzeihung, mein Fehler. Wir müssen nach nebenan.«

Er erhaschte einen kurzen, aber vielsagenden Blick der beiden Ermittlerinnen. Fehlanzeige. Falls Körtens und Bierbaß einander kannten, hatten sie das beste Pokerface aller Zeiten. Beide. Und das war dann doch sehr unwahrscheinlich.

Als die Tür geschlossen war, begannen in beiden Räumen die Vernehmungen. Es ging darum, wie man sich kennengelernt hatte, wie die Ehe war, ob Kinder jemals ein Thema gewesen seien. Scheinbare Alltäglichkeiten, die dazu dienten, ein möglichst vollständiges Puzzle zusammenzusetzen.

»Ich habe sein Handy nie in der Hand gehabt«, beteuerte Manuela weinerlich. »Den PC habe ich gestern Abend hochgefahren, aber ich arbeite damit normalerweise nicht.«

»Sie haben einen eigenen?«

»Nur ein Notebook. Meine E-Mails rufe ich mit dem iPhone ab, ich habe mit dem Technikkram ansonsten nicht viel am Hut.«

»Also hatten Sie keinen Zugriff auf die Mails Ihres Mannes?«

»Nein. Aber ich konnte sein Mailprogramm am PC starten. Ich war eben neugierig. Hätte ich das nicht tun sollen?«

»Schon gut. Dürfen wir uns das auch mal ansehen?«

»Ja«, sagte Frau Bierbaß lang gezogen, als wäre sie unsicher. »Bekomme ich den PC denn wieder? Ingo hatte dort die ganzen Fotos …« Sie brach ab und entschuldigte sich, um die Nase zu schnäuzen.

»Wir löschen nichts und machen nichts kaputt«, versprach Durant und dachte insgeheim, dass sie keinen Finger an das Gerät setzen würde, um dieses Versprechen nicht zu gefährden. Computer waren für sie ein notwendiges Übel. Notwendig, keine Frage. Aber eben auch ein Übel.

»Und Sie haben noch nie etwas von Michaela Körtens gehört?«, vergewisserte sich Seidel wie aus heiterem Himmel.

»Nein.«

»Den Namen auch nicht? Körtens?«

»Nein, wirklich nicht.«

»Woher könnten die beiden sich denn Ihrer Meinung nach kennen?«, fragte Seidel weiter.

»Ich habe keinen blassen Schimmer. Wir machen fast alles zusammen«, sie stockte, »ich weiß es wirklich nicht.«

Hochgräbe kam kurz in den Raum, beugte sich zu Durant und flüsterte ihr etwas zu.

Daraufhin nickte die Kommissarin ihm kurz zu und fragte dann: »Frau Bierbaß, was können Sie mir über ein Klassentreffen sagen?«

»Klassentreffen, wieso?«

»Könnte es sein, dass Ihr Mann dort mit Michaela in Kontakt gekommen ist?«

»Mh …«

»Und sagten Sie nicht, Sie seien in derselben Klasse gewesen?«

»Ja. Schon. Aber …«

»Vorhin, das war André Körtens«, erklärte die Kommissarin. »Der Mann von Michaela.«

Doch auch jetzt regte sich nichts bei ihrem Gegenüber.

»Ja, und?«

»Wenn Michaela und Ihr Mann auf einem Klassentreffen waren«, begann Durant, »und Sie und Ihr Mann im selben Jahrgang waren … Müssten Sie sich dann nicht alle kennen?«

Bierbaß lachte auf. »Ach so, nein.« Sie winkte ab. »Ich bin in der Zehn erst dazugekommen. Ehrenrunde. Und das Abi hab ich woanders gemacht. War nicht meine Schule, leider habe ich das zu spät gemerkt.«

»Und eine Michaela?« Durant bohrte ungeduldig weiter. »Natürlich mit anderem Nachnamen.«

»Bedaure.« Bierbaß verschränkte trotzig die Arme. »Kommt mir fast so vor, als interessierten Sie sich mehr für diese Ehebrecherin als für mich.«

»Wir interessieren uns in erster Linie für die Ermordeten«, erwiderte Doris Seidel. »Für das Tatmotiv.«

»Eifersucht zum Beispiel«, ergänzte Durant, und die Frau zuckte leicht zusammen.

»Aber … ich habe doch nichts *gewusst*«, beteuerte sie.

»Könnte jemand bezeugen, wo Sie zur Tatzeit gewesen sind?«, fragte Doris Seidel. »Also grob gesagt zwischen Mitternacht und ein Uhr morgens?«

»Wir müssen das leider fragen«, erklärte Julia Durant. »Genau wie all die anderen Dinge.«

»Ich war zu Hause. Im Bett. Allein«, kam es unterkühlt. »Daran hat sich nichts geändert.«

»Kam das öfter vor?«, wollte Seidel wissen.

»Manchmal. In letzter Zeit … verdammt, darüber habe ich mir gar keine Gedanken gemacht! Früher war es weniger. Hat das etwas zu bedeuten?«

»Wann war dieses Klassentreffen denn?«

»Hm. Ende April, glaube ich.«

»Und seit damals war Ihr Mann öfter alleine unterwegs?«, fragte Durant. »Überlegen Sie bitte genau. Ich habe gesehen, dass Sie sehr viel zu zweit unternommen haben. Die Fotos, die Reisen.«

»Aber wir waren doch im Mai erst …« Manuela Bierbaß schluchzte und tastete erfolglos nach einem Taschentuch. Seidel half ihr aus.

»Danke. Wir waren im Mai erst im Yosemite. Und im August wollten wir nach Island.«

Julia Durant spürte, dass sie auf eine Sackgasse zusteuerten. Diese Frau war nicht imstande, ihrem Mann nachzustellen und einen Doppelmord zu begehen. Und selbst wenn. Was war mit den anderen Toten? Das alles fühlte sich falsch an, und dennoch musste sie es durchziehen.

»In Ordnung, Frau Bierbaß, danke so weit. Wir müssen Sie vielleicht noch einmal kontaktieren, wegen Detailfragen. Ich schicke Ihnen jemanden vorbei wegen des Computers, in Ordnung?«

»Meinetwegen.«

Frau Bierbaß stand auf, dann schien ihr etwas einzufallen, und sie hob den Zeigefinger: »Können Sie nicht über mein Handy feststellen, dass ich zu Hause war und das WLAN lief? Einen besseren Zeugen gibt es leider nicht.«

Damit war das Gespräch beendet.

Als sie den Raum verlassen hatte, sagte Doris: »Guter Einfall für eine Person, die vorgibt, mit Technik nichts am Hut zu haben.«

Durant nickte nur.

Da die beiden Kommissare sich noch im Gespräch mit Körtens befanden, besorgten Durant und Seidel sich einen Kaffee und ließen alles ein wenig sacken.

»Glaubst du, wir haben es mit einen Serienmörder zu tun?«, fragte Doris irgendwann leise.

»Falls ja, verschwenden wir hier unsere Zeit«, antwortete Julia. Sie fuhr sich durchs Haar und trank einen Schluck. Der Kaffee war zu heiß und zu schwach, andersherum wäre es besser, dachte sie. »Was denkst du denn? Du hast den Tatort im Moor gesehen. Eifersucht oder Mordlust?«

»Gefühlsmäßig das Zweite.« Doris seufzte schwer. »Aber auf mein Gefühl kann ich mich ja anscheinend nicht verlassen.«

»Jetzt komm schon.« Julia legte den Arm um sie. »Frank hat mir von seinem Gespräch mit der Schlüter erzählt. Sie schwört Stein und Bein, dass da nichts gelaufen ist. Peter hat sich einfach nur im Zimmer geirrt.«

»Keine Ahnung.« Doris schmiegte sich an ihre Kollegin. »Ich war ja selbst noch mal da.«

»Im Hotel?«

Doris berichtete kurz. Dann sagte sie: »Aber mal ehrlich. Es ist doch alles kaputt irgendwie, verstehst du? Egal ob da was passiert ist oder nicht. Als hätte es niemals Vertrauen zwischen uns gegeben. Wie kann Peter mich denn noch lieben, wenn ich nicht in der Lage bin, ihm zu vertrauen?«

»Peter liebt dich. Punkt«, sagte Julia. »Wir kennen seine Vergangenheit, die ist kein Geheimnis. Und wir haben falsche Schlüsse gezogen, mag sein. Ihr solltet jetzt endlich miteinander reden. Vielleicht sollte sogar Babsi dabei sein – und jemand, der halbwegs neutral ist.«

»Würdest … du?«

Julia Durant schloss den Arm ein wenig fester um Doris Seidel. Sie hatte es befürchtet. Aber sie würde es natürlich tun, das war klar, auch wenn sie solche Gespräche zutiefst verabscheute.

»Ich mach's unter einer Bedingung, hörst du?«, sagte sie schließlich.

»Und die wäre?«

»Du hörst damit auf, in Schrecks Keller zu pennen!«

10:25 UHR

Er öffnete seine Mülltonne und stellte verärgert fest, dass die aufgeweichten Kartons noch immer am Boden klebten. Dazu Joghurtdeckel und allerlei Kleinkram. Dann registrierte er eine Bewegung in der benachbarten Einfahrt.

Sie.

»Guten Morgen!«, rief er ihr zu. Sie blieb wie angewurzelt stehen. Ob sie in der grauen Trainingshose geschlafen hatte? Während sie sich ein gequältes Lächeln abrang, stellte er sich vor, wie sie wohl schmecken würde. Frisch aufgestanden, ohne Seifen- oder Shampoogeruch. Er unterdrückte ein lüsternes Glucksen.

Insgeheim hatte sie es befürchtet. Man konnte nicht einmal ungestört die Mülltonne vom Trottoir holen. Und er würde sich *nicht* mit einem flüchtigen Lächeln zufriedengeben. Schon trappelte er heran, in seinen Cordschlappen, die bei jedem Schritt gegen seine Fersen patschten.

»Lassen Sie mich das doch machen«, keuchte er. Wie so oft war er unrasiert, und sie mochte sich nicht vorstellen, wie er roch.

»Danke. Es geht schon. Einen habe ich ja noch«, wehrte sie ab.

Dabei spielte sie auf ihren linken Arm an, den sie eingegipst in einer Schlaufe vor dem Körper trug.

»Na trotzdem.« Das Stoppelgesicht grinste. »Unter Nachbarn hilft man sich doch gerne.«

Ich würde für dich auch einkaufen und kochen, dachte er weiter. Doch er brachte es nicht fertig. Es schien ihr nicht gut zu gehen, vielleicht hatte sie Schmerzen. Und weshalb sollte er sein Pulver auf einmal verschießen und eine Abfuhr riskieren?

»Nachher fahre ich in die Stadt«, sagte er, nachdem die Mülltonne an ihrem Platz stand. »Brauchen Sie etwas?«

»Danke. Nein.«

Er zuckte mit den Schultern und kehrte in sein Haus zurück.

Eingebildete Fotze.

Als er sich unter die Dusche begab, konnte er nicht anders, als sich zu berühren und dabei an sie zu denken. Danach rasierte er sich, trug eine Haartönung und eine Gesichtsmaske auf. Er fand, dass er durchaus als zehn Jahre jünger durchgehen konnte. Seine Internetprofile waren entsprechend gestaltet, Photoshop gestattete seinem Konterfei weitere zehn Jahre.

Axel stand auf alle Frauen. Aber auf junge stand er am meisten. Und eine davon schien er bald am Haken zu haben. Er loggte sich bei Facebook ein. Sein Profil trug den Namen Adam, ein anderes führte er unter dem Namen Ansgar. Immer mit dem Buchstaben A, meistens seltenere, elegantere Namen als den, den er selbst von seinen Eltern erhalten hatte.

Sie hat mir geschrieben, dachte er zufrieden. So weit, so gut.

Und während er ihr antwortete, malte er sich aus, wie sie sich anfühlen würde. Es war schon eine Weile her, seit er einen Teenager flachgelegt hatte. Ein Teil seiner Gedanken hing der Nachbarin mit dem gebrochenen Arm nach. Doch viel zu gierig war sein Verlangen nach Sex, als dass er sich die Gelegenheit auf ein junges Mädchen entgehen lassen würde.

Sie musste warten, genau wie er. Aber wenn der richtige Zeitpunkt gekommen war, würden die beiden eins werden.

11:55 UHR

Ach, Frau Durant, wie schön.« Eine unbekannte Stimme drang aus dem Telefonhörer. »Ich hatte gehofft, dass Sie noch nicht zu Tisch sind.«

Julia Durant sah sich um. Sie war allein in dem Büro, das sie sich mit Hellmer teilte. Und sie hatte keine Ahnung, wer der Mann war, der da mit ihr sprach.

»Entschuldigung, wer sind Sie?«, fragte sie daher.

»Ich möchte über die Toten reden.« Das kam derart direkt, dass es der Kommissarin kurzzeitig die Sprache verschlug. Er nutzte die Stille, um anzufügen: »Sie sind doch zuständig. In beiden Fällen.«

Durant dachte an Hochgräbes deutliche Ansage bezüglich Pressekontakten. »Sind Sie Reporter?«, fragte sie. »Dann ...«

»Ach, *Reporter*. Ist das so wichtig? Bei einem Serienmörder, einem Paarkiller? Mitten im schönsten Sommer?«

»Ich verbinde Sie am besten mal weiter«, erwiderte Durant, obgleich sie es sich durchaus zugetraut hätte, allein mit dem Typen fertigzuwerden. Aber Claus ...

»Dann lege ich auf.«

»Tun Sie sich keinen Zwang an«, gab sie zurück. »Dann gehe ich nämlich was essen.«

»Wollen Sie nicht wissen, warum ich Serienmörder gesagt habe? Braucht es zu einer Mordserie nicht drei oder mehr Taten?«

Durant versuchte, auf dem Display eine Nummer ausfindig zu machen, doch natürlich benutzte der Anrufer die Unterdrückungsfunktion.

»Ich äußere mich nicht.«

»Müssen Sie auch nicht. Aber Sie sollten mir zuhören.«

»Kommen Sie doch vorbei, wenn Sie etwas aussagen möchten.«

»Nettes Angebot. Vielleicht ein anderes Mal.«

101

»Also, was gibt es denn jetzt? Sind Sie der Mörder oder ein Tatzeuge oder nur einer der vielen Wichtigtuer, die hier jeden Tag anrufen?«

»Weder noch. Aber ich weiß etwas, das Sie wissen sollten.«

»Gut. Raus damit. Ansonsten ist das Gespräch in drei Sekunden beendet!«

»Sie jagen einen *Geist*.«

Kategorie Spinner. Durant stöhnte auf. Hatte sie es doch geahnt.

»Aha«, sagte sie nur.

»Fragen Sie sich mal, was im Wald geschah. Passen Sie auf, ich mache es Ihnen nicht allzu schwer. Haben Sie was zu schreiben?«

Besser! Ich zeichne das Gespräch auf, dachte die Kommissarin grimmig und bejahte.

Ihr war es, als hörte sie raschelndes Papier. Offenbar las er die Verse ab, die er mit entschlossener Stimme, wenn auch etwas stockend, zum Besten gab:

Ein hübsches Pärchen neunundachtzig tief in Waldes Gründen.
In allen Wipfeln kaum einen Hauch, wann wird er sie wohl
   finden?
Die Vöglein schweigen, keuchend liegen sie da unten,
strömt das Blut auf Moos und Stein aus ihren tiefen Wunden.
Es ist, als ob es tausend Bäume gäbe,
und hinter tausend Bäumen keine Welt:
So wie es war, so wird es wieder sein.
Warte nur, balde, bis zum nächsten Abendschein,
bis der nächste Vorhang fällt.

Als es in der Leitung klickte, wurde die Kommissarin gewahr, dass der Anrufer aufgelegt hatte. Wie elektrisiert wählte sie die IT-Abteilung an, dann machte sie sich auf den Weg zu Claus' Büro.

ZEHN MINUTEN SPÄTER

Claus Hochgräbe zog die Augenbrauen zusammen, wie er es immer tat, wenn er angestrengt nachdachte. Seine Hand bewegte die Maus hin und her, der Zeigefinger flog über die Anzeige.

»Da!« Er winkte Julia neben sich. »Busch, Goethe, Rilke und Meyer.«

Durant kräuselte die Stirn. Sie musste sich eingestehen, dass Conrad Ferdinand Meyer ihr kein Begriff war, jedenfalls nicht bewusst. Es handelte sich um einen bedeutenden deutschsprachigen Dichter aus der Schweiz, der genau wie Wilhelm Busch und Rainer Maria Rilke im neunzehnten Jahrhundert gewirkt hatte.

»Johann Wolfgang von Goethe passt nicht ins Schema«, konstatierte Hochgräbe weiter. »Er starb im selben Jahr, in dem Wilhelm Busch geboren wurde. Die drei anderen hätten sich rein theoretisch kennen können.«

»Ja, gut, aber was bedeutet das für uns?«, fragte Durant, die angespannt im Raum auf und ab tigerte. Hin und wieder blieb sie stehen und fuhr sich durch die Haare.

Die IT-Abteilung hatte eine Transkription des Gedichts erstellt, woraufhin Claus nach den einzelnen Verszeilen gesucht hatte. Der Anrufer hatte sich recht freizügig bedient und auch inhaltliche Veränderungen vorgenommen.

Es handelte sich um »Waldfrevel« von Wilhelm Busch, »Wandrers Nachtlied« von Goethe, »Der Panther« von Rilke und »Abendrot im Walde« von Conrad Ferdinand Meyer.

Aus der Reihe tanzte jedoch die Zahl, die der Verfasser in die erste Zeile geschummelt hatte.

Neunundachtzig.

Der erste Gedanke war eine Jahreszahl. Doch keines der Werke passte. Weder das Erscheinungsjahr der Gedichte noch die biografischen Daten der vier Dichter wiesen da Gemeinsamkeiten auf. »Was ist mit alten Fällen?«, kam es der Kommissarin in den Sinn, und Hochgräbes Finger begannen erneut auf Tastatur und Maus zu klackern.

»Was sollen wir denn suchen?«, dachte er laut. »Pärchenmorde? Morde im Wald? Morde bei Abendschein?«

»Morde allgemein«, schlug Durant vor, »zuerst 1989 hier in Frankfurt. Danach weiten wir das Ganze aus.«

»Einverstanden«, murmelte der Chef. Er hob das Kinn in ihre Richtung: »Wann genau bist du hierher gewechselt?«

»1992«, antwortete sie.

Weder Hochgräbe noch Durant waren 1989 in Frankfurt gewesen. Beide hatten ihre Laufbahn in München begonnen. Keiner hätte damals auch nur im Traum daran gedacht, einmal hier im Rhein-Main-Gebiet aufzuschlagen, geschweige denn, die Mordermittlungen zu leiten. Doch etwas in Durant weigerte sich, den Namen des ehemaligen Kommissariatsleiters Berger ins Spiel zu bringen. Hochgräbe reagierte meist empfindlich, denn er verlor sich immer wieder in den großen Fußstapfen, den Berger im Präsidium hinterlassen hatte.

Umso mehr wunderte sie es, als der Chef selbst vorschlug: »Sollen wir Frank mal anrufen? Oder lieber gleich Berger? Vielleicht klingelt bei denen etwas, was der Computer nicht auf die Reihe bekommt.«

»Warte doch mal.« Durant musste nachdenken. Die Treffer rund um Frankfurt waren durch die Bank unpassend. Es gab eine Mordserie, die sogenannten Kanalmorde, die nicht ins Schema passten, die Obdachlosenmorde im Folgejahr konnten ebenfalls nichts damit zu tun haben. Sie bat Hochgräbe, die Suche auf Nachbarpräsidien auszuweiten.

»Ungeklärte Fälle«, bestätigte dieser und klickte die entsprechenden Tasten.

»Vielleicht lieber alle«, schlug Durant vor. Wie oft hatte sie es schon erlebt, dass es Verurteilungen gegeben hatte, obwohl die Indizien höchst fragwürdig gewesen waren? Oder Wichtigtuer, die Taten gestanden, mit denen sie nichts zu tun hatten. Sie durften es sich nicht leisten, etwas zu übersehen.

Und dann erklang ein erregtes »Ha!«. Und die Kuppe von Hochgräbes Zeigefinger trommelte triumphierend auf den Bildschirm.

Durant beugte sich vor, um die Namen richtig zu lesen. »Urban und Petra Riemenschneider«, las sie laut. »Ein Ehepaar. Tot aufgefunden in einem Waldstück Nähe Langenselbold. Ach herrje!«

»Was denn?«, fragte Hochgräbe, und die Kommissarin grinste schief.

»Wirf einen Blick auf die Landkarte«, sagte sie und deutete auf das Poster im Querformat, auf dem eine Karte mit der Reviergrenze zu sehen war. Sie reichte weit in die Nachbarbezirke hinein.

»Langenselbold, östlich von Hanau«, stellte der Chef fest. Er war noch lange nicht so firm mit der Umgebung, wie Durant es war. Doch eines erkannte auch er: »Das ist Peter Brandts Bezirk.«

»So sieht's aus.« Lächelnd griff Julia Durant zum Telefonhörer.

13:35 UHR

Peter Brandt war Hauptkommissar der Mordkommission in Offenbach. Zwischen der alten Lederstadt und der Handelsmetropole Frankfurt herrschten seit Jahrhunderten gewisse Animositäten. Und so gut Brandt seine Kollegin im Frankfurter Präsidium auch leiden konnte, schätzte er es dennoch überhaupt nicht, wenn man von dort bei ihm anrief, um ihm die Fußarbeit aufzubürden.

»Nächstes Mal geht ihr selbst ins Archiv«, murrte er ins Telefon. Er hatte sich Akten aus dem Jahr 1989 beschafft. Nicht digitalisiertes Material, das beim Blättern einen staubigen Geschmack auf der Zunge verursachte.

»Abgemacht«, kam es zurück, ungewohnt freundlich und auch ein wenig müde, wie er fand. Er hätte nichts gegen die Fortsetzung des freundschaftlichen Schlagabtausches gehabt, die er und Durant auf der Hochzeitsfeier angefangen hatten. Doch seine Kollegin wirkte angespannt.

»Komplizierter Fall? Geht es um diesen Doppelmord?«

»Es sind zwei. Oder sogar drei«, erklärte Durant.

Brandt biss sich auf die Unterlippe. »Also, wenn ich davon ausgehen soll, dass eure Morde mit meinem alten Schinken hier in Verbindung stehen …«

»Jaaa?«, ertönte es lang gezogen.

»… dann sind es weitaus mehr als zwei oder drei«, schloss Brandt. Und während es am anderen Ende der Verbindung immer leiser wurde, setzte er seine Kollegin über einen spektakulären Fall ins Bild, der 1989 vor Gericht verhandelt und in den Medien breitgetreten worden war. Ein Mann war mit einem halben Dutzend Pärchenmorden im Großraum Rhein-Main und auch in anderen Teilen des Landes in Verbindung gebracht worden.

»Aber das ist fast dreißig Jahre her«, sagte Julia Durant, als Brandt eine Pause machte.

»Messerscharf kombiniert. Ich staune immer wieder über euch da drüben.«

»Ach hör auf«, wehrte Durant ab. »Was ich damit meine, ist, dass seit damals nichts mehr dergleichen passiert ist. Oder?«

»Hätte mich auch stark gewundert«, entgegnete Brandt mit einem Schnaufen. »Der Mörder wurde verhaftet, verurteilt und ist noch in der Haft gestorben. Finito.«

Als Durant den Hörer zurück auf den Apparat legte, ließ sie das Gehörte noch einmal Revue passieren. *Finito,* hatte Brandt gesagt.

Doch leider lagen bei Andrea Sievers vier Leichen, die so gar nicht nach »finito« aussahen.

»Ich schlage vor, wir nehmen uns die Akten noch einmal persönlich vor«, sagte Hochgräbe. »Nimm Peter oder Frank mit, ich kümmere mich derweil darum, die Zeitungsartikel von damals zu bekommen. Ich will wissen, welche Ermittlungsdetails bekannt gegeben wurden und welche nicht. Außerdem soll die IT an deinem Unbekannten

106

dranbleiben. Wäre ein Armutszeugnis, wenn wir den nicht identifiziert bekämen.«

»Wunderwelt der Technik«, erwiderte Durant mit einem Achselzucken. Sie hatte nie verstanden, welche Informationen eine unterdrückte Rufnummer nun mitsendete und welche nicht. Weshalb eine Mailbox das eigene Gerät erkannte und warum man in der Leitstelle offenbar bessere Möglichkeiten hatte als an einer noch so teuren Telefonanlage zu Hause.

Sie rief bei Frank Hellmer an, der sich noch einmal am Fundort der gestrigen Toten hatte umsehen wollen. Sie verabredeten sich in Offenbach, direkt vor dem Präsidium in der Geleitsstraße.

14:25 UHR

Hellmer wartete bereits, in der einen Hand eine Dose Cola und in der anderen eine Zigarette. Er inhalierte tief, pulte den letzten Zentimeter Tabak vom Filter des Glimmstängels und zertrat die Glut auf dem Boden.

»Mülltrennung?«, fragte Durant amüsiert.

»Ich lass mir hier nichts zuschulden kommen«, brummte Hellmer. »Die beobachten uns doch sicher allesamt hinter ihren Fenstern.«

Die Kommissarin lachte auf und winkte ab. Als geborene Münchnerin war ihr das ewige Frankfurt-Offenbach-Gehabe zwar nicht unbekannt, aber sie fühlte sich nicht dazu verpflichtet, es genauso auszuleben wie die Einheimischen. Peter Brandt war so einer. Und dennoch war er mit Elvira Klein verlobt, einer Frankfurter Staatsanwältin.

Sie meldeten sich an, und kurz darauf trat Ewald, Brandts Vorgesetzter, an sie heran.

»Peter lässt sich entschuldigen«, sagte er, »andere Baustelle.«

107

Durant kniff argwöhnisch die Augen zusammen: »Aber wir waren verabredet.«

»Ich weiß. Gehen wir nach oben?«

Die Kommissare folgten dem stattlichen Mann, und Durant fragte sich, wie alt Ewald mittlerweile war. Er war etwas jünger als Berger, aber auch für ihn dürfte demnächst Schluss sein. Ewald öffnete seine Bürotür und bat die beiden hinein. Es roch nach kaltem Rauch, das registrierte Durant sofort, und auch Hellmer zog einen Mundwinkel nach oben. Ein alter Hase, der gegen die neumodischen Regeln rebellierte. Traf das auf Ewald zu? Sie hatten noch nicht oft miteinander zu tun gehabt.

»Schließen Sie bitte die Tür«, sagte er zu Hellmer, der der Klinke am nächsten stand. »Und nehmen Sie Platz. Kaffee?«

»Nein danke.« Durant schüttelte den Kopf. »Kommen wir am besten direkt zur Sache. Wo genau ist Peter denn?«

»Ich habe ihn weggeschickt.«

»Warum?«

»Weil ich zuerst wissen will, in welche Richtung diese Ermittlung geht«, sagte Ewald scharf. »Wollen Sie uns Schlamperei vorwerfen?«

»Blödsinn«, erwiderte Durant. »Wir haben einen Hinweis erhalten …«

»Einen bescheuerten Reim! Das nennen Sie Hinweis?«

»Wie nennen Sie es denn?«, schaltete sich Hellmer ein.

»Ich stelle hier die Fragen. Wenn jemand in unseren Akten herumfuhrwerken will, möchte ich wissen, warum.«

»Gut. Dann mal Klartext«, sagte Durant mit einem Blitzen in den Augen. »Es gibt vier Tote, vielleicht sogar sechs, die ziemlich exakt in das Schema von damals passen. Wir müssen sämtliche Details durchgehen, besonders solche, von denen kein Unbeteiligter wissen konnte. Wir fragen uns, warum es nach dreißig Jahren einen Copy-Killer gibt. Und ich sag's, wie es ist: Wir jagen einen Mörder im Hier und Jetzt, und ich will keine weiteren Leichen! Es ist mir scheißegal, auf welche Füße ich dabei treten muss, aber wir sind auch nicht hergekommen, um jemanden von Ihrer Abteilung vorzuführen.«

»M-hm.« Ewald kratzte sich unterm Kinn und nahm einen Schluck aus seiner Kaffeetasse. Da die schwarze Brühe offenbar längst ausgekühlt und bitter war, verzog er den Mund. »Reden Sie weiter.«

»Es gibt nicht viel zu reden. Peter sagte, die Serie von damals wurde aufgeklärt und endete in einer Verurteilung. Erzählen *Sie* doch mal.«

»Gut, okay.« Ewald raschelte mit einem Blatt Papier, auf dem sich handschriftliche Stichpunkte befanden. Er beförderte eine Lesebrille aus der Brusttasche seines Hemdes, klappte die Bügel auseinander und balancierte das Gerät auf seine Nasenspitze. Dann las er die Namen von sechs Paaren vor. Dazu ein paar Jahreszahlen.

»Der letzte Mord fand am 19. Juli 1989 statt«, schloss er. »Es war das blanke Grauen. Erste Ferienwoche, eine Gluthitze, und die Leichen wurden erst zwei Tage später gefunden. In der Nähe eines Waldsees, von Jugendlichen, die da zum Knutschen und Nacktbaden hingefahren sind. Für die Presse ein gefundenes Fressen, und dann noch mitten im Sommerloch.«

»Ja, okay, und wie kam es zur Verhaftung?«

»Zufall. Ein Jäger notierte sich das Autokennzeichen eines VW Jetta, der auf einem Waldweg parkte. Die Zahl hatte einen Dreher, also hatten wir eine Menge Fahrzeuge zu prüfen.«

»Das Ergebnis war aber eindeutig.«

»Zweifelsfrei«, betonte Ewald und nahm die Brille ab. »Peter hat das damals durchgezogen. Und er hat jeden seiner Schritte dreifach überprüft, allein deshalb, weil sein Vater damals ja auch noch im aktiven Dienst war.«

Durant erinnerte sich. Brandt war Hauptkommissar in zweiter Generation. Und, sie rechnete nach, er war damals noch ziemlich jung gewesen. Doch auch Julia hatte ihren ersten Serienkiller in jungen Jahren überführt, damals, in München. Ein kalter Schauer rann ihr über den Rücken. Sie sah ein Messer, eine Tiefgarage, erinnerte sich an Alpträume. Schüttelte den Kopf und zwang sich zur Konzentration.

»In Ordnung«, sagte sie, »weiter im Text.«

109

»Georg Otto Nickel wurde anhand einer ganzen Reihe von Indizien überführt. Er widersetzte sich nicht, die Verhaftung habe ich damals selbst vorgenommen. Deshalb rede auch ich heute mit Ihnen darüber. Man klagte ihn an, der Prozess begann erst im Frühjahr, weil sich die Hinweise auf weitere Morde verdichteten. Er äußerte sich nicht, mit keinem Sterbenswort, aber das können Sie alles selbst nachlesen. Das Urteil nahm er schweigend hin. Ein paar Monate später beging er Selbstmord.«

»Scheiße«, brummte Hellmer, und Durant wusste, was er meinte. Die ganze Sache hörte sich glatt an, viel zu glatt. Wenn Nickel der Mörder gewesen war, wer mordete dann heute?

»Hatte er Familie? Freunde? Kollegen?«, fragte sie.

»Nichts. Irgendwann mal eine Frau, mit der er zusammenlebte. Aber keinen Trauschein. Wir kennen sie nur von einem Foto.«

»Nachbarn?«

»Natürlich. Die Aussagen der Nachbarn waren ein wichtiges Puzzleteil. Die Frau war zum Zeitpunkt der Morde lange nicht mehr gesehen worden. Wir haben nach ihr gefahndet, ohne Erfolg.«

»Vielleicht … ist sie ja auch tot?«, dachte Durant laut.

»Das haben wir auch angenommen. Tatsächlich sah das erste Opfer ihr zum Verwechseln ähnlich.«

Durant zuckte zusammen. »*Sah* ihr ähnlich – oder *war* sie?«

Hellmer warf ein, dass der Name doch ein anderer gewesen sei.

Ewald nickte. »Eben. Wir haben eine eindeutige Identifizierung jedes Opfers. Verwechslung ausgeschlossen.«

»Scheiße«, kommentierte Durant und biss sich auf die Unterlippe. Da kam eine ganze Menge Arbeit auf sie zu. Eine Woge aus Vergangenheit und Gegenwart, die das K11 zu überrollen drohte. Und in ihr die Haie der Medien, die nur darauf warteten, nach ihren zappelnden Beinen zu schnappen.

18:25 UHR

Das Gezeter war durch die geschlossene Haustür zu hören. Frank Hellmer seufzte, als er aufschloss und kurz darauf nach innen trat. Er wollte laut rufen, vielleicht unterbrach er die keifenden Frauen ja damit, aber dann entschied er sich anders.

»Was ist denn hier los?«, fragte er ruhig, als er in die Küche trat.

»*Deine* Tochter ...«, schäumte Nadine.

»Ihr könnt mich mal. Beide!«, schrie Steffi und stampfte davon.

Frank stand verdutzt da. »Was habe *ich* ihr denn getan?«

»Du hast sie gemacht«, antwortete seine Frau und fuhr sich durchs Haar. Ihr Atem ging schnell. Frank trat an sie heran und nahm sie in den Arm.

»Haben wir das nicht beide?«, sagte er mit einem Zwinkern.

»Das Temperament hat sie ja wohl von dir.« Nadine küsste ihn auf den Mund, dann drehte sie sich aus der Umarmung. »Es ging mal wieder um diesen Scheißurlaub, du weißt schon, Ibiza. Sie wollen sich ein Zimmer teilen. Mit den Jungs.«

»Oh.«

»Ja, oh«, schnaubte Nadine. »Davon war nicht die Rede, als wir dem zugestimmt haben. Sie behauptet, es wäre am billigsten, und alle machen das so. Ich sehe schon, was jetzt auf uns zukommt. Telefonieren mit den anderen Eltern, Umbuchen und noch mehr Geschrei.«

»Hurra!«, stöhnte Hellmer auf. Familienzoff konnte er heute gar nicht gebrauchen.

Steffi knallte die Zimmertür und schloss sie ab.

Sie plumpste aufs Bett und griff nach ihrem Smartphone, das am Ladekabel hing. Sie hatte das Gerät eine Stunde lang nicht benutzt, eine Ewigkeit für einen Teenager. Entsprechend viele Nachrichten warteten auf sie. Doch eine interessierte sie besonders.

Er hieß Artur.

111

Ein seltener Name, Steffi hatte bisher niemanden kennengelernt, der so hieß. Artur war ein ganzes Stück älter, aber sie stand ohnehin nicht auf die Milchbubis in ihrem Jahrgang.

Ausgerechnet mit einem von denen soll ich ins Bett gehen, dachte sie verächtlich. Nur weil wir uns ein Zimmer teilen.

Was hatte ihre Mum bloß für ein Problem? Sie war doch sonst nicht so prüde. Und was bitte verhinderten getrennte Hotelzimmer, wenn man miteinander rummachen wollte? Sie versuchte, das Ganze auszublenden, um sich auf Artur zu konzentrieren. Doch es gelang ihr nicht. Die Alten würden es schaffen, ihr die Ibiza-Reise zu ruinieren. Aber so weit würde sie es nicht kommen lassen!

Stefanie hatte es in den vergangenen Jahren nicht leicht gehabt. Mobbing, ein Schulwechsel, der Abbruch von Freundschaften, die im Grunde keine gewesen waren; das alles hatte Narben hinterlassen. Dafür machte sich die Siebzehnjährige recht gut, auch das Zeugnis war besserer Durchschnitt, sie war weitgehend zufrieden mit sich selbst und ihrem Leben.

Artur schrieb: »Hast du den Vollmond gesehen?«

»Verpennt. Supermond oder was?«

»Wunderschön.« Und dann: »Alles okay bei Dir?«

Artur war einer der wenigen, der die persönliche Anrede stets großschrieb. Das gefiel Steffi. Sie überlegte einen Augenblick.

»Nee. Stress mit den Mitmenschen.«

»Schlimm?«

Jeder andere hätte gefragt, was los sei. Oder ihr gesagt, sie solle mal chillen, weil nun mal alle Eltern anstrengend seien. Stattdessen …

»Wegen Ibiza. Egal. Themawechsel.«

Sie hatte ihm unlängst erst von dem bevorstehenden Urlaub in der vierten Ferienwoche erzählt. »Du weißt, ich höre Dir gern zu. Aber wir können auch wann anders weitertexten.«

»Nee, schon gut. Was machst du gerade?«

»Ich packe Kram zusammen. Will raus nachher.«

»Raus?«

»Kennst Du diesen See bei euch in der Nähe?«

»Den Kiesweiher?«

Steffi atmete schwer. Sie verband keine guten Erinnerungen mit diesem Gewässer. Die Vergangenheit. Das Mobbing. Und war nicht sogar letzte Saison jemand dort ertrunken?

»Im Wald. Kann's nicht beschreiben. Er ist groß genug, dass die Bäume einen Kranz ringsum bilden. Und wenn das Mondlicht darauf fällt, ist das Wasser wie ein silberner Spiegel. Völlig still.«

»Da willst du hin?«

»Jep.«

Unschlüssig verharrte sie. Artur schien vertrauenswürdig. Er war anders als die meisten, die sich im Internet für etwas ausgaben, das sie nicht waren. Und selbst wenn das Treffen irgendwie unangenehm wurde – Steffi war vielleicht keine Sportskanone, doch sie war gut im Sprint und kannte von ihrem Vater ein paar ziemlich gute Verteidigungsgriffe. Dennoch …

Immer noch unschlüssig, überlegte sie weiter. Erwartete Artur von ihr, dass sie ihn fragte, ob sie mitkommen könne?

Wollte sie das überhaupt? Artur hatte etwas Besonderes an sich, gewiss, aber Steffi hatte noch nicht darüber nachdenken wollen, ob da auch *mehr* sein könnte.

Artur schien die Funkstille nicht gut ertragen zu können.

»Bist Du noch da?«, tippte er.

»Sorry. Bin nicht gut drauf heute.«

»Schon okay. Kannst Dich jederzeit melden.«

Und dann noch: »Ohne Handy gehe ich jedenfalls nicht in den Wald.« Artur benutzte ein paar vielsagende Smileys. Teufel, Mond und Bäume. Dann ein Gesicht, das Tränen lachte.

Stefanie Hellmer legte das Telefon ab und rollte sich auf dem Bett ein. Ihr Blick streifte über die Fotowand. Ein paar Grimassen, lachende Gesichter. Hauptsächlich Freundinnen, darunter ein paar wenige Jungs.

113

Die Ibiza-Clique. Saufen, Vögeln, Kiffen. Das neue Sex, Drugs, Rock'n'Roll. Natürlich führte sie nicht das Leben einer Nonne, doch seit sie Artur kannte, erschien ihr der Horizont ihrer Freunde begrenzt.

Ein Dutzend weiterer Nachrichten war aufgeploppt, in denen es einzig darum ging, wann und wo man heute Abend zum Saufen einfallen könne. Notfalls im Stadtpark, warum auch wählerisch sein? Dasselbe wie gestern und vorgestern Abend. Eine Eintönigkeit, die Steffi früher nicht empfunden hatte. Wollte sie das?

Sie dachte an die Gespräche mit Artur. Es ging um die Unendlichkeit des Universums, um die willkürliche Auslöschung einer Hälfte der Weltbevölkerung und darum, ob sich, wenn man den Mond bevölkern würde, die künftigen Generationen anders entwickeln würden. Gravitation war das Schlüsselwort. Sechsmetermenschen. Und wie diese sich wohl beim Besuch der Erde fühlen würden.

Es dauerte nicht lang, da hatte sie ihr Smartphone wieder in der Hand. Steffi hatte sich entschieden.

19:40 UHR

Julia Durant hatte in der Küche gestanden, das Buttermesser in der einen Hand, zwei Salamischeiben in der anderen, als das Telefon klingelte. Sie warf einen Blick auf das Tablett, auf dem die beiden Brotscheiben warteten, daneben Gurken. Doch längst hatte Claus das Gespräch angenommen, wie sie erleichtert feststellte. Kurz darauf hatte er ihr mitgeteilt, dass es eine spontane Einladung nach Okriftel gäbe. Frank und Nadine Hellmer. Viel zu selten kamen die vier dazu, gemeinsame Abende im Garten zu genießen. Gute Gespräche, Lachen, Abschalten. Aber ausgerechnet heute? Claus hatte sie gedrängt, die Einladung anzunehmen. Das Salamibrot klappte Julia für den nächsten Tag zusammen und verstaute alles im Kühlschrank.

Sie erreichten gerade das sogenannte Märchenviertel, in dem die

Straßen nach Dornröschen, Schneewittchen und weiteren Figuren benannt waren, als Durant abrupt auf die Bremse trat.

»Hey!«, empörte sich Hochgräbe.

»Da drüben läuft Steffi Hellmer.« Durant ließ die Scheibe hinunter, um ihr zu winken. Sie rief, doch das Mädchen schien nur Augen für ihr Smartphone zu haben. Dann hupte es hinter ihnen. Julia wäre gerne rechts rangefahren, denn sie hatte Steffi schon lange nicht mehr gesehen. Doch sie musste weiter. In letzter Sekunde trafen sich doch noch ihre Blicke, Steffi hob die Hand und lächelte. Als Nächstes sah die Kommissarin einen Wagen, der sich neben Franks Tochter auf den Gehweg schob. Hatte sie *ihm* gewinkt oder ihr?

Im Rückspiegel sah sie, dass Steffi einstieg. Dass Kennzeichen war MKK, also die Gegend rund um Hanau. Schade, dachte Julia. Sie und Steffi waren immer sehr vertraut miteinander gewesen.

Sie näherten sich Hellmers Adresse in einer ruhigen, gehobenen Wohngegend, die an Felder grenzte. Doch hinter den Vorhängen, das wusste Durant natürlich, herrschten dieselben Probleme wie überall sonst. Auch Frank Hellmer, der in eine reiche Familie eingeheiratet hatte, war durch seine persönliche Hölle gegangen. Niemand seiner Nachbarn hatte sich dafür interessiert, keiner hatte ihm geholfen, als der Alkoholismus ihn in den Fängen hatte. Nur das Maul zerrissen hatte man sich. Und nur wenn ein Gewaltverbrechen in der Stadt hohe Wellen schlug, schätzte man seinen Beruf. Erwartete man von ihm, dass er als Polizist etwas dagegen unternahm. Doch er hatte sich damit arrangiert. Wohnte gerne in dem Haus, in dessen Keller ein Schwimmbad war und genügend Platz für Fitnessgeräte und einen Sandsack, den er regelmäßig bearbeitete.

Nadine Hellmer wirkte müde, aber erfreut. Sie umarmte Julia besonders fest, sodass diese leise fragte: »Ist alles okay bei euch?«

»Ach, es ist Steffi. Schwierige Phase.«

Die vier machten es sich auf der Terrasse bequem, sahen dem Sonnenuntergang zu und zündeten nach und nach ein paar Kerzen an.

Sie aßen Oliven, belegte Baguettescheiben, und bald war das verpasste Salamibrot vergessen.

»Was ist denn mit eurer Tochter?«, fragte Hochgräbe schließlich, und Nadine erzählte von der Idee, nach Ibiza zu fliegen und in einem Vierbettzimmer zu übernachten, weil dies billiger sei.

»Dabei hätten wir ihr das gesponsert«, brummte Frank, der offenbar keine Lust hatte, das Thema wieder aufzuwärmen.

»Sie will es eben selbst zahlen«, verteidigte Nadine Steffi. »Ist ja im Prinzip auch nichts dagegen einzuwenden. Aber nicht mit Jungs. Da bin ich einfach altmodisch, auch wenn ich weiß, dass es wahrscheinlich Quatsch ist. Lasst uns von was anderem reden, okay?«

Zwangsläufig drehte sich das Gespräch binnen Minuten um den Fall. Um die Reimverse und um deren Bedeutung.

Ob die Motive Wald, Nacht, Mondschein, Blut und Tod, vielleicht auch noch der Begriff Jagd sie in irgendeiner Weise weiterbrachten.

Julia hätte lieber abgeschaltet, doch sie wusste auch, dass ihr das weder hier noch zu Hause gelingen würde. Viel zu viel stand auf dem Spiel.

Es war eine warme, helle Nacht.

Rund um Frankfurt befanden sich über fünftausend Hektar Wald.

Wann würde der Mörder wieder auf die Jagd gehen?

Wann würde er wieder töten?

Es war fast Mitternacht, als Julia und Claus ihren Weg zurück in die Stadt nahmen.

Steffi Hellmer allerdings kehrte an diesem Abend nicht mehr nach Hause zurück, was ihre Eltern in helle Aufregung versetzte. Wozu gab es Smartphones, mit denen man sich überall und in jeder Lebenslage verständigen konnte? Selbst wenn es zwischen ihnen gekracht hatte, war Steffi in diesen Dingen zuverlässig. Weshalb also meldete sie sich nicht? Warum ging sie nicht ran?

Weder Nadine noch Frank taten in dieser Nacht ein Auge zu.

DIENSTAG

DIENSTAG, 11. JULI, 10:30 UHR

Durant traf als Erste in Seckbach ein, Kullmer und Seidel kamen ein paar Minuten später. Es warteten mehrere Schutzpolizisten und ein junger Mann aus der IT-Abteilung, der wohl kaum zwanzig sein durfte, mit blondem Vollbart, eisblauen Augen und dunkler Hornbrille. Die Kommissarin hatte kaum Zeit, darüber nachzudenken, ob er absichtlich das Klischee eines Nerds bedienen wollte. In ihrem Kopf spukte zu viel anderes herum. Doris und Peter. Dass sie mit demselben Auto kamen ... was bedeutete das? Aber am wichtigsten war die Sorge um Frank Hellmer.

»Hallo, bist du anwesend?«, erkundigte sich Seidel und tippte ihr an die Schulter.

»Körperlich, ja«, erwiderte sie und erzählte ihrer Kollegin von dem Anruf, den sie mitten in der Nacht erhalten hatte.

»Steffi ist verschwunden?« Doris kniff die Augen zusammen. »Ist das schlimm? Wie alt ist sie jetzt? Schon achtzehn?«

»Sie sagt aber sonst immer Bescheid«, wandte Julia ein. »Und es gab dicke Luft, wir waren gestern Abend bei Frank zu Hause.«

»Hm. Trotzdem ...«

»Ist was nicht in Ordnung?«, unterbrach Kullmer die beiden. In seiner Hand lag eine Papphalterung, in der drei Kaffeebecher steckten.

Doris schilderte Julias Sorge um Steffi, dabei beobachtete die Kommissarin sie genau. Sie war angespannt, zwischen ihr und Kullmer war noch lange nicht alles im Lot. Auch Peter wirkte unsicher, er trat unentwegt vom einen Fuß auf den anderen.

»Lasst uns reingehen«, drängte Durant schließlich. Die Uniformierten blickten schon ungeduldig zu ihnen herüber.

Benjamin Tomas, der sich den Kommissaren mit einem laxen »Ich bin der Benny« vorstellte, erklärte das Vorgehen. Durant blendete den Teil, in dem er über IPv4-Adressen und Internettelefonie dozierte, größtenteils aus. »Wir brauchen sämtliche Router und Telefonanschlussdosen«, schloss der Bärtige, dessen Aussehen ein wenig an den Superhelden Thor erinnerte, nur ohne all die Muskeln. »Aber vor allem interessiert uns eines: ein Analogtelefon.«

Durant musste grinsen. Dass dieser Milchbubi überhaupt noch wusste, was ein analoges Telefon war.

Die IT hatte den anonymen Anruf so weit zurückverfolgt, dass im Grunde nur zwei Häuser im Süden Seckbachs infrage kamen. Mehrgeschossige Wohnblöcke in der Vatterstraße, die man meistens schon dem Riederwald oder Bergen-Enkheim zurechnete. Im Süden der viel befahrene Erlenbruch, im Osten die Borsigallee, im Westen die A 661. Dafür war es fast unnatürlich ruhig hier, wie Durant fand. Vielleicht war das aber nur eine Momentaufnahme. Die Stuckfassaden machten einen verwohnten Eindruck, sie schätzte, es würde eine Weile dauern, bis man sämtliche Anschlüsse überprüft hatte. Für die Experten stand fest: Von hier aus hatte der Unbekannte im Präsidium angerufen und seine Reime vorgetragen. Es war eine Spur, die einzige, die sie zu diesem Zeitpunkt hatten.

Durant entschied sich für das rechte Gebäude, Kullmer und Seidel nahmen sich das linke vor. Benny Tomas kam mit ihr und schien derart aufgeregt zu sein, dass er unentwegt plapperte. Als das Smartphone sich lautstark meldete und Frank Hellmers Name auf dem Display auftauchte, nahm die Kommissarin das Gespräch dankbar an.

10:35 UHR

Mit einem selbstgefälligen Grinsen schob Axel Reimer den Schlüssel in das Schloss seines Wagens. Sie waren dumm, alle miteinander, und trotzdem waren sie auch gut. Er hielt kurz inne. Durfte er so denken? Nur weil sie plötzlich alle wie eine Schar aufgeschreckter Hühner herumhüpften? Weil er es gewesen war, der ihnen den Misthaufen mit den fetten Regenwürmern präsentiert hatte?

Reimer hatte nichts am Hut mit den Werken von Goethe, Busch oder Rilke. Hochtrabende Zitate fand man im Internet, so wie auch sonst ziemlich alles, was man brauchte. Er war ein einfacher Mann mit einem einfachen Geist, und das hatte er auch niemals als etwas Schlimmes empfunden. Was waren sie denn, all die Häuptlinge, all die Großkotzigen? Was würden sie denn machen, wenn die Industrie zusammenbrechen würde oder die medizinische Versorgung, wenn die Menschen wieder auf sich selbst gestellt wären? Er konnte mit Werkzeugen umgehen, mit Holz, mit Metall, er konnte jagen, Tiere zerlegen und wusste, wann man welches Gemüse anbaute. Machte ihn das dümmer als andere, nur weil er beim Begriff »Faust« zuerst an seine rechte Hand dachte und dann an seine linke? Mit diesen Fäusten konnte er, wenn er wollte, töten. War das nicht wichtiger, wenn's drauf ankam, anstatt über Gott und den Teufel zu sinnieren? Und trotzdem …

Reimer startete den Motor. Trotzdem hatte es Spaß gemacht. Sie würden *nichts* finden, auch wenn sie vermutlich keine Stunde dafür brauchen würden, um den Apparat zu identifizieren.

Und dann …

Er hatte es schon einmal erlebt, wie sie gekommen waren, um ihn zu holen.

Wie sie ihn abgeführt hatten, wie die Nachbarn sich hinter ihren Gardinen versteckten und sich die Augen aus den Leibern glotzten.

Manche von ihnen lebten noch, so wie er. Doch sie hatten nichts dazugelernt. Sie waren immer noch dieselben dummen Schafe. Schlachtvieh. Neugierig, aber im Endeffekt an nichts anderem interessiert, als was sie zur nächsten Mahlzeit fressen konnten.

Der Auspuff röhrte, als er das Gaspedal durchtrat. Dieser verfluchte Rost.

Aber auch das würde er in den Griff bekommen.

11:02 UHR

Die Nachrichten auf FFH waren längst vorbei. Der Verkehrsfunk, das Wetter und auch der erste Song. Frank Hellmer stand in der Nähe des Küchenradios, regungslos. Niemand hatte von einem vermissten Mädchen gesprochen. Keine Suchanzeige, kein Hinweis auf die Kleidung der Kleinen. Tränen sammelten sich in Hellmers Augen. Was hatte Steffi am Vorabend getragen, als sie das Haus verlassen hatte? Er konnte es nicht beantworten. War er so sauer gewesen, dass er sie nicht einmal mehr eines Blickes gewürdigt hatte? Nein. Sie war nicht mehr zu ihnen gekommen, sie hatte sich stillschweigend davongestohlen. Und weshalb? Weil er kein Vertrauen in sie hatte. Weder er noch Nadine.

»... nicht einmal Tschüss gesagt ...«, hauchte er und reckte sich nach dem Schrank neben der Dunstabzugshaube. Ein Fettfilm lag auf dem Türknauf, er wurde nur selten angefasst. Im Inneren las der Kommissar die Etiketten. Eine Flasche Rum, kaum zwei Zentimeter befanden sich darin. Eine Packung Mon Chéri, zwei Flaschen Rotwein. Es geschah noch immer, auch nach so vielen Jahren, dass man Wein und Pralinen mit Geist geschenkt bekam. Und Frank Hellmer hatte es seiner Frau ausdrücklich untersagt, diese Dinge wegzuwerfen. Mit dem Rum backte sie, wenn auch nur noch selten. Und mit den Pralinen konnte man jemand anderen beschenken, genau wie mit dem Wein.

»Ich muss damit klarkommen, hörst du?«, sagte er stets.

Er handelte damit gegen die Empfehlung der (meisten) anonymen Alkoholiker. Doch für Hellmer gab es eine klare Linie. Er hatte sich selbst in die Sucht hineingeritten, und er würde niemand anderem eine Last damit aufbürden. Er hatte Nadine genug Sorgen bereitet, sie genug verletzt. Hellmer hortete einen immensen Schuldkomplex, und für ihn war es wichtig, gewisse Prüfungen alleine durchzustehen.

An den meisten Tagen gelang ihm das gut. Heute allerdings fiel es ihm schwer, so schwer wie kaum jemals zuvor.

Mit zittrigen Händen griff er in das staubige Dunkel. Spürte das Glas in den Händen. Stellte sich vor, wie es wohl wäre, wenn das bittere Aroma des Alkohols sich in seiner Mundhöhle ausbreitete.

Er hatte sie alle angerufen oder den wenigen, die sich in seinem Telefonverzeichnis befanden, eine Nachricht gesendet. Steffis Schulfreundinnen – die von früher, die aus der Umgebung, mit denen sie noch Kontakt hatte. Von den anderen, aus dem Internat, gab es eine Telefonliste, aber diese war zwei Jahre alt und nur noch teilweise aktuell.

Nichts.

Niemand hatte ihm sagen können, mit wem sich seine Tochter verabredet hatte. Wo sie war. Nadine hatte sich vor wenigen Minuten gemeldet, sie war bei Steffis Freunden vorbeigefahren. Hatte versucht, mit allen zu sprechen, die diese unsägliche Urlaubsreise planten.

Fehlanzeige.

Warum machte Steffi das? Wollte sie die beiden bestrafen? Oder war ihr etwas zugestoßen?

Zu wem war sie ins Auto gestiegen?

Frank zermarterte sich das Gehirn. Marke und Kennzeichen. Wenigstens eines davon brauchte er, um eine Fahndung in die Wege zu leiten. Doch so? Die Liste von möglichen Fahrzeughaltern würde endlos sein.

Er dachte an ein Gespräch, das er vor vielen Jahren mit seiner Frau geführt hatte.

Sie war steinreich, er hatte damals von der Hand in den Mund gelebt. Miete, Unterhaltszahlungen, das überschaubare Gehalt eines Kriminalbeamten. Er hatte sich ihrer nicht würdig gefühlt. Beteuert, dass sie für ihn die eine, große Liebe sei. Dieser eine Mensch auf Erden, mit dem man sein Leben teilen möchte. Und Nadine hatte ihn einfach an sich gezogen und geküsst. Zwei wundervolle Töchter, jede auf ihre Weise, waren aus der Ehe hervorgegangen. Steffi und Marie-Therese. Die zweite war mit schwersten Behinderungen auf die Welt gekommen. Teure Operationen und eine gute anthroposophische Einrichtung ermöglichten ihr ein würdiges Leben. Frank Hellmer liebte seine neue Familie abgöttisch. Er würde es nicht überleben, einen Teil davon zu verlieren.

Seine Hände hatten die Flasche längst aus dem Schrank befreit und klammerten sich um das Etikett.

11:10 UHR

Ein Münztelefon?« Julia Durant traute ihren Ohren nicht.

Benny Tomas schenkte ihr ein Grinsen und redete allerlei Zeug über analoge Leitungen, während er sie in den Hauseingang führte. »Dort unten.« Er wies mit der Handfläche in Richtung einer schwach ausgeleuchteten Ecke, sechs Stufen unterhalb des Eingangs.

»Dass es so was noch gibt«, dachte die Kommissarin laut und näherte sich dem Apparat. Das kastenförmige Metallgehäuse mit seinen abgerundeten Ecken war fast komplett mit Schmierereien bedeckt. Edding, Spraydosen und allerlei Aufkleber, von denen die meisten abgepulte Flächen hatten. »Funktioniert der noch?«

122

»Irgendjemand hat den Hörer ausgetauscht.« Der Computerexperte nickte. Es handelte sich um eine dieser magentafarbenen Bananen, die man aus den öffentlichen Fernsprechern kannte.

»Hm. Und wann?«

»Keine Ahnung. Das Teil selbst hat sicher schon ein paar Jahre auf dem Buckel.«

»Vermutlich waren Sie da noch im Kindergarten«, versuchte Durant einen Scherz, der gründlich misslang. Tomas reagierte mit einem irritierten Blick und deutete auf eine Stelle des Kabels. Das Klebeband war abgewickelt, sodass die Kontakte frei lagen. »Fein säuberlich, Ader für Ader«, sagte er.

Durant überlegte. »Ist der alte Hörer abgeschnitten worden? Ich kenne nur herausgerissene Leitungen …«

Es war der Alptraum aller gewesen, die vor den Zeiten des Mobilfunks auf Telefonzellen angewiesen gewesen waren. Abgerissene Hörer. Oder Exkremente, die jemand hinterlassen hatte.

Tomas kratzte sich im Bart. »Hm. Mag sein, dass es einfacher gewesen wäre, die Kabel innen zu verklemmen. Fakt ist aber, dass es so gemacht wurde. Vielleicht hatte er keinen passenden Schraubendreher, da sind so komische Köpfe drauf. Erspart der Telekom wohl das Verplomben.«

»Wohl eher der Post, so wie das Ding aussieht.« Durants Gedankenkarussell begann sich zu drehen. Wann hatte die Deutsche Bundespost aufgehört zu existieren? Mitte neunzig. Sie erinnerte sich noch gut an ihren ersten Telefonanschluss in der kleinen Sachsenhausener Mietwohnung.

»Welche Münzen kann man da einwerfen?«, wollte sie wissen und stand längst selbst vor dem Apparat.

»Euro, Cent, was denn sonst?«

»Also wurde das Gerät nach dem 1.1.2002 installiert. Oder umgebaut. Wie auch immer. Haben Sie es irgendwo angefasst?«

»Nein.«

123

»Gut. Haben Sie Handschuhe dabei? Ich will wissen, ob dieser Apparat auch noch funktioniert.«

Tomas reichte ihr welche, Durant bedankte sich und zog den Latex zuerst über ihre linke, dann auch über die rechte Hand. Sie hob den Hörer ab, wartete auf das Freizeichen und förderte mit der anderen Hand einen Euro aus ihrer Jeanstasche zutage. Durant hatte in fast jeder ihrer Hosen ein Geldstück, weil sie praktisch immer ohne Kleingeld im Portemonnaie zum Einkaufen ging und sich regelmäßig fluchend vor den Einkaufswagen wiederfand.

Sie überlegte kurz, ob sie die Münze opfern sollte. Dann lächelte sie und ließ das Metall durch den Schlitz klimpern. Wählte ihre eigene Mobilfunknummer und reichte (dem noch immer reichlich verdutzt dreinschauenden) Computerforensiker das läutende Smartphone.

»Gehen Sie bitte dran.«

Er tat es. »Hallo?«

Durant hörte seine Stimme doppelt und mit kaum spürbarem zeitlichen Versatz. »Danke schön.«

Sie hängte den magentafarbenen Hörer zurück in die Mulde und reckte die Hand nach dem Mobiltelefon aus.

»Und was haben wir jetzt davon, außer dass Sie einen Euro ärmer sind?«, wollte Benny Tomas wissen.

Julia Durant lächelte. »Den Euro krieg ich wieder! Das Gerät kommt mit zur Spusi. Ich will eine Liste mit sämtlichen Anrufen, ein- und ausgehend, so viele werden das ja wohl nicht sein. Heutzutage hat doch jeder irgendwelche Flatrates. Außerdem will ich wissen, wer dieses Gerät wartet, repariert und, vor allem, wer die Münzen ausleert. Und von den Münzen, die sich im Inneren befinden, sollten Fingerabdrücke genommen werden. Genau wie von dem Apparat selbst.«

Mit diesen Worten zog sie die Gummihandschuhe ab. Der Latex schnalzte, sie knüllte sie zusammen und ließ den Klumpen in der Hosentasche verschwinden.

Sie konnte förmlich spüren, wie die Zuversicht durch ihren Körper strömte.

Es war die beste Spur, die sie in diesem Fall hatten.

11:38 UHR

Er wusste, dass es nichts brachte, die Digitalanzeige zu beobachten. Sechzigmal pro Minute blinkte der Doppelpunkt, doch es gelang ihm nicht, seinen glasigen Blick davon zu lösen. Im Haus herrschte vollkommene Stille, kein Ticken, kein Rascheln, kein Garnichts. Hellmers Kinn ruhte auf den verschränkten Armen, die auf dem Küchentisch lagen.

Er wusste, wenn Nadine die Küche betreten würde, würde ihr Blick sofort auf die leeren Flaschen fallen. Sie würde wissen, sie wusste es immer, sie …

Ein dumpfes Geräusch ließ Hellmer aufschrecken. Er wollte aufspringen, doch die Beine versagten ihm den Dienst. Es war ein Motor, es war das hubraumstarke Dröhnen des Range Rover. *Nadine.* Hellmer schaffte es kaum, sich in die Gerade zu stemmen. Wankend und mit den Händen um die Tischkante geklammert, wartete er, bis das Kribbeln in den Waden sich ins Unerträgliche steigerte.

Schon erstarb der Klang. Sekunden vergingen. Dann das Klirren des Schlüsselbunds, das vertraute Knacken in der Haustür. Schritte.

Nadine steckte den Kopf in den Raum. Mit einem Blick erfasste sie alles, was zu erkennen war. Ihren Mann, der eine recht kläglich Figur abgab. Die offen stehende Schranktür. Die Flaschen.

Was auch immer Frank von ihr erwartet hatte (und das wusste er selbst nicht so genau), sie sagte etwas vollkommen anderes: »Schau mal, wen ich mitgebracht habe.«

Sie trat einen Schritt zur Seite.

»Steffi!« Frank war den Tränen nahe. Er rannte los, stolperte und fing sich in letzter Sekunde an der Arbeitsplatte ab. »Scheiße.«

»Was ist denn mit dir los, Papa?«, reagierte das Mädchen verstört. Ihre Augen sahen so aus, als habe sie in der Nacht kein bisschen geschlafen.

»Beine eingeschlafen«, murrte Hellmer mit einem gequälten Lächeln. Dann stand sie auch schon vor ihm und umarmte ihn.

»Mensch, Paps. Du siehst aus wie ein Geist.«

»Danke ebenso. Wo warst du denn die ganze Zeit?«

Er wollte wütend sein, wollte ihr aufzählen, welche Todesängste er ausgestanden hatte. Doch er konnte nicht.

Längst hatte Frank Hellmer bemerkt, wie Nadines Augen über die leeren Flaschen gewandert waren.

Als Steffi sich mit einem flüchtigen Kuss auf seine Wange verabschiedete, um erst einmal gründlich auszuschlafen und ihre Akkus (und vor allem den ihres Telefons) wieder gründlich aufzuladen, standen die Eltern noch eine Weile schweigend nebeneinander.

»Ich habe lange mit ihr geredet«, seufzte Nadine, doch Frank wedelte abwehrend mit der Hand.

»Ihr hättet anrufen müssen, verdammt!«

»Beide Handys waren leer«, erwiderte sie mit schuldbewusstem Blick.

»Wo war sie?«

»Bei Lena. Im Internat.«

Hellmer kannte keine Lena. Aber er wusste, dass man im Wohnhaus auch in den Ferien bleiben konnte, zumindest für einen Teil der Zeit. Nicht alle Eltern hatten die Möglichkeit oder waren dazu bereit, sich sechs Wochen am Stück um ihre halbstarken Zöglinge zu kümmern.

»Scheiße, du glaubst nicht, was hier los war.« Frank wippte mit dem Kopf in Richtung der Flaschen.

»Du hast aufgeräumt, das sehe ich.« Nadine lachte.

Entweder hatte sie gerochen, dass sein Atem nicht nach Alkohol stank, oder sie hatte ein derart unerschütterliches Vertrauen in seine Kräfte, wie er selbst es manchmal gerne hätte.

»Ich habe …«

»… den ganzen Mist endlich in den Abfluss gekippt? Gute Entscheidung, das hätten wir längst tun sollen. Weißt du, wann ich zum letzten Mal damit gebacken habe? Mindestens fünf Jahre ist das her. Und wir horten da auch künftig nichts mehr. Wer noch immer nicht begriffen hat, dass er uns keinen Wein schenken soll, bekommt ihn nächstes Mal einfach gleich wieder in die Hand gedrückt.« Nadine lachte auf. »Dann begreift es auch der Letzte.«

Hellmer nahm sie in den Arm, und sie küssten sich. Er liebte sie so sehr, dass es manchmal wehtat.

Und er schämte sich nicht für die Tränen, die ihm über die Wangen rannen.

Immer wenn sich eine Bestie in der Stadt herumtrieb, erfasste ihn Panik.

Was, wenn es deine eigene Familie trifft?

So etwas kam vor, immer wieder. Und je älter und selbstständiger die eigenen Kinder wurden, desto weniger konnte man sie vor dieser grässlichen Welt da draußen schützen.

ZWEI MONATE SPÄTER
SONNTAG

SONNTAG, 10. SEPTEMBER, GEGEN MITTERNACHT

Wie spät es war, sie wusste es nicht.

Gespenstisches Weiß durchdrang die Baumwipfel, aufsteigende Nebelschwaden schienen sich wie Tentakel nach ihr zu recken. Und das Knacken der Äste, auf die sie trat, hallte wie Kanonendonner in ihren Ohren.

Er wird mich finden, dachte sie panisch.

Doch sie hatte keine Zeit, keine Ruhe, klar zu denken. Irgendwo hinter ihr, da würde er kommen. Seine haarige Fratze, die dunkle Maske. Die eiskalten Hände, die nach ihrem Körper gegrapscht hatten. Die ihr das Shirt vom Körper reißen wollten. Die ihren Freund bewegungsunfähig gemacht hatten. Zuerst hatte er die beiden gestellt, mit vorgehaltener Waffe zum Hinknien gezwungen. Dann, von hinten, ein Schwung mit einem armdicken Holz. *Plopp.* Allein die Erinnerung an den dumpf klingenden Aufschlag trieb ihr Übelkeit und Panik durch den Leib. Dann war er vornübergekippt. Ein weiterer Aufschlag. Mehr ein Rascheln als ein Ploppen, so wie eine Tüte Katzenstreu, die man aus dem Kofferraum in den Vorgarten hievt. Blut drang aus der Platzwunde durch seine Haare.

Holz krachte, und sie fuhr zusammen.

Er durfte sie nicht kriegen. Sie wechselte die Richtung, nur ein wenig, dorthin, wo sie vorhin ein metallisches Kreischen gehört hatte. Eine Industrieanlage? Wohl kaum. Die Bahnlinie, hoffte sie. Die Nebelschwaden griffen nach ihr, bald konnte sie kaum die eigenen Füße erkennen.

128

Die kühl gewordene Luft brannte in ihren Lungen, als sie den Saum der Bäume verließ. Wie lange sie gerannt war? Sie wusste es nicht. Und das Krachen hatte sich auch nicht mehr wiederholt.

Vielleicht habe ich ihn abgehängt, dachte sie.

Bitte, Gott, lass mich ihn abgehängt haben.

Aus der Zeitung wusste sie, dass sich ein Monster in den Waldgebieten der Stadt herumtrieb. Ein Mörder, der keine Zeugen, keine Überlebenden zurückließ.

Bitte, Gott ...

Sie erkannte das Glimmen von Signalanlagen. Spürte den Schotter, der unter den Gleisanlagen aufgeschüttet war.

Und dann spürte sie einen kalten Griff, eine Hand, die sich um ihre Schulter legte.

3:25 UHR

Wie lange hatte sie geschlafen? Hatte sie den Fernseher nicht erst abgeschaltet, nachdem die Zahlen auf null gesprungen waren?

Draußen war es stockfinster, nur der Mond stand grellweiß am Nachthimmel. Es fuhren kaum Autos, was in Frankfurt eine Seltenheit war.

Julia Durant schlüpfte in ihre Unterwäsche, griff dieselbe Jeans, die sie am Tag zuvor getragen hatte, und tastete nach einem Shirt. Zu dieser Stunde war es ihr beinahe egal, wie sie aussah, sie richtete nur das Allernötigste. Beim Blick in den Spiegel erschrak sie über ihre Augenringe.

»Kein Wunder«, murmelte sie.

Wenn das Telefon auch so früh klingeln musste.

Eine Kollegin des Kriminaldauerdienstes hatte Durant aus den Federn geklingelt und sie darüber informiert, dass es einen »Vorfall« gegeben habe. Einen Vorfall, der die Mordkommission beträfe. Sie solle sich also besser sputen.

»Ich bin in zehn Minuten im Präsidium«, hatte Durant mit einem unterdrückten Gähnen geantwortet.

»Nicht im Präsidium«, wehrte die rauchige Stimme ab. »19. Revier.«

Auch das noch.

Die Fahrt dauerte eine Viertelstunde, was im normalen Verkehr undenkbar gewesen wäre. Julia Durant musste sich konzentrieren, die richtigen Abfahrten zu nehmen, aber erreichte schließlich die Zufahrt.

»Voilà, die Flughafenpolizei.« Sie lächelte ihren Beifahrer an.

Hochgräbe staunte nicht schlecht.

»Noch nie hier gewesen?«, fragte Durant.

Hochgräbe schüttelte den Kopf.

Sie betraten das Gebäude, ringsum leuchteten grelle Scheinwerfer, das Terminal 1 des Frankfurter Flughafens lag in unmittelbarer Nähe. Durant fragte sich zielstrebig durch, zeigte, wo nötig, ihren Dienstausweis, und schließlich wurden die beiden Kommissare in einen schmalen, karg möblierten Raum geführt. Auf einem Stuhl, in einer nur schwach ausgeleuchteten Ecke, kauerte eine Frau. Schätzungsweise Ende zwanzig, mit zerzausten Haaren, über den Schultern lag eine graue Wolldecke. Die verdreckten Schuhe ließen den Schluss zu, dass sie durch den Wald gelaufen war. Laubfetzen und trocknender Schlamm waren bis zum Ansatz ihrer Jeans gesprenkelt. Die dünnen Finger umklammerten eine Porzellantasse, aus der das Fähnchen eines Teebeutels hing. Erst als Durant sich der Frau auf zwei Schritte genähert hatte, hob diese das Kinn, nur ein wenig, und ein Paar müde Augen blickten die Kommissarin an.

»Hallo. Ich bin Julia Durant von der Kriminalpolizei.«

Wie so oft vermied sie es, den Begriff Mordkommission zu verwenden. Für schwache Nerven – und ihr Gegenüber hatte zweifellos keine Kraft für weitere Schocks – war allein die Erwähnung von Mord nicht zumutbar.

Die Frau nickte schweigend.

»Meine Kollegen haben uns verständigt. Wir möchten gerne wissen, was geschehen ist. Man sagte mir, Sie seien im Bereich der Bahntrasse aufgegriffen worden. Können Sie mir sagen, wie Sie dorthin gelangt sind?«

Schweigen.

Man hatte Durant darüber informiert, dass ein Forstbeamter auf eine verstörte Frau gestoßen sei. Keine Papiere. Sie hatte wirres Zeug gefaselt, verständlich waren nur die beiden Sätze gewesen: »Er ist tot!« und »Bitte helft ihm doch!«. Sie hatte dem muskulösen Beamten, der sie von den Gleisen ziehen wollte, ein paar empfindliche Stöße verpasst. Offenbar hatte sie ihn für jemand anderen gehalten. Für einen Mörder womöglich. Sofort war alles wieder da. Derselbe Wald. Eine Frau, die von einem Toten berichtete. War *er* ihr Liebhaber? Waren die beiden demselben Pärchenmörder zum Opfer gefallen, der bereits im Sommer sein Unwesen getrieben hatte?

Endlich begann sie zu sprechen.

»Wir ... wir waren im Wald. Mein Freund und ich. Wir wollten ... er hat ...«

Ein Schwall Tränen brach aus ihr hervor. Im Krampf ließ sie die Tasse aus der Hand fallen, sie fiel zu Boden, und der Griff platzte ab. Tee spritzte auf ihr Hosenbein, doch er war längst nicht mehr heiß.

»Es ist okay«, sagte Durant. »Lassen Sie sich Zeit. Vielleicht sagen Sie mir zuerst einmal Ihren Namen.«

Zur selben Zeit begannen Beamte damit, den Stadtwald zu durchkämmen. Ein Teil von ihnen sammelte mit Suchhunden an den Fundorten der beiden Leichenpaare aus dem Sommer. Diese lagen, wie man ermittelt hatte, relativ genau dreihundert Meter auseinander. Irgendwo dazwischen – hier hatten sich im Laufe der Wochen verschiedene Indizien gefunden, und Theorien waren aufgetan und wieder verworfen worden – musste der Tatort liegen. Ob es sich exakt um dieselbe Stelle handelte, wusste niemand. Ob ein kluger Serienmörder (alles in Julia Durant wehrte sich, einen Mörder als klug bezeichnen zu wollen, selbst wenn es stimmte) tatsächlich denselben Platz wählen würde? War nicht derselbe Wald bereits Risiko genug? Offensichtlich nicht, wie sich heute – nach zwei Monaten voller Sackgassen und Misserfolge – gezeigt hatte.

Die Suche wurde sternförmig von den Fundorten ausgeweitet, während andere Suchtrupps sich von den äußeren Zugängen des Waldes näherten.

Noch bevor Julia Durant in dem Halbdunkel des Raumes eine brauchbare Aussage zu Protokoll genommen hatte, gab Hochgräbe ihr zu verstehen, dass einer der Hunde angeschlagen hatte. Eine Rotte Wildschweine war in wütender Panik auseinandergestoben. Inmitten einer zertrampelten Schonung kam der halb nackte Körper eines Mannes in den Lichtkegel des Suchscheinwerfers.

Der Pärchenmörder hatte tatsächlich wieder zugeschlagen. Nur dass ihm dieses Mal jemand entwischt war. Durant verspürte eine gewisse Erleichterung, wenn sie diese auch nicht zeigen durfte. Vor ihr saß eine wichtige Zeugin. Vielleicht die einzige Person, die dem Raubtier lebend entkommen war.

Ein hübsches Pärchen, dachte Durant im Stillen, *tief in Waldes Gründen.*

Blut auf Moos und Stein. So wie es war, so wird es wieder sein.

Das Gedicht hatte sich ihr ins Gedächtnis gebrannt. Immer wieder hatten sie darüber gerätselt. Ergebnislos. Und auch die Parteien der beiden Mietshäuser hatten sich als Sackgasse erwiesen. Die Hälfte von ihnen sprach nicht einmal Deutsch, und auch die anderen erweckten nicht den Eindruck, als habe man sich intensiv mit den großen deutschen Dichtern auseinandergesetzt.

Dennoch. Da war er nun, der *nächste Abendschein.*

Der nächste Vorhang war gefallen.

5:25 UHR

Julia Durant blickte ihr nach. Elke Burkhardt stieg gebückt in die hintere Tür des Streifenwagens, der sie nach Hause bringen würde. Die Decke klemmte unter ihrem Arm. Als die Wagentür zufiel, leuchtete das Innenlicht auf ein leeres Gesicht. Frau Burkhardt zog sich die graue Wolle über die Schultern und schmiegte sich wie in einen Kokon. Dann erlosch die Lampe, und der Wagen setzte sich in Bewegung. Nach Hause, wo eine leere Wohnung wartete.

Elke Burkhardt kam aus Höchst, war dreiundvierzig Jahre alt und hatte vor zwei Jahren ihren Mann Bernd geheiratet. Es war ihre zweite Ehe, aus der ersten hatte sie einen erwachsenen Sohn, gezeugt von einem brutalen Mann, der sie mehrfach vergewaltigt hatte und von dem sie trotzdem erst nach fünfzehn schlimmen Jahren losgekommen war. Erst nachdem ihr Mann seinen Mercedes A-Klasse im Vollrausch gegen einen Brückenpfeiler gesteuert hatte, war Frieden in ihr Leben gekehrt. All das hatte sie recht freimütig erzählt. Frau Burkhardt hatte sich zurückgezogen, auf ihren Sohn konzentriert, und erst nach drei Jahren, als er mit achtzehn zur Bundeswehr gegangen war, wieder den Kontakt zu anderen Männern zugelassen. Bald war Bernd in ihr Leben getreten. Ein liebevoller Mensch – im ersten Leben, wie er stets sagte, Pilot bei der Lufthansa gewesen, doch mittlerweile, nach einer Augenoperation, sei er ein durchweg bodenständiger Zeitgenosse. Er habe auf Steuerrecht umgeschult, wusste seine Frau zu berichten.

»Gab es irgendwelche Veränderungen in letzter Zeit?«, hatte Durant gefragt.

»Eigentlich nicht.« Eine unschlüssige Stille war entstanden, dann hatte Elke Burkhardt hinzugefügt, dass das Thema Kinder in den vergangenen Wochen eine Rolle gespielt habe. »Er wünscht sich so sehr einen eigenen Sohn. Oder überhaupt ein eigenes Kind. Aber ich werde vierundvierzig, herrje, und außerdem … Außerdem habe ich das damals alles nicht wirklich gut hinbekommen.«

»Lag das nicht auch an Ihrem ersten Mann?«

»Möglicherweise. Aber jetzt sind beide tot.«

Diese Wahrheit traf wie ein Peitschenhieb. Durant hatte ihr Gegenüber immer wieder trösten und beruhigen müssen. Eine Ärztin, die die Kollegen vom 19. verständigt hatten, verabreichte der Frau Burkhardt ein leichtes Sedativ.

Die Beamten im Wald hatten einige Fotos an Claus Hochgräbe gesendet, unter anderem das Konterfei des Toten. Er bearbeitete den Bildausschnitt ein wenig, änderte sogar die grelle Belichtung, damit das Bild nicht zu schockierend wirkte. Aber eines hatte auch Hochgräbe nicht nehmen können: die Tatsache, dass es sich bei dem Ermordeten zweifelsohne um Bernd Burkhardt handelte. Nichts und niemand konnte ihm mehr helfen.

»Verdammte Scheiße«, knurrte Julia ihrem Claus zu, während sie die Nähe seines Arms suchte. Ihr Kopf legte sich an seine Schulter, auch wenn die beiden es meistens vermieden, sich vor Kollegen zu liebkosen.

»War es sehr schlimm?«, wollte er wissen, und sie nickte.

»Da hatte sie endlich mal einen, der ihr nicht wehgetan hat. Und dann … dieses verdammte Schicksal!«

Claus schwieg eine Weile, in der er Julia sanft im Arm hielt.

»Hast du sie nach den anderen gefragt?«, fragte er schließlich. Er meinte die Sommermorde.

»Klar. Sie kann mit keinem der Namen etwas anfangen und war im Juli, zum Zeitpunkt der Auffindung, mit Bernd im Urlaub. Schweden, Norwegen, Finnland. Der ganze Presserummel ist vollkommen an den beiden vorbeigegangen.«

»Sonst wären sie wohl auch nicht nachts ausgerechnet dorthin gegangen«, schlussfolgerte Hochgräbe.

»Sie haben sich da kennengelernt.« Durant schluckte. »Vor drei Jahren. Beim Gassigehen.«

134

Und weiter dachte sie: Ob die beiden Hunde es der Frau leichter machen würden? Oder würde sie es als trauriges Überbleibsel empfinden, als ständige Erinnerung an eine zerstörte Liebe?

Die Kommissare verabschiedeten sich von den Kollegen am Flughafen. Netterweise bekamen sie noch zwei Pappbecher Kaffee in die Hand gedrückt. Julia hatte aufgehört zu zählen, die wievielte Portion das an diesem Morgen war.

Sie bat Claus, das Steuer zu übernehmen. Die Fahrt würde nicht lange dauern, aber wenigstens ein paar Minuten wollte sie sich gönnen. Einfach nur die Augen schließen.

Kaum erreichte der Roadster die Autobahn, war sie auch schon in einer Welt, die zur Hälfte aus Traum und halb aus den realen Gedanken und Umgebungsgeräuschen bestand. Das Surren des Motors. Jemand schlürfte ein Getränk. Eine Kurve. Dunkle Bäume. Eine schwarze Fratze mit spitzen Ohren.

»Ein Panther?!«

Julia schreckte hoch, und prompt schwappte eine heiße Welle Kaffee über ihre Jeans.

»Was meinst du?«, fragte Hochgräbe. »Himmel!«

»Scheiße!«, fluchte sie und tupfte mit einem Taschentuch über den Oberschenkel, auch wenn es nichts mehr brachte. Der Fleck war handgroß und unangenehm warm.

»Na, der Panther. Rilke. Ein Mann mit schwarzer Maske«, antwortete sie schnell. »Elke Burkhardt beschrieb einen Mann, dessen Gesicht sie nicht sehen konnte. Nur die Augen. Der Rest muss unter einer Art Strumpfmaske verborgen gewesen sein.«

»M-hm. Und was genau ist daran so schockierend, dass du dein Bein mit Kaffee übergießt?«

»Blödmann.« Durant lächelte ihn an, dann wurde sie wieder ernst.

»Erinnerst du dich nicht an unseren Dichter? An die Passage aus Rilkes ›Panther‹?«

Hochgräbe erinnerte sich zweifelsfrei. Sie waren Berge von Papier durchgegangen, sämtliche Zeitungsmeldungen und Akten, die man der Presse zugänglich gemacht hatte. Nirgendwo hatte sich ein direkter Hinweis auf die deutschen Dichter gefunden, wenn man einmal beiseiteließ, dass die Morde sich allesamt im nächtlichen Wald zugetragen hatten. Von einem Panther hatte 1989 auch keiner geredet. Das bestätigten auch etwa ein halbes Dutzend Personen, die 1989 mit dem Fall betraut gewesen waren.

»Dass ein Täter sich maskiert, ist nicht ungewöhnlich«, fuhr er fort. »Und die Umstände, dass er im Wald mordet, dass es Pärchen sind und dass er vermutlich nicht damit aufhören wird, bis wir ihn schnappen, lassen sich auch ohne Insiderwissen ableiten.«

»Gut, prima.« Durant lächelte triumphierend. Denn sie konnte sich an keine Aktennotiz erinnern, in der davon die Rede gewesen war, dass der Mörder von 1989 eine Maske getragen hatte. Wenn es einen Panther gab, dann war das etwas Neues. Und wenn der Informant im Sommer darauf angespielt hatte, dann wusste er etwas, das er nicht wissen durfte. Nicht ohne selbst mit den Taten in Verbindung zu stehen.

5:47 UHR

Noch immer war der Himmel stockdunkel, bis zum Sonnenaufgang war noch eine Stunde Zeit. Um so surrealer wirkte das Flutlicht, mit dem die Spurensicherung den Fundort erhellte. Überall stiefelten Männer und Frauen herum, Windböen ließen ihre Astronautenanzüge flattern, das Ganze fühlte sich an wie eine Horrorvision von »Und täglich grüßt das Murmeltier«. Nur eine Person fehlte, wie Julia Durant feststellen musste. Andrea Sievers.

Kurz nach dem Auffinden der Leiche hatte ein Notarzt den Tod bestätigt und den Zeitpunkt des Ablebens auf Mitternacht geschätzt.

Im Mund des Mannes war Blut, es waren auch Spuren davon an seinem Halstuch zu finden. Das Halstuch war das einzige Kleidungsstück, das der Tote am Oberkörper trug. Und neben wadenlangen Tennissocken und bunten Boxershorts auch das einzige Textil. Die Jeans hatte man sichergestellt, einige Meter entfernt. Schuhe ebenfalls. Und auch eine Jacke, die von deutlich kleinerer Größe war und auf deren Jeansstoff sich ein Schmetterling aus Strasssteinen befand. Frauenkleidung. Leider hatte ein kurzer, aber kräftiger Regenschauer dem Team der Forensiker einen Strich durch die Rechnung gemacht. Und die Todesursache des Mannes war auch nicht ganz klar. War er erstickt? Hatte man ihn mit dem Halstuch erwürgt?

Durant suchte nach Platzeck, dem Leiter der Spurensicherung, und bat ihn, den Leichnam für sie aufzudecken.

»Machst du jetzt Andreas Job?«, stichelte er.

»Ich muss wissen, ob es dasselbe Schema ist«, gab Durant zurück und kniete sich zu Boden. Alles war feucht und klebrig.

»Vorsicht!«, warnte Platzeck sie noch, doch Durant winkte bloß ab.

»Kommt jetzt auch nicht mehr drauf an«, brummte sie und dachte an den Kaffee, der mittlerweile zu einem kühlen Fleck geworden war. Sie ließ sich ein Paar Handschuhe geben und suchte den Kopf des Mannes ab. Fuhr ihm durch das mit Wachs gestylte Haar, aber nirgendwo befand sich eine Eintrittsverletzung. War er am Ende gar nicht erschossen worden? Woher kam dann das Blut in seinem Mund?

»Wurde er bewegt?«, fragte sie.

»Nein«, antwortete Platzeck. »Ich war zwar noch nicht da, als der Notarzt angetanzt ist, aber ich habe ihn noch angetroffen. Er hat Stein und Bein geschworen, dass er nichts verändert hat. Na ja. Außer um die Temperatur zu messen.«

Platzeck deutete auf die Shorts. Sie saßen nicht so, wie sie gehörten, und wirkten allgemein etwas zu eng geraten. Das konnte aber ebenso gut am Regen liegen.

»Können wir ihn so weit drehen, dass ich die Handgelenke sehen kann?«

»Auf dein Risiko«, erwiderte Platzeck schulterzuckend. »Das erklärst du dann aber Andrea.«

»Meinetwegen. Also – bitte.«

Bernd Burkhardt musste nur wenige Zentimeter angehoben werden, um einen Blick auf seine Hände zu erlangen. Wie erwartet befanden diese sich in gefesselter Position. Die Handgelenke waren über Kreuz mit Klebeband fixiert.

»Danke«, sagte die Kommissarin nachdenklich, nachdem sie ein paar schnelle Fotos geschossen hatte. Platzeck und ein Kollege ließen den Toten wieder hinab. »Ihr könnt die Gnadenlosen rufen. Er soll in die Rechtsmedizin.«

Claus Hochgräbe näherte sich. Er hatte mit dem Auffindungszeugen gesprochen, der mit zwei Uniformierten am Rand der Szene stand und in diesem Augenblick einen kräftigen Zug aus einem Flachmann nahm, den er im Anschluss unverfroren in Richtung der Beamten anbot.

»Und?«, erkundigte er sich.

»Ist das der Förster?«

»Von wegen *Förster*«, winkte Hochgräbe ab. »Aber zuerst du.«

»Tja. Er wurde gefesselt, genau wie die anderen. Erschossen? Vielleicht. Wenn der Täter ihm in den Mund gefeuert hat. Da die Austrittswunde fehlt, müsste das Projektil noch in der Schädeldecke stecken. *Wenn* es so war, das ist aber alles noch nicht sicher. Würgemale am Hals gibt's nämlich auch, aber ebenfalls nicht eindeutig.« Durant schluckte. »Verdammt! Jetzt bräuchten wir Andrea, und ausgerechnet heute ist sie nicht da!«

»Die Leichenschau bekommen wir doch trotzdem«, sagte Hochgräbe. Doch das beruhigte Julia nicht. Und was er ihr im Anschluss berichtete, beunruhigte Julia Durant noch viel mehr.

138

6:25 UHR

Julia Durant überlegte es sich zwei Mal, ob sie in den tarngrünen Ford Ranger einsteigen sollte. Doch sie fror und sehnte sich danach, die Beine für einen Moment zu entlasten. Der Fahrzeughalter hatte sich ihr als Michael Krenz vorgestellt. Er schlug ihr vor, zu der Stelle zu fahren, wo er die verstörte Frau aufgelesen hatte.

»Ich hatte mich nur kurz mit Ihnen unterhalten wollen«, wehrte die Kommissarin ab.

»Wollen Sie die Stelle nicht sehen? Ich dachte zuerst, die Gute will sich vor den Zug werfen.«

»Wir wissen ja mittlerweile, dass sie das nicht vorhatte. Sie war auf der Flucht.«

»Ja. Vor dem *Panther*.«

Julia kniff die Augen zusammen. »Wer behauptet das?«

»Das ist ja wohl offensichtlich.«

»Für uns vielleicht«, brummte sie und dachte an das, was Hochgräbe ihr erzählt hatte. »Woher wollen *Sie* denn …«

»Wir sind ja nicht blöd«, sagte Krenz. »Man mag über die Presse denken, was man will. Aber über den Panther kommt doch ständig was. Nervt Sie das eigentlich?«

»Was?«

»Na, die Presse.«

»Manchmal.« Durant stockte. »Seit wann verwendet die Presse diesen Begriff?«

»Ist das wichtig?«

»Sonst würde ich kaum fragen.«

»Touché! Ich weiß nicht. Schon eine ganze Weile.«

Verdammt. Hatte womöglich die Presse den Verfasser der Verse inspiriert und nicht andersherum? Konnte das sein? Julias Gedanken rasten, plötzlich schüttelte sich der Wagen. Krenz hatte den Motor gestartet.

»Hey! Ich habe nicht gesagt, dass ich bei Ihnen mitfahren möchte.«

»Es ist nicht weit«, erwiderte Krenz mit einem Grinsen. »Und außerdem sollten Sie sich den Platz wirklich ansehen, glauben Sie mir.«

»Mh. Meinetwegen.« Durant mochte es nicht, wenn jemand sie zu etwas drängte. »Aber ich sag's Ihnen gleich: Mir steht nicht der Sinn nach Spielchen. Und Sie erzählen mir alles über diese Bürgerwehr!«

Allein der Begriff, dieses unsägliche Wort, bereitete Julia Durant Magenschmerzen.

Krenz wendete seinen Pick-up, der auf Durant wie ein Schlachtkreuzer wirkte. Er war in einem matten Olivton foliert und hatte wohl sämtliche Anbauten, die es im Jagd-und-Forst-Katalog gegeben haben musste. Natürlich trug Krenz, ein untersetztes Muskelpaket mit Halbglatze und Tätowierungen an jeder sichtbaren Stelle, eine Cargohose in schwarzgrauem Fleckentarn und ein entsprechendes Langarmshirt, welches er bis unter die Ellbogen hochgezogen hatte. Durant schätzte den Mann auf etwa vierzig.

»Kaffee?«, fragte er zwischen zwei Bodenwellen, die Durant durch Mark und Bein gingen.

»Nein, danke. Hatte schon mehr als genug. Geht das auch langsamer?«

Krenz lachte auf. »Etwa seekrank?«

Nein, Stadtkind, dachte Durant. Wobei das nicht stimmte, denn ihr Elternhaus stand in einem Dorf in der Nähe von München. Ein Elternhaus, dachte sie in einem Anflug von Traurigkeit, in dem nun eine andere Familie lebte. Seit sie ihren Vater zu Grabe getragen hatte, war Julia Durant die Letzte ihrer Linie. Einer Linie, die kinderlos zu Ende gehen würde. Sie schüttelte den Kopf, um die Gedanken zu vertreiben.

»Fahren Sie einfach etwas langsamer, bitte.«

»Okay.«

Michael Krenz war keine unsympathische Person. Wenn man von seinen Tätowierungen, einem Eisernen Kreuz und verschiedenen Runen, und dem ganzen Survivalgehabe absah, war er ein gut ausse-

140

hender Zeitgenosse, der sich artikulieren konnte. Keiner dieser trü-
ben Schläger, wie Durant befürchtet hatte. Und trotzdem …

»Also, jetzt mal Tacheles. Was ist das mit dieser Bürgerwehr?«

»Nehmen Sie's nicht persönlich. Aber hier sterben Menschen. Und
die Polizei, na ja, irgendwie habt ihr das ausgesessen.«

Aus-ge-sessen?! »Na, Moment mal!«, empörte sich Durant. »Wir haben jeden Stein umgedreht, aber es gab keinen Anhaltspunkt!«

»Sehen Sie.« Krenz hob die Schultern. »Dann seien Sie doch froh,
dass Sie uns haben.«

»Wen habe ich denn? Wie viele sind Sie? Und nach welchen Kriteri-
en gehen Sie vor? Stellen Sie sich rund um den Wald auf und kontrollieren den Einlass?«

»Keine schlechte Idee.«

»Aha. Und wer darf rein und wer nicht? Wer sagt uns denn, dass Sie
nicht irgendwann anfangen, Pärchen den Zutritt zu verweigern?
Oder Männern, die verdächtig aussehen? Männer mit dunklen Haaren vielleicht oder mit dunklem Teint, weil sie wie schwarze Panther
aussehen.«

»War ja klar.«

»Was war klar?«

»Dass jetzt die Nazikeule kommt. Von schwarzen Panthern war nie
die Rede. Wir sind einfach nur …«

»*Besorgt?*«

»Wachsam.«

»Mh. Und Sie tragen Waffen?«

»Nur das, was der Gesetzgeber zulässt. Und nein, wir verwehren niemandem den Zutritt.«

»Was dann? Gehen Sie den Pärchen hinterher? Vielleicht finden
manche es ja geil, jemanden in flagranti zu beobachten.«

Julia Durant wusste selbst nicht genau, was sie so aufbrachte. War es,
weil sie nichts von alldem mitbekommen hatte? Weil das Thema der
Pärchenmorde in den letzten Wochen zwar immer wieder aktuell

gewesen war, aber zu nichts geführt hatte? Weil sie nicht in der Lage war, den Mörder zu überführen? Oder weil sie am Ende insgeheim gar die Hoffnung gehegt hatte, der Täter werde damit aufhören oder wäre weitergezogen in andere Gefilde? Auch wenn sie solche Gedanken nicht mochte, sie gehörten zum Alltag von Mordermittlern.

Nach endlosem Rumpeln brachte Krenz den Ranger zum Stehen. Durant ließ die Tür aufschwingen und sprang auf den festgefahrenen Waldboden. Ein Forstweg, versperrt durch einen rot-weiß gestreiften Schlagbaum.

»Kommen Sie mal hier rüber«, hörte sie Krenz rufen. »Aber achten Sie auf die Schranke.«

Durants Blick klebte am Boden, wo eine rostige Metallstange zwischen den Brennnesseln lag, deren beste Zeiten lange vorbei waren. Sie war aus der Halterung gerissen, vermutlich handelte es sich um den Vorläufer der rot-weißen Sperre. Julia setzte einen Fuß darüber, dann den anderen. Als sie Krenz erreichte, flammte dessen Taschenlampe auf, so grell, dass die Kommissarin sich die Hand vors Gesicht hielt.

»Haben Sie Ihr Handy parat?«

»Ja, wieso?«

Krenz leuchtete einen Bereich auf dem lehmigen Boden aus. Verschiedene Reifenspuren, die meisten verwaschen, aber eine davon stach hervor. Einige Millimeter Wasser standen darin.

»Sie ist frisch«, konstatierte Durant und dachte nach. »Kurz vor dem Schauer entstanden.«

Das bedeutete, der Wagen hatte um den Todeszeitpunkt des Mannes noch hier geparkt. Und wer weiß, wie lange vorher. Auch wenn das noch nicht zwingend etwas zu bedeuten hatte …

»Ich habe sie auch schon abgelichtet«, unterbrach Krenz ihre Gedanken.

»Weshalb?«

»Wir spielen auf derselben Seite, schon vergessen?«

»Für mich ist das kein Spiel.«

»Das war doch nur eine Floskel«, sagte Krenz und kratzte sich am Unterarm. Julias Blick fiel auf einen Stahlhelm, der einen Reichsadler trug.

»Wie auch immer.« Sie deutete auf das Tattoo. »Noch mal zum Thema Nazikeule.«

»Jaa?«

»Was würden Sie denn denken, wenn ich so etwas auf dem Arm trüge?«

Michael Krenz lachte auf. »Ich würde denken, dass Sie deutsche Geschichte mögen, und zwar nicht nur den schlimmen Teil davon. Dass Sie die Symbole des Kaiserreichs gut finden und«, er kicherte, »dass man bei Ihrer Einstellung in den Staatsdienst Tomaten auf den Augen gehabt haben muss.«

»Wieso das?«

»Weil niemand mit solchen Zeichnungen zur Polizei zugelassen wird.«

»Nicht ohne Grund, schätze ich«, sagte Durant nachdenklich, dann merkte sie auf. »Moment«, sie neigte den Kopf, »haben Sie es versucht?«

»Jep.«

»Damit?« Erneut deutete sie auf die mittlerweile verschränkten Arme.

»Jep.«

»Es tut mir leid, aber ich kann Sie nicht einmal richtig bedauern«, gestand die Kommissarin. »Vielleicht sind Sie keiner von denen, aber es kommt eben auf die Außenwirkung an. Niemand vertraut einem Polizisten, der erst seine Körperbemalung erklären muss.«

»Wie auch immer … Was halten Sie von der Spur? Könnte vom Täter stammen, oder?«

Julia Durant sah sich um. Der Weg, über den sie gekommen waren, war ein Waldweg. Ein gelb umrandetes Schild wies darauf hin, dass

143

er privat war. Von der anderen Seite der Schranke ging es geschottert weiter. Laut Karte befand sich die nächste öffentliche Straße ein paar Hundert Meter entfernt. Hierher verirrte man sich nicht.

»Jedenfalls sollten wir dem nachgehen«, antwortete sie. Sie hätte das vermutlich auch gesagt, wenn sie nicht von der Wichtigkeit der Spur überzeugt gewesen wäre. Schon allein, damit Krenz nicht behaupten konnte, dass das K11 die Sache »aussitzen« würde.

»Bitte schicken Sie mir Ihre Aufnahmen«, sagte sie und verständigte die Spurensicherung, damit diese Abdrücke von der Reifenspur nehmen konnte.

Sie entschied sich, auf die Kollegen der Spusi zu warten. Natürlich grätschte Krenz ihr dazwischen. »Ich lasse Sie doch nicht alleine!«

»Gut.« Sie lächelte müde. »Dann können Sie mir ja noch mal genau erklären, wann Sie diese Spur entdeckt haben und warum Sie gerade hier waren.«

Krenz antwortete ausweichend, zumindest kam es ihr so vor. Er redete von Patrouille, von einem verdächtigen Fahrzeug, von einem Zufallstreffer. Doch er konnte nichts davon mit Details untermauern.

Durant war froh, als die Kollegen eintrafen.

Und sie entschied, Michael Krenz auf dem Radar zu behalten.

8:40 UHR

Während der Dienstbesprechung herrschte allgemeines Gähnen. Kullmer und Seidel, die wieder miteinander umgingen, als sei nie etwas gewesen, hatten belegte Brötchen organisiert. Auch wenn Julia vermutete, dass die Sache zwischen den beiden noch nicht völlig ausgestanden war, hielten sie ihr Privatleben aus dem Alltag heraus.

Frank Hellmer hatte den Fundort kurz in Augenschein genommen, nun waren die vier Kommissare und Claus Hochgräbe im Konferenzzimmer.

»Reden wir bitte über diese Bürgerwehr«, forderte Julia. »Mir passt es nicht, dass da selbst ernannte Sheriffs im Stadtwald herumlungern.«

»Wir können es ihnen nicht verbieten«, sagte Hochgräbe mürrisch. »Solange sie niemanden belästigen …«

»Toll! Und die Presse stellt uns als unfähige Idioten dar.«

»Du weißt, wie ich dazu stehe. Lass die Schreiberlinge doch auf uns rumhacken. Solange sie das tun, sind die Leute wenigstens vorsichtig. Und wir knien uns jetzt voll rein. Es muss doch zu etwas nutze sein, dass wir eine Augenzeugin haben.«

Durant schwieg. Sie wusste, dass es keinen Zweck hatte, Hochgräbe zu widersprechen. Erstens, weil er der Boss war, und zweitens, weil er (leider) recht hatte. Ob es ihr passte oder nicht: Gegen die Bürgerwehr an sich konnte sie nichts tun. Außer den Mörder zu stellen. Konzentrieren wir uns also darauf, beschloss sie im Stillen.

»Was machen die Reifenspuren?«, erkundigte sich Hellmer.

»Die Spusi ist dran.« Hochgräbe nickte. »Sie melden sich. Aber mal ehrlich: Ein Reifenabdruck nützt uns nur, wenn wir auch ein Fahrzeug zum Vergleich haben. Marke und Modell des Reifens allein bringen uns nichts.«

»Gibt es Überwachungskameras auf der Autobahn oder vielleicht Wildkameras oder Bewegungsmelder?«, fragte Seidel.

»Nicht dass wir wüssten«, murmelte Durant. »Würdest du dich um die Sache mit den Wildkameras kümmern? Und es gibt einige Gebäude im Wald, wie ich gesehen habe. Vielleicht hängen dort irgendwo Sicherheitskameras.«

Seidel nickte und notierte sich etwas.

»Ich fahre zu Andrea in die Rechtsmedizin, wenn's recht ist«, schlug die Kommissarin anschließend vor und griff nach einem Salamibrötchen mit einer Gurkenscheibe.

»Dann kümmern wir uns um das Umfeld des Opfers«, sagte Hellmer. »Bewegungsmuster, eventuelle Feinde, Nachbarn.«

»Vergiss die Handyortung nicht«, sagte Hochgräbe, und Durant zuckte zusammen.

»Moment!«, stieß sie hervor. »Jetzt sagt bloß nicht, dass wir das nicht schon längst gemacht haben.«

»Alles gut«, raunte Hochgräbe und hob die Hand. »Die haben das Handy von Herrn Burkhardt direkt orten lassen, als wir noch am Flughafen waren. Unsere Kollegen sind nicht unfähig, Julia, die haben alle den Sommer noch genauso gut im Gedächtnis wie du und ich.«

Durant murmelte eine Entschuldigung und wartete darauf, dass er mehr dazu sagte. Doch es schien nicht allzu viel zu geben. »Das letzte Lebenszeichen des Smartphones kam um 0:53 Uhr.«

»Moment. Die Todeszeit war Mitternacht, richtig?«

»Ja.«

»Und seine Frau hatte das Gerät nicht bei sich. Also muss der Täter es mitgenommen haben. Wusste ich's doch!« Durant schlug sich mit der Hand auf den Oberschenkel. »Er ist ein Souvenirjäger!«

»Na ja, Moment …« Hochgräbe wollte widersprechen, doch sie fiel ihm ins Wort:

»Haben wir auch eine Ortung?«

»Südlich. Aber das ist nur grob. Der Sendemast steht nicht weit von der Stelle mit den Reifenspuren.«

»Seht ihr«, triumphierte Durant, »wir kommen der Sache näher! Nach der Obduktion treffen wir uns bei der Burkhardt und erstellen ein Phantombild.«

Ihr Herz pochte vor Aufregung. Auch wenn viele Stimmen in ihrem Kopf vermeldeten, dass es noch keinen Grund zu verfrühter Hoffnung gab, spürte sie, dass es vorwärtsging. Zum ersten Mal in diesem Fall. Sollte die Presse doch schreiben, was sie wollte. Und zum Teufel mit den wachsamen Bürgern. *Sie* würde den Panther jagen und stellen, und niemand sonst.

Bevor sie ihre Handtasche und Jacke vom Haken nahm, überlegte Julia Durant, ob sie noch einmal nach ihren Mails schauen sollte.

Doch sie wollte keine Zeit mehr verlieren. Außerdem war Sonntag. Unter normalen Umständen hätte niemand von ihr erwartet, dass sie ihren PC einschaltete.

9:35 UHR

Julia Durant betrat die Jugendstilvilla und stieg die Treppenstufen hinab in Richtung Sektionssaal. Der besondere Geruch, den tote Körper von sich geben, schien überall in den Sandsteinblöcken zu stecken, aus denen das erhabene Gebäude einst errichtet worden war. Vielleicht bildete sie sich das aber auch nur ein. Vor Jahren, als sie noch geraucht hatte und ihr Geruchssinn weniger sensibel gewesen war, war es ihr nicht so deutlich aufgefallen wie heute. Vielleicht einer der Gründe, warum Dr. Sievers das Rauchen nie aufgegeben hatte. Auch heute umgab ein Duft nach kaltem Rauch die Rechtsmedizinerin, die behauptete, dass ein wenig Nikotin weniger schädlich sei als das permanente Versprühen von Zitronenspray.

Der Leichnam lag nackt auf dem Metalltisch, sie hatte ihn bereits gewaschen und von allen Seiten fotografiert. Julia erwartete nun den typischen Schnitt am Brustbein, dem die Entnahme und Begutachtung der Organe folgten. Doch stattdessen sagte Andrea Sievers: »Heute machen wir es mal anders, hm?«

»Wie meinst du das?«

»Wir beginnen am Kopf, hier, setz die Schutzbrille auf.«

Sie reichte Durant ein Brillengestell, an dem eine große, durchsichtige Plastikfläche angebracht war. Solche Modelle trugen Arbeiter des Grünflächenamts, um sich vor Boden- und Pflanzenteilen zu schützen, die sie mit ihren Trimmern aufwirbelten. Die Kommissarin ahnte das Schlimmste, und nur Sekunden später surrte die Knochensäge los, und Andrea begann, die Schädeldecke zu öffnen. Sie

147

summte dabei »Be my baby« von den Ronettes, so unbeschwert, als
stünde sie in der Küche und bereitete einen Salat zu.

Julia trat einen Schritt zurück, dennoch spritzte ein Stück Gewebe
auf den Sichtschutz, und ihr wurde schlecht. An manches würde sie
sich nie gewöhnen, und das hier gehörte eindeutig dazu.

Das Geräusch der Säge verebbte.

»Voilà, einmal Gedankenlesen, bitte«, kommentierte Andrea und
fuhr sich mit dem Handrücken über die verschwitzte Stirn. »Ist ein
ganz schöner Dickkopf, wenn ich das mal sagen darf.«

»Warum das Ganze?«

»Deshalb.« Die Hand der Rechtsmedizinerin griff zielstrebig hinter
das Gehirn und förderte im nächsten Augenblick ein Metallstück
zutage. Das Projektil. Bernd Burkhardt *war* erschossen worden. Mit
einem kleinen Kaliber, genau wie die anderen. Nur dass die Kugel
diesmal in der Schädeldecke stecken geblieben war, anstatt durch
eine Austrittsöffnung zu verschwinden. Damit war die Sache amtlich: Die Tatmuster stimmten überein. Alles war genauso wie im Juli.

Zwanzig Minuten später saß Julia Durant in dem kleinen Glasver-
schlag, den Andrea Sievers als Büro benutzte. Sie schob behutsam
einige Papiere beiseite, um nicht noch mehr Unordnung in das Chaos zu bringen. Die Kommissarin musste sich das eine oder andere
notieren, dringend, denn ihr brummte der Schädel.

Ballistische Untersuchung.
Abgleich mit den Mustern der anderen Projektile.

Hautpartikel etc.
Auf dem Körper des Toten sind weder fremde Haare noch Hautschuppen aufgefallen. Dasselbe beim Julimord. Die Körper im
Juni hatten nicht mehr auf solche Spuren untersucht werden können, weil sie zu lange im Freien gelegen hatten.

Sexuelle Handlungen.
Das männliche Geschlechtsorgan befand sich in einem normalen Zustand. Keine Verletzungen, kein Hinweis darauf, ob kürzlich eine Aktivität stattgefunden hatte. Ebenso wie im Juli. Und auch hier wieder nur begrenzte Möglichkeiten, den Mordfall Bartelsen/ Satori damit abzugleichen.

Es scheint nach folgendem Muster zu laufen:
Der Täter fesselt zuerst den Mann, dann die Frau. Er schießt dem Mann in den Kopf und tötet im Anschluss die Frau, ohne sich an ihr zu vergehen.

Die Kommissarin vergrub den Kopf zwischen den Händen.
Das alles ergab keinen Sinn.
Wenn jemand es auf Liebespaare abgesehen hatte: Warum fehlte die sexuelle Komponente? Oder war es das Töten selbst, das ihm die Triebabfuhr verschaffte? Und nach welchem Muster wählte er seine Opfer aus?
Die ermordeten Paare hatten einander nicht gekannt, es gab keine beruflichen Überschneidungen. Die Theorie, dass es etwas mit dem Bereich Pharma zu tun haben könne, hatte sich als Sackgasse erwiesen. Als störender Zufall, der nur als Ablenkung ins Gewicht gefallen war. Sie hatten völlig falsch angesetzt. Aber wo sollten sie stattdessen suchen?
Jetzt eine Zigarette, dachte Durant, als ihr Blick an der leeren Packung roter Gauloises hängen blieb, die ganz oben im Papierkorb lag.

9:42 UHR

Der Stromausfall in seinem Büro brachte Hochgräbe zum Verzweifeln. Vor zehn Minuten hatten sich Computer und Deckenleuchte gleichzeitig abgeschaltet. Ebenso gab das Smartphone einen Systemklang von sich, mit dem es sagen wollte, dass jemand das Ladekabel entfernt hatte. Und während es nur wenige Minuten brauchte, um das Licht wieder in Gang zu setzen, blieb der Computermonitor schwarz.

Claus Hochgräbe lief den Gang auf und ab, um festzustellen, ob noch andere Dienstzimmer betroffen waren. Dabei entdeckte er das blinkende Display des Anrufbeantworters am Platz von Julia Durant. Kurz entschlossen sank er in ihren Bürostuhl, fragte sich, ob sie ihren PC vor Verlassen des Präsidiums heruntergefahren hatte oder ob auch hier der Strom unterbrochen gewesen war. Zwei Minuten später, nach dem Öffnen des E-Mail-Programms, hatte er Gewissheit. Die letzte gelesene E-Mail war von Freitagnachmittag. Und er wollte die elektronische Post seiner Liebsten auch nicht weiter beachten, sondern selbst eine dringende Mail schreiben, als sein Blick auf einen fett gedruckten Absender fiel.

panther_hunter

Hochgräbe musste lächeln. Vermutlich ein Spinner, so wie sie immer auftauchten, wenn außergewöhnliche Verbrechen in die Schlagzeilen gerieten. Doch schon die Betreffzeile rief Zweifel hervor:

Und wieder strömt Blut auf Moos und Stein. Sie brauchen wohl Hilfe, nein?

Nur Sekunden danach hatte der Chef die E-Mail gelesen und wollte sie gerade an sich weiterleiten, als ihm einfiel, dass sein PC vermutlich immer noch streikte. Er stand auf, schaltete den Drucker ein und wartete ungeduldig, bis er den Papierbogen in den Händen hielt. Auf dem Weg nach draußen lief ihm Doris Seidel in die Arme. »Huch! Was machst du denn hier?« »Stromausfall. Bei dir nicht?«

150

Seidel schüttelte den Kopf.

»Pass mal auf.« Hochgräbe überlegte kurz, bevor er ihr die Hand mit dem Papier entgegenstreckte. »Das hier kam heute früh. Ist von unserem Gedichtschreiber, du erinnerst dich?«

Doris überflog die Zeilen und zog die Augenbrauen zusammen.

»Wieder an Julia gerichtet.« Sie schien unschlüssig, was sie davon halten sollte.

»Ja. Ich rufe sie sofort an.« Claus griff nach dem Ausdruck. »Könntest du runter in die IT-Abteilung gehen? Die sollen sich Julias Posteingang vornehmen und die Herkunft der Mail checken. *Panther Hunter*«, er tippte sich an die Stirn. »Als ob wir nicht schon genug Rennerei hätten.«

»Klar, mache ich«, versprach die Kommissarin und wandte sich in Richtung Aufzug.

»Ich rufe Julia an«, sagte der Chef noch, bevor er sich ebenfalls in Bewegung setzte.

Doch dann hielt er inne und rief: »Ihr könnt mich an Julias Platz erreichen! Oder auf meinem Handy!«

Doris Seidel wartete auf den Lift. Im Schneckentempo wechselten die Zahlen, zwei, drei, dann endlich vier. Doch die Tür brauchte eine halbe Ewigkeit, bis sie sich endlich öffnete. Im Inneren Leere und abgestandene Luft. Sie legte den Finger auf den Knopf fürs Untergeschoss und stellte sich in den hinteren Bereich. Wärst du zu Fuß gegangen, wärst du längst da, dachte Doris, während die Kabine sich in Bewegung setzte.

Als sie den Kellerbereich betrat, meinte sie, eine bekannte Stimme zu hören. Sie rechnete nach, konnte es sein …

»Ach schau an!«

Ein braun gebrannter Mann stand vor ihr. Ein paar Pfund mehr um die Hüften, die ihm aber nicht schadeten, und mit mächtigem Vollbart. Michael Schreck, der Leiter der IT.

151

»Michael! Du hier?«

»Mike, please.« Er lächelte. »Bitte, ich hab mich total daran ge-wöhnt.«

Es lag Jahre zurück, da hatte ihn fast jeder auf dem Präsidium nur mit Mike angeredet. Dann war etwas passiert, ein Kollege … doch das war lange her. Schreck hatte ein paar Monate in den USA ver-bracht, und man hatte angenommen, er kehre womöglich überhaupt nicht mehr nach Frankfurt zurück.

»In Ordnung«, sagte Doris lächelnd. »Ich wusste nicht, dass du wie-der hier bist.«

»Bin ich auch erst seit Samstag. Heute ist mein erster Tag.« Mikes Gesicht wurde ernst. »Aber das trifft sich gut, denn ich habe ein Hühnchen mit dir zu rupfen.«

»Ach ja?«

»Ich sag's mal, wie die Brüder Grimm sagen würden: Wer hat in meinem Bettchen geschlafen?«

Doris errötete und zog ein gequältes Gesicht. »Das weißt du? Das ist doch schon ewig her!«

»Jetzt schon. Aber keine Angst, der Flurfunk hält sich in Grenzen. Doch vergiss nicht: Ich war lange weg und bin neugierig. Also, was war denn los?«

»Bitte, lass uns das nicht jetzt besprechen. Irgendwann erzähl ich's dir in Ruhe.«

»Na gut, überredet. Ist denn alles wieder okay bei euch?«

»Ja. Der Haussegen hängt wieder gerade.«

»Prima. Dann herzlichen Glückwunsch noch mal zur Hochzeit!« Mike trat unvermittelt an sie heran, umarmte sie und ließ genauso schnell wieder los.

»Danke.« Doris fuhr sich nervös über den Kopf.

»Dann komm mal mit. Ich will wissen, was ich alles verpasst habe.«

152

9:58 UHR

Frau Durant!
Sie haben es wieder geschehen lassen! Wie oft denn noch?
Habe ich Ihnen nicht alles an die Hand gegeben?
Mehr kann ich nicht.
Ich will nicht mehr.
Woher kam mein Anruf?
Woher die frische Spur?
1+1=2
Das kann doch nicht so schwer sein.
Ich erwarte Sie.

»Der ist doch plemplem!«, schnauzte Julia Durant in den Hörer.
»Geht's noch?«, erwiderte Claus Hochgräbe. »Mir wäre fast das Ohr
weggeflogen.«
»Sorry. Aber der ist doch nicht ganz richtig im Kopf!«
»Mag sein. Doch er muss irgendetwas wissen. Haben die Nachrich-
ten überhaupt schon von dem neuen Fund berichtet?«
»Haben sie.« Die Radiomeldung war kurz, aber eindeutig gewesen.
Leiche im Stadtwald. Jeder im Rhein-Main-Gebiet, der die Morde
im Sommer mitbekommen hatte, konnte eins und eins zusammen-
zählen. Aber welche Spuren hatte der Anrufer gemeint? Von Spuren
war nirgendwo die Rede gewesen.
»Ich muss das selbst lesen«, murmelte die Kommissarin. Ihr schwirr-
te der Kopf. *Ich will nicht mehr.* Was meinte der Unbekannte damit?
Ein Gedanke stieg in ihr auf. Was, wenn es kein Spinner war? Wenn
es stattdessen …
»Meinst du, es ist er selbst, der da schreibt?«, fragte sie grübelnd.
»Dachte ich auch schon«, antwortete der Chef. »Aber mal ehrlich:
Warum stellt er sich dann nicht einfach? Er müsste sich ja nicht hier
im Präsidium melden, sondern gleich nebenan in Dornbusch beim

153

Hessischen Rundfunk oder bei der ›Neuen Presse‹. Wenn er nicht mehr will, so wie er behauptet, wäre das ja wohl der einfachste Weg.«

»Theoretisch schon.« Durant wippte mit dem Kopf. »Aber es geht ihm um Aufmerksamkeit. Wenn es ihm auch nur im Entferntesten um die Opfer ginge, würde er nicht solch ein Affentheater machen.«

»Aufmerksamkeit bekommt er wahrlich genug«, murmelte Hochgräbe. »Vermutlich müssen wir ihm noch dankbar dafür sein, dass er sich an uns und nicht an die Presse gewandt hat.«

»Hm. Kannst du mir den Text aufs Handy weiterleiten?«, bat Durant. »Ich möchte es Alina zeigen, vielleicht hat sie noch eine Idee dazu. Ist die IT denn an der Sache dran?«

»Noch nicht«, sagte Hochgräbe. »Ich habe sie aber schon zusammengetrommelt. Bei Tomas ging die Mailbox ran, ich schätze, der schläft noch. Es ist immerhin Sonntag. Aber du wirst dich freuen, wer wieder im Lande ist.«

»Ach ja? Wer denn?«

»Na, rechne doch mal nach. Michael Schreck ist zurück. Er hat nächste Woche seinen ersten Tag, aber wird sich bestimmt wahnsinnig darüber freuen, wenn er schon früher antanzen darf.«

»Na, wenigstens etwas«, murmelte Durant und verabschiedete sich. Es war natürlich toll, dass der Oberprofi der Computerforensik sich der Sache annehmen konnte. Vielleicht würde er etwas sehen, das den anderen entgangen war. Doch noch viel lieber wäre es Julia gewesen, wenn das alles längst erledigt gewesen wäre.

Kaum hatte sie den Fahrstuhl erreicht, schon meldete sich Platzeck.

»155er?«, fragte er entgeistert, und Durant hatte keinen blassen Schimmer, wovon er redete.

»Was ist das?«

»Die Abdrücke im Wald«, erklärte er und klang außer Atem. »155er-Reifen. So was fährt doch heute kaum einer mehr, außer im Winter vielleicht!«

154

Jetzt begriff sie. Ihr kam der kleine Peugeot in den Sinn, den sie einmal gefahren hatte. »Es gibt doch eine Menge Kleinwagen«, warf sie daher ein, doch Platzeck schnaubte verächtlich.

»Das Profil ist über fünfzehn Jahre alt. Gibt's seit 2001 nicht mehr.« Er nannte eine Marke und eine Typbezeichnung und ließ sich anschließend über einige technische Details aus.

Durant war beeindruckt, wie schnell die Spurensicherung gearbeitet hatte, wusste aber auch, dass es eine umfassende Datenbank gab. Wenn ein Abdruck deutlich genug war …

»Ergo«, fuhr Platzeck fort, »wurde der Reifen schon vorher aufgezogen. Ich dachte, das bringt euch vielleicht weiter.«

10:25 UHR

Die Sonne tauchte das moderne Wohnhaus, in dem Elke Burkhardt gemeldet war, in ein warmes Leuchten. Die Fassade war in Grautönen gehalten, gemischt mit Orange. In nur einer der Wohnungen waren die Rollläden noch geschlossen. Ob sie schlief?

Durant musste an den Tod ihrer Mutter denken. Sie war eine junge Frau gewesen, Mitte zwanzig. Pastor Durant hatte es damals auch nicht für nötig gehalten, die Fensterläden zu öffnen. Die Tageszeitung oder die Post reinzuholen. Und dieser Tod war absehbar gewesen; Lungenkrebs. Wie hart musste es für Frau Burkhardt sein.

Die Kommissarin suchte den Namen auf dem Klingelschild. Bernd und Elke. Wie lange *das* wohl noch dort stehen würde? Sie drückte. Lange Sekunden vergingen, bevor endlich ein zerknirschtes »Ja?« erklang.

»Durant hier. Ich hätte noch ein paar Fragen. Passt Ihnen das jetzt?«
Stille. Dann: »Kommen Sie hoch.«

Durant nahm die Stufen in den ersten Stock so langsam, als hinge Blei an ihren Knöcheln. Die kurze Nacht forderte ihren Tribut, vermutlich

155

war ihr Blutdruck von dem ganzen Kaffee jenseits von Gut und Böse. Nach Luft ringend, sammelte sie sich, bevor sie um die Ecke trat.

»Verzeihung«, murmelte sie angestrengt und reichte ihrem Gegenüber die Hand.

Frau Burkhardt zwang sich zu einem Lächeln. »Passt es Ihnen denn?«

»Geht schon. Wenn ich nur ein Glas Wasser haben dürfte.«

Sie gingen hinein. Eine Garderobe im kurzen Flur, danach ein geräumiges Wohnzimmer mit großer Glasfront. Schwaches Licht ließ erkennen, dass es nicht aufgeräumt war. Tassen und Gläser standen herum. Über der Lehne der beiden Esstischstühle hingen hier ein Hemd und dort eine Hose. Ein Durchgang führte in die Küche, die anderen Türen waren angelehnt. Durant erkannte ein Bett, ebenfalls in schwaches Licht getaucht.

Schon surrte ein Motor, und durch das Wohnzimmerfenster drang Licht wie ein Wasserfall, der mit einem Mal Lebendigkeit in den Raum schüttete.

»Entschuldigen Sie.« Mit wenigen Handgriffen beseitigte Frau Burkhardt eine Decke und ein Kissen vom Sofa. »Ich habe mich hingelegt … ich konnte nicht …«

Ihr Blick fiel auf die Schlafzimmertür, und Durant verstand. Genau wie damals. Paps hatte das Ehebett wochenlang nicht benutzen wollen und im Gästezimmer geschlafen.

Dann stand Frau Burkhardt mit einem Apfelweinglas in der Hand vor ihr, sie hatte das Glas mit dem typischen Rautenmuster zu drei Vierteln gefüllt.

Durant bedankte sich und trank einen großen Schluck, danach nahmen die beiden auf der Couchecke Platz, sie saßen einander schräg gegenüber. Die Kommissarin deutete auf ihr Smartphone: »Ich würde gerne jemanden vom Erkennungsdienst dazubitten, damit wir eine Phantomzeichnung erstellen können.«

»Das können Sie sich sparen«, murmelte Frau Burkhardt.

»Warum?«

156

»Na wegen dieser Maske. Ich habe *nichts* gesehen.«

»Hm.« Durant legte das Telefon neben sich auf das anthrazitfarbene Stoffpolster. Die Couch, die gesamte Einrichtung, alles wirkte neu.

»Wie lange wohnen Sie schon hier?«

»Fast zwei Jahre«, war die Antwort, die mit belegter Stimme kam. Und schon kullerte eine Träne über die Wange der armen Frau. Durant schluckte, und sie entschied, das Gespräch so kurz wie möglich zu halten.

»Tut mir leid, aber es wäre wichtig, ein paar Fakten durchzugehen. Sie sind die einzige Zeugin, die wir in diesem Fall haben.«

»Schon gut. Solange Sie damit leben können, dass ich … dass es mich …« Frau Burkhardt entschuldigte sich und schnäuzte sich die Nase. »Es ist so schlimm, wir waren so glücklich.«

»Ich habe vor Kurzem meinen Vater verloren«, sagte Julia leise. »Das ist nicht dasselbe, aber wir standen uns sehr nahe und … Na ja, jedenfalls kann ich es Ihnen nachempfinden. Es tut mir von Herzen leid. Wir werden alles daransetzen, dieses Dreckschwein dingfest zu machen.«

»Das macht Bernd nicht wieder lebendig«, erwiderte ihr Gegenüber.

»Das stimmt. Aber es ist wichtig, einen Täter zu haben. All die Fragen beantwortet zu bekommen.«

»Schon okay, ich habe es nicht so gemeint. Bringen wir es hinter uns.«

Durant nahm ihren Notizblock zur Hand, dann fiel ihr etwas ein. »Darf ich das Gespräch aufzeichnen? Das erspart mir einen Schreibkrampf.« Sie hob die Augenbrauen und deutete auf das Smartphone.

»Meinetwegen. Was wollen Sie wissen?«

»Ich würde gerne noch einmal die Ereignisse chronologisch durchgehen. Angefangen damit, wie Sie in den Wald gekommen sind. Moment bitte.« Durant entsperrte das Display und tippte auf das Symbol für Sprachmemos. »Okay, es kann losgehen. Einfach der Reihe nach, und am besten so detailreich wie möglich.«

»Na ja, wir sind am Abend losgefahren …«

»Entschuldigung. Wer hatte die Idee?«

»Bernd. Wir sind irgendwann aufgebrochen, es war schon dunkel, er sagte, er habe ein Picknick vorbereitet. Bernd kam manchmal auf solche Ideen, er …«, ein schweres Schlucken, »… er war eben so. Er fuhr in seinem Mercedes, den Korb und alles andere hatte er schon im Kofferraum.«

»Sehr gut, danke, weiter so. Wo haben Sie geparkt?«

Frau Burkhardt beschrieb die Stelle, die Kommissarin machte sich eine Notiz. Wichtige Dinge vertraute sie nicht allein der modernen Technik an. Dann lauschte sie dem weiteren Bericht: »Wir sind so eine Viertelstunde gelaufen. Bernd sagte, er kenne eine Stelle … wir waren da schon mal, als wir uns gerade kennengelernt hatten. Er hielt die ganze Zeit meine Hand, erst als der Weg zu schmal wurde, sind wird hintereinander gegangen. Bernd war vorn.«

Frau Burkhardt schluckte schwer.

»Er sagte noch, ich solle nicht verloren gehen. So wie Rotkäppchen. Denn er trug die Decke und ich die Tasche, so wie das Mädchen den Korb. Wir haben gelacht, Bernd sagte, bis der Wolf in den Stadtwald komme, werde es noch lange dauern. Er ist kein Freund davon, dass diese Tiere wieder auftauchen. Zu viele Menschen. Zu viele Kinder. Es wird nicht lange dauern, und der Wolf wird merken, dass kleine Menschen leichte Beute sind. Dass wir mehr Angst vor ihnen haben als umgekehrt. Aber dann …«

Es war kein Wolf, der Ihren Bernd getötet hat, wollte Durant sagen. Doch sie schwieg. Ließ die Frau plappern, wenn ihr danach war, denn sie wusste, dass Belanglosigkeiten halfen. Sie ließen einen, wenn auch nur für den Augenblick, vergessen, wie furchtbar die Realität war.

»Und dann?«, fragte sie nach angemessener Zeit.

»Dann … ging alles ganz schnell. Es knackte laut, aber das fiel uns zuerst nicht auf, weil wir ja selbst durch den Wald stapften. Dann noch mal, und plötzlich stand er zwischen uns. Bernd hob die Faust, ich stolperte zurück. Sah, wie er instinktiv zuschlagen wollte. Er traf ihn auch, da bin ich mir sicher.«

Durant machte sich eine Notiz.

»Wie groß war er?«

»Ich weiß es nicht.«

»Im Verhältnis zu Ihrem Mann? Nur grob geschätzt?«

»Gleich groß.«

Wieder eine Notiz.

»Und wo hat er ihn getroffen? Am Kopf?«

»Ich glaube, mehr an der Schulter. Beide taumelten kurz.«

»Und Sie sind …«

»Bernd hat geschrien: Lauf weg! Aber ich konnte mich nicht bewegen. Erst als er schrie. *Lauf! Lauf!*« Ein Zittern durchwogte sie. »Dann konnte ich meine Beine nicht mehr halten.«

Elke Burkhardt weinte kurz und vergrub den Kopf zwischen den Händen. »Was hat er ihm angetan?«, fragte sie leise.

»Er hat ihn erschossen«, antwortete die Kommissarin. »Ein schneller Tod.«

Sie konnte nicht anders, als das zu sagen. Ihr Gegenüber litt schon mehr als genug.

»Aber ich habe keinen Schuss gehört.«

Durant schrieb auf. *Schalldämpfer?* Sie wusste von den ballistischen Untersuchungen der vorherigen Morde, dass es keine eindeutigen Formspuren gab, die die Benutzung eines Schalldämpfers belegten. Die Tatwaffe von 1988/89 war nie gefunden worden.

»Sehen Sie«, sagte sie etwas unbeholfen, »solche Details sind hilfreich für uns. Die Verwendung eines Schalldämpfers war bisher kein Thema für uns.«

»Hm.«

»Sprechen wir noch einmal über den Täter, in Ordnung? Können Sie mir denn irgendetwas zum Aussehen des Mannes sagen?«

Frau Burkhardt schüttelte den Kopf. »Nein, wie gesagt, ich habe kaum etwas gesehen.«

»Woran erinnern Sie sich denn noch?«

Ihre Gesprächspartnerin überlegte kurz, hob dann die Schultern.

»Seine Statur vielleicht«, sagte Durant. »Schlank, untersetzt, muskulös – so was in der Art? Denken Sie bitte ganz genau nach.«

Sie wusste, dass das, was sie da forderte, eine große Last für die Witwe war. Den letzten Augenblick, die letzte Erinnerung an ihren Mann, immer wieder Revue passieren lassen. Doch sie musste darauf drängen, und tatsächlich legte Frau Burkhardt die Finger auf die Augen und begab sich noch einmal zurück in den nächtlichen Wald.

»Es war hell«, sagte sie, »der Mond. Unglaublich schön. Deshalb waren wir ja auch … egal. Der Mann war so groß wie Bernd, aber zierlicher. Schmale Schultern. Zumindest glaube ich das, denn die Kleidung schien irgendwie eine Nummer zu groß. Schlabberte, wobei das auch Schatten gewesen sein können.«

»Und das Gesicht?«

»Schwarz. Durchdringende Augen. So als habe er keine Ohren. Das muss von der Maske gekommen sein. Eine Strumpfhose oder so ähnlich.«

»Das ist doch schon was. Was ist mit der Stimme? Hat er gesprochen?«

»Nur zischende Laute. Ich glaube, zuerst fluchte er, dann gab er ein paar Befehle. Und dann … war ich ja schon weg.«

»Hmm. Also eine belegte Aussprache. Oder eher heiser?«

»Nein, mehr so gestresst. Es waren Befehle, meistens nur ein, zwei Worte. ›Hände hoch‹, ›da rüber‹, ›auseinander‹.«

»Kann man sagen, er verstellte seine Stimme? Ganz bewusst also?«

»Ja. Es war wie bei ›Walking Dead‹, wenn die Zombies rumkrächzen. Aber nichts Mechanisches, also nicht wie bei diesen Kehlkopfmikrofonen oder so.«

»In Ordnung, danke.«

160

Julia Durant schaltete die Aufnahme auf Stopp und überprüfte, ob alles aufgezeichnet worden war. Sie legte Telefon und Block übereinander, bevor sie ihre letzte Frage stellte: »Frau Burkhardt, nur unter uns beiden, ich zeichne das nicht auf. Haben Sie irgendeinen Verdacht, wer Ihnen beiden das Leben nehmen wollte?«

»Was ist das denn für eine Frage?«

»Ich suche ein Motiv, einen Grund, *irgendwas*«, antwortete Durant, doch Burkhardt hob nur müde die Schultern.

»In der Presse heißt es, es sei ein Spinner. Stimmt das denn nicht?«

»Wir wissen es nicht«, musste die Kommissarin eingestehen und erhob sich. »Falls Ihnen also etwas dazu einfällt – bitte melden Sie sich. Ansonsten werde ich Sie jetzt in Ruhe lassen, ich bin dank Ihnen schon einen Schritt weiter.« Sie machte eine kurze Pause. »Haben Sie denn jemanden, mit dem Sie reden können? Ansonsten lasse ich Ihnen die Karte einer Freundin da. Therapeutin, sehr einfühlsam, glauben Sie mir, ich spreche da aus Erfahrung.«

»Ich weiß nicht, ob ich das schon kann«, wehrte Frau Burkhardt ab. Durant nickte, so reagierten die meisten, aber sie zog dennoch eine Visitenkarte hervor. Ärgerte sich, dass sie an der Ecke eingeknickt war, strich sie gerade und platzierte sie auf dem Tisch. »Für alle Fälle.« Sie erhob sich. »Und Alina hat Schweigepflicht, keine Sorge. Wir sprechen nicht über das, was sie erzählt bekommt. Ich möchte ja auch nicht, dass sie über mich – na ja, Sie wissen schon.«

»Ich möchte im Augenblick nur alleine sein«, sagte Frau Burkhardt leise. »Und ich kann mir nicht vorstellen, dass das je wieder anders werden wird.«

»Wird es. Versprochen. Aber alles braucht seine Zeit. Und bitte, wenn Sie Hilfe brauchen … Es kommen eine Menge unangenehmer Dinge auf Sie zu. Formalitäten, Bestattung et cetera. Rufen Sie mich einfach an, okay?«

Elke Burkhardt betrachtete Julia mit zu Schlitzen verengten Augen. »Geht das nicht ein bisschen weit für eine Kommissarin?«

»Mag sein. Vielleicht auch nicht. Vielleicht hilft es ja auch mir.«

Die beiden lächelten einander kurz an, dann zog die Kommissarin die Wohnungstür hinter sich zu und stand allein auf den kaltgrauen Fliesen des Treppenhauses. Sie mochte Elke Burkhardt. Und es war unerträglich, was diese Frau durchmachen musste. Als sie die Stufen hinabstieg, ballte Julia Durant die Fäuste. Dieses Dreckschwein! Was er all den Angehörigen angetan hatte. Sie würde ihn jagen, immer weiter, so wie Ahab seinen Wal. Es war ernüchternd, wie wenig sie bisher wussten.

Doch die Mosaiksteinchen wurden nach und nach mehr.

Irgendwann würden sie ein Bild ergeben, irgendwann würde man etwas erkennen.

13:40 UHR

Doris Seidel hatte auf dem Nachhauseweg Elisa abgeholt, die bei einer Freundin übernachtet hatte. Auf dem Riedberg lebten einige junge Familien, und ihre Tochter hatte schnell Anschluss gefunden. Ständig war sie unterwegs oder brachte jemanden nach Hause mit. Und so ließen sich auch die außerplanmäßigen Dienstzeiten der beiden Kriminalbeamten recht gut organisieren. Wie heute. An einem Sonntag, der normalerweise der Familie gehört hätte.

Familie.

Doris stand in der Küche und fuhr mit dem Lappen über Spülbecken und Abtropffläche. Aus Elisas Zimmer drang Musik an ihr Ohr, doch ihre Gedanken waren ganz woanders. Zwei Monate war es nun her. Ihre Hochzeit. Die Hochzeitsnacht.

Peter und sie waren weder zu einem Paartherapeuten gegangen noch sonst wohin. Sie hatten nichts gemacht; warum auch? Es war ja nichts passiert.

Peter gab sich seit seinem peinlichen Erwachen als der beste Ehemann der Welt. Nicht dass er vorher ein schlechter gewesen wäre.

162

Und natürlich glaubte Doris ihm, dass er sie weder mit Babsi Schlüter betrogen hatte noch es auch nur vorgehabt hätte.

Dennoch tat es weh. Warum hatte er sich ausgerechnet auf ihrer beider Hochzeit (und nach einem ziemlich romantischen Antrag) derart besaufen müssen, dass ihm ein solcher Irrtum überhaupt unterlaufen konnte? So viel Alkohol, dass er besinnungslos im Zimmer einer anderen Frau endete … und in deren Bett. Und das auch noch ausgerechnet bei der Schlüter!

Angewidert schmierte sich Doris einen braunen Bananenfaden an die Jeans. Sie hielt inne und beobachtete die Skyline der Stadt, die man von der Siedlung hier oben so gut sehen konnte. Irgendwo dort unten war Peter. Noch immer im Präsidium. Sie sehnte sich plötzlich nach seiner Nähe, seiner Zärtlichkeit.

Wie musste das Ganze für ihn sein?

Die Kollegen grinsten noch immer, das würde wohl auch so bleiben. Doch er hatte ein dickes Fell, war selbst ganz gut im Austeilen. Das war es nicht, was ihr Sorgen bereitete.

Was dachte Peter von ihr?

Wie musste es für ihn sein, dass ihr erster Gedanke gewesen war, er habe sie mit einer anderen Frau betrogen? In der Hochzeitsnacht. Vor allen anderen Erklärungen hatte sie diese Möglichkeit in Betracht gezogen.

Andererseits: Wie viele naheliegende Erklärungen gab es denn noch, wenn man einen halb nackten Mann und eine halb nackte Frau im selben Bett vorfand?

Doris Seidel ahnte, dass es noch geraume Zeit dauern würde, bis diese Sache endgültig ausgestanden war.

MONTAG

MONTAG, 11. SEPTEMBER, 10:08 UHR
Konferenzzimmer, Dienstbesprechung

Julia Durant beendete ihren Bericht über das Gespräch mit Elke Burkhardt. Sofort versicherten Hochgräbe und Kullmer, die sich in die alten Akten eingelesen hatten, dass nirgendwo von einem Schalldämpfer die Rede gewesen war. Eine Personenbeschreibung oder ein Phantombild hatte es seinerzeit auch nicht gegeben.

»Kunststück«, so Hochgräbe, »denn es gab ja keine Zeugen, die überlebt haben.«

Aussehen und Statur waren zu vage, um Vergleiche zu ziehen.

»Und was würde uns das bringen?«, fragte Kullmer. »Wenn wir von einem Copy-Killer ausgehen, also jemandem, der die alten Morde imitiert, fühlt sich dieser dem damaligen Mörder in irgendeiner Weise verbunden. Oder er *möchte* das zumindest sein. Sein Aussehen allerdings kann er kaum annehmen und wird dies wohl auch nicht versuchen.«

Damit lag er goldrichtig. Viel wichtiger schien ein anderer Punkt zu sein.

»Was ist mit der Stimme?«, fragte Durant. »Irgendwelche Hinweise auf Abnormitäten?«

»Damals? Fehlanzeige. Zumindest ist nichts davon dokumentiert.«

Verdammt. Die Hinweise halfen nicht dabei, eine Verbindung zu schlagen. Trotzdem ordnete Hochgräbe an, die Projektile genau zu untersuchen und dabei auch gängige Schalldämpfertypen zu berücksichtigen.

»Ich fordere das noch mal aus Kiel an«, meldete sich Doris Seidel zu Wort.

Durant nickte. »Was ist mit dem Anrufer? Schon etwas Neues?«

»Schreck ist an der Sache dran«, antwortete Hochgräbe. »Er müsste sich jeden Augenblick melden, zumindest hoffe ich das.«

Der Boss griff sich einen dicken schwarzen Marker und ging in Richtung Whiteboard. Er notierte Namen und Zahlen darauf, und es dauerte eine Weile, bis er mit dem Ergebnis zufrieden schien.

»Reden wir mal über die alten Morde«, sagte er, nachdem er zwei Schritte zurückgetreten war und seine Notizen begutachtet hatte. Wie so oft (Durant passierte das auch immer) fielen die Zeilen nach rechts ab, manche Buchstaben wurden kleiner, je weiter am Rand sie standen. Es handelte sich um sämtliche Namen, Daten und Orte der getöteten Pärchen, angefangen bei den Morden aus den 1980er-Jahren.

»Georg Otto Nickel wurde für sechs Morde verurteilt«, fuhr er fort und zog eine rote Linie unter das Jahr 1989. »Seine Taten haben vor allem zwei Faktoren gemeinsam, die wir uns näher betrachten sollten.«

»Dass sie nicht im Stadtwald stattgefunden haben und vor allem längst aufgeklärt wurden?«, frotzelte Kullmer.

»Mag sein.« Der Chef gab sich unbeeindruckt. »Und ich rede auch nicht vom Klebeband, vom Typ Frau, von der Abfolge der Tötungen … das könnt ihr alles selbst nachlesen.«

»Mach's nicht so spannend«, sagte Durant, die angestrengt auf die Zahlen starrte. Sie hatte selbst einen Gedanken dazu, konnte ihn jedoch noch nicht greifen.

»Ist ja gut. Nickel suchte abgelegene Stellen im Wald, Orte, die vor allem von Pärchen aufgesucht wurden. Er lauerte ihnen auf, womöglich stundenlang. Jedenfalls sprachen einige Indizien dafür. Dasselbe muss man von unserem Stadtwaldkiller annehmen. Er führt immer eine Waffe mit sich, Klebeband und was weiß ich noch. Er nimmt sich Zeit, sowohl für das Töten als auch danach, wenn er die Opfer drapiert und mit den Souvenirs abhaut. Und das alles, obwohl die Öffentlichkeit alarmiert ist. Die Psychologen bescheinigten Nickel einen hohen Drang, eine Zwanghaftigkeit, die ihn trotzdem immer wieder losziehen ließ.«

»Ohne mit ihm geredet zu haben?«, warf Durant ein, die sich an das Gespräch mit Ewald erinnerte. Angeblich hatte Nickel kein Sterbenswort gesagt.

»Na ja, Psychologen …« Hochgräbe hob die Schultern. »Es waren die Achtziger, man brauchte ja irgendeine Erklärung. Nur scheint es unserem aktuellen Killer ja nicht anders zu gehen. Die Presse ist noch viel lauter heutzutage, er ist überall Thema, bis in die sozialen Netzwerke. Und trotzdem mordet er, immer im selben Wald.«

»Immer, wenn es warm ist!«, ergänzte Durant, die ihren Gedanken soeben zu Ende geführt hatte. Sie stand auf und schritt zu einem Wandkalender, auf dem die Ferien verzeichnet waren. Und tatsächlich: »Sommerferien! Hier – und hier.«

Ihr Finger wanderte weiter. Doch schon kam die Ernüchterung. Die Herbstferien lagen noch einige Wochen entfernt.

»Mist«, stieß sie leise hervor und drehte sich zu den anderen. »Kann mal jemand im Internet die Ferientermine von 88/89 checken?«

Es dauerte nur wenige Augenblicke, bis die drei früheren Daten zugeordnet waren. Allesamt lagen in den hessischen Ferien oder um Feiertage herum.

»Konstruieren wir da nicht etwas?«, fragte Hochgräbe zweifelnd.

»Du hattest das schöne Wetter erwähnt«, gab Durant zurück. »Und überhaupt …«

»Ich rede aber von der Witterung! Wer fährt schon im Winter zum Knutschen raus? Wir haben es durchweg mit Paaren zu tun, die sich die Diskretion der Natur gesucht haben. Entweder weil sie anderweitig gebunden waren oder weil sie es draußen schöner fanden. Sternenklarer Himmel, angenehme Temperaturen …«

Durants Blick haftete wieder am Kalender. Und dann klappte ihre Kinnlade herunter.

»Claus, verdammt, das *ist* es!«, hauchte sie.

»Hä?«

Julias Fingerkuppe hüpfte auf den 6.9., dann auf den 9.7., weiter auf den 9.6.

In jedem Datumsfeld befand sich ein kreisrunder schwarzer Punkt auf dem Papier.

»Vollmond!«, sagte sie triumphierend und tippte erneut nacheinander auf die drei Daten.

Während Hochgräbe sich noch unschlüssig die Schläfe rieb, rasten die Fingerkuppen von Doris Seidel über das Display ihres Smartphones. Auch Hellmer tippte etwas ins Suchfeld seines Geräts und las noch, als Doris verkündete: »Treffer. Sommer 1989. Am 17. war Vollmond mit Mondfinsternis, der Mord fand am 19. statt.«

»Hm. So ähnlich wie heute Nacht«, murmelte Hochgräbe. »Bloß dass der Vollmond schon vor vier Tagen war. Weshalb diese Abweichung?«

»Wochenende!«, sagten Hellmer und Durant praktisch gleichzeitig und mussten lachen.

»Gestern waren es bloß drei Tage Abweichung«, rechnete Durant, »und der Mond war unglaublich hell, ich erinnere mich. Also bevorzugt unser Täter die Wochenenden.«

Hochgräbe nickte und fragte weiter: »Was ist mit den anderen beiden Taten?«

»Der erste Doppelmord war in der Nacht auf den 30. Juli 1988«, antwortete Seidel, »Vollmond war am 29.«

Hellmer räusperte sich. »Es war außerdem die erste Woche der Sommerferien. Und 89 war es auch zur Ferienzeit.«

»Die zweite Tat sicher nicht«, widersprach Durant.

Der 20. Mai entpuppte sich als Samstag. Das Wochenende vor Fronleichnam, keine Ferien, kein Brückentag. Allerdings war in der Nacht zu Sonntag Vollmond gewesen.

Durants Blick fiel auf den Wandkalender. »Was war denn im August los?«, wollte sie wissen, und allein die Vorstellung, dass vielleicht irgendwo ein totes Pärchen lag, das sie noch nicht gefunden hatten, jagte ihr einen kalten Schauer durch den Körper.

»Mondfinsternis«, kam es von Seidel, und Hellmer nickte heftig.

»Hab ich gar nicht mitbekommen«, gestand die Kommissarin ein.

»Du hast auch keine Kinder«, scherzte Doris.

Auch wenn es nicht so gemeint war, traf diese Wahrheit Julia wie ein Stich. Sie hätte alles dafür gegeben, eigene Kinder zu haben. Jetzt war es zu spät, und an den meisten Tagen kam sie mit dieser Tatsache auch gut zurecht. Manchmal allerdings …

Sie dachte an Frank und seine Sorgen, die Steffi ihm manchmal bereitete. Vielleicht war es besser so. Vielleicht hatte das Schicksal andere Pläne mit ihr. Oder Gott. Bevor sie sich in allzu düstere Gedanken verlor, konzentrierte Julia sich wieder auf den Kalender vor ihrer Nase.

Der nächste schwarze Punkt lag auf dem fünften Oktober. Ein Donnerstag. Der nächste Vollmond.

Und auch wenn der Mörder scheinbar wahllos Termine übersprang: Das Risiko bestand, dass er in weniger als vier Wochen wieder zuschlagen würde.

12:25 UHR

Julia Durant hatte ihre Handtasche über die Lehne ihres Bürostuhls gehängt und ihre Jeansjacke darübergeworfen. Mit einem Kaffee in der Hand stand sie am Fenster und ließ den Blick über die Eschersheimer Landstraße schweifen. Eine mehrspurige Hauptverkehrsader, in deren Mitte die U-Bahn-Gleise aus dem Boden auftauchten. Türkisfarbene Raupen, die geräuschlos aneinander vorbeiglitten. Hier oben, im vierten Stock, war fast nichts von den Verkehrsgeräuschen zu hören. Es war nicht die schönste Ecke der Stadt, aber auch nicht die schlechteste. Fußläufig zum Holzhausenpark, in dessen Nähe Julias Eigentumswohnung lag. Ihr Zuhause. Eine friedliche Oase inmitten der lauten, manchmal chaotischen Stadt. Und dann, immer wieder, diese abgründigen Verbrechen.

Das Telefon schrillte, und Durant zuckte zusammen. Peter Brandt.

»Hi, wie geht's denn so auf der falschen Main-Seite?«

»Das müsste ich doch dich fragen«, stieg Durant darauf ein.

»Verscherz es dir mal lieber nicht mit mir. Ich habe was für euch. Um genau zu sein, habt ihr das Elvira zu verdanken.«

Elvira Klein war Oberstaatsanwältin. In Frankfurt. Also auf der falschen Seite. Dies hatte sie und Brandt in früheren Tagen zu feurigen Wortgefechten verleitet. So lange, bis die beiden einander nähergekommen und zu einem Liebespaar geworden waren. Sogar von Heirat war die Rede. So änderten sich die Dinge.

»Was genau hat Elvira denn für uns?«, fragte Durant ungeduldig.

»Es gibt doch jemanden, mit dem Nickel geredet hat«, antwortete Brandt.

»Ach ja?«

»Sagt dir das Buch ›Mondschein-Mörder‹ etwas?«

»Nein.«

»Der Autor ist wohl ein Ex-Knacki. Mitgefangener von Nickel, um genau zu sein, zumindest gibt er sich als solcher aus.«

Durant schnaufte schwer. »Und es ist ein Buch über die Morde Nickels?«

»Sí. Ich habe davon auch nichts gewusst. Ein Bestseller war's also keiner.«

Brandt nannte das Erscheinungsjahr und den Verlag.

»Ein kleines Verlagshaus aus Aschaffenburg«, klärte er die Kommissarin auf. »Erschienen ist es 1991, es gab nur eine einzige Auflage.«

»Also nach Nickels Tod«, konstatierte Durant nachdenklich. »Hast du es da? Also das Buch?«

169

»Noch nicht. Elvira kümmert sich darum. Sie sagte, sie glaube, es stünde bei ihr zu Hause irgendwo im Regal. Sie hat ja ein Faible für so etwas.«

»Das wäre wichtig. Glaube ich zumindest«, sagte Durant. »Ich würde es mir gerne abholen. Bekommen wir das hin?«

»Klar, wieso nicht? Ist dein Fall, nicht meiner. Ich hatte schon mal das Vergnügen, einmal reicht mir.«

»So gönnerhaft kenne ich dich ja gar nicht«, scherzte Durant und hätte noch ein wenig weitergeplänkelt, wenn nicht das Display einen weiteren eingehenden Anruf angekündigt hätte. Sie verabschiedete sich schnell mit der Begründung, dass die sehnlichst erwartete Meldung aus der IT anklopfe. »Wir bleiben in Kontakt, okay? Ciao.«

Michael Schreck schaffte es, binnen weniger Sätze seinen gesamten Amerikaaufenthalt zu umreißen. Normalerweise hätte Durant das irgendwann unterbrochen, um zur Sache zu kommen, doch diesmal hinkte ihre Aufmerksamkeit hinterher. In ihrem Kopf sortierten sich noch immer die Gedanken zu dem Buch. Würde es Erkenntnisse bringen, die den heutigen Fall beträfen? Enthielt es Informationen, die damals nicht in die Presse gelangt waren und von denen der Mörder heute profitierte? Das mit dem Klebeband zum Beispiel. Es handelte sich um Kreppband, so wie Maler es verwendeten. Jeder andere würde wohl zu sogenanntem Panzertape greifen, weil es auch auf schlecht haftendem Untergrund klebte. Doch damals wie heute waren die Klebereste eindeutig auf Malerkrepp zurückzuführen. Diese Information hatte in keiner Zeitung gestanden …

»Hallo? Erde an Julia! Bist du noch dran?«

Mikes angenehme Stimme (er sah nicht nur aus wie ein Kuschelbär, er klang auch so) riss die Kommissarin aus ihren Gedanken.

»'tschuldigung«, murmelte sie, »ich hatte da noch etwas zu verdauen.«

»Vergiss es.« Schreck lachte. »Du bekommst jetzt den Nachtisch serviert. Danach willst du eh nichts mehr anderes haben.«

Er spulte ein paar technische Details herunter, die Durant allesamt schon des Öfteren gehört, jedoch nie zur Gänze begriffen hatte. Wozu auch. IP-Adressen interessierten sie erst, wenn sie zu einer Postanschrift, einem Namen und einer Person führten. Dann aber nannte Michael Schreck ihr genau das.

»Moment mal.« Durant setzte sich und wiederholte den Namen. »Axel Reimer? Den kennen wir doch! Ist das nicht …«

»Der Hausmeister aus der Vatterstraße. Hüter des heiligen Münzfernsprechers«, bestätigte Schreck. »Benny hat mich schon ins Bild …«

»Verdammt!« Die Kommissarin kramte in ihren Erinnerungen, und dann kam alles wie von selbst nach oben geschwappt. Reimer war Hausmeister in mehreren Mietshäusern, die derselben Gesellschaft gehörten. Kullmer oder Hellmer hatten ihn kurz befragt, er hatte zugegeben, den Telefonhörer geflickt zu haben, auch wenn er dafür im Grunde nicht zuständig gewesen war. Ebenso wenig wie für die Leerung der Münzen. Der Apparat war seinerzeit akribisch untersucht worden, es gab eine ganze Reihe von Daktylogrammen, meist Teilabdrücke von Daumen und Zeigefingern. Die Bereiche, mit denen man Münzen anfasst, um sie in einen Schlitz zu versenken. Doch ohne eine Gegenprobe, einen Probanden, mit dem man die Abdrücke vergleichen konnte …

Fehlanzeige.

Rückblickend erschien es Durant beinahe schon sträflich, dass man nicht auch Axel Reimers Abdrücke genommen hatte. Was, wenn seine Papillarleisten auf einem der Geldstücke abgebildet waren? Würde ihn das nicht an die Spitze der Verdächtigenliste katapultieren? Einer Liste, die bislang ohne jeden Namen war, wie Durant sich eingestehen musste. Und was, wenn sich hinter ihm tatsächlich nicht bloß ein Informant, sondern gar der Mörder verbarg? Hatte das K11 durch diese Nachlässigkeit den Tod von Bernd Burkhardt mit zu verantworten?

171

12:51 UHR

Dann wird das wohl nichts mit dem Japaner.« Hochgräbe lächelte und klopfte sich mit der Handfläche auf den Bauch. »Ich dachte, wir könnten Sushi … Du willst aber vermutlich direkt nach – wohin genau?«

»Ein kleiner Ort bei Gelnhausen.« Durant ging davon aus, dass Claus diese Ecke noch kein bisschen kannte, und fügte deshalb hinzu: »Mitten drin im Nachbarpräsidium.«

»Dann musst du Peter Brandt informieren«, mahnte der Chef.

»Wollte ich sowieso. Ich fahre direkt los und rufe ihn von unterwegs aus an.« Sie wollte sich schon umdrehen, da fiel ihr noch etwas ein. »Okay?«, fragte sie mit einem Lächeln. Schließlich, dachte sie, brach ihr auch kein Zacken aus der Krone, wenn sie noch mal nachhakte. Immerhin leitete Claus diese Abteilung.

Er schien zu wissen, woher ihr Lächeln rührte, und erwiderte es. »Mach schon. Tu, was du am besten kannst. Ich liebe dich.«

»Ich dich auch.« Sie küssten sich, was sie im Büro nur selten taten, dann eilte die Kommissarin davon. Griff sich Handtasche und Jacke, kramte auf dem Weg zum Aufzug den Autoschlüssel hervor und fuhr hinab in Richtung Parkplatz.

»Du schon wieder«, meldete Brandts Stimme sich. »*So* schnell ist Elvira nun auch wieder nicht.«

»Ich rufe nicht wegen des Buchs an«, wehrte Durant ab und erklärte, was die IT in Erfahrung gebracht hatte.

»Und der Router steht auch sicher dort?«, hakte Brandt nach.

»Ich vertraue unserer IT beinahe blind«, versicherte die Kommissarin, »vor allem weil ich nur einen Bruchteil von dem, was die machen, kapiere. Aber kurzum, ich gehe davon aus, dass Schreck richtigliegt.«

»Ah, der USA-Reisende«, stellte Brandt fest. »Wann treffen wir uns?«

»Das Navi sagt, ich brauche 'ne gute Dreiviertelstunde.«

»Gut. Dann sehe ich zu, dass ich das auch schaffe. Ich muss nur noch zu Ewald. Bis dann.«

13:39 UHR

Sie waren nicht gekommen.

Reimer hatte alles vorbereitet gehabt, doch niemand hatte ihn aufgesucht. Kein Streifenwagen, kein Dienstfahrzeug der Kriminalpolizei. Keine Julia Durant.

Er hatte sie anrufen wollen, doch er durfte nicht.

Keine weitere Kontaktaufnahme. Sie müssen selbst darauf kommen.

Es war ihm nicht immer leichtgefallen, sich daran zu halten.

Dass sie ausgerechnet heute kamen, überraschte ihn beinahe.

*

Durant hatte das Dach ihres Cabriolets geöffnet. Es war ein herrlicher Altweibersommer, am Himmel nur wenige Wolkenfetzen. Und doch war der Herbst bereits zu spüren, besonders auf der Autobahn, wo sie sich mit einem Halstuch gegen den kühlen Fahrtwind geschützt hatte. Doch wer wusste schon, wie lange der Sommer noch dauern würde. Jeden Tag konnte es vorbei sein. Ganz plötzlich. Wie für all die Opfer des *Panthers*. Es stieß der Kommissarin jedes Mal sauer auf, wenn sie diese Bezeichnung las. Verdiente ein Mörder es, derartige Aufmerksamkeit zu bekommen?

Ein Wagen, der frontal auf ihren roten Opel zuschoss, beendete ihre Gedanken abrupt. Peter Brandts in die Jahre gekommener Alfa Romeo.

»Und da wären wir wieder.« Er feixte, nachdem beide ausgestiegen waren.

»Hat Ewald dich rausgelassen, ja?«, frotzelte Durant.

»Ich habe mich ein Mal wegschicken lassen«, erwiderte Brandt, »aber ein zweites Mal lasse ich das nicht mit mir machen! Das hier ist mein Revier, unser Gebiet, und ich habe – ganz im Gegensatz zu dir – schon mit dem alten Fall zu tun gehabt. Also …«

Brandt gestikulierte ausladend mit beiden Händen, und Durant musste an seine italienischen Wurzeln denken. Er konnte seine Ahnen nicht verleugnen, dachte sie und schenkte ihm ein Lächeln.

»Ist ja gut. Ich hätte dich nicht informiert, wenn ich dich nicht hätte dabeihaben wollen. Außerdem bin ich froh, dass ich das nicht alleine durchziehen muss.«

»Wo steckt denn Hellmer?«, wollte Brandt wissen.

»Andere Baustelle«, wich Durant zuerst aus. Aber weshalb sollte sie lügen? »Stress mit seiner Großen. Irgendwas in der Schule. Der Arme, der kommt von einer Krise in die nächste.«

Brandt lachte auf. Er hatte zwei erwachsene Töchter, die er zum Großteil alleine erzogen hatte, während seine Ex sich mit einem reichen Lover am Mittelmeer vergnügte. »Du brauchst nicht weiterzureden. Wie alt ist sie denn? Schon achtzehn? Dann fangen die richtigen Sorgen nämlich erst an …«

Durant registrierte aus dem Augenwinkel, wie in dem Haus, vor dem ihre Autos parkten, eine Gardine wackelte.

»Wir sollten reingehen«, raunte sie ihrem Kollegen zu. »Man hat uns längst bemerkt.«

Reimer hatte vermutlich hinter der Tür gewartet, schien aber absichtlich einige Sekunden verstreichen zu lassen, um ihnen den Eindruck zu geben, er habe nicht mit den Kommissaren gerechnet.

»Ja, bitte?«

»Durant und Brandt, Mordkommissionen Frankfurt und Südosthessen«, sagte Julia Durant knapp und nickte dem Mann zu. Ein normal gebauter, rundum durchschnittlicher Typ. Kein Hingucker, dafür standen die Augen zu weit auseinander, und die Nase war etwas zu groß geraten. Aber auch kein unattraktiver Zeitgenosse. Vielleicht beurteilten andere Frauen das anders.

»Ich weiß. Aber es wundert mich, warum Sie ausgerechnet heute …«

»Können wir uns vielleicht drinnen unterhalten?«, unterbrach Brandt ihn.

»Ähm, ja, klar.« Irgendwo bellte ein Hund. »Gehen wir doch ins Wohnzimmer. Dort entlang.«

Es war diese Stimme. Durant war sich sicher. Auch wenn es zwei Monate her war, Reimer hatte eine Ausdrucksweise und Tonlage, die eindeutig zu dem Anrufer im Sommer passten.

Reimer schlurfte vor den beiden her, sie traten durch einen breiten Holzrahmen, in dem wohl einmal eine Schiebetür gewesen war. Es roch muffig, aber nicht nach vergammeltem Essen oder ungewaschenen Kleidern.

»Leben Sie alleine?«, erkundigte sich Durant und beobachtete den Mann, der mit flinken Händen T-Shirts und Zeitschriften von den beiden Sesseln räumte, um für die Kommissare Platz zu machen.

»Ja.« Mehr hatte er offenbar nicht dazu zu sagen. Ein Blick auf seine Finger verriet Durant zwei Dinge: Erstens manikürte er sie offenbar regelmäßig. Und zweitens gab es weder links noch rechts Abdrücke, die von einem Ring herrührten.

Sie setzten sich.

»Um direkt auf den Grund unseres Besuchs zu kommen …«

Durant beugte sich nach vorn und legte zwei Ausdrucke auf die in Kupferbraun gekachelte Tischplatte. Einmal die Niederschrift des Telefonanrufs mit dem Gedicht und außerdem die E-Mail.

Reimer betrachtete beide Papiere nur kurz und legte sie wieder säuberlich aufeinander.

»Das ist nicht von mir«, sagte er und deutete auf die oben liegende E-Mail.

»Was ist nicht von Ihnen?«, fragte Durant.

»Na *das* da. Diese Mail.«

»Aha, aber das andere schon?«

»Habe ich nicht gesagt.«

»Sie haben es aber auch nicht abgestritten«, warf Brandt ein. »Sie bezogen sich eben nur auf die Mail.«

»Na und? Ist das hier ein Verhör? Soll ich meinen Anwalt anrufen?«

»Moment.« Durant ruderte mit einem Zwinkern zurück. »Wir sind es eben gewohnt, alles auf die Goldwaage zu legen.« Sie zog die Augenbrauen zusammen. »Haben Sie denn einen Anwalt?«

»Und wenn's so wäre?«

»Ich wundere mich nur. Ich kenne fast niemanden, der einen hat – also, es sei denn, er hat vor irgendetwas Angst«, sie räusperte sich, »oder hat Dreck am Stecken.«

Reimer schnellte nach vorn, wo sein Handy lag. Ein altes Gerät, ohne Touchdisplay. Überhaupt schien die Zeit in dieser Wohnung bis auf wenige Ausnahmen in den Neunzigern stehen geblieben zu sein.

»Ich lasse mich nicht verarschen!«, drohte er und wedelte mit dem Gerät.

»Na, aber hallo!«, sagte Brandt lautstark. »Sie haben Frau Durant doch selbst angerufen und ihr das Gedicht vorgetragen! Wer verarscht hier denn wen?«

»Sie sind Hausmeister in den Gebäuden der Vatterstraße«, sprach Durant weiter. »Der Anruf kam von dort, das haben wir eindeutig festgestellt. Und die IP-Adresse der E-Mail führt zu Ihrem Router.«

»Das kann gar nicht sein«, wehrte Reimer mit einem energischen Kopfschütteln ab.

»Aber *wir beide* haben miteinander telefoniert. Das leugnen Sie doch nicht. Sie haben mich angerufen.«

»Was hat das eine mit dem anderen zu tun?«

»Das interessiert uns ja wohl alle.« Die Kommissarin lächelte. »Dürfen wir Ihren Router untersuchen?«

Reimer verschränkte die Arme. »Nein.«

»Hören Sie mal.« Brandt übernahm. »Die E-Mail kam von hier und steht in Verbindung zu mehreren Mordfällen. Das reicht für eine richterliche Anordnung. Da kann auch Ihr Anwalt nichts …«

»Ich habe das nicht gemailt!«

»Umso wichtiger, dass unsere Forensiker sich das ansehen«, beteuerte Durant. »Ich habe ja nicht viel Ahnung von alldem, aber wenn Sie es nicht waren, wird sich das wohl feststellen lassen.«

Axel Reimer schwieg und legte das Handy zurück auf den Tisch.

Erst nach einer ganzen Weile sagte er: »Wissen Sie, wo wir hier sind?«

Brandt nickte, was Durant zunächst nicht weiter ungewöhnlich fand. Es war sein Revier, das betonte er ja immer wieder gern. Doch als Reimer aussprach, was genau er damit meinte, lief ihr ein eisiger Schauer den Rücken hinunter.

»Er hat hier gesessen. *Hier*«, sagte Reimer und patschte mit den Handflächen auf das abgesessene Leder. »Er hat hier am Küchentisch gesessen, und im Regal stehen seine Bücher.« Noch bevor Julia reagieren konnte, nannte er den Namen. »Georg Otto Nickel.«

»Scheiße, hast du das gewusst?«, fragte Durant Brandt nach einer gefühlten Ewigkeit.

»Du nicht?«

»Äh, nein! Wie sollte ich? Und warum …«

»Jeder weiß das eigentlich«, sagte Brandt schuldbewusst, offenbar hatte er überhaupt nicht in Erwägung gezogen, dass sie nicht zu den Wissenden gehörte.

»1992«, sagte Durant und deutete mit dem Zeigefinger in Richtung des Parketts.

»Capisco. Scusi. Aber jetzt weißt du es ja. In diesem Haus lebte Nickel, und hier wurde er auch verhaftet.«

»M-hm.« Die Kommissarin sah zu Reimer. »Und wo waren Sie zu diesem Zeitpunkt?«

»Hier.«

»Hier?«

»Na ja, um genau zu sein, ein paar Häuser weiter. Meine Eltern lebten am Eingang der Sudetenstraße, aber das Haus gehörte nicht zur

Siedlung. Der sandfarbene Bungalow, der wie eine Finca aussieht. Vielleicht haben Sie ihn beim Herfahren gesehen.«

»Gut. Sie waren also bei der Verhaftung zugegen? Haben Sie Nickel gekannt?«

»Wer nicht!«

»Wie kamen Sie an dieses Haus?«

»Es stand zwei, drei Jahre leer. Keine Verwandtschaft. Dann wurde es zwangsversteigert oder so. Mein Vater hat es gekauft, weil er keinen Schandfleck in der Straße wollte, der verfällt, während alles drum herum zuwuchert. Er wollte es vermieten, aber aus dem Ort wollte niemand darin leben.«

»Verständlich. Und dann?«

»Ich war damals in der Lehre. Erstes Geld und so. Und das Verhältnis zu meinen Eltern war nicht gerade das beste. Ich wollte weg, raus, und da haben wir eine Übereinkunft getroffen. Wenn ich das Haus in Ordnung bringe, bekomme ich es überschrieben.« Reimer hob seufzend die Schultern. »Das Los eines Einzelkinds. Es gab keinen, der es mir streitig machte. Und ich wurde sowieso ständig zum Mähen und Rinnsteinsäubern hingeschickt. Mein Vater wollte zuerst nicht, aber dann ließ er sich breitschlagen. Ich durfte umziehen und musste mich beweisen. Habe das Grundstück auf Vordermann gebracht, die Fassade getüncht und die Fallrohre erneuert. Und innen, na ja, die Möbel waren alle noch da. Das wusste ich. Und ich wusste auch, wem sie einmal gehört haben. Das war ein besonderer Reiz, ich geb's zu. Mein Vater kam ab und zu, um zu kontrollieren. Es schien ihm zu gefallen, dass das Haus wieder vorzeigbar war. Also wurde ich ein gutes Jahr später, an meinem einundzwanzigsten Geburtstag, offiziell zum Hausbesitzer.«

»Trotzdem ein komisches Gefühl, finde ich«, sagte Durant mit einem Blick über die Bücherregale. »Ich meine, Nickel war ein kaltblütiger Mörder, vermutlich ein Psychopath. Ich würde jedenfalls nicht im selben Bett schlafen wollen wie er.«

178

»Das Bett ist neu.« Reimer grinste. »Jedenfalls der Lattenrost und die Matratze.«

»Sie wissen, wie ich das meine.«

»Und wenn schon. Haben Sie ihn gekannt?«

»Ich schon«, sagte Brandt. »Und wir haben beide gesehen, was er angerichtet hat.«

»Ja, in Ordnung. Aber macht das sein Haus schlecht? Seine Möbelstücke, die noch taugen?«

Durant begriff, dass das zu nichts führte. »Wir müssten Ihr Alibi überprüfen. Und eine DNA-Probe wäre hilfreich.«

Reimer fuhr sich durchs Haar. Seine Stimme zitterte, als er fragte: »Was denn für ein Alibi?« Er schlug sich auf die Brust. »Meinen Sie etwa, *ich* …?« Er lachte.

Julia Durant gab sich unbeeindruckt und nannte die drei Daten, um die es sich handelte.

»Das weiß ich doch nicht!«, blaffte Reimer sie an. Dann grinste er und hob den Zeigefinger: »Spricht das nicht für meine Unschuld? Ich meine, sonst hätte ich mir doch Alibis zugelegt und wüsste die jetzt aus dem Effeff.«

»Das heißt erst mal gar nichts«, murmelte Brandt und zog einen Kugelschreiber aus der Brusttasche seines Jeanshemds. »Also. Was war im Juni?«

»Ganz ehrlich: Ich weiß es nicht. Ich muss darüber nachdenken. Es bringt ja vermutlich nichts, wenn ich Ihnen sage, dass ich geschlafen habe. Allein. So wie meistens, nur um das gleich abzuhandeln. Es gibt hier keine Frau im Haus. Zumindest nicht *direkt*.«

»Wie bitte?«

»Na, es gibt schon jemanden. Nebenan.« Reimer seufzte theatralisch. »Aber wir sind bloß Nachbarn.«

»M-hm. Und diese Nachbarin könnte bestätigen …«

»Quatsch! Ich melde mich doch nicht ab bei ihr.«

»Herr Reimer, ich sage es mal ganz freiheraus.« Durant war mit ihrer Geduld am Ende. »Sie sollten uns dringend mal ein paar Erklärungen liefern! Warum der Anruf? Was ist mit der E-Mail? Was bezwecken Sie damit? Und wo waren Sie zu den Tatzeitpunkten?«

»Herrje, ist das nicht klar? Ich habe das gesehen, was Sie nicht sehen konnten. Oder nicht sehen wollten. Dass es da eine Verbindung gibt. Dass das alles genauso ist wie früher.«

»Aha. Und das konnten Sie uns nicht einfach mitteilen? ›Hallo, hier ist Soundso, ich habe da einen Verdacht‹ – warum diese Spielerei?«

»Weil mich damals keiner ernst genommen hat.«

»Damals?«

»Damals, als Nickel sein Unwesen trieb. Ich habe die Polizei gewarnt, ich habe es meinen Eltern gesagt, und nichts ist passiert.«

Durant sah zu Brandt, doch dieser verzog keine Miene. Stattdessen fragte er: »Wo bei der Polizei haben Sie sich denn gemeldet?«

»Bei unserem Dorfsheriff. Er hat mich ausgelacht.« Reimer schnaubte. »Na ja. Ich war ein junger Kerl. Wem glaubt man da schon?«

»Haben Sie Nickel beobachtet?«, fragte Brandt weiter.

»Nicht direkt.«

»Also hatten Sie keine Beweise.«

»*Beweise.*« Reimer verzog den Mund dabei. »Ein paar Tage später wurde er in Handschellen abgeführt. Schuldig. Ich sage dazu nur: Das hätte man auch früher haben können.«

»Hm. Sie verstehen aber schon, dass Personen wie Sie uns – nun – misstrauisch machen, oder?«

»Wie es in den Wald hineinruft …«, erwiderte Reimer mit einem Schulterzucken.

»Wir müssten eine DNA-Probe von Ihnen nehmen. Und was für ein Fahrzeug fahren Sie?«

Reimer nannte Marke und Modell. »Wozu DNA?«

»Als Probe. Um Sie auszuschließen, wenn Sie so wollen.«

»Und das *muss* ich?«

»Sie sollten. Aufgrund dieser E-Mail und des Anrufs kann es durchaus zur richterlichen Anordnung kommen. Es sieht besser aus …«

»Wie oft muss ich das mit der E-Mail noch sagen?«

»Das spielt letzten Endes keine Rolle. Der Anruf. Das Haus. Wir würden es gerne amtlich haben, wenn Sie mit den neuen Morden nichts zu tun haben. Ist doch auch besser für Sie, oder nicht?«

»Meinetwegen. Muss ich dafür irgendwo hinkommen?«

Durant zog ein Röhrchen aus ihrer Handtasche, öffnete die Plastikfolie und zog an dem Deckel, der ein Wattestäbchen hielt. Sie beschrieb Reimer, wo und mit welchen Bewegungen er reiben sollte. Er schob die Watte in seine Backentasche, wobei er eine Grimasse zog, und reichte das Stäbchen nach getaner Arbeit zurück an Durant.

»Danke.«

»Wie lange dauert das?«

»Ein, zwei Tage.«

»Wenn bis dahin kein Sonderkommando in meinem Garten steht, bin ich also raus aus der Sache, ja?«

Brandt verbarg ein Grinsen. »Ja, so ungefähr.«

Durant räusperte sich. »Wir bräuchten außerdem noch Ihre Fingerabdrücke.«

»Aha.«

»Ist das ein Problem für Sie?«

»Machen Sie nur. Aber verraten Sie mir vorher, wie ich die Tinte wieder runterkriege. Haben Sie Nagellackentferner in Ihrem Handtäschchen?«

Durant konnte Reimer nur langsam folgen. Sie blickte zu Brandt.

Dieser sprang ein: »Seife und Wurzelbürste? So was haben Sie doch sicher hier. Wenn's frisch ist …«

»Ja, schon gut. Bringen wir es hinter uns.«

Reimer krempelte seine Ärmel nach oben und prüfte, ob die Hände sauber waren. Dabei fiel der Kommissarin auf, wie rissig sie waren.

Ein Mann, der noch richtig arbeitete. Der Werkzeug bedienen konnte, der handwerklich begabt war. Ein Mann, der Malerkrepp besaß? Andererseits hatte das doch fast schon jeder …

Als sich alle Abdrücke auf dem Zehnfingerbogen befanden, packte Brandt die Utensilien wieder zusammen.

»Um noch einmal auf die Computerspezialisten zurückzukommen«, sagte Durant. »Wegen Ihres Routers …«

»Ja, ja. Meinetwegen«, stöhnte Reimer gereizt. »Aber ich gebe Ihnen das Teil nicht mit! Da geht alles drüber, Internet, Telefon, Fernsehen.«

»Ich fordere gleich jemanden an«, schlug Durant vor, »und wir regeln das hier vor Ort.«

»Mh … o. k.«

Durant rief Schreck an, der versprach, sich sofort auf den Weg zu machen. »In einer Dreiviertelstunde etwa. Ich bleibe dabei, wenn's Ihnen recht ist. Bis dahin gehe ich mit meinem Kollegen noch ein paar Dinge durch.«

»Sie warten hier?« Reimer machte keinen Hehl daraus, dass es ihm zutiefst missfiel, die Kommissare so lange im Haus zu haben.

»Ich gehe mit meinem Kollegen nach draußen«, korrigierte sie. »Aber ich bleibe in der Nähe.«

Sie wusste, dass es kaum einen Unterschied machte, ob sie nun hier saß oder nicht. Entweder, Reimer hatte Dreck am Stecken. Dann würde er seinen Computer, den Router und die E-Mails lange vorher gesäubert haben. Und für die IT-Experten machte es keinen großen Unterschied. Manchmal, so hatte Mike Schreck einmal erklärt, war es viel interessanter, zu sehen, was jemand mit seiner Hardware anstellte, wenn er wusste, dass jemand ihm auf den Zahn fühlen würde.

Die Kommissare verabschiedeten sich von Reimer, Durant rang sich sogar ein »Danke schön für Ihre Mithilfe« ab.

»Was hältst du von dem Typen?«, fragte sie, als Brandt und sie auf dem Bordstein vor Reimers Grundstück angelangt waren.

Brandt blinzelte in die Sonne und wedelte diskret mit der Handfläche vor seinem Gesicht hin und her. »Der ist plemplem.«

»Findest du? Ich bin mir da nicht so sicher. Was, wenn er damals selbst mit den Morden zu tun hatte?«

»Der?« Brandt schüttelte den Kopf. »Er war noch ein halbes Kind!«

»Na ja, immerhin fünfzehn, sechzehn«, entgegnete Durant. »Du weißt doch selbst, wozu Jugendliche fähig sind. Er ist recht stattlich, muskulös, und er scheint eine gewisse Bindung zu Nickel zu verspüren. Ein verurteilter Serienmörder, in dessen Haus er lebt, in dessen Bett er vielleicht schläft. Das ist ziemlich gruselig, aber ich würde das nicht einfach mit ›Spinner‹ abtun.«

»Julia. Mal ehrlich. Wir reden hier von Doppelmorden an Pärchen. Mit einer Schusswaffe.«

»Und ohne eindeutige sexuelle Komponente, stimmt's? Hat man damals Sperma gefunden oder Spuren von Geschlechtsverkehr?«

»Nein.«

»Siehst du. Genau wie heute. Was, wenn er keinen hochbekommt? Damals, mitten in der Pubertät, alle seine Freunde laufen herum wie triebgesteuerte Zombies. Alles dreht sich nur um Sex. Und er? Tote Hose. Identitätskrise. Aggressionen. Ich spinne das Ganze mal weiter: Vielleicht war der erste Mord eine Affekttat. Er treibt sich in den Wäldern herum, vielleicht hat er irgendwo Pornohefte gebunkert, um sich wenigstens einen runterzuholen. Dann sieht er ein Pärchen, womöglich kennt er sie sogar. Oder, noch besser, sie sehen ihn. Er dreht durch, tötet die beiden …«

»Klar«, unterbrach Brandt sie spöttisch. »Er erschießt sie mit der Pistole, die er bei seinen Pornoheftchen hatte. Zusammen mit dem Panzertape. Klingt vollkommen logisch.«

»Verdammt«, fauchte Durant. »Ich will hier keinem von euch an den Karren fahren, begreifst du das nicht? Aber dieser Typ hat etwas mit der Sache zu tun.« Sie tippte sich an den Bauch. »Fühlst du das nicht auch, und wenn nur ganz tief unten?«

»Ich fühle nur eins, und das ist Hunger«, erwiderte Brandt. »Lass uns was essen gehen, sonst schaltet mein Gehirn auf stur.«

Noch sturer, hätte Durant um ein Haar gesagt, doch sie verkniff es sich. Auch sie hatte Appetit auf etwas Warmes und eine kalte Cola. Sie beschlossen, ins Restaurant eines Möbelhauses in unmittelbarer Nähe der Autobahn zu gehen. Brandt beschrieb ihr den Weg, und kurz darauf startete Durant den Wagen. Während sie die Handbremse hinabsenkte, warf sie einen letzten Blick auf Reimers Haus. Diesmal wackelte keine Gardine.

Aber Julia Durant war sich sicher, dass er sie nicht aus den Augen gelassen hatte.

14:10 UHR

Elvira Klein fragte sich, ob jemand den Aufzug absichtlich blockierte. Ein ungeduldiger Blick auf ihre Armbanduhr, ein erneutes Drücken auf den Taster.

»Der braucht ewig«, erklang eine Stimme, und sie fuhr herum.

Claus Hochgräbe lächelte sie an. Sie hatte keinen Schimmer, wie lange er schon hinter ihr stand.

»Ich hab's gemerkt«, erwiderte sie spitz. »Selbst der in Offenbach ist schneller.«

»Na, das will etwas heißen.« Hochgräbe lachte. »Wollen Sie zu mir?«

Die Oberstaatsanwältin klopfte auf ihre Handtasche und zog dann ein abgegriffenes Taschenbuch daraus hervor.

»Hier, Ihr ›Mondschein-Mörder‹«, antwortete sie und überlegte kurz, ob sie dem Chef der Mordkommission das Buch einfach schon mal in die Hand drücken sollte.

184

»Ach, danke«, unterbrach Hochgräbe ihren Gedanken. Sein bayerischer Dialekt war nicht zu überhören, aber er klang weder befremdlich noch aufdringlich. Die wenigen Male, die sie sich begegnet waren, hatten bei ihr einen positiven Eindruck hinterlassen.

Er streckte die Hand aus. »Dass Sie extra deshalb hier vorbeikommen … Nochmals vielen Dank.«

»Ja, nur langsam«, wehrte Elvira Klein ab und ließ das Buch wieder in ihrer Tasche verschwinden. Der Aufzug öffnete sich. »Wir müssen zuerst darüber reden.«

»Gerne. Bitte – nach Ihnen.«

Die beiden traten in die Kabine, und Hochgräbe drückte auf die 4. Der Fahrstuhl setzte sich mit einem leisen Surren in Bewegung.

»Was gibt es denn so Dringendes zu besprechen?«, wollte Hochgräbe wissen, während die beiden auf die Ziffern der Digitalanzeige starrten.

»Wie viele Fälle schreiben Sie Georg Otto Nickel zu?«

»Na ja, ähm, drei Doppelmorde. Oder nicht?«

»Gut. Sie waren damals ja auch noch in München«, erwiderte sie. Sie hatte das Buch wieder hervorgezogen und umklammerte es mit den Fingern. »Der Autor – ein Verschwörungstheoretiker, wenn Sie mich fragen – zählt deutschlandweit neun Pärchenmorde auf. *Neun.* Das sind achtzehn Leichen!«

»Zefix!«, presste Hochgräbe urbayerisch hervor. »Und glauben Sie das?«

Elvira Klein zog die Augenbrauen zusammen. »Ich konnte es *suchen,* nicht noch einmal durchlesen.«

»Trotzdem«, beharrte er. »Was denken Sie darüber? Immerhin sind Sie doch extra hierhergekommen …«

»Ja, schon gut«, seufzte sie, während der Lift ruckelnd zum Stehen kam. »Ich entscheide selbst, wann ich wohin gehe! Und ich hielt es für dringend notwendig, Ihnen zu sagen, dass Sie hier zwei Süppchen zusammenkochen, die nichts miteinander zu tun haben.«

»Und mit den Süppchen meinen Sie Nickel und den Panther?«

»Exakt. Der Mondschein-Mörder ist seit dreißig Jahren tot. Punktum.«

»Das sage ich meinem Team auch immer.« Claus Hochgräbe seufzte. »Ich sehe da auch noch keine dramatische Verbindung. Ein Nachahmer womöglich. Einer, der dieses Buch kennt. Steht da etwas von dem Klebeband drin? Oder von einem Schalldämpfer?«

»Wie gesagt …« Elvira Klein hob die Schultern und streckte ihm das Buch entgegen. »Ich kann mich an vieles nur noch vage erinnern. Aber ich habe die Befürchtung, dass der Täter von heute dieses Buch als eine Art Vorlage nimmt.«

»Womit aus den beiden Süppchen dann doch eines wird«, murmelte Hochgräbe.

Längst hatten sie das Büro des Kommissariatsleiters erreicht, und er wies mit der Hand durch die geöffnete Tür. Sie nickte und nahm an seinem Schreibtisch Platz.

Hochgräbe blätterte in den knapp zweihundert Seiten.

Der Einband war von einfacher Qualität, das Cover schien Marke Eigenbau zu sein. Keine Veröffentlichung, wie große Verlage sie machen würden. Kein Cover, abgesehen von der Wahl des Titels vielleicht, vor dem man als Leser haltmachen würde. Er las den Klappentext, neben dem das Porträt eines blassen Mannes mit wulstigem Gesicht und schütterem Haar abgebildet war.

Raimund Schindler. Er mochte um die vierzig sein, eher älter. Hochgräbe rechnete nach. Also war der Verfasser heute über siebzig. Er musste an seinen Vater denken, der mit achtundsechzig Jahren gestorben war. Ein hageres Männlein, dazu starker Raucher, den er die meiste Zeit seines Lebens als schwach und kränklich wahrgenommen hatte. Gewiss, es war nicht jeder Siebzigjährige so. Doch Hochgräbe konnte sich kaum vorstellen, dass Schindler für die gegenwärtige Mordserie verantwortlich sein konnte.

»Denken Sie, er ist es?«, fragte die Staatsanwältin, die offenbar über das Gleiche nachdachte.

»Lebt er noch?«

»Auch das habe ich nur kurz im Internet geprüft. So wie es aussieht, gibt es diesen Schindler aber noch. In Stockstadt am Main. Aber das sollten Sie lieber selbst verifizieren. Schindler ist ja nicht gerade ein seltener Name.« Elvira Klein machte eine kurze Pause, dann fragte sie: »Antworten Sie eigentlich immer mit einer Gegenfrage?«

»Wieso? Tue ich das?«

»Im Moment ja.« Sie zwinkerte, und Hochgräbe, der es schon selbst bemerkt hatte, legte sich die Hand vor sein Grinsen.

»Was haben Sie denn gefragt? Ob ich denke, dass er es ist? Hmm. Er dürfte über siebzig sein. Irgendwie schwer vorzustellen.«

»Aber er kennt den Fall genau. Wenn er tatsächlich in diesem Buch enthalten ist.«

»Selbst wenn nicht«, musste Hochgräbe eingestehen. »Nickel hat mit ihm gesessen. Die beiden konnten alles haarklein bereden. Wir müssen ihn befragen. Dann sehen wir ja, in welchem Zustand er ist. Und einer, der im Gefängnis gesessen hat, wird da auf seine alten Tage nicht mehr reinwollen. Jedenfalls nicht, wenn er unschuldig ist.«

»Das denke ich auch«, murmelte Elvira Klein. »Was mir viel mehr Sorge bereitet, ist die andere Option. Wenn Raimund Schindler der Mörder von heute sein soll – was sagt uns, dass er es nicht schon damals war? Oder dass er ein Mitwisser, vielleicht sogar ein Teamplayer von Nickel war? Dass er Nickels Vermächtnis fortsetzt … Alles nur wilde Theorien, Gedankenspiele, das gebe ich zu. Aber wir können es uns nicht leisten, nicht darüber nachzudenken.«

Claus Hochgräbe schluckte schwer. Auch ihm waren diese Gedanken gekommen.

Die Möglichkeiten waren allesamt beängstigend.

Er beschloss, das Buch sofort zu lesen, auch wenn ihm überhaupt nicht danach war, seine Aufmerksamkeit auf gedruckte Wörter zu richten.

14:47 UHR

Michael Schreck hatte eine Sporttasche über der Schulter hängen und sah aus, als sei er unterwegs ins Fitnessstudio. Dass sich darin eine eigene Tastatur, allerlei Kabel und jede Menge Speichermedien befanden, wusste Durant natürlich. Die Zeit in den Vereinigten Staaten hatte ihm sichtlich gutgetan. Er hatte eine Trennung hinter sich und den Tapetenwechsel offenbar genutzt, um sich neu zu sortieren. Sogar eine Tätowierung hatte er sich stechen lassen: den Schriftzug HOLLYWOODLAND, in verschnörkelten Buchstaben, einmal rings um den linken Unterarm, knapp unter dem Ellbogen.

»Typisch Filmfreak«, hatte Durant kommentiert, denn jeder kannte Mikes Vorlieben für abgedroschene Actionstreifen aus der Traumfabrik. Sie war vor wenigen Minuten vom Essen zurückgekehrt und hatte beschlossen, sich draußen noch ein wenig die Beine zu vertreten.

Bevor sie mit Schreck das Grundstück betrat, las Julia eine Kurzmitteilung von Peter Brandt. Sie hatte sich schon gefragt, wo sie ihn wohl abgehängt hatte. Es gab weder Baustellen noch Ampeln mit langen Rotphasen. Die Antwort war recht simpel: Er müsse zurück nach Offenbach, schrieb er. Ob sie auch ohne ihn zurechtkäme.

Natürlich, schrieb sie zurück. Ich bin ja schon groß.

Brandt antwortete mit einem Smiley und einem gehobenen Daumen.

Er wird schon seine Gründe haben, dachte die Kommissarin und glaubte zu wissen, was dahintersteckte: Im Gegensatz zu ihr verfügte Brandt nicht über ein derart großes und vertrautes Team. Er musste vieles alleine erledigen, was manchmal ein Vorteil war, aber meistens in erster Linie anstrengend.

»Links oder rechts?«, fragte Schreck wie aus dem Nichts.

Durant wies mit dem Zeigefinger auf den linken Eingang, während ihre Augen rechts an etwas haften blieben. An jemandem. An der

188

Ecke der anderen Haushälfte stand eine unscheinbare Frau, vielleicht Mitte dreißig. Sie war ungeschminkt und trug eine rosa Baumwollhose mit weißem T-Shirt. Das Handgelenk steckte in einem grauweißen Verband.

»Ich komme gleich nach«, raunte sie ihrem Kollegen zu und wandte sich in Richtung der Frau. Hob die Hand, um ihr zu verstehen zu geben, dass sie mit ihr sprechen wollte. Die Fremde quittierte das mit einem scheuen Blick, legte fragend zwei Finger ihrer gesunden Hand auf das Brustbein. Julia Durant nickte und versuchte, ein vertrauensvolles Lächeln aufzusetzen.

»Wollen Sie zu mir?«

Ihre Stimme klang leise, fast schon piepsig. Als wollte sie nicht auffallen. Oder glaubte es nicht zu dürfen. Dabei musste sie sich in keinerlei Weise verstecken, das fiel Durant auf, als sie näher kam. Unter der unförmigen Hose und dem ausgeleierten Shirt steckte eine attraktive Frau mit beneidenswert straffen Rundungen, die selbst ohne BH nicht aus der Form gerieten.

»Ja«, beantwortete Durant die gestellte Frage. »Mein Name ist Julia Durant, Kripo Frankfurt.«

»*Kriminalpolizei?* Herrje, ist alles in Ordnung?« Ihr Kopf wippte in Richtung des Nachbarn, wo die Kollegen der IT ihre Arbeit begonnen hatten.

»Was soll denn nicht in Ordnung sein?«, nutzte Durant die Gelegenheit.

»Nur so. Sie waren doch vorhin schon ... Oder nicht?«

»Kennen Sie sich näher?«

»Wie man sich als Nachbarn eben so kennt.« Die Frau fuhr sich mit einer zittrigen Bewegung durch das schulterlange Haar.

»Dürfte ich Ihren Namen erfahren?«

Sie nannte ihn. Durant bedankte sich und griff nach ihrem Block.

»K-S«, buchstabierte ihr Gegenüber. »Es heißt Marks. Nicht mit X.«

Astrid Marks.

»Okay, notiert.« Durant lächelte. »Das müssen Sie sicher oft buchstabieren, wie?«

Frau Marks stöhnte auf. »Die Hälfte der Post ist verkehrt adressiert.« Ein Grinsen umspielte ihre Lippen, als sie hinzufügte: »Bei Rechnungen aber leider nicht.«

Durant erwiderte das Grinsen und fragte nach einigen Sekunden: »Ich hatte eben das Gefühl, dass zwischen Ihnen und Ihrem Nachbarn …«

»Was soll da sein?«, unterbrach Marks sie hastig. Sofort war sie wie ausgewechselt, und jede Leichtigkeit schien dahin.

»Das weiß ich nicht. Ich spürte nur etwas.« Durant räusperte sich. »Berufskrankheit, wissen Sie.«

»M-hm. Und wenn ich nicht darüber sprechen will?«

Astrid Marks war zwei Schritte nach hinten getreten. Sie befand sich nun so weit hinter der Hausecke, dass man sie von nebenan nicht mehr sehen konnte.

Durant trat ebenfalls einen großen Schritt nach vorn. »Soll er nicht mitbekommen, dass wir uns unterhalten?« Sie deutete mit dem Daumen in Richtung Haus.

Die Frau schürzte die Lippen, Anerkennung stand ihr ins Gesicht geschrieben, als sie sagte: »Sie bekommen wirklich alles mit, wie?«

»Ich gebe mir Mühe«, erwiderte Durant zwinkernd. »Was genau habe ich denn eben mitbekommen?«

Die andere tat das mit einer Handbewegung ab. »Ach, eigentlich ist es ja nichts. Wir wohnen bloß schon eine ganze Weile nebeneinander.«

»Er ist Ihr Vermieter.«

»Mh.«

»Und Sie können ihn nicht leiden.«

Frau Marks lachte kehlig auf. »Merkt man das so deutlich? Da muss ich wohl an meiner Körpersprache arbeiten.«

»Na ja«, wandte Durant ein, »es ist nun mal mein Job, genau hinzusehen. Warum können Sie ihn nicht leiden?«

Wieder schielte Frau Marks argwöhnisch in Richtung nebenan. »Er ist einfach nicht mein Typ«, sagte sie leise. »Und ich glaube, er wünscht sich sehr, dass das anders wäre.«

»Ist er ... zudringlich geworden?«

Wieder ein Lachen. »Nein! Das würde er nicht wagen.« Sehr leise sprach sie weiter, nachdem sie kurz ihre Wand angestarrt hatte, als ob sie durch sie hindurchsehen wolle, um sicherzugehen, dass Reimer nicht dahinterstand. »Er versucht es halt immer mal wieder. Und seit ich dieses Handicap habe ...« Sie hob die verbundene Hand. »Ein saublöder Bruch.« Sie zuckte mit den Schultern. »Jedenfalls war das für ihn die Gelegenheit. Er stand sofort auf der Matte, wollte mir den Garten machen, die Tonnen rausfahren, mich in den Supermarkt bringen et cetera.« Sie seufzte. »Na ja, ich habe mich irgendwann aus Bequemlichkeit darauf eingelassen. Das war dann wohl die sprichwörtliche Büchse der Pandora.«

»Wie genau darf ich das verstehen? Sind Sie ein Paar?«

Das kehlige Lachen erklang. »Nein, um Gottes willen! Ich habe mich ein Mal chauffieren und ein Mal bekochen lassen. Das war alles.«

»Wann war das?«

Astrid Marks nannte das Datum, es lag schon eine ganze Weile zurück. Durant notierte es.

»Geht es Ihnen jetzt besser?«, fragte die Kommissarin nach. Frau Marks nickte. »Ich muss halt noch höllisch aufpassen. So richtig stabil wird das vermutlich nicht mehr.«

»Hm. Um auf Reimer zurückzukommen ... Glauben Sie, er hofft auf mehr als nur Nachbarschaftshilfe?«

»Ja. Sicher!« Astrid Marks lachte erneut. »Doch das will ich einfach nicht. Ich wollte ihm schon an den Kopf knallen, dass ich lesbisch bin. Aber ich fürchte, Axel ist einer von diesen Typen, die das als besonderen Anreiz verstehen würden. Die glauben, dass einer homosexuellen Frau nur die richtige Erfahrung mit einem Mann fehlen würde. Und fest davon überzeugt sind, dass *sie* dieser Mann sind.«

»Soll ich ihm etwas ausrichten, wenn ich rübergehe?«, fragte Durant mit einem verspielten Lächeln. »Dass Sie gerade Ihren Fitnesscoach vernaschen oder etwas in dieser Art?«

»Bloß nicht«, kicherte Astrid und winkte ab. »Das muss ich schon alleine klären.«

»In Ordnung.« Durant fiel noch etwas ein. »Wissen Sie eigentlich, was es mit diesem Haus auf sich hat?«

Marks' Gesicht blieb leer. »Was meinen Sie?«

Durant biss sich auf die Unterlippe. Sie hätte ihre Frage anders formulieren müssen, um zu vermeiden, eine konkrete Antwort geben zu müssen.

»Wenn Sie's nicht wissen, hat es auch keine Bedeutung«, versuchte sie sich herauszuwinden. Doch Frau Marks blieb neugierig.

»Kommen Sie schon. Wer A sagt … Wir Frauen müssen doch zusammenhalten.«

Moment mal! *Flirtete* die etwa mit ihr?

Julia Durant gab nicht gerne das Heft aus der Hand. »Vielleicht nächstes Mal«, erwiderte sie mit zurückerlangter Schlagfertigkeit und setzte einen vielsagenden Augenaufschlag ein. »Dann haben wir einen Grund, unser Gespräch fortzuführen.«

Ob es dieses Treffen jemals geben würde? Sie wusste es nicht. Und im Grunde bedeutete es ihr auch nichts. Außerdem, dachte Durant, während sie zu Reimers Hauseingang trottete, wird er ihr früher oder später selbst mit seinem Wissen über die Geschichte dieses Hauses imponieren wollen.

Axel Reimer hatte es sich auf einem Plüschsessel bequem gemacht. Als Durant ihre Hand auf die Kopfstütze legte, spürte sie, wie kratzig der Bezug war. Beinahe so, als habe man ihn mit Haarspray fixiert. Ein weiteres Objekt der Ungemütlichkeit in diesen niedrigen, engen und mit dunklen Möbelstücken erstickten Räumen.

Michael Schreck brachte sie auf den neuesten Stand.

»Die E-Mail stammt von hier, aber nicht ...«

»Stammt sie nicht!«, herrschte Reimer ihn an.

»Aber nicht von diesem Computer«, beendete der IT-Profi seinen Satz. Reimer konnte sein Gesicht sehen, Durant stand hinter dem Sessel. Sie formte »Anderer Computer?« mit den Lippen.

Als sei es sein eigener Gedanke, fragte Schreck: »Haben Sie noch ein Smartphone, Tablet oder anderes Gerät?«

»Dann hätte ich es Ihnen ja wohl gezeigt«, murrte Reimer.

Durant trat um den Sessel herum. »Nicht wenn Sie es zum Absenden der Mail verwendet haben und sich nun in einer Sackgasse sehen.« Sie räusperte sich. »Herr Reimer, Ehrenwort, Sie können ganz offen mit uns sein. Wenn Sie uns jetzt die Wahrheit sagen, machen wir Ihnen keinerlei ...«

»Verdammt! Rede ich etwa spanisch?«

»No, que yo sepa«, sagte eine Stimme von der anderen Seite des Zimmers, und alle drei Köpfe drehten sich zu der Quelle um.

»Ja was?«, sagte Benjamin Tomas achselzuckend. »Das heißt: Nicht dass ich wüsste.« Er grinste. »Auslandssemester in Barcelona.«

Julia Durant verkniff sich ein Lachen: »Können wir bitte bei der Sache bleiben?«

»Ja, gut«, erwiderte Tomas und wirkte beinahe verschüchtert. »Also, soweit ich das überblicken kann, ist die Sache recht eindeutig.«

Er referierte kurz über die Rollen verschiedener Geräte, die beim Versand einer E-Mail tätig wurden. Router, Server, Provider. Er benutzte außerdem die Begriffe Host, IP und Repeater – Durant versuchte angestrengt, nicht den Faden zu verlieren.

»Kurzum«, Mike Schreck hielt demonstrativ den Ausdruck der E-Mail in die Höhe, »diese Mail stammt aus diesem Haus. Egal wie spanisch oder chinesisch das so manch einem vorkommen mag.«

16:30 UHR

Peter Kullmer passte es überhaupt nicht, dass er zu dieser Tageszeit nach Aschaffenburg fahren musste. Die A 3, das Frankfurter Kreuz, ihm graute schon vor dem Nachhauseweg. Neben ihm saß Doris, die auf ihr Tablet konzentriert war. Kurz vor der Ausfahrt legte er ihr die Hand auf den Oberschenkel.

»Wir müssen am Wochenende mal hierherfahren.« Sie lächelte ihn an und griff nach seiner Hand. »Der Schönbusch soll so ein schöner Park sein.«

Etwas Warmes durchströmte den Kommissar. Er spürte den goldenen Ring, den er rechts trug und sie links. Beide Ringe lagen ganz nah beieinander. Und dabei hatten die Vorzeichen im Juli so beschissen ausgesehen.

»Danke«, raunte er.

»Wofür? Für die Info mit dem Park?«

»Dafür, dass es *uns* gibt.«

Am liebsten hätte er sie geküsst, doch er musste den Ford auf die Abbiegespur lenken. Aber in diesem Augenblick wusste er: Sie würden die Vergangenheit hinter sich lassen. Das genügte.

Raimund Schindler war in einem Einfamilienhaus gemeldet, in einem ruhigen Wohnviertel in der Nähe des Mains. Eine in sich abgeschlossene Siedlung mit hübschen Vorgärten und wenigen Mehrfamilienhäusern. Gartenzwerge, Buchsbaumskulpturen und Carports, in denen man seine Statussymbole zur Schau stellte. Gardinen, hinter denen sich das Leben abspielte. Kullmer und Seidel wussten, dass es hier dieselben Abgründe gab wie anderswo. Alkoholismus, häusliche Gewalt, Depressionen, vielleicht lebte sogar ein Pädophiler unter den Nachbarn. Doch solange man sich darüber auslassen konnte, dass nebenan ein neuer Audi parkte, obwohl auf dem Haus noch eine hohe Hypothek lastete, war alles andere unwichtig.

Noch bevor Kullmer den Wagen in die Garageneinfahrt steuern konnte, öffnete sich bereits die Haustür. Ein beleibter Mann in Hawaiihemd und Shorts tauchte auf und gestikulierte.

»Was machen Sie da? Das ist ein Privatgrundstück.«

Doris ließ das Fenster hinab, und Peter beugte sich rüber. »Soll ich den Wendehammer blockieren?«, rief er. »Wir wollen zu Ihnen!«

»Zu *mir*?«

Seidel öffnete die Tür und sprang hinaus. »Hat man Sie denn nicht verständigt?«, hörte Kullmer sie fragen, während er noch rangierte.

»Wer denn?«

Wenn sie jetzt »Kripo« rief, dachte Kullmer, ist das ungefähr so diskret wie ein Elefant im Porzellanladen. Andererseits … wer wie ein Papagei gekleidet vor seiner Tür herumhüpfte und lauthals krakeelte, hielt womöglich überhaupt nichts von Diskretion.

»Kriminalpolizei Frankfurt«, verkündete Seidel, während Kullmer ebenfalls ausstieg und die Wagentür knallte.

Stille.

Dann zeterte der Mann aufs Neue: »Rufen Sie's doch noch lauter!«

»Sie haben gefragt«, entschuldigte sich Seidel mit einem unterdrückten Lächeln. Kullmer schloss zu ihr auf und hielt seinen Ausweis bereit.

»Peter Kullmer«, stellte er sich vor, »und das ist meine Frau …«

»Kullmer und Kullmer, wie?« Der Mann deutete lachend zuerst auf ihn, dann auf die Kommissarin.

»Doris Seidel«, sagte diese kühl.

»Ich hatte etwas von Ehefrau verstanden.«

»Das bin ich auch. Meinen Namen habe ich behalten.«

»Na ja. Jedem das Seine. Und Sie kommen tatsächlich wegen des Mondschein-Mörders?« Er rieb sich über den Bauch, und in seiner Stimme lag beinahe so etwas wie Begeisterung.

Kullmer nickte. »Wollen wir das vielleicht lieber drinnen besprechen?«

Schindler lebte allein. Er sei Einzelkind, und die Familie seiner Mutter habe einen gut laufenden Steinmetzbetrieb in die Ehe eingebracht. Der Verkauf der Firma nach dem Tod seiner Eltern habe ihn materiell abgesichert.

»Wäre ich besser mal in den Golfclub eingetreten.« Schindler grinste breit und kratzte sich zwischen den unteren Knöpfen seines Hemdes, die von der Masse des Bauches weit auseinandergedrückt wurden.

Zum Glück, dachte Doris, trägt er ein Unterhemd.

»Wie meinen Sie das?«, wollte sie wissen.

»Was? Den Golfclub? Na ja, da treffen sich doch die ganzen Macher, oder nicht? Hätte ich da mitgemischt, hätten sie mich rausgepaukt.« Er spielte offenbar auf seine Haftzeit an.

»Was haben Sie denn eigentlich verbrochen?«

»Darüber möchte ich nicht reden.«

Kullmer räusperte sich. »Wir sind bei der Kripo. Es gibt Akten …«

»Na also«, kam es mit süffisantem Unterton. »Dann können Sie ja dort nachsehen. Warum genau sind Sie beide denn jetzt hier? Muss ich einen Anwalt verständigen? Gleich nebenan wohnt einer.«

»Wir möchten über Georg Otto Nickel sprechen. Um genau zu sein, über das, was nicht in Ihrem Buch steht.«

»Aha. Und das wäre?«

»Klebeband.«

»Klebeband«, wiederholte Schindler stoisch.

»Sie haben mitbekommen, dass es eine neue Mordserie gibt?«, fragte Seidel.

»Klaro. Aber Georg ist tot. Was hat das mit mir zu tun?«

»Tun Sie doch nicht so scheinheilig«, sagte Kullmer mürrisch. »Der Vollmond, tote Pärchen, die Art, wie sie ermordet und drapiert werden …«

»M-hm. Das passt alles ziemlich gut. Und er benutzt sogar dasselbe Klebeband? Oder wie soll ich das verstehen?«

»Exakt«, bestätigte Seidel, betont freundlicher als ihr Mann. »Und diese Info findet sich weder in der Presse, damals nicht wie heute, noch in Ihrem Buch.«

»Dann frage ich mich noch mehr, weshalb wir hier zusammensitzen. Normalerweise gehe ich an Tagen wie heute in die Fasanerie. Erst flanieren, dann einkehren.« Schindler prüfte demonstrativ seine klobige Armbanduhr. Kein besonders hochpreisiges Modell, aber das polierte Metall mit dem riesigen, blauen Display sprang ins Auge. »Noch wäre Zeit dafür«, fügte er hinzu.

»Interessiert es Sie überhaupt nicht, wie Sie uns helfen können?«, fragte Seidel. »Uns und den Familien.«

»Werden Sie bloß nicht pathetisch«, bellte Schindler. »Als ich damals über ihn geschrieben habe, hat es keine Sau interessiert. Im Gegenteil. Man hat mich der Leichenfledderei beschuldigt, der Geldschneiderei, und man hat behauptet, das Buch lese sich wie der Aufsatz eines Grundschülers! Die Polizei hat mir jede Mithilfe versagt, aber jetzt, auf einmal, stehen Sie bei mir auf der Matte.«

»Wir waren damals nicht dabei«, redete sich Kullmer heraus, und es kam etwas unbeholfen.

»Sie hätten ins selbe Horn geblasen. Wissen Sie, wie viele Bücher ich verkauft habe? Dreihunderteinundsechzig.«

»Immerhin«, entfuhr es der Kommissarin.

»Der Verlag war scheiße.« Schindler schnaubte. »Niemand hat mich ernst genommen. Dabei hätten sie es so einfach haben können. Ein deutscher Serienmörder! Wie viele gibt es denn davon? Das ist hier etwas ganz Besonderes. Und dann auch noch der Name ...«

»Nickel?«, fragte Kullmer.

»Quatsch. Meiner!« Schindlers Blick verklärte sich. »Raimund Schindler. Finden Sie nicht, dass das *besonders* klingt? Fast wie Raymond Chandler?« Er verschränkte die Arme. »Ein guter Verlag hätte da jedenfalls was draus gemacht.«

»Wie auch immer«, murmelte Doris Seidel, »damit kennen wir uns nicht aus. Hat Nickel damals gewusst, dass Sie über ihn schreiben wollen?«

»Wollte ich ja zuerst gar nicht. Aber ich war der Einzige, mit dem er geredet hat.«

»Ah. Und haben Sie eine Idee, warum?«

»Das habe ich mich auch gefragt. Vielleicht, weil er vor seinem Ableben mit sich ins Reine kommen wollte.«

Seidel bedauerte, keine Zeit gehabt zu haben, um das ganze Buch aufmerksam zu lesen. »Hat er Ihnen gesagt, *warum* er gemordet hat?«

Schindler lachte auf. »Sie haben mein Buch nicht einmal gelesen!«

»Nur teilweise«, erklärte sie wahrheitsgemäß. »Wir wollten so schnell wie möglich mit Ihnen …«

»Ja, ja, schon gut. Aber Sie hoffen vergebens.« Er atmete schwer und verschränkte die Arme hinter dem Kopf. »Warum atmen wir? Warum essen wir?« Er pausierte kurz, beantwortete seine Frage dann selbst: »Weil wir es müssen. Weil wir nicht anders können.«

»Also musste Nickel morden.« Seidel nickte. »Aber wer hat ihm das gesagt? War er schizophren? Hörte er Stimmen?«

»Sicherlich nicht!«

»Was ist denn Ihre Theorie?« Kullmer bohrte nach und richtete den Zeigefinger auf das grelle Hawaiihemd.

»Mordlust. Nichts weiter als das. Er sagte mir – *und das hätten Sie auch nachlesen können –*, nach dem ersten Mal war es wie eine Sucht. Es habe ihn hinausgetrieben, immer wieder. Warten Sie!«

Er sprang auf, so behände, wie die beiden es ihm nicht zugetraut hätten, und verschwand in einem Nebenzimmer. Ein dumpfer Klang, dann ein Rascheln. Kurz darauf kehrte Schindler zurück, in den Händen zwei eingeschweißte und ein offenes Exemplar seines Buches. Die beiden neuen Päckchen landeten auf dem Tisch vor den Kommissaren, in dem anderen blätterte er emsig. Sein

198

Atem ging schwer, und auf der Stirn hatten sich Schweißtropfen gebildet.

»Hier«, sagte er und strich sich mit dem Arm über die Stirn.

Dann las er eine Passage, die Georg Otto Nickel zitierte:

»Ich stehe am Fenster. Dunkelheit über dem Garten. Im Nachbarhaus ist Stille, von der Straße fällt kein Licht hinters Haus. Nur der Teich auf dem Nachbargrundstück ist noch beleuchtet. Das Fenster ist offen, ich genieße die Freiheit, den Wald in Sichtweite. Ich spüre Freiheit, denke, ich habe das überwunden. Doch dann tritt der Mond hinter einer Wolke hervor, und der Horizont über den Bäumen spielt in den herrlichsten Farben. Von unschuldigem Weiß bis in tiefes Lila. Es ruft mich. Er ruft mich. Ja, es ist, als riefe der Mann im Mond direkt in meine Seele hinein. Und alles ist wieder da. Ihr Bild. Ihr Geruch. Ich sehe sie vor mir. Ich muss sie suchen, ich will hinaus, ich kann gar nicht anders. Ich habe den Rollladen heruntergelassen, so schnell, dass ein Stück Holz abgeplatzt ist. Habe das Fenster und den Vorhang zugezogen, das Radio eingeschaltet, den Kopf unter dem Kissen versteckt. Doch es war bereits in mir. Ich konnte nichts tun. Und ich wollte auch nicht. So wie Heroin muss das sein. Einmal angefixt, gibt es kein Entrinnen. Und ich wusste, du kannst erst wieder frei sein, wenn du dich befreit hast. Wenn du deine Aufgabe vollbracht hast. Wenn …«

Für einige Sekunden war nur das Reiben von Schindlers Fingern zu hören, die auf den aufgeschlagenen Papierseiten lagen.

»Wenn *was?*«, fragte Peter Kullmer in die Stille hinein.

»Er hat es nicht ausgesprochen.«

Allen Anwesenden war klar, dass Nickel damit nur eines gemeint haben konnte. Er war davon überzeugt gewesen, dass er erst wieder frei sein konnte, wenn er wieder gemordet hatte.

Ein Schauer jagte Doris Seidels Rücken hinab.

199

»Würden Sie sagen, dass Nickel ein Psychopath war?«

»Nein!«, sagte Schindler mit Bestimmtheit. »Ein Psychopath hätte sich nicht umgebracht, sondern seine Biografie selbst veröffentlicht. Georg war ein gequälter Mann. Einer, der in mondhellen Nächten an den Gitterstäben hing und sagte, er sei dankbar, dass er nun nicht mehr töten könne. Und dem gleichzeitig kein Ausweg blieb, als seine Mordlust an sich selbst auszuleben. Dreimal dürfen Sie raten, welche Mondphase war, als er starb.«

»Vollmond«, sagten die beiden Kommissare zeitgleich.

Doch irgendetwas störte Doris an Schindlers Ausführungen, sie konnte allerdings nicht den Finger darauf legen.

17:50 UHR

Ich wäre ja dafür, für heute Schluss zu machen.« Hellmer gähnte und streckte sich ausgiebig auf seinem Bürostuhl.

»Tu dir keinen Zwang an«, antwortete Durant, die sich gedankenverloren durchs Internet klickte. Die Meldungen der Medien waren durchweg ähnlich, wobei die Überschriften sich mehr oder weniger reißerisch darboten.

Neuer Mord im Stadtwald
Pärchenmörder wieder aktiv
Wer schützt uns vor dem Panther?

Dann stockte ihr der Atem. »Scheiße!«

»Was denn? Reg dich doch nicht gleich auf ...«

Doch Julia Durant tat genau das. Um genau zu sein, wäre sie am liebsten explodiert, sie fühlte sich, als verdichte sich eine kritische Masse in ihrem Inneren, deren Detonation alles um sie herum in Staub verwandeln würde. Mit zittrigem Finger klickte sie ein paarmal auf die Computermaus und bedeutete ihrem Kollegen, sich das anzuschauen.

Auf dem Videokanal erschien die Visage eines stadtbekannten Wohltäters. Eines prominenten Bürgers, der überall mitmischte, wo es gemeinnützige Zwecke gab – jedoch ausnahmslos Zwecke, die auch von der breiten Öffentlichkeit wahrgenommen wurden. Kurt Rettke befand sich stets in der Nähe von Kameras, von bekannten Moderatoren oder Journalisten, die den Ton angaben. Entsprechend routiniert wirkte er auch, als er das Gesicht in die Kamera richtete. Zweifelsohne war er vorher geschminkt worden, und man leuchtete ihn vorteilhaft aus. Das Video war im Freien aufgenommen, das war erkennbar, auch wenn der Fokus auf dem schwulstigen Gesicht des Sechzigjährigen lag, der mit ruhigem, eindringlichem Bariton sprach. »Wenn die Polizei ihn nicht zu fassen kriegt, muss man über Alternativen nachdenken. Deshalb auch mein Aufruf: Ich setze eine Belohnung von einhunderttausend Euro aus für sachdienliche Hinweise, die zur Ergreifung dieses Monsters führen.«

Es dauerte einige Sekunden, bevor Hellmer seinen Atem ausstieß. »Scheiße.«

»Sag ich doch! Dieses Arschloch! Was glaubst du, was jetzt abgeht. Jeder Depp rennt zu dieser Bürgerwehr, und jeder verdächtigt seinen Nachbarn, ob er nicht der Mörder sein könnte.«

»Ja. Und wir können ein Dutzend Leitungen schalten für all die Idioten, die glauben, etwas gesehen zu haben.« Hellmer tappte zurück an seinen Schreibtisch. »Wer sagt es Claus?«, wollte er wissen, bevor er wieder Platz nahm.

»Kann ich machen.« Durant erhob sich. Ihr lag etwas auf der Zunge, doch sie bekam es nicht hinaus.

Hellmer schien da weniger Schwierigkeiten zu haben. »Erzählst du ihm dann die *ganze* Geschichte? Oder kennt er sie schon? Wäre besser …«

Durant schnitt mit der Handfläche durch die Luft und erwiderte frostig: »Ich mach das schon. Keine Angst.«

»Ich sag's ja nur ...«

Eine Viertelstunde später hatte Julia ihren Lebensgefährten auf den neuesten Stand gebracht. Natürlich hatte Claus Hochgräbe sich besonders für die Vorgeschichte interessiert, er hatte ein Gespür für Dinge, die sich vor seiner Zeit hier in Frankfurt zugetragen hatten. Zum Glück hatte er kaum Zwischenfragen gestellt, und Durant hatte sich auf das Wesentliche beschränken können, was sie über ihre Nemesis Kurt Rettke zu berichten hatte.

Es war die Geschichte eines Mannes, der sich in der Öffentlichkeit stets als Mäzen darstellte, als Gönner der Stadt. Der neben seiner immer wieder betonten Liebe zu Frankfurt auch eine geheime Vorliebe hegte. Für blutjunge Sexualpartnerinnen nämlich, je jünger, desto besser. Und es war ein offenes Geheimnis, dass er diese auch auslebte, wobei sämtliche Ermittlungen stets nur Gerüchte und Lügengeflechte zutage gefördert hatten. Ein einziges Mal nur hatte Durant ihm Auge in Auge gegenübergestanden, doch diesen Vorfall würde sie wohl niemals vergessen können. Die Kollegen der Sitte hatten eine Frau aus einer Wohnung geführt, in einen Bademantel gehüllt und nach allen Seiten hin abgeschirmt. Die Wohnung gehörte einem der zahlreichen Unternehmen, in denen Rettke seine fettigen Finger hatte. Die Frau hatte kaum laufen können, es war die Rede von Verletzungen, wie man sie selbst auf der Sitte nur selten zu sehen bekam. Doch nach ihr – und dieses Bild stand Durant immer wieder vor Augen, wenn die Zeitungen über Rettke berichteten – war eine weitere Person zum Rettungswagen getragen worden. Es handelte sich um die Schwester (oder die Tochter?) der Frau, man schätzte sie auf vierzehn. Höchstens. Sie war bewusstlos.

In einem dunkelgrünen Aston Martin auf der gegenüberliegenden Straßenseite hatte Kurt Rettke gesessen, das Telefon am Ohr. Alles war so offensichtlich, so eindeutig, aber Durant hatte nichts gegen ihn unternehmen können. Sie war losgerannt, kein Blick nach links, keiner nach rechts. Ein Schutzengel rettete sie davor, nicht überfahren zu werden. Frank Hellmer rettete sie davor, an diesem Abend ihren Job zu verlieren. Bevor ihre Fäuste auf die Windschutzscheibe eintrommeln konnten, riss er sie zurück und hielt sie so lange fest umschlungen, bis sie sich beruhigt hatte. Als Durant wieder zu Sinnen gekommen war, war der Aston Martin verschwunden. Ebenso die Rettungswagen. Beide Frauen verweigerten die Aussage, keine von ihnen sprach auch nur einen Brocken Deutsch, zumindest gaben sie das vor. Ob die Kleine jemals wieder sprechen würde, blieb noch abzuwarten. Seither waren Jahre verstrichen. Vermutlich hatten die Frauen Deutschland längst verlassen.

Hochgräbe drehte seine Kaffeetasse zwischen den Händen. Julia meinte das Gedankenkarussell hinter seiner Stirn sehen zu können, bis er innehielt und aufsah. »Die Sache mit der Belohnung ist normal«, begann er vorsichtig. »Das kommt immer wieder mal vor, und das weißt du.«

»Natürlich. Aber …«

»Lass mich bitte ausreden.«

Durant verstummte sofort.

»Ich muss gestehen, mir ist dieser Rettke bisher nicht untergekommen. Weder so noch so. Und ich möchte, dass diese Sache unsere Arbeit nicht beeinflusst, insbesondere nicht dich. Hörst du, Julia? Wenn das, was du mir eben erzählt hast, stimmt, dann ist er ein Dreckschwein, ein Bazi aus der untersten Schublade. Doch er ist nicht der Mörder, den wir suchen. Wir gehen allen Hinweisen nach, so wie wir das die ganze Zeit schon tun. Wenn es gut läuft, ist zwischen all den Meldungen etwas Brauchbares. Wenn es ideal läuft, knöpfen wir ihm hunderttausend Euro ab.« Hochgräbe

203

holte tief Luft. »Der Rest steht auf einem anderen Blatt, verstanden?«

»Ich bin ja nicht blöd«, motzte Durant, die längst mit verschränkten Armen in ihren Stuhl gesunken war. »Darf ich jetzt auch etwas sagen?«

Der Boss grinste entwaffnend. »Aber gerne doch.«

»Ich träume manchmal von den beiden Frauen«, begann die Kommissarin. »Du weißt, ich habe selbst *Dinge* erlebt.«

Julia Durant war vor rund zehn Jahren Opfer einer Entführung geworden. Sie war praktisch vor ihrer Haustür entführt worden, hatte in einem Verlies gesessen, in ständiger Angst. War vergewaltigt worden. Das hatte sie verändert. Und ihren Blick auf die Welt. Ihren Peiniger hatte die Polizei gestellt, viele andere kamen unbehelligt davon. So wie Kurt Rettke. Er *war* schuldig, das wusste jeder. Selbst die Staatsanwaltschaft. Doch mit der Hälfte der hohen Tiere war Rettke befreundet, und gegen manch anderen hatte er etwas in der Hand. Es war das, was Männer wie er immer wieder taten: Er wedelte mit Geld und steuerte damit das Geschehen. Die ganze Stadt würde ihm zu Dank verpflichtet sein, wie auch immer dieser Fall am Ende ausgehen würde.

»Ich weiß, wie du dich fühlst«, sagte Hochgräbe, schüttelte dann aber hastig den Kopf und verbesserte sich: »Ich weiß das natürlich nicht, aber ich weiß, dass sich das ziemlich beschissen anfühlen muss. Und ich verspreche dir eines: Ich behalte Rettke auf dem Schirm. Aber zuerst ist dieser *Panther* dran.«

Er sprach das Wort so aus, wie Julia Durant es immer tat. Mit Abscheu. Es handelte sich um einen Serientäter, einen gefährlichen Killer. Er verdiente weder Bewunderung noch Aufmerksamkeit. Ob er sich abends im Spiegel ansah und daran aufgeilte, dass er eine ganze Stadt in Angst versetzte? Ob er sich für einen Panther hielt? Schnell, lautlos, gefährlich? Majestätisch?

Menschen wie Kurt Rettke jedenfalls trugen zu dieser Selbstwahrnehmung bei, ob sie das nun wollten oder nicht. Derart hohe Geldbeträge wurden nur äußerst selten in Aussicht gestellt, zum letzten Mal bei der Fahndung nach mutmaßlichen Terroristen.

Doch es gab nichts mehr daran zu drehen.

Der Panther war seit heute hunderttausend Euro wert.

18:30 UHR

Die Dienstbesprechung war schnell abgehandelt, Claus Hochgräbe hatte sich größte Mühe gegeben, die Emotionen nicht überkochen zu lassen. Doch auch er musste den unerträglichen Druck spüren, der auf seiner Abteilung lastete. Er sogar besonders. Die Presse, die Bürgerwehr, jetzt auch noch ein Privatmann. Ganz Frankfurt schien ihm im Nacken zu sitzen, und dennoch gelang es ihm, sachlich zu bleiben.

Ausgerechnet dann hatte Doris Seidel von ihrer Begegnung mit dem Autor der Nickel-Biografie (wenn man das überhaupt so nennen durfte) berichtet. Ein Buch voller Abgründe, sie trug eine kurze Passage vor: »»Menschen sind nichts wert. Die wenigsten Menschen sind von irgendeinem Nutzen. Selbst Politiker. Was sind Politiker schon wert? Schau dir an, was sie für die Gesellschaft erreichen. Es ist nichts. Und wenn, dann verfolgen sie ihre eigenen Interessen. Menschen bedeuten nichts, außer, dass sie egoistisch sind und alles um sich herum kaputt machen. Der Mensch an sich hat nur einen Wert: Er lebt, um zu sterben. Je kürzer diese Zeitspanne ist, desto besser ist es für sein Umfeld. Für den ganzen Planeten. Jedes Leben, das ich genommen habe, war nutzlos. Bis zu dem Zeitpunkt, als ich es beendete. Der einzige Nutzen dieser Leben war, dass ich über deren Tod bestimmen durfte. Damit unterscheiden sie sich von all den anderen, die auf unseren Friedhöfen verwesen.‹ Der nächste Absatz beginnt dann hiermit: ›Ich bereue nichts. Denn ich habe nichts Unrechtes getan …‹«

»Danke, das genügt«, stöhnte Hellmer auf und fuhr sich über den Nacken. »Wie kann man nur so werden?«

»Dazu steht nicht viel in dem Buch.« Kullmer fasste sich an die Stirn. »Es ist die Geschichte der Morde, nicht die des Mörders.«

»Schade«, bemerkte Durant. Denn die alten Akten zeichneten auch nicht gerade das, was man ein vollständiges Bild nennen konnte. Mit der Verhaftung und Verurteilung Nickels war das Interesse an ihm schnell abgeebbt. Die Morde hatten aufgehört. Man konnte aufatmen. Die Liebespaare kehrten in die Wälder zurück. Dann fiel der Eiserne Vorhang. Julia Durant erinnerte sich noch gut an diese Zeit. Sie hatte ihre Karriere in München begonnen. Hätte sich um ein Haar in eine Gemeinde im Osten versetzen lassen, weil man händeringend Fachkräfte suchte, die westliche Standards vermitteln konnten. Nur der Liebe wegen war sie in der Bayernmetropole geblieben. Und aus denselben Gründen hatte sie die Stadt ein paar Jahre später Hals über Kopf verlassen.

Sie wischte die Erinnerungen weg. Der Mauerfall war sicher nicht schuld an den Lücken in Nickels Akten. Profiling und Psychogramme waren damals einfach noch nicht in Mode gewesen.

Claus Hochgräbe ergriff das Wort. »Unser Auftrag ist jedenfalls klar. Nickel hatte anscheinend keinen sexuellen Antrieb. Es war die reine Mordlust. Eine Art mondgesteuerte Allmachtsfantasie, so lachhaft das auch klingt. Wir suchen also jemanden, der genauso ist wie Nickel. Einen Mann, alleinstehend, der im Raum Frankfurt lebt. Führerschein. Autobesitzer. Mittlerer Bildungsstand, mindestens. Er hat einen Job, arbeitet nicht im Schichtdienst. Seine Körpergröße misst, gemäß der Aussage von Frau Burkhardt, circa eins fünfundsiebzig. Schuhgröße anhand der aufgefundenen Spuren zwischen 39 und 45. Wobei die Körpergröße und das Geschlecht eher für einen größeren Wert sprechen. Also jenseits 43.« Hochgräbe überlegte kurz, ob in seiner Aufzählung etwas fehlte. »Leute, ich weiß, dass das auf den Großteil der männlichen Bevölkerung zutrifft …«

»So, so.« Kullmer warf Hellmer einen spöttischen Blick zu.

206

Frank Hellmer (er fiel *unter* Hochgräbes Größenangabe) streckte nur den Mittelfinger nach oben und verkniff sich einen Kommentar. Niemand sonst zeigte eine Reaktion.

»Hey!«, rügte der Boss die beiden. »Mir ist weiß Gott nicht nach Späßen!«

Nun war seine Anspannung deutlich zu spüren. »Wir jagen jemanden, der skrupellos ist. Der seiner Gier nachgibt, für den andere Menschen kaum mehr als Störfaktoren sind. Also stören wir ihn! Ich weiß noch nicht, ob es eine gute Idee ist, aber ich denke darüber nach, sämtliche Waldgebiete mit Zivilbeamten zu bestücken. Wir wissen nicht, wer er ist, aber wir wissen, wann und wo er bevorzugt zuschlägt. Und er war bis jetzt hochmütig genug, immer wieder zu kommen. Einmal gestört haben wir ihn schon. Jetzt kommt es darauf an, was er daraus macht.«

Niemand sagte etwas.

Erst nach geraumer hob Durant den Finger. »Observieren wir jemanden?«

»Wen denn?«, fragte Claus vorschnell, und in seinen Augen erkannte Durant, dass er die Antwort kannte, bevor sie sie aussprach.

»Axel Reimer. Fast sämtliche Punkte treffen auf ihn zu.«

»Hm.«

»Na komm schon!«, drängte die Kommissarin. »Du hast ihn nicht gesehen, aber ich schon. Ruf Peter Brandt an, er soll's dir bestätigen. Vielleicht kann er jemanden dahin bestellen, und wir beteiligen uns bei Bedarf. Aber was ist schon eine Observierung im Vergleich zu Dutzenden Zivil…«

»Ja.« Hochgräbe unterbrach sie mit einem zackigen Handkantenschnitt durch die Luft. »Ist ja schon gut! Ich setze mich mit Ewald in Verbindung. Manchmal ist weniger mehr, Frau Kommissarin.« Er zwinkerte ihr zu. »Du hattest mich längst überzeugt.«

Durant schnitt eine Grimasse und dachte dabei: Na bitte. Geht doch.

»Eine Sache noch, bevor ihr euch alle eine Mütze Schlaf nehmen solltet«, hob der Boss an. Sein Zeigefinger deutete auf ein paar dicke Papierstapel. »Hier sind Kopien des Buches über Nickel. Ich möchte, dass bis morgen jeder von euch darin gelesen hat.«

»Alles?« Kullmer verzog den Mund.

»Alles, was wichtig ist«, gab Hochgräbe zurück, und seinem Gesichtsausdruck war zu entnehmen, dass er darüber nicht weiter diskutieren würde.

Durant ergriff die Initiative, stand auf und nahm sich einen der Papierstapel. Er war leichter als erwartet. Sie blätterte durch. Die letzte Seite war mit 238 nummeriert.

»Das lässt sich hinkriegen«, kommentierte sie, ungewollt spitz, in Kullmers Richtung. »Die Vita und das Drumherum könnt ihr ja weglassen. Da kümmere ich mich drum. Bleiben round about hundertachtzig Seiten übrig. Ist dieser Typ, dieser Schindler, denn glaubwürdig?«

Seidel und Kullmer wechselten einen schnellen Blick.

»Er ist ein bisschen schräg«, sagte Doris dann, »aber er scheint sich gewissenhaft damit auseinandergesetzt zu haben. Und er ist kein Fan von Nickel. Kein Kumpel und kein Freund.«

»Und er passt definitiv nicht ins Profil«, feixte Peter mit einer demonstrativen Handbewegung über dem Bauch.

Als alle sich verabschiedet hatten, verharrte Julia Durant noch eine Weile im Dämmerlicht des Büros. Sie hatte den Monitor ausgeschaltet, keine Lampe an, nur vom Gang fiel ein kühler Schein herein. Peter Kullmer hatte sich seltsam benommen, fand sie. Für solche Dinge hatte sie ein feines Gespür. War zwischen ihm und seiner Frau wirklich wieder alles im Lot? Sie musste gestehen: Sie wusste es nicht. Wie hätte sie wohl reagiert in Doris' Situation? Konnte man eine solche Krise in drei Monaten hinter sich lassen? Verarbeiten? Oder war sie einfach nur weggedrückt?

Vielleicht bildete sie sich ja auch alles nur ein. Wie auch immer – Durant entschied sich, wachsam zu bleiben. Gähnend stand sie auf und griff nach dem kopierten Manuskript. Sie würde zu Fuß nach Hause gehen, die Bewegung würde ihr guttun. Dann eine heiße Badewanne, ein Glas Wein und ein bisschen Lektüre. Wenn sie schon in die beklemmenden Gedanken eines Serienmörders eintauchen musste, durfte wenigstens das Umfeld so angenehm wie möglich sein.

22:35 UHR

Der Mond leuchtete kräftig, wurde aber immer wieder von einer Wolkengruppe gestört, die wie Kuhflecke über dem Nachthimmel lagen.

Der Panther hat versagt!

Aber hatte er das tatsächlich?

Glich es nicht einem Wunder, dass er noch immer jagen und töten durfte, obwohl er es ihnen so leicht machte?

Waren Polizei, Bürgerwehr und all die anderen da draußen so naiv?

Als die milchige Scheibe mit voller Kraft durchs Fenster leuchtete, genossen die Augen ihren Schein. Wie eine Tankstelle für die Seele, wie Opium für die Nerven.

Ich habe nicht versagt!

Der Panther versagt nicht.

Wenn du wolltest – sie könnten dich längst haben.

Aber das bestimme ich selbst.

Es waren nicht die Polizisten, nicht die Jäger, nicht die Wächter, die das Treiben im nächtlichen Wald gestört hatten. Die ihren Tod verhinderten.

Es war *sie* selbst gewesen, ihr Lebenswille, ihre Reflexe, die schneller gewesen waren als ihre Panik. Muskeln und Fasern, die sich wehr-

209

ten, anstatt vor Angst zu erstarren. Anstatt Verrat an Körper und Geist zu begehen, so wie das oft zitierte Kaninchen im Antlitz der Schlange. Was dachte es, starr und bewegungslos, während sich der Rachen des Raubtiers öffnete? Rief das Gehirn nicht »Verrat, Verrat!« zu all den Organen, die plötzlich ihren Dienst versagten? Zu den Beinen, die nur noch einmal hätten springen müssen, um es in Sicherheit zu bringen. Zum Herz, zur Lunge, die im Adrenalinrausch rasten, und doch nichts vollbrachten, was lebensrettend war. Sollte es nicht zappeln, schlagen oder schreien? Stattdessen glitt es hinab in die Dunkelheit, sterbend, und als es wieder fähig war, sich zu bewegen, war es kaum mehr als ein Zucken unter der gespannten Haut.

Sie war anders gewesen.

Durfte man da von *Versagen* sprechen?

Du hast trotzdem versagt.

Habe ich nicht.

Hast du getötet, so wie es sich gehört? Hast du alles so gemacht, wie es sein soll?

Nein.

Es war zwecklos.

Doch es war auch nicht möglich, den Fehler zu korrigieren.

Sie lebte. Das war nun nicht mehr zu ändern. Und vielleicht war es gut so.

Die Möglichkeiten, die sich daraus ergaben, waren nicht die schlechtesten.

Als der Mond sich hinter einen besonders großen Flecken schob, zogen die Hände den Vorhang zu.

Mit neuer Kraft.

Und der Entschlossenheit, den Panther zu einem letzten großen Sprung zu treiben.

23:18 UHR

Ihr erster Blick ging auf die Digitalanzeige des Weckers. Julia Durant hatte gerade erst die Augen geschlossen, seit gefühlten Sekunden war sie weggeschlummert und noch nicht einmal in ihrer Traumwelt angekommen. Dabei hätte sie schwören können, dass sie sich den Anruf nur einbildete. Oder doch schon in ihrer nächtlichen Fantasie angekommen war.

»Frau Durant, Sie haben sechs Richtige plus Zusatzzahl. Wie fühlt man sich so, als frischgebackene Millionärin?«

Oder, noch besser: »Hallo Julia.« – »Hallo Paps.«

Manchmal, leider immer seltener, träumte sie von Erinnerungen, die sie mit ihrem Vater verband. Und manchmal fühlten sich diese Träume so real an, dass es ihr nach dem Aufwachen die Tränen in die Augen trieb. Würde sie diesen Verlust je verschmerzen können?

»Schatz?«

Neben ihr wurde die Bettdecke aufgeschlagen, ein Schwall warmer Luft kam mit dieser Bewegung. *Claus.*

»Gehst du mal ran?«, fragte er schlaftrunken.

Julia tastete nach ihrem Smartphone und schwor sich zum tausendsten Mal, dass sie das Gerät nicht mehr mit ins Schlafzimmer nehmen würde. Oder es wenigstens in den Flugmodus verbannen würde, wenn sie nicht gerade Rufbereitschaft hatte. Das Problem dabei war, dass, wenn es nicht ihr Apparat war, meistens Claus' Telefon klingelte. So war das eben, wenn man sich das Schlafzimmer mit dem Boss teilte …

»Ja, Durant«, meldete sie sich, während sie auf der Bettkante hockte und den Rücken streckte. Die Nummer war nicht in ihrer Kontaktliste. Auch so ein Punkt. Praktisch *jeder,* dem sie jemals ihre Visitenkarte gegeben hatte, konnte sie rund um die Uhr behelligen.

»Kappel, Polizeistation Neu-Isenburg«, sagte eine ihr unbekannte Frauenstimme. »Entschuldigung für die späte Störung, aber es geht um einen Fall, der Sie betrifft.«

»Der *mich* betrifft?«

»Nun ja, die Sache mit dem Pärchenmörder. Der Panther. Wir haben hier jemanden sitzen, einen Verdächtigen …«

Mit einem Mal war Durant hellwach. Sie registrierte, dass auch Hochgräbe sich für den Anruf interessierte, deshalb tippte sie auf Freisprechen.

»… im Grunde sind es sogar zwei. Eine Streife hat die beiden gestellt, wobei der eine behauptete, für Sie zu arbeiten. Und auch der andere verlangte sofort nach Ihnen.«

Es war kaum zu überhören, wie irritiert die Kollegin Kappel schien.

»Okay, danke«, sagte Durant, etwas überrumpelt.

»Frag, wer es ist«, drängte Hochgräbe aus dem Hintergrund.

»Hätte ich schon gemacht«, raunte sie.

»Wie bitte?«, erklang es krächzend aus dem Lautsprecher.

»Sorry, das galt meinem Freund«, sagte Durant und konnte das Grinsen auf Hochgräbes Gesicht förmlich spüren. *Freund.* Das klang, als seien sie Teenager. Und Frau Kappels kratziges »Aha« verstärkte diesen Eindruck.

»Keine Sorge«, erklärte die Kommissarin. »Claus Hochgräbe, Kommissariatsleiter. Es bleibt also unter uns. Können Sie uns bitte die Namen der beiden Personen sagen?«

Es entstand eine unangenehme Pause, die südlich der Zuständigkeitsgrenze vermutlich dazu genutzt wurde, um sich über die eigenwillige Arbeitsweise in Hessens Vorzeigepräsidium zu wundern. Dann endlich räusperte sich die Frau, und im Hintergrund raschelte Papier. Als sie die beiden Namen vorlas, rann ein Schauer über Durants Rücken.

212

DIENSTAG

DIENSTAG, 12. SEPTEMBER

Mitternacht war längst vorbei, als Julia Durant ihren Roadster über die Hugenottenallee steuerte, die sich schnurgerade nach Süden erstreckte. Die Kartenansicht Neu-Isenburgs erinnerte an amerikanische Städte; die meisten Straßen schienen einem riesigen Schachbrettmuster zu folgen. Kurz darauf kam sie auf dem Besucherparkplatz zu stehen, der zu dieser späten Stunde nahezu verwaist lag.

»Wird das jetzt Mode?«, scherzte Hochgräbe, der es sich nicht hatte nehmen lassen, sie zu begleiten. »Mitten in der Nacht zu Hessens schönsten Dienststellen zu fahren?«

»Blödmann.« Grinsend tippte sie eine Kurznachricht an Frau Kappel, die sie daraufhin in Empfang nehmen wollte.

Eva Kappel war eine stämmige Person, muskulös und mit breiten Schultern, aber mit sehr weiblichen Gesichtszügen. Das lockige, kastanienbraune Haar, welches in einem Pferdeschwanz gebändigt war, und die dunkelbraunen Augen ... Julia Durant fand sie auf Anhieb sympathisch. Vielleicht lag es daran, dass sie sich in der knapp Dreißigjährigen teilweise selbst erkannte. Wie sie einmal gewesen war. Aber waren derlei Vergleiche nicht sinnlos? Was wusste sie schon über die Lebensumstände ihres Gegenübers? Frau Kappel trug, wie ein rascher Blick ihr verriet, einen goldenen Ring. Als Durant nach Frankfurt gekommen war, hatte sie den ihrigen gerade zum Teufel geschickt.

»Julia Durant, Claus Hochgräbe«, hörte sie ihren Begleiter sagen. Ihre Gedanken kehrten in die Gegenwart zurück.

Während sie ins Gebäude traten, fasste Frau Kappel noch einmal zusammen, was sie zuvor in groben Zügen am Telefon geschildert hatte:

»Die Kollegen der Schutzpolizei haben das Fahrzeug in der Nähe des Isenburger Kreisels rausgezogen. Aufgefallen war es ihnen schon in Höhe Waldparkplatz. Der Fahrer kam damit von der B 43, querte die A 3 und fuhr dann auf der B 44 südwärts. Angeblich schlingerte das Auto stark und reduzierte daraufhin deutlich das Tempo, vermutlich, als der Fahrer den Streifenwagen bemerkte.« Die Frau verlangsamte kurz ihren Schritt und zuckte mit den Schultern. »Nun ja. So jemanden zieht man dann natürlich aus dem Verkehr. Kaum dass die beiden sich dem Fahrzeug näherten, riefen die Männer auch schon durcheinander. Der Fahrer, dass er ohnehin zur nächstgelegenen Dienststelle wolle. Und der Beifahrer – in Handschellen auf der Rückbank fixiert – krakeelte ebenfalls nach der Polizei. Wegen Freiheitsberaubung und Körperverletzung. Wenn Sie mich fragen …« Sie stockte. Die drei hatten eine Glastür erreicht, vor der Frau Kappel stehen blieb. Sie schüttelte den Kopf, bevor sie die Tür öffnete und sagte: »Nein. Fragen Sie mich besser nicht.«

Sie wies einen Gang entlang, an dessen Ende sich zwei gegenüberliegende Türen befanden. »Einer sitzt links, einer rechts. Ich halte mich von jetzt an aus der Sache raus. Wenn Sie mich brauchen, ich bin in der Nähe.«

Julia Durant bedankte sich und blickte der Frau hinterher. Ein wenig Mitleid hatte sie schon. Musste Kollegin Kappel sich nicht ziemlich übergangen fühlen? Gut genug, um die Hausherrin in ihrer Polizeiwache zu spielen, aber mehr war nicht drin? Durant hätte zu gerne gewusst, ob Peter Brandt die Finger mit im Spiel hatte. War er der Kollegin in die Parade gefahren? Hatte er sie angewiesen, dem K11 aus Frankfurt das Spielfeld zu überlassen? Oder würde er als Nächs-

214

tes hier auf der Matte stehen und das Ganze zur Chefsache erklären? Zu seiner … Nein, so tickte Brandt nicht. Nicht mehr.

Michael Krenz hockte breitbeinig an einer Tischplatte, auf der sich allerlei Kaffeeränder befanden. Zwei leere Pappbecher lagen vor ihm, einen dritten reichte er gelangweilt von einer Hand in die andere.

»Ach nee«, schnappte er, als er die Kommissarin erkannte. »Hat man Sie aus dem Bett geschmissen?«

»Sie ja offenbar nicht«, konterte Durant.

»Gute Antwort.« Krenz bleckte die Zähne. Wie erwartet trug er sein Jägeroutfit, er sah aus, als käme er gerade von einer Safari. Cargohose, Weste, Flanellhemd. Die sandfarbenen Armystiefel waren bis über die Knöchel mit Schlamm bedeckt.

»Reden wir darüber, was passiert ist«, sagte die Kommissarin und zog den gegenüberliegenden Stuhl zurück. Sie nahm Platz, überschlug die Beine und bedauerte es, nicht auch um einen Kaffee gebeten zu haben.

»Was soll schon groß sein? Ich habe nach §127 Absatz 1 der StPO das Recht, jemanden ohne richterliche Anordnung festzunehmen …«

»Wenn diese Person auf frischer Tat ertappt wird«, unterbrach Durant ihn und seufzte schwer. »Ich kenne den Wortlaut der Strafprozessordnung.«

»Na, na.« Krenz lachte überheblich auf und hob zuerst den Zeigefinger, dann die Augenbrauen, bevor er sagte: »Laut Bundesgerichtshof genügt auch ein dringender Tatverdacht, vergessen Sie das mal nicht! Ich habe ihn mehrfach aufgefordert, stehen zu bleiben und sich auszuweisen. Stattdessen rannte er immer schneller. Fluchtgefahr ist auch ein Bestandteil des Paragrafen 127.«

»Ja. Okay«, sagte Durant lang gezogen. Offensichtlich hatten sich die Mitglieder der Bürgerwehr eingehend mit der Internetrecherche ihrer Rechte befasst. Dagegen zu argumentieren erschien ihr zwecklos. »Was genau haben Sie denn beobachtet?«

»Er trug schwarze Klamotten und einen Rucksack«, schilderte Krenz. »Parkte südlich des Waldes, genau dort, wo ich Ihnen die Reifenspuren gezeigt habe. Meinen Allrad hat er nicht gesehen.«

»Weshalb nicht?«

Krenz rieb sich zufrieden die Hände. »Tarnnetz.«

War ja klar. Vermutlich besaß er einen ganzen Keller voller Survivalzubehör.

»Jedenfalls bin ich ihm gefolgt. Ich meine, wer drückt sich schon freiwillig in diesem Wald herum? Gassigänger, Pärchen – haben ja alle Schiss. Das war verdächtig, außerdem bewegte er sich, als habe er Angst, gesehen zu werden. Er strebte schnurstracks in Richtung Tatort …«

»Welcher Tatort?«, wollte Durant wissen.

»Na ja«, stockte Krenz.

»Welcher Fundort? Welcher Monat?«

»Herrje! Spielt das eine Rolle?«, erwiderte er motzig. »Ich habe eine Karte, falls Sie glauben, dass ich mir das einbilde. Aber die liegt draußen im Handschuhfach. Es war der Tatort mit den schlanken Baumstämmen. Schwanheimer Wiese. Riedwiese.«

Der Fundort von Ingo Bierbaß und Michaela Körtens.

Der Julimord.

Kein Zufall also, dass es sich bei dem von Krenz Verhafteten ausgerechnet um André Körtens handelte?

00:23 UHR

Ich möchte jedenfalls Anzeige erstatten!«, schnauzte Körtens. Seine Handfläche, die zum Unterstreichen seiner Aussage auf den Tisch klatschte, hätte um ein Haar den Wasserbecher zum Kippen gebracht. »Was denkt dieser Arsch sich überhaupt? *Verhaftung!* Verhaftung für *was?*«

216

Claus Hochgräbe spielte betont gelassen mit seinen Fingerkuppen. »Herr Krenz beruft sich auf §127 StPO. Haben Sie nicht gewusst, dass es eine Bürgerwehr gibt, die im Wald patrouilliert?«

»Finden Sie das etwa auch noch gut?«, bellte sein Gegenüber. Es klang regelrecht verzweifelt.

»Ich bin aus München«, gab Hochgräbe zurück. »Wir haben da kein Problem mit bürgerlichem Engagement.« Es tat ihm fast schon leid, den Mann zu quälen. Aber je stärker die Emotion, umso ehrlicher war die Körpersprache eines Menschen.

»Aha. Also spielt es keine Rolle, was man als Hinterbliebener durchmacht? Hauptsache, Ihre Privatgestapo nimmt Ihnen die Arbeit ab, ja?«

»Sie wollten doch nicht etwa zum Trauern in den Wald?«

»Und wenn's so wäre?«

»Mitten in der Nacht?«

»Michaela ist zur selben Zeit gestorben, oder nicht?«

»Sie kennen die Zeit also ganz genau?«

Körtens vergrub das Gesicht in den Händen und stöhnte. Als er wieder aufblickte, sagte er: »Mitternacht. Vollmond. Das liest man doch ständig in der Presse. Ich wollte das im August schon machen, aber da konnte ich es einfach nicht. Ich musste es *sehen*. Ich wollte es *erleben*. Das, was Michaela als Letztes wahrnahm.«

Seine Augen wurden glasig.

Hochgräbe hatte das Gefühl, dass Körtens ihm die Wahrheit sagte. Und doch blieb er argwöhnisch, denn er hatte schon zu viele gute Schauspieler erlebt, die ihm eiskalt etwas vormachten.

»Und der Rucksack?«, bohrte er weiter. Anstatt einer Taschenlampe, einem Klappmesser oder anderen Utensilien hatte sich eine Fillette Champagner darin befunden. Eine 0,375-Liter-Flasche. Dazu eine Packung Zartbittertrüffel.

André Körtens schnäuzte in ein Taschentuch und sagte für lange Sekunden nichts dazu.

217

1:15 UHR

Es war deutlich kühler geworden, auch wenn der erste Nachtfrost noch etwas auf sich warten lassen würde. Mit einem Frösteln startete Durant den Motor, drehte die Heizung auf volle Stärke und rieb sich die Hände.

»Das ist die Müdigkeit.« Hochgräbe formte die Handflächen zu einer Höhle und hauchte dreimal hinein. »Lass uns zusehen, zurück ins Bett zu kommen.«

»Mh.« Julia Durant war in Gedanken ganz woanders, auch wenn der Gedanke an die warme Decke verführerisch war. Sie spielte an den Lüftungsreglern. »Keiner von den beiden hat etwas mit den Morden zu tun. Nicht als Täter jedenfalls.«

»Glaube ich auch nicht.«

»Was ist denn mit Körtens?«, wollte sie wissen. »Warum war er dort im Wald? Ich tippe darauf, dass er seiner Witwe noch einmal nah sein wollte. Oder so in der Art.«

Claus Hochgräbe nickte. Nachdem er kurz berichtet hatte, kam er auf den Inhalt des Rucksacks zu sprechen.

Durant schrak so sehr auf, dass der Opel kurz schlingerte. »Champagner?«

»Ja. Aber nur ein kleines Fläschchen.« Claus grinste. »Kein Grund, Schlangenlinien zu fahren!«

»Ist ja schon gut. Los, Tacheles! Körtens wollte Champagner trinken?«

»Es war eine traurige Geschichte. Die Ehe der beiden muss ziemlich am Ende gewesen sein, nicht nur wegen der Affäre. So etwas passiert ja auch nicht aus heiterem Himmel.«

»Wie man's nimmt«, brummte die Kommissarin. Wenn sie da an ihre eigenen Erfahrungen mit Männern dachte …

»Jedenfalls gab es auch bessere Zeiten. Und das glaube ich Körtens, so unsympathisch er auch sein mag. Ich glaube, das, was er jetzt ist,

218

hat das Leben mit ihm gemacht. Zynisch, aufbrausend, der Proll, den er jetzt abgibt. Aber damals – ich zitiere: ›Als alles noch in Ordnung war‹ – haben die beiden sich ab und an etwas gegönnt. Große Sprünge waren nie drin, aber ein paar Kerzen, ein bisschen Luxus. Champagner. Pralinen.« Hochgräbe schnaufte. »André Körtens wollte das noch einmal machen. Zum Abschied. Er konnte es selbst nicht so genau benennen. Und plötzlich saß dieser ruppige Typ vor mir wie ein kleines Häufchen Elend, mit Tränen, die man nicht vortäuschen kann.«

Durant wechselte die Spur in Richtung Innenstadt, sie passierten die Commerzbank-Arena, und es dauerte einen Moment, bis sie fragte: »Du hältst seine Geschichte demnach für glaubhaft?«

Hochgräbe bejahte, und sie fuhren schweigend weiter, bis die ersten Häuserreihen kamen.

»Und was ist mit deinem Bürgerwehrtypen?«, wollte er wissen, als sie in Höhe des rechtsmedizinischen Instituts waren.

Durant schüttelte den Kopf. »Er beruft sich auf den 127er. Alles, was er getan hat, sei im höheren öffentlichen Interesse gewesen, behauptet er.« Sie seufzte. »Das Schlimme dabei: Er glaubt das wirklich. Das ist ein Wichtigtuer, ein Angeber, einer, mit dem man sich besser nicht anlegen sollte. Aber er ist kein Serienkiller.« Grinsend fügte sie hinzu: »Vielleicht schicken wir ihm demnächst mal die Kollegen vorbei, um illegale Waffen zu suchen. Typen wie der bunkern mit Sicherheit nicht nur Schreckschusspistolen. Aber für unseren Fall? Nein. Da kommt er nicht infrage.«

»Also sind wir nicht schlauer als vorher«, konstatierte Hochgräbe mit einem langsamen Nicken. »Dann hätten wir auch liegen bleiben können.«

Durant wollte ihm widersprechen. Aber er hatte ja recht. Sie biss sich auf die Zähne und sehnte sich nach einem heißen Kaffee.

11:00 UHR

Na, wenigstens sind Sie pünktlich.«

Frank Hellmer ballte die Fäuste. Er unterdrückte die Fantasie, die Rettkes Gesicht auf seinem Sandsack zeigte, während er immer wieder darauf einschlug. Kurt Rettke war ein korruptes Dreckschwein, ein skrupelloser Mensch, der nicht die geringste Achtung vor der Würde anderer besaß. Leider berichtete die Presse immer nur über seine andere Seite. Über den Gönner, über den Menschenfreund.

Von wegen, dachte der Kommissar grimmig.

»Zeit ist Geld«, brummte er und fand diese Antwort sogleich selbst ziemlich blöd. Rasch ergänzte er: »Halten wir uns also nicht mit Höflichkeiten auf.«

Rettke verzog das Gesicht zu einem gezwungenen Grinsen und gebot Hellmer mit einer übertriebenen Geste, über die Schwelle zu treten.

Auch wenn es seiner Kollegin sichtlich übel aufgestoßen war, war ausdrücklich Frank Hellmer allein mit dem Besuch im Bad Homburger Stadtteil Dornholzhausen betraut worden. Hochgräbe hatte sich unmissverständlich ausgedrückt: »Wir treten niemandem auf die Füße! Das können wir uns nicht leisten.«

Die Villa war ein klobiger Prunkbau, wie man sie in den frühen Siebzigerjahren häufig errichtet hatte. Eine Ansammlung verschieden hoher Gebäudeteile, meist mit Flachdach, in sich verwinkelt. Helle Farben, dunkles Holz, dazwischen grelle Mosaike aus Hochglanzkacheln und riesige Leinwände mit Farbklecksen. Zweifellos sündhaft teuer, auch wenn vermutlich niemand die Botschaften der Gemälde verstand. Eine beschlagene Glasfront ließ einen Swimmingpool erkennen, daneben ein Whirlpool, in dem zwei junge Frauen mit ausdruckslosen Gesichtern saßen. *Mädchen.* Als Hellmers Blick die beiden traf, duckten sie sich weg. Dann war er auch schon im Inneren des Haupthauses. Wie alt die beiden sein mochten? Vermutlich hatte man sie darauf gedrillt, sich als volljährig auszugeben. Oder es war den Verantwortlichen schlichtweg egal, weil ihnen ohnehin niemand an den Karren fahren konnte.

Frank Hellmer spürte Übelkeit aufsteigen. Ebenso, wie er mit seinem Alkoholproblem im Unerkannten gelebt hatte, würde es wohl auch einer misshandelten Frau gehen. Keiner der Nachbarn würde mitbekommen, wenn nebenan ein gewalttätiger Ehemann lebte. Oder wenn jemand seinen Töchtern nachstellte. Einfach, weil es den Menschen egal war. Hauptsache, man fuhr ein teureres Auto als die anderen und hatte eine höhere Dividende. Vielleicht war er vor allem deshalb nicht zum Privatier geworden, auch wenn er es sich längst schon hätte leisten können. Frank wollte nicht so werden. Nicht wie die. Nicht wie Kurt Rettke.

»Sie haben ja Besuch«, murmelte er, es kam beiläufig.

»Wie? Ach ja. Stört uns doch nicht.« Rettke, der den Kommissar überholt hatte, drehte sich mit überheblichem Grinsen um. »Oder etwa doch? Wir könnten das Gespräch ja auch nebenan fortsetzen, aber ich vermute mal, Sie haben keine Badehose dabei.«

»Selbst wenn …« Hellmer schwieg schnell, er ärgerte sich, dass er sich hatte provozieren lassen.

»Schon gut. Betrachten Sie die beiden als, hm, Großnichten.«

»Großnichten.«

»Besucherinnen eben. Au-pair hätten Sie mir vermutlich nicht abgekauft, wie ich Sie einschätze.«

»Ich kaufe weder das eine noch das andere«, entgegnete Hellmer übellaunig.

»Ist ja auch egal, Sie sind nicht wegen meiner Gäste hier. Konzentrieren wir uns also auf den Grund Ihres Besuchs.«

Die beiden durchquerten das Hausinnere, es schien, als führe Rettke ihn mit Absicht über den längsten Weg in Richtung seines Büros, um mit all seinen Prunkgegenständen anzugeben. Teure Vasen, teure Gemälde, ein weißes Tigerfell auf dem Hochglanzmarmorboden.

Als Rettke dem Kommissar einen Platz angeboten hatte und dieser in weichem Leder versunken war, fragte der Hausherr: »Ein Drink?« Hellmer verneinte.

»Ach nein, stimmt. Sie sind ja trocken. Ist das eigentlich sehr hart?« Woher zum Teufel wusste Rettke das? Hellmer biss sich auf die Zungenspitze. »Ist lange her. Man gewöhnt sich an alles.«

»Hm. Ich würde es jedenfalls vermissen.«

Rettke zog den Stopfen aus einer Karaffe aus Kristallglas und schenkte sich einen Zentimeter goldbrauner Flüssigkeit ein. Steckte den Verschluss zurück, nahm das Glas, wog es in der Hand und stürzte sich den Inhalt in den Rachen.

»So.« Lächelnd fuhr er sich mit der Handfläche über den Mund. »Jetzt sagen Sie mir mal, wo genau Ihr Problem liegt.«

»Mein Problem?«

»Ich könnte mir vorstellen, dass Sie nicht allzu begeistert von meinem Vorstoß sind.«

»Hunderttausend Euro«, murmelte Hellmer. »Das ruft eine Menge Spinner auf den Plan.«

»Eben. Aber – und nehmen Sie das bitte nicht persönlich – es muss etwas passieren. Sie tappen auch nach Monaten noch völlig im Dunkeln …«

Hellmer schnitt ihm das Wort ab: »Nur weil nicht täglich etwas in der Presse steht …«

»Ach? Dann gibt es also Lichtblicke?«

»Ich werde hier gewiss keine Ermittlungsdetails ausplaudern!«

»Dann müssen Sie auch weiterhin damit leben, dass eine ganze Reihe von Glücksrittern auf meine Belohnung spekuliert. Dass die Bevölkerung, insbesondere um Schwanheim und Kelsterbach, auch weiterhin sehr, sehr wachsam sein wird.«

»Wieso liegt Ihnen eigentlich so viel an dem Fall?«, fragte Hellmer direkt.

Rettke stockte. »Sie wissen ja …« Er schien ausholen zu wollen, doch das ließ der Kommissar nicht zu.

»Keine langatmigen Erklärungen. Hier stehen keine Kameras, und wir wissen beide, dass Sie kein Menschenfreund sind.« Hellmers Augen blitzten auf. »Nicht zu jedem jedenfalls.«

Es dauerte ein paar Sekunden, dann lachte sein Gastgeber schallend auf. »Ach, diese Geschichte! Mein Gott, die hat doch schon einen ellenlangen Bart! Wie geht es übrigens Ihrer Kollegin? Frau Döring, nicht wahr? Die hatte sich ja regelrecht schön auf mich eingeschossen. Hätte fest damit gerechnet, dass sie hier mit Ihnen aufläuft.«

»Du-rant«, korrigierte Hellmer mit gezwungener Gelassenheit. »Sie hat – und das dürfen Sie jetzt bitte auch nicht persönlich nehmen – einen wichtigeren Termin.«

»Nun denn.« Rettke rieb sich den Nacken und erhob sich. »Sosehr ich Ihren Besuch auch zu schätzen weiß, aber das bringt uns wohl kaum weiter. Ich habe ein Interesse daran, dass es keine weiteren Opfer mehr gibt. Eine gute Presse nehme ich dafür in Kauf. Und wie Sie darüber denken, na ja, das spielt für mich keine große Rolle. Entscheidend ist doch, dass das Morden aufhört. Sollte uns das nicht als Begründung genügen? Als gemeinsames Ziel?«

Frank Hellmer fiel nichts Schlagfertiges darauf ein. Das ärgerte ihn noch, als er schon eine ganze Weile in Richtung Präsidium gefahren war. Er wollte nichts, aber auch wirklich gar nichts mit diesem selbstgefälligen Arschloch gemeinsam haben. Die stoischen Gesichter der beiden Mädchen hatten sich in sein Gedächtnis gebrannt. Vermutlich fummelte Kurt Rettke in diesem Augenblick mit speckigen Fingern an den beiden herum. Oder Schlimmeres.

11:05 UHR

Für Julia Durant hatte der Tag zum zweiten Mal begonnen. Claus Hochgräbe hatte angeordnet, dass sie frühestens um halb elf im Präsidium erscheinen dürfe. Üblicherweise hätte die Kommissarin dies als Bevormundung empfunden und sich nach Kräften gewehrt, aber heute war sie einfach dankbar.

Nur um Haaresbreite verpasste sie Hellmer, den sie mit dem Porsche davonrauschen sah, als sie die Kreuzung der Adickesallee zu Fuß überquerte. Im vierten Stock angekommen, verdüsterte sich ihre Laune, als Hochgräbe ihr mitteilte, dass der sich auf den Weg zu Kurt Rettke machte. Allein.

»Du tust ja so, als habe ich mich nicht unter Kontrolle!«, schimpfte sie los.

»Ach Julia.« Claus wollte ihren Kopf zwischen die Hände nehmen, doch sie wehrte sich.

»Nix da! Ich weiß sehr wohl, wo meine Grenzen sind«, fuhr sie fort, doch der Boss kürzte das Ganze ab: »Frank zieht das alleine durch, und damit basta. Es geht hier nur um das Lösegeld, wir können nichts dagegen unternehmen. Rettke würde uns nur lautstark durch den Dreck ziehen. Darauf kann ich verzichten. Und du übrigens auch!«

»Bullshit«, presste Durant hervor und drehte sich um.

Seitdem war eine halbe Stunde vergangen. Sie hatte sich in ihrem Büro verschanzt, zwei Tassen Kaffee getrunken und das Radio angeschaltet, was sie hier nur ganz selten tat. The Dead Daisies, Bon Jovi und Grateful Dead – das Programm tat ihr gut, und bald war die Wut halbwegs verraucht. Es war elf Uhr durch, vielleicht sollte sie noch einmal rüber zu Claus gehen. Insgeheim hatte Julia ihm längst recht gegeben. Aber Bevormundung ertrug sie einfach nicht. Soll er kommen, entschied sie gerade, als das Telefon klingelte.

»Da möchte Sie jemand sprechen«, hieß es.

»Ich komme runter«, antwortete die Kommissarin. »Wer ist es denn?«

Es war Astrid Marks, Reimers Nachbarin.

224

Julia Durant stand auf, griff Portemonnaie und das Handy und machte sich auf den Weg. Sie verspürte ein seltsames Gefühl im Bauch, auch wenn sie noch nicht verstand, weshalb es sich ausgerechnet jetzt bemerkbar machte.

Frau Marks war kaum geschminkt, sie wirkte gehetzt, und ihre Bewegungen waren fahrig. Der Verband um ihr Handgelenk war frisch, er war glatt und makellos und mit einer neuen Klammer fixiert.

»Frau Marks.« Sie reichte ihr die Hand. »Ich bin überrascht, Sie zu sehen.«

»Können Sie hier eine Urinprobe analysieren?«, fragte die Frau, ohne sich mit Floskeln aufzuhalten.

»Äh, ja.« Durant neigte den Kopf und wies auf die Tür zu einem leer stehenden Raum. »Wollen wir uns nicht erst einmal setzen?«

»Keine Zeit«, drängte Marks. »Ist es nicht so, dass sich K.-o.-Tropfen nur wenige Stunden lang nachweisen lassen?«

»Schon«, antwortete die Kommissarin und dachte schnell nach. »Sie haben Urin … dabei? Von Ihnen?«

»Ja, natürlich.« Erst jetzt nahm Durant wahr, wie verkrampft Astrid Marks' verbundener Arm auf ihrer Handtasche ruhte. Als klemme sie sie am Körper fest, damit ihr nichts passierte. »Ich habe Blut, Speichel und Urin. Ich wusste nicht, was am besten ist.«

»Moment, bitte«, schnappte Durant nach Luft, »eins nach dem anderen. Wollen Sie sagen, dass man Sie …«

»Vergewaltigt hat. Ja!«, stieß Frau Marks aus, und es schien sie überhaupt nicht zu stören, dass die beiden Frauen noch immer auf dem Gang standen und gerade zwei uniformierte Kollegen scherzend an ihnen vorbeistiefelten.

*

Astrid Marks hockte an einer matten Tischplatte, deren Oberflächenversiegelung sich ringsum vom Rand löste. Wie viele Polizisten hier wohl schon mit Stiften, Radierern und Blöcken gesessen hatten? Die beiden Frauen saßen alleine in dem Konferenzraum. Auf dem Tisch lag Frau Marks' Handtasche, ein Kaffeebecher mit Schraubverschluss stand daneben. Außerdem zwei Gefrierbeutel, in denen ein Taschentuch und ein paar Wattestäbchen lagen. Das eingefärbte Plastik verlieh dem strahlenden Weiß einen bläulichen Glanz.

»Ich … ich habe mir zuerst ein paar Haare ausgerissen«, gestand die Frau unter kurzem, hysterischem Auflachen. »Bescheuert, ich weiß. Für Rückstände in den Haarwurzeln ist es ja noch viel zu früh. Dann habe ich das Internet befragt, und dann …«

»Frau Marks, bitte«, unterbrach Durant sie und versuchte erfolglos, die gestikulierenden Hände zu greifen. »Können wir das bitte der Reihe nach durchgehen?«

»Wie? Ach so. Ja.« Astrid Marks fuhr sich über den Kopf. »Es muss vor Mitternacht passiert sein, so genau weiß ich es nicht. Ich hatte ihn mit Mühe und Not davon abhalten können, bei mir in den Flur zu stolpern.« Wieder ein Auflachen. »Dieser Scheißauflauf! Er behauptete, ich könne mit der Hand doch überhaupt nicht vernünftig kochen. Nur weil ich zuletzt den einen oder anderen Lieferdienst vorm Haus stehen hatte. Na und?«

»*Wer*, Frau Marks?«

»Hm? Ach so, na ja, wer schon? Mein Nachbar. Kennen Sie doch!«

»Axel Reimer?« Julia Durant schluckte schwer. Also doch. Sie hatte von Anfang an gespürt, dass mit diesem Typen etwas nicht stimmte. Erst tags zuvor hatte Michael Schreck etwas von Fake-Accounts erzählt, die er auf dem Rechner gefunden hatte. Allesamt mit dem Buchstaben A, allesamt mit einer Vorliebe für junge, gut aussehende Frauen. Frauen wie Astrid Marks, wenngleich die meisten noch deutlich jünger waren. Ein tiefer Seufzer stieg in ihr auf. Warum schafften es solche Typen immer wieder …?

»Genau der! Und ich gebe zu, ich hätte es ihm nicht zugetraut. Wir aßen also bei ihm drüben, es schmeckte sogar ziemlich gut, dazu gab es Wein. Und dann ...«

»Ja?«

»... dann wachte ich heute früh bei mir auf. In *meinem* Bett. In derselben Bluse, die ich am Abend getragen habe. Meine Schuhe hatte ich drüben ausgezogen, die standen säuberlich neben dem Bett, ansonsten hatte ich alles an. Auf dem Handy – er hat es sogar ans Ladekabel gesteckt! – hab ich das hier gefunden.« Sie legte den rechten Daumen aufs Gerät, um es mit dem Abdruck zu entsperren. Dann hielt sie es der Kommissarin unter die Nase.

Du hast so tief geschlafen, ich habe dich rübergebracht.
Nachtisch steht im Kühlschrank.
Danke noch mal für den schönen Abend!
Können wir gern wiederholen :-)

Nach einer kurzen Pause, in der Durant das Display zweimal antippen musste, weil es sich abdunkelte und sonst wieder gesperrt hätte, räusperte sie sich.

»Und Sie sind sich absolut sicher ...«

»Dass er mich vergewaltigt hat? O ja!« Astrid Marks keuchte schwer, als sie erklärte, wie sie den Druck zwischen den Beinen gespürt hatte. Ein Gefühl im Unterleib, das nur schwer zu beschreiben war, doch der Kommissarin war es besser bekannt, als ihr lieb war. »Er hat mich gefickt, da bin ich mir sicher! Ich spüre es ganz genau, aber habe keine Ahnung, wie er das angestellt hat. Verdammt! Seit dem zweiten Glas Wein ist alles weg, perdu, im Nirwana.« Frau Marks schwieg für einen Augenblick. Dann setzte sie neu an: »Er hat meine Bluse falsch geknöpft. Ich lasse immer einen Knopf mehr offen, ausnahmslos. Und ich habe mich schlaugemacht, auch wenn's ziemlich eklig war. In dem Becher ist eine Urinprobe, ich konnte es leider nicht anders

227

transportieren. Und ich habe Speichel konserviert. So wie Sie Ihre Abstriche machen.« Marks' Augen blitzten hoffnungsvoll auf. »Vielleicht können wir ja noch etwas nachweisen. Restspuren. Es sind gerade mal zwölf Stunden, heute früh waren es sogar noch weniger.« »Warum haben Sie mich nicht sofort verständigt?«, wollte Durant wissen, auch wenn sie die Antwort zu kennen vermutete.

»Ich wollte keine Polizei vor dem Haus!«, antwortete Marks energisch.

Ein Gedanke blitzte auf, doch die Kommissarin kam nicht dazu, ihn zu Ende zu denken. Frau Marks sprach längst weiter: »Wissen Sie, ich wollte nicht riskieren, dass die Beamten nichts finden. Dass er am Ende drüben hockt und triumphiert. Davon hört man doch immer wieder … Na ja, deshalb bin ich zu Ihnen gekommen, auch wenn Sie dafür nicht zuständig sind. Nichts gegen Ihren Kollegen …«

»Schon gut«, sagte Durant mit einem Lächeln. Peter Brandt würde das schon verstehen. Erst jetzt kam sie dazu, ihrem Geistesblitz zu folgen. War nicht ein Observationsteam vor dem Haus gewesen? Sie entschuldigte sich kurz und wählte Brandts Nummer. Nach einem kurzen Austausch bestätigte er: »Bis Mitternacht einer von euch, danach einer von uns.«

»Okay, danke. Und?«

Brandt lachte auf. »Ich habe nichts gehört. Also war Reimer die ganze Nacht zu Hause. Alles Weitere muss ich erfragen.«

Sie verabredeten, ihre Kollegen zu kontaktieren und sich bei Bedarf noch einmal kurzzuschließen. Der Beamte aus Frankfurt musste mitbekommen haben, wie Astrid Marks zu ihrem Nachbarn gegangen war. Und wenn er sie zurückgetragen hatte …

Wir kriegen dich, dachte Julia Durant verbissen.

Sie verständigte Platzeck, und es dauerte keine fünf Minuten, bis eine seiner Kolleginnen die Proben abgeholt hatte. Mit verwunderter Miene, bis Durant sie kurz über den besonderen Sachverhalt aufklärte. Als die Frauen wieder unter sich waren, ergriff die Kommissarin

228

wieder das Wort: »Sie haben sehr bedacht gehandelt, mehr, als man von einer Frau in Ihrer Situation erwarten könnte. Ich hoffe, wir können etwas nachweisen. Wäre es okay, wenn sich die Spurensicherung bei Ihnen umsieht?«

Astrid Marks' Gesichtszüge entgleisten. »Muss das sein? Ich meine, was sollten sie da finden? Und wird er dann nicht misstrauisch?«

»Ihre Bluse, den Schlüsselbund, die Türgriffe«, zählte die Kommissarin auf. »Überall könnten Fingerabdrücke sein. Oder Haare, Hautpartikel et cetera.« Sie hüstelte. »Außerdem wäre eine ärztliche Untersuchung vonnöten.«

»Ich weiß.« Marks' schweißfeuchte Finger suchten Durants Hand und drückten diese. »Würden Sie mich ... dabei begleiten? Ich meine, falls es Ihnen zeitlich in den Kram passt?«

Julia Durant verspürte eine unbändige Wut. Auf Reimer, auf die Männer, auf die ganze Welt. Wann würden Frauen endlich kein Freiwild mehr sein? Wann würde sich endlich *irgendetwas* ändern?

Sie kannte die Antwort darauf. Und diese war nur schwer zu ertragen.

»Natürlich bleibe ich bei Ihnen«, sagte sie.

12:25 UHR

Peter Brandt stellte seinen Wagen direkt vor dem Haus ab. Die Mittagssonne tauchte die Straße in ein warmes Spätsommerlicht, noch waren die umliegenden Wälder von einem satten Grün, doch in zwei Wochen konnte dieses Bild schon ein ganz anderes sein. Ob es mit dem Morden ein Ende hatte, wenn der erste Frost kam?

Brandt wischte den Gedanken beiseite. Vor etwa einer Stunde hatte er mit seiner Kollegin in Frankfurt telefoniert. Sie hatte ihm eine unglaubliche Geschichte erzählt. Die Nachbarin von Axel Reimer, ausgerechnet, war von ihm bewusstlos gemacht und vergewaltigt worden. Der beobachtende Beamte hatte bestätigen können, wie die junge Frau am Abend zu Reimer hinübergegangen war. Als Vater von zwei Mädchen wurde Brandt schon beim bloßen Gedanken daran schlecht, was Männer mit wehrlosen Frauen trieben und dabei selbst vor ihren Nachbarn nicht haltmachten. Würde die sympathische junge Frau das Gerichtsverfahren durchhalten? Oder würde sie vor Scham einknicken, wie es immer wieder geschah? Wann würde sie sich vorwerfen, nicht besser achtgegeben zu haben? Wann würde sie sich selbst die Schuld an seiner Tat geben?

»Eins nach dem anderen«, murmelte er, zu sich, doch sofort fragte die Stimme neben ihm nach.

»Wie bitte?«

Eine Kollegin der Spurensicherung, Brandt hatte sich ihren Namen nicht gemerkt. Sie trug Bluejeans und ein enges T-Shirt, eine schwarze Sporttasche lag im Fußraum. Als wäre sie gerade aus dem Fitnessstudio gekommen, dachte der Kommissar. Doch statt Sportkleidung befand sich in der Tasche alles, was sie brauchten, um im Haus von Astrid Marks nach Indizien zu suchen.

»Ich dachte daran, was passiert, wenn unsere Zeugin einknickt«, erklärte er mürrisch.

Die junge Frau zwinkerte ihn mit einem entwaffnenden Lächeln an. »Dann sehen wir mal zu, dass wir Beweise zusammenbekommen. Indizien lügen nicht … und die Durant ist ja auch noch da.«

»Hoffen wir das Beste«, erwiderte Brandt und stieß die Tür seines Alfa Romeo auf.

Prompt erschien das Gesicht von Axel Reimer am Fenster. Eine schnelle Handbewegung, und der Glasflügel schwang nach innen.

»Alles klar, Herr Kommissar?« Er grinste breit, dann verzog sich das unrasierte Gesicht zu einem weiten Gähnen. »Wollen Sie etwa zu mir? Ich habe irgendwie … verschlafen.«

»Heute nicht«, zwang sich Brandt zu sagen und wippte den Kopf nach nebenan. »Haben Sie keinen Dienst?«

230

»Erst am Nachmittag.« Reimer hustete und deutete in Richtung seiner Nachbarin. »Die ist übrigens gar nicht da, soweit ich weiß.«
Darauf war der Kommissar vorbereitet. »Wir haben ihre Erlaubnis«, erklärte er, so wie es mit den Frankfurtern abgesprochen war. »Dasselbe Programm wie bei Ihnen. Computer, Router, Handy. Es gibt da Ungenauigkeiten. Wenn wir Pech haben, müssen wir uns auf die ganze Nachbarschaft ausweiten.«

»Aha.« Axel Reimer stützte sich auf die Unterarme und nickte. »Dann glauben Sie mir also endlich, dass die E-Mail nicht von mir stammt.«

»Ich glaube etwas ganz anderes«, stieß Brandt zwischen den Zähnen hervor, rang sich aber ein Lächeln ab und sagte laut: »In meinem Alter hab ich's aufgegeben, mir über den ganzen Technikklimbim Gedanken zu machen.« Er deutete auf seine Kollegin. »Soll die Jugend sich damit auseinandersetzen.«

»Brauchen Sie Hilfe?«

»Inwiefern? Haben Sie einen Haustürschlüssel?«

Reimer zuckte zusammen. »Wie?«

»Nur so«, sagte Brandt. »Aber danke, nein, wir kommen schon klar. Sollte noch etwas sein, melden wir uns bei Ihnen.«

»Sie sind ja ganz schön ausgefuchst.« Die Forensikerin schob lächelnd den ihr von Frau Marks überlassenen Haustürschlüssel in den Zylinder.

Brandt räusperte sich verlegen. »Danke. Aber er soll nun mal nicht mitbekommen, dass wir seinetwegen hier sind.«

»Er wirkt ziemlich eingenommen.«

»Eben drum. Und scheinbar hat er nicht den geringsten Verdacht, dass sie ihn angezeigt hat. Ich könnte kotzen!«

Die Prozedur begann im Hausflur, doch wie befürchtet fand sich weder an Klinken noch am außen liegenden Knauf etwas anderes als Frau Marks' eigene Fingerabdrücke. Dazu eine Menge verwischter,

231

älterer Abdrücke, aber überall stachen die von Frau Marks hervor. Kein Wunder, sie hatte die Türen allesamt als Letztes bedient.

»Dort.« Brandt zeigte neben das Bett im Schlafzimmer. »Die Schuhe.« Er trug Gamaschen, bewegte sich trotzdem nur so wenig wie möglich. Die Kollegin hatte sich in einem engen Gästebad in eine Astronautin verwandelt – jede Bewegung wurde von einem raschelnden Flattern ihres Schutzanzugs begleitet – und untersuchte nun die Schuhe. »Nichts.« Es handelte sich um helle Glattlederschuhe mit niedrigem Absatz. Große, dankbare Flächen für entsprechende Abdrücke.

»Auch nicht auf der Unterseite?«, fragte Brandt enttäuscht. »Nicht mal ihre?«

»Nein. Vermutlich abgewischt.«

Verdammt.

*

Peter Brandt stand einige Schritte abseits und beäugte die routinierten Bewegungen der Forensikerin. Er wog sein Smartphone in der Hand, wollte es aber nicht benutzen. Wollte Julia Durant nicht anrufen müssen, um ihr mitzuteilen, dass es keine Beweise für Reimers Anwesenheit in dieser Wohnung gab. Keine belastenden Indizien, mit denen man ihm etwas nachweisen konnte.

Verschlafen. Brandt zog eine verächtliche Miene, bevor er mit der freien Hand seine Unterlippe zu kneten begann. Unverfrorener ging es ja wohl kaum. Und das Allerschlimmste, was er seiner Kollegin beichten musste, würde dem Ganzen die Krone aufsetzen.

Der Offenbacher Beamte hatte ab 0:13 Uhr die Überwachung des Hauses übernommen. Und obwohl er Stein und Bein schwor, dass er seine Position weder verlassen hatte noch eingenickt war: Er hatte nicht mitbekommen, wie Reimer seine Nachbarin zurück auf ihre Seite des Doppelhauses gebracht hatte.

Merda!, dachte er. Scheiße!

Das Fluchen war eines der wenigen Dinge, die noch an Brandts italienische Wurzeln erinnerten. Julia Durant würde wahrlich nicht begeistert sein. Von der armen Astrid Marks ganz zu schweigen.

15:10 UHR

Astrid Marks hatte alle Untersuchungen über sich ergehen lassen. Überhaupt hielt sie sich tapfer, wie Julia Durant fand. Die beiden saßen in der Kantine, Frau Marks löffelte lustlos an einem Schokopudding. Erst vor wenigen Minuten waren die ersten Ergebnisse hereingekommen. Sie brachten eine traurige Gewissheit: Astrid Marks war mit einem Narkotikum betäubt worden, und es hatten nachweislich sexuelle Handlungen stattgefunden. Die Verletzungen im Schambereich waren weniger ausgeprägt, wie man in einem solchen Fall erwartet hätte. Doch es hatten sich Spuren eines Gleitmittels feststellen lassen. Der Einschätzung der Ärztin nach war der Täter umsichtig vorgegangen. Den Begriff »behutsam« vermied sie tunlichst.

»Hat er ... gibt es ...«, brach Frau Marks das Schweigen, »Ich meine, gibt es DNA-Spuren?«

Julia Durant schüttelte den Kopf. »Leider nein. Er muss sehr darauf bedacht gewesen sein, keine Spuren zu hinterlassen.«

Ein Anruf von Peter Brandt bestätigte das. Abgesehen davon, dass der observierende Beamte wohl ein Nickerchen gemacht hatte, gab es nirgendwo im Haus Spuren, die auf Axel Reimer hinwiesen. Er hatte ganze Arbeit geleistet.

»Aber ... was bedeutet das jetzt?«, wollte Frau Marks wissen und schob die halb volle Puddingschale von sich. Nach all ihrer Tapferkeit zeigte sie nun eine neue, fast weinerliche Seite.

»Die Beweise sind nicht rechtskräftig«, dachte Durant laut und hob sofort die Hand vor den Mund. Verdammt! Das hatte sie nicht aussprechen wollen. »Also – wir müssen natürlich weitersuchen. Leider hat Reimer uns die Durchsuchung des Hauses bereits gestattet, also wird es schwierig werden, einen Beschluss zu erwirken. Aber ich verspreche Ihnen, ich werde an der Sache dranbleiben!«

»Das klingt jetzt so wie im Fernsehen«, erwiderte Marks kleinlaut. »Bevor sich alles im Sand verläuft.«

»Nein!«, sagte Durant energisch und reckte den Zeigefinger in Marks' Richtung. »Damit kommt er nicht durch, das verspreche ich Ihnen. Haben Sie denn eine Möglichkeit, anderswo zu übernachten? Können Sie irgendwohin?«

Frau Marks hob unschlüssig die Schultern. »Darüber habe ich auch schon nachgedacht«, gestand sie. »Ich werde mir wohl eine Pension suchen.«

Durant überlegte kurz. »Was arbeiten Sie eigentlich?«

Astrid Marks nannte den Namen einer Firma, welcher der Kommissarin bekannt vorkam, ohne ihn einer Branche zuordnen zu können. »Keine besonders anspruchsvolle Tätigkeit«, zwinkerte Frau Marks, »aber ich habe Gleitzeit. Das kommt mir jetzt zugute.«

16:35 UHR

Peter Brandt saß alleine in seinem Büro. Unzufrieden, weil er nichts erreicht hatte. Zu oft schon hatte er erlebt, wie solche Fälle abliefen. Keine Beweise. Keine Anklage. Keine Verurteilung. Und so kam es, dass Täter und Opfer im selben Ort, in derselben Straße lebten – oder gar im selben Haus! Sich regelmäßig begegneten, Blicke austauschten. Vielsagende Blicke. Blicke einer lüsternen Dominanz, unantastbar und herabschauend. Wie viele Seelen zerbrachen ohne Klirren, ohne Scherben? Sein Blick fiel auf das Buch.

Axel Reimer besaß es auch. Er lebte im Haus eines Serienmörders, den er zu verehren schien. Das war krankhaft, das war etwas anderes, als Neil Armstrong zu verehren und deshalb Mondsteine zu sammeln. Das war

234

sogar krankhafter, als Messer mit SS-Runen und Porzellan mit Haken-
kreuzen im Partykeller aufzudecken. Doch wie krankhaft war Reimer
selbst? War er ein Soziopath, wie es viel zu viele gab und von denen die
meisten niemals auffällig wurden? Verehrte er die Dinge, die Georg
Otto Nickel hinterlassen hatte, oder ahmte er dessen Morde nach?

»Das passt hinten und vorne nicht«, murmelte Brandt in die Stille,
während er zu blättern begann. Er vergaß darüber die Zeit, und erst
als er wie von einer Tarantel gestochen aufschreckte, bemerkte er,
dass er über eine halbe Stunde gelesen hatte.

»Scheiße!«, entfuhr es ihm. Er überflog die Passage ein zweites Mal,
dann erneut, diesmal mit dem Finger auf jedem Wort.

Was hatte dieser Junge da zu suchen? Ich habe extra immer einen
großen Bogen um gewisse Stellen gemacht, dort, wo die Dorfjugend mit ihren lauten Kreidlern hinfuhr. Wo sie die Bierdosen und
ihre Playboy-Hefte versteckten. Diese platt getrampelte Lichtung,
dieses von Reifenspuren zerfahrene Wiesenstück in der Nähe des
Steinbruchs. Die bemoosten Betontrümmer des Bunkers, den die
Amerikaner nur teilweise gesprengt hatten. Immer hat er sich dort
herumgetrieben, dieses Balg, dieses Muttersöhnchen, der sich für
etwas Besseres hielt. Immer dann, wenn sie sich ohne ihn amüsier-
ten. Ihn zurückließen, weil er kein Moped hatte. Weil sein Vater es
ihm verbot. Wie er dahockte, mit der Hand in der Hose und dem
Heftchen auf den Knien. Er hat mein wahres Gesicht gesehen. Nur
für eine Sekunde. Aber ich weiß, er ist der Einzige, der beide Gesichter von mir kennt und es überlebt hat. Er wusste seit diesem
Tag, was ich getan habe. Daran habe ich keinen Zweifel.

Längst hatte Brandt den Telefonhörer in der Hand.
»Reimer«, sagte er, immer wieder. »Axel Reimer.«

*

Julia Durant nahm das Gespräch entgegen.

»Peter? Bist du das?«

»Wer soll denn sonst von meinem Anschluss anrufen?«, kam es mürrisch zurück.

»Ist ja gut. Das Erste, was ich gehört habe, war ein Krächzen. Sagtest du was von einem ›Eimer‹?«

»Rate noch mal.«

Er hätte sich entschuldigen können, aber Durant sah ihm das nach. Sie konnte selbst ziemlich kratzbürstig sein.

»Nee, du sagst mir jetzt, was Sache ist«, forderte sie. »Gibt's doch eine verwertbare Spur in Sachen Marks und Reimer?«

»Die Richtung stimmt schon mal. Es geht um *ihn*.«

»Reimer?«

»Hundert Punkte! Hast du das Buch über Nickel zur Hand?«

Durant überlegte. Der Text lag zu Hause, sie hatte ihn längst lesen wollen. Doch dann war der nächtliche Einsatz dazwischengekommen.

»Mist, nein, der liegt daheim auf der Couch.«

»Hast du ihn gelesen?«

»Teilweise«, gestand sie.

»Dann notier dir mal Folgendes.« Brandt nannte eine Seitenzahl und zitierte eine kurze Passage, bevor er schloss: »Dieser Junge, den Nickel beschreibt. Das ist Reimer!«

Brandt las weiter, über das Muttersöhnchen und den Vater, der seinem Jungen verbot, ein Moped zu besitzen.

»Hat Reimer das *so* gesagt?«, erkundigte sich Durant und wollte sich gerade das Protokoll der Vernehmung heraussuchen, als Brandt antwortete: »So ähnlich. Aber es ist ein kleiner Ort. Und da passt einfach alles. Der Außenseiter aus gutem Hause. Ich sag's dir, Reimer und Nickel sind einander nicht bloß begegnet, sondern Reimer hat ganz genau gewusst, was Nickel trieb.«

»Okay. Mal angenommen, es ist so gewesen«, überlegte Durant laut weiter. »Was bedeutet das für uns? Fühlt Reimer sich verantwortlich für Nickels Verhaftung? Er behauptete doch, der Dorfpolizist habe ihm nicht geglaubt. Was hat das damals mit ihm gemacht? Fühlte er sich dem Täter verbunden, weil niemand sonst ihm glaubte? Eine Art Verbindung, nach der er sich als Außenseiter sehnte? Und am Ende, als Nickel verhaftet war, fühlte er sich übermächtig? Ist es sein persönlicher Triumph, dass er in seinem Haus wohnt und seine Sachen besitzt? Dass er weiterleben darf, während Nickel lange tot ist?«

»Er besitzt nicht nur ein paar Sachen«, sagte Brandt vielversprechend. »Es gibt da noch etwas, was du nicht weißt.«

»Aha. Und das wäre?«

»Georg Otto Nickel fuhr seinerzeit einen VW Jetta, Baujahr 1985 …«

Julia Durant schwante nichts Gutes.

»… genau dasselbe Modell fährt auch Axel Reimer! Ein Jahr jünger, aber das ändert nichts an der Bauart.«

»Verdammt, Peter! Wieso wussten wir das nicht?«

»Weil es nicht wichtig war. Oder fragst du jeden deiner Verdächtigen nach der Marke seines Autos?«

»Schon«, murmelte Durant und mahlte mit dem Kiefer. Da war etwas in ihrem Hinterkopf, *irgendetwas* …

Dann fiel es ihr ein: »Die Reifen! Welche Reifengröße?«

»Was weiß denn ich? Asphaltschneider vermutlich. Damals fuhr man noch auf Felgen, die höher als breit waren.«

»155er?« Durant suchte fieberhaft nach ihrer Notiz über die gefundenen Spuren. Sie nannte die Daten und den Typ, so wie Platzeck es ihr durchgegeben hatte. »Könnte das passen?«, fragte sie abschließend.

Peter Brandt überlegte ein paar Sekunden. »Ich denke schon.«

Ein grimmiges Lächeln zeichnete sich auf dem Gesicht der Kommissarin ab.

War das das Indiz, das ihnen fehlte?

Hatte Reimer sich einen Fehler erlaubt, der ihm nun das Genick brechen würde?

Sie verabschiedete sich hastig.

17:15 UHR

Auf keinen Fall!«, wetterte Claus Hochgräbe, den Telefonhörer noch immer fest umklammert.

»Aber was brauchen wir denn noch?«, giftete Julia Durant zurück, die ihren Pulsschlag hämmern spürte.

»Mensch, Julia.« Der Boss zwang sich zur Ruhe. Er legte den Hörer auf und massierte sich die Schläfen. »Ist Reimer ein Schwein? Sicherlich. Verführt er Frauen mit falschen Internetprofilen? Gewiss. Aber gibt es auch nur einen stichhaltigen Beweis dafür, dass er als Pärchenmörder durch den Wald zieht? Oder dass er Frau Marks tatsächlich vergewaltigt hat?«

»Wir erfahren es jedenfalls nicht, wenn wir hier rumhocken!«, erwiderte die Kommissarin. »Da haben wir schon ganz andere verhaftet ...«

»Ja! Und sie dann wieder laufen lassen müssen.«

»Trotzdem. Vielleicht gibt es in seiner Wohnung noch irgendwelche Hinweise auf die Vergewaltigung.«

»Das glaubst du doch selbst nicht.«

»Und was ist mit dem Wagen?«

»Was soll damit sein? Davon gibt es sicher nicht nur einen. Und VW-Fahren allein ist ja wohl kein Verbrechen.«

Durant traute ihren Ohren nicht. »Ein Jetta, Baujahr 1986, mit womöglich denselben Reifen, von denen wir Abdrücke genommen haben? Verdammt, Claus, was brauchst du denn noch alles?«

»Der Staatsanwalt ist da anderer Ansicht«, blockte Hochgräbe ab. »Ob es uns gefällt oder nicht. Aber es gibt einen Lichtblick. Wir ha-

238

ben grünes Licht für die Beobachtung des Stadtwalds. Laut Wetterbericht bekommen wir eine klare, relativ milde Nacht mit hellem Mond. Vielleicht die letzte dieses Jahres. Also halten wir die Beobachtung von Reimer noch eine Nacht aufrecht und konzentrieren uns auf den Wald.« Er blickte auf die Uhr. »Um halb sieben geht's los, wir koordinieren das von Kelsterbach aus. Ich möchte vorher noch nach Hause, mich umziehen und einen Happen essen. Kommst du mit?«

»Danke. Keinen Bedarf.«

17:55 UHR

Nachdem Julia vor lauter Frust drei Schokoriegel verdrückt hatte und den Milchgeschmack nun mit einem großen Kaffee herunterzuspülen versuchte, saß sie alleine in ihrem Dienstzimmer. Mal wieder. Die Füße auf dem Schreibtisch, Nickels Text auf den Oberschenkeln. Frank Hellmer hatte seine Kopie von Schindlers Buch im Präsidium gelassen. Julia verstand nicht, warum sie nicht auf ihr Bauchgefühl hören durfte. Sie wollte es nicht verstehen. Warum musste Astrid Marks in einer Pension hocken, während der »mutmaßliche« Täter (es gab doch kaum einen Zweifel an seiner Schuld) bequem zwischen seinen Polstern hockte? Wahrscheinlich holte er sich noch einen runter auf seine Macht, auf seine Unantastbarkeit.

Als das Telefon mit unbekannter Nummer auf dem Display klingelte, hob Durant missmutig den Hörer ans Ohr, rechnete fest mit irgendeinem Spinner, den die Belohnung aus seiner Versenkung gelockt hatte. Stattdessen war es Michael Krenz, der sie mit einem Wortschwall überfiel. Er wetterte über »Hilfe« und »Unterstützung« und über »in den Rücken fallen«.

»Also. Was sollte das?«, keuchte er schließlich schwer.

»Ich weiß nicht, wovon Sie reden«, erwiderte Durant wahrheitsgemäß. »Können Sie etwas deutlicher werden?«

»Deutlicher? Gern! Bei mir und einigen anderen Kameraden tauchten heute die Grünen auf. Ähm … ich meine die Blauen. Mit allerlei Fragen und Androhungen. Waffen, Betäubungsmittel, verbotene Symbole. Scheiße noch mal, für was halten Sie uns eigentlich? Neonazis? Terroristen?«

»Ich weiß von nichts«, sagte Durant. Sie hatte zwar mitbekommen, dass man den Typen von der Bürgerwehr ein wenig auf die Zehenspitzen hatte treten wollen, doch das hatten andere in die Hand genommen.

Ihrer schlechten Laune kam dies jedoch gerade recht, sie musste sich anstrengen, um ihr Amüsement zu verbergen. »Und?«, fragte sie spitz. »Hat man Sie jetzt alle am Wickel?«

»Das hätten Sie wohl gern. Aber da muss ich Sie leider enttäuschen …«

»Ich habe andere Sorgen«, unterbrach sie Krenz schroff.

»Ich auch!«, kam es wütend zurück. »Man hat uns heute ausgeschlossen.«

Der Einsatz im Wald? »Sie meinen die Überwachung«, vergewisserte die Kommissarin sich.

»Jep. Eine Schande ist das!«

»Finde ich auch«, entfuhr es ihr, auch wenn sie es ganz anders meinte. Für alles schien man Zeit und Mittel zu haben. Nur nicht für Axel Reimer. Wenigstens hatte sie durchsetzen können, dass diesmal zwei Beamte in dem Überwachungsfahrzeug sitzen würden. Dann war es nicht so schlimm, wenn einer ein Nickerchen hielt. Oder zum Pinkeln ging.

»Wieso? *Sie* hat man doch nicht ausgeschlossen …« Krenz klang etwas irritiert.

Durant erklärte ihm, dass die Mordkommission nichts unter den Zivilfahndern verloren habe. Dafür waren ihre Gesichter viel zu bekannt. Claus hatte das zwar nicht ausdrücklich so gesagt, aber sie

240

wusste es natürlich. Man bediente sich bei der Sitte, der Rauschgift-fahndung und anderen.

»Im Grunde ist mir das auch ganz recht«, schloss die Kommissarin. »Ich glaube nämlich, dass das alles eine immense Zeitverschwendung ist.«

*

Das Telefonat mit Krenz war längst beendet, Julia wieder in ihre Un-terlagen vertieft. Doch sie konnte sich nicht so recht konzentrieren, blätterte eher halbherzig durch einen Dateiordner. Hatte Claus den Gedanken, der Bürgerwehr mit Uniformierten auf den Pelz zu rü-cken, tatsächlich sofort in die Tat umgesetzt? Mal wieder, ohne ihr etwas davon zu sagen? Verdammt! In letzter Zeit schien er zu verges-sen, dass es zwischen ihnen keine Geheimnisse geben sollte. Wenn man zusammenarbeitete *und* -lebte, fand sich doch genügend Zeit, um solche Dinge zu besprechen.

Sollte sich finden.

Es dauerte nicht lange, da fand sie eine Datei mit allerlei Notizen.

Wow, dachte die Kommissarin. Sie griff erneut zum Telefon.

»Jaa?«, klang es lang gezogen. Es war die Stimme von Michael Krenz. »Sie schon wieder? Haben Sie Sehnsucht?«

»Ja. Daran wird's wohl liegen«, entgegnete sie lakonisch. »Es gibt da noch etwas, worüber wir uns unterhalten sollten.«

»M-hm. Und was?«

»Das würde ich lieber persönlich besprechen.« Durant räusperte sich.

»Sie haben ja heute nichts vor, nehme ich an.«

»Nehmen Sie an?«

»Normalerweise wären Sie doch im Stadtwald. Aber das fällt heute aus. Also könnten wir uns doch irgendwo treffen.«

»Treffen? Sie meinen – so wie eine Verabredung?«

»Ich meine ein Treffen. Ganz einfach.« Durant schlug eine Bar vor, die nicht allzu weit vom Holzhausenpark entfernt lag. Unter der Woche fand man dort meist ein ruhiges Plätzchen. Außerdem gab es eine gute Auswahl an gezapften Biersorten.

»Okay, gerne«, sagte Krenz. »Wann?«

»So gegen acht?«

»Perfekt.«

Eine Viertelstunde später verließ die Kommissarin das Präsidium. Sollte Claus doch Wurzeln schlagen in diesem bescheuerten Waldstück, dachte sie missmutig. Ich setze mich in eine Bar und klopfe ein wenig auf den Busch. Am Ende werden wir ja sehen, wer die meisten Erfolge verbuchen kann. Und wer dabei die meisten Ressourcen verschwendet hat.

20:00 UHR

Michael Krenz erwartete sie bereits. Er saß in einer Nische in unmittelbarer Nähe einer Leuchtanzeige, die auf den Notausgang hinwies. Ob er den Platz deshalb gewählt hatte? Immer die Tür im Blick, nicht mit dem Rücken zum Geschehen? Durant entschied, ihn bei Gelegenheit danach zu fragen.

Sie hatte sich im Präsidium etwas Frisches übergezogen und ihr Make-up gerichtet. Nicht übertrieben, sie trug noch immer dieselbe Jeans, aber die Bluse mit den großen Knöpfen, die im Schrank im Büro ein trauriges Dasein fristete, hatte sie fast noch nie getragen. Das mochte daran liegen, dass der oberste Knopf so schwer war, dass er das Dekolleté weiter freilegte, als die Modedesigner es vermutlich geplant hatten.

»Da sind Sie ja.« Er hob sein Bierglas, das bereits zur Hälfte geleert war. »Pünktlich wie die Maurer.«

»Und Sie waren demnach zu früh«, erwiderte die Kommissarin mit Blick auf das Glas.

»Ich trinke schnell«, zwinkerte er.

242

»Hoffentlich nehmen Sie nachher die U-Bahn.«

»Ich kann das ja.«

Wie er das wohl meinte? Durant kniff die Augen zusammen, und die Erklärung ließ nicht lange auf sich warten.

»Das ganze Gesocks kann mir nichts anhaben«, protzte er und tippte sich abwechselnd auf seine Bizepse. »Aber es ist ein Armutszeugnis, wenn Sie mich fragen, was sich da alles rumtreibt, sobald die Sonne verschwunden ist.«

»Hm. Damit sind wir ja direkt beim Thema …«

»Na, aber wir wollen doch erst mal was bestellen, oder?« Krenz' Zeigefinger kreiste über dem Bierglas. »Auch so eines? Oder stehen Sie mehr auf Gin Tonic? Es ist Happy Hour …«

»Bloß nicht.« Mit Gin Tonic verband sie nichts Gutes. Tief in ihr vergraben schlummerte die Erinnerung an einen ziemlich üblen Morgen danach.

»Jetzt mal Klartext«, sagte die Kommissarin, nachdem sie ein Bier bestellt hatte. »Sie verfügen über ein beachtliches Arsenal. Schreckschusswaffen, Messer, Survivalausrüstung. Und das alles bei dem Gehalt eines Angestellten … Wie viele Personen gehören zu Ihrer Gruppe?«

»Acht bis zehn«, antwortete Krenz.

Durant rechnete schnell. »Und alle so gut ausgestattet wie Sie?«

»Das interessiert mich nicht. Hauptsache, sie stehen für die Sache ein.«

»Gut. Aber einstehen kann man nur, wenn man das nötige Equipment mitbringt. Oder stellen etwa Sie die Ausrüstung?«

»Natürlich nicht. Ausrüstung verleiht man nicht, genauso wenig wie Frauen.« Krenz grinste schief. »Bekommt man nur beschädigt und verschmutzt zurück.«

Durant stöhnte auf. Vielleicht hätte sie doch etwas Härteres bestellen sollen.

»Die anderen haben also alle ebenfalls ein geländegängiges Auto, Outdoor-Equipment und das ganze Brimborium. Herr Krenz, wir sprechen da von mehreren Zehntausend Euro. Die fallen doch nicht einfach so vom Himmel!«

Michael Krenz trank sein Glas leer, wischte sich die Oberlippe ab und hob dann die Schultern. »Und?«

»Wer bezahlt Sie?«

»Das wissen Sie doch längst, sonst säßen wir nicht hier zusammen, oder?«

»Ich möchte es von Ihnen hören. Nicht als Kommissarin, einfach so. Ich möchte es einfach nur verstehen …«

»Ach kommen Sie!« Krenz lachte so laut auf, dass andere Gäste sich zu ihnen umdrehten. Es schien ihm gleichgültig zu sein, denn er senkte die Stimme nur unwesentlich, als er fortfuhr: »Wenn Sie eines nicht sind, dann privat. Da ändern weder Ihre schicke Bluse noch das Bier etwas dran. Eine wie Sie ist doch immer im Dienst.«

»Aha.« Julia Durant fühlte sich gekränkt, auch wenn er prinzipiell natürlich recht hatte.

»Natürlich hat das Treffen einen dienstlichen Hintergrund«, setzte sie an. Sonst würde ich mit einem wie dir auch niemals in einer Kneipe sitzen, dachte sie, aber längst fiel Krenz ihr dazwischen: »Das wusste ich von Anfang an. Genau, wie ich wusste, dass Sie Bier trinken und Haare auf den Zähnen haben.«

»So. Das wussten Sie alles. Und woher, wenn ich fragen darf?«

»Nicht von dem, den Sie vielleicht hören wollen«, konterte Krenz. »Ich sag nur eins: *In-ter-net*. Googeln Sie sich doch mal selbst, da werden Sie drei Wahrheiten über sich finden. Erstens, Sie sind mit Ihrem Job verheiratet. Nichts, was Sie tun, hat nicht irgendwie mit Ihrer laufenden Ermittlung zu schaffen. So wie ein Pitbull, der das Gebiss nicht mehr auseinanderbekommt.«

»Und zweitens? Und drittens?«

»Sie trinken Bier, am liebsten aus der Dose, aber davon gibt es ja immer weniger Sorten. Und dann die Sache mit den Haaren auf den Zähnen …«

Durant riss, einem Impuls folgend, den Mund weit auf und bleckte die Zähne. Es war ihr gleichgültig, ob sie begafft wurde. »Na?«, stieß sie hervor, hob den Zeigefinger in Richtung ihrer Kauleisten und bewegte den Unterkiefer hin und her, bevor sie weitersprach: »Das mit den Haaren hätten wir dann schon mal aus der Welt. Und jetzt bestelle ich mir einen Mojito. Auf Ihre Kosten.«

Für eine Sekunde funkelten die beiden sich an, als spränge sie sich im nächsten Augenblick an die Gurgel. Dann mussten sie lachen.

»Eins zu null für Sie.« Krenz bedeutete der Bedienung, dass er etwas bestellen wollte. »Zwei Mojitos bitte – aber richtige, also mit Eiswürfeln und keiner gecrushten Pampe!«

»Ich bin schon immer ein Outdoortyp gewesen«, erklärte Krenz. »Das andere kam erst hinterher. Und den meisten Typen der Bürgerwehr geht es ähnlich, man kennt sich eben, da ist doch nichts dabei. Das mit dem Geld kam später, das war, nachdem wir uns formiert hatten. Mein Name ging ja durch die Medien, auch wenn mir das zuerst gar nicht so recht war.«

Durant erinnerte sich. Nach ihrem ersten Aufeinandertreffen im Wald und der Meldung über den neuen Leichenfund hatte die Bürgerwehr für Unruhe gesorgt. Verschiedene Gesichter waren durch die Medien gegeistert und wieder verschwunden. Bald hatte man sich auf die Polizei eingeschossen. Würde man dort richtig arbeiten, hieß es, dann wäre keine Bürgerwehr notwendig. Der Klassiker.

»Hm. Und weiter?«, fragte sie.

Krenz hob die Schultern. »Dann klingelte das Telefon, und Rettkes Büro war dran. Ich bekam eine Einladung, so richtig formell. Können Sie sich das vorstellen? Ich, in meiner Cargohose und mit dem Pick-up neben seiner Luxuskarre?« Er lachte auf. »Aber letzten Endes ist Rettke auch nur ein Typ wie du und ich. Mit dem Unterschied, dass er die notwendige Macht besitzt und eine Menge Verbindungen.«

245

Kurt Rettke. Durant schluckte. Sie hatte es gewusst, aber dennoch traf die Bestätigung sie hart. Welches Interesse hatte dieses Dreckschwein an diesem Fall? Ein Typ, der sich sonst so wenig um die Belange wehrloser Frauen scherte?

»Warum? Das frage ich mich«, murmelte sie leise.

»Warum ich?«

»Nein. Warum dieses Engagement? Ich habe ihn nicht gerade als Menschenfreund kennengelernt. Wann hat er sich bei Ihnen gemeldet?«

»Hm, das müsste ich nachsehen. Aber es war im Sommer.«

Durant wurde hellhörig. »Geht es noch genauer?«

»August oder so. Drei, vier Wochen nach den Julimorden.«

Ihre Handflächen trafen sich klatschend. »Aha! Also lange bevor wir beide uns trafen. Lange bevor er die Belohnung in Aussicht gestellt hat.«

Michael Krenz' Antlitz wurde düster. »Diese Drecksbelohnung! Haben Sie eine Ahnung, wie viele Pfeifen jetzt losziehen? Alle in der Hoffnung, etwas herauszufinden.«

Durant musste unwillkürlich grinsen. »Nun ja. Sie sind das allerbeste Beispiel, wenn man's genau nimmt.«

»Hä? Wieso?«

»Sie können von Glück reden, wenn Körtens Sie nicht verklagt. Freiheitsberaubung, Körperverletzung et cetera. Der war ziemlich angefressen nach Ihrem Übergriff.«

»Übergriff«, äffte Krenz sie nach und winkte ab. »Ein Anruf bei Rettke …«

»Ja. Eben!«, rief Durant. »Warum hängt Rettke sich da so rein? Haben Sie auch nur den Hauch einer Ahnung, was er in seiner Freizeit so treibt? Ich sage nur minderjährig. Und unfreiwillig.«

Krenz schüttelte sich. »Ja, kann's mir schon denken. Geldsäcke eben. Einer schlimmer als der andere. Aber wenn seine Kohle dazu beiträgt, etwas Gutes zu tun …«

»Dann *was?*« Durant zog eine Grimasse. »Der Ablasshandel wurde abgeschafft. Glauben Sie mir, ich bin Pastorentochter, ich weiß das.«

»Gut. Meinetwegen. Ich hab's auch nicht *so* gemeint. Aber Geld stinkt nicht.« Krenz zwinkerte. »Ich habe Dagobert Duck gelesen, ich weiß das. Und wenn ich Geld bekomme, um mich besser auszurüsten, und das zu einem Erfolg führt … so what?«

Durant stach mit ihrem Strohhalm zwischen die Eiswürfel, der braune Zucker knirschte. Grüne Fetzen der Minzeblätter stiegen auf. Sie schloss die Augen und nahm einen Zug, erst zögerlich, dann einen zweiten. Diesmal mehr.

»Gut, nicht wahr?«

»Könnte man sich dran gewöhnen.«

»Ich muss zugeben, das Internet ist doch nicht so schlau«, sagte er, noch immer lächelnd.

Flirtete er etwa mit ihr? In Momenten wie diesen fragte die Kommissarin sich, ob ein Ehering an ihrem Finger etwas daran ändern würde. Oder ob es ein männliches Zwangsverhalten war. Andererseits – sie hatte ja selbst auf dieser Art des Treffens bestanden. Weil sie wusste, dass man Typen wie Krenz auf ihrem eigenen Terrain nicht beikommen konnte.

»Ich nehme an, Sie reden von den Haaren auf den Zähnen und dem Dosenbier?«

»Genau. Und wie ein Pitbull sehen Sie ja auch nicht aus.«

»Oh. Vielen Dank.« Durant trank einen weiteren Schluck. »Nachdem das geklärt ist, können wir vielleicht noch mal über Rettke reden?«

Krenz stöhnte auf. »Soll ich es für Sie herausfinden, warum er sich so in die Sache reinhängt?«

»Können Sie das denn?«

»Fragen kostet nichts. Aber im Gegenzug hören Sie damit auf, meine Jungs zu belästigen. Wir spielen immerhin auf derselben Seite.«

Durant presste die Lippen aufeinander. Am liebsten hätte sie deut-

247

lich widersprochen. Hätte Krenz darauf hingewiesen, dass er sich nicht in die laufende Ermittlung einzumischen habe und dass sich bei genauem Hinsehen ein ganzes Dutzend an Verstößen finden lassen würde. Waffen, Betäubungsmittel.

Stattdessen nickte sie langsam. »Mir wäre es lieber, das alles wäre nicht notwendig.«

Krenz hob die Schultern. »Das Leben ist kein Wunschkonzert. Und jetzt würde ich gerne in die Horizontale, wenn's recht ist. Die letzte Nacht … na ja, Sie wissen ja.«

Sie leerten ihre Gläser. Krenz bezahlte, half Durant in ihre Jeansjacke und trat als Erster aus der Bar, um ihr die Tür aufzuhalten.

Durant bedankte sich und wollte sich gerade verabschieden, da griff Krenz, der dicht vor ihr stand, nach ihrem Haar. Sie zuckte instinktiv zusammen.

»Ihr Mann darf sich glücklich schätzen.« Er lächelte.

»Ich bin nicht verheiratet.«

»Aber vergeben. Das Internet, Sie wissen schon. So ganz unrecht hat es eben doch nicht. Zuerst kommt für Sie immer der Job. Win-win für Ihren Chef. Er muss Sie nicht teilen. Ich hoffe nur, Sie behalten die Waagschale im Auge. Kein Mann spielt gern die zweite Geige.«

Damit ließ Michael Krenz die Kommissarin einfach stehen. Ein entferntes Winken und ein »Ich melde mich!« war alles, was sie noch von ihm wahrnahm.

Es war kühl geworden.

Nachdenklich klappte Julia den Kragen ihrer Jacke nach oben und setzte sich in Bewegung. Bis zu ihrer Wohnung waren es nur ein paar Straßen. Sie freute sich auf das warme Bett, doch befürchtete insgeheim, dass es noch eine ganze Weile dauern würde, bis sie zur Ruhe kam.

23:40 UHR

Der Mond war herrlich voll und strahlend hell. Ein kreisrunder Hof lag wie ein kaum sichtbarer Schleier um die gleißende Scheibe. Der Verkehr auf der Autobahn A 3 war spärlich, ein Hintergrundrauschen, das man ignorieren konnte. Die verspätete Boeing, die trotz der Nachtflugsperre über die Baumwipfel dröhnte, war die einzige Störung. Hier oben, wo er stand, kam fast nie jemand hin. Ein vergessener Platz, der dem Panther allein gehörte. *Der Bestie.*

Doch gehörten nicht die gefährlichsten Raubtiere gleichzeitig zu den anmutigsten und am meisten verehrten Tieren? Löwen, Tiger, Panther, ja selbst der, wenn auch noch zaghaft, nach Mitteleuropa zurückkehrende Wolf.

Der Panther atmete die kühle Nachtluft ein. Längst war das Flugzeug verschwunden und nicht mehr zu hören. Der Mond hatte die Seele berührt, es war unmöglich, sich in einem dunklen Zimmer zu verschließen und diese wundervolle Nacht verstreichen zu lassen.

Die Bestie fühlte sich rastlos. Sie war gestört worden. Und sie würde erst Ruhe geben, wenn sie ihrer Bestimmung noch einmal nachgehen konnte. Nicht heute, das ging leider nicht, aber bald. Sehr bald.

Du musst es tun.
Ich kann heute nicht ...
Dann lass mich es tun.
Wir sind eins.

Wie Krallen gruben sich die Finger in das alte Holzgeländer, an dem die Gestalt stand. Ein Splitter stach schmerzhaft ins Nagelbett, doch das Klammern war stärker.

Noch nie hatte es ein derartiges Zwiegespräch gegeben. Zwei Seelen, die miteinander kämpften, wer am Ende die Oberhand gewann.

Ich bin nicht deshalb hier.
Die Stimme klang verzweifelt. Sie versuchte, die andere zu überzeugen. Doch wann war diese jemals auf Argumente eingegangen?

Ich schon.
Du bist auch ich.
Ich werde töten.

»Aber nicht mit mir!«, stieß die Stimme hervor und erschrak vor sich selbst. Den schmerzenden Finger im Mund, riss die Person, die man als Panther bezeichnete, sich los. Eilte über den schmalen Pfad, über den sie gekommen war. Zurück in Richtung des Wagens. Die rechte Hand, ohne Holzsplitter, öffnete den Kofferraum.

Deshalb sind wir hier.
Nur deshalb.

Minuten später jagte das Auto die A3 in Richtung Seligenstadt hinunter.

MITTWOCH

MITTWOCH, 13. SEPTEMBER, 5:30 UHR

Zuerst begriff er nicht, was um ihn herum geschah. Er hielt sich das dicke, verschwitzte Kopfkissen über die Ohren, doch das Schrillen der Türklingel durchdrang die Daunenschicht. Ein verzweifelter Blick auf den Wecker verriet, dass es noch mitten in der Nacht war. Zumindest für ihn.

Was zum Teufel …, dachte er, als das Schrillen sich wiederholte. Ein dumpfes Pochen folgte. Dann wieder die Klingel.

Er schlappte schlaftrunken, aber vor allem mit einer unbändigen Wut im Bauch durchs Wohnzimmer in Richtung Flur.

»*Ja?*«, herrschte er die Personen an, von denen er zuerst nur die Gesichter wahrnahm. Ein Vollbart. Ein Pony. Und … »Brandt!« Seine Pupillen weiteten sich. »Was soll das? Haben Sie eine Ahnung …«

»Ich habe einen Durchsuchungsbeschluss und einen Haftbefehl«, unterbrach Brandt ihn schroff. Anschließend verkündete der Kommissar eine Reihe von Formalia, von denen Axel Reimer nur noch einen Bruchteil mitbekam. Seine Ohren rauschten, Panik ergriff ihn. *Verdunklungsgefahr*. Was …

»Haben Sie mich verstanden?«, wollte Brandt wissen.

Reimer nickte, obwohl das überhaupt nicht die Reaktion war, die er zeigen wollte. »Kann ich etwas dagegen tun?«

»Momentan nicht. Wir bringen Sie in Untersuchungshaft und durchsuchen das Haus und das Grundstück.«

»Aber …«

»Das wäre erst einmal alles«, hörte er den Kommissar sagen. Und schon fühlte er, wie die Hände von Bart und Pony ihn in Richtung eines Streifenwagens schoben.

*

»Du hast *was?*«

Claus Hochgräbe wäre um ein Haar der Löffel aus der Hand gefallen. Eine gute halbe Stunde war vergangen, seit eine geheimnisvolle SMS auf Julia Durants Smartphone eingegangen war. Seitdem hatte sie wach gelegen, sich hin und her gewälzt, und schließlich hatte sie ausgiebig geduscht. Irgendwann betrat Claus den von Dunstschwaden erfüllten Raum, schlaftrunken, und setzte sich mit verknittertem Gesicht auf die Toilette.

»Warum bist du so früh auf?«, hatte er wissen wollen.

»Warte. Beim Frühstück.« Julias Anspannung hatte nicht nur mit der SMS zu tun. Sie wusste, dass die Stimmung zwischen Kaffeeduft und Brötchen keine gute werden würde. Sei's drum.

Als Claus nach Hause gekommen war, war Mitternacht längst verstrichen gewesen.

»Bist du wach?« – »Mmmh. Nein.« – »Okay.«

Natürlich hatte Julia dann doch die Augen geöffnet. »Habt ihr jemanden verhaftet?«

»Nein. Ein großer Reinfall.«

Sie hatte nichts anderes erwartet. Sicher wäre die Kommissarin die Letzte, die sich nicht über einen schnellen Abschluss des Falles gefreut hätte – doch der Panther war nicht so dumm, einer Truppe von Zivilfahndern in die Fänge zu laufen.

Vielleicht morgen, hatte sie noch gedacht. Dann war der Schlaf gekommen, wenn auch unruhig, so blieb er zumindest traumlos und ohne weitere Unterbrechungen.

Bis halb sechs.

»Hallo! Julia!« Claus Hochgräbe winkte vor ihren Augen auf und ab. »Ich erwarte eine Erklärung!«

»Was gibt's da groß zu erklären?« Sie schnitt ein Aufbackbrötchen auf und schmierte sich eine große Portion Butter auf die beiden Hälften. Während die gelbe Masse schmelzend verschwand, griff sie vier dicke Salamischeiben und sagte wie beiläufig: »Ich find's gut. Peter Brandt hat sich um Reimer gekümmert. Ist immerhin sein Revier, da kann er doch machen, was er will.«

Hochgräbe schlug die Hände über den Kopf. »Himmelherrgott! Weißt du, was du da angerichtet hast?«

»Wieso?«

»Was, wenn er uns heute Nacht ins Netz gegangen wäre?«

»Ach. Hältst du ihn plötzlich doch für schuldig?«

»Darum geht's doch gar nicht. Aber wenn …«

»Wenn er losgefahren wäre, hätten die observierenden Beamten Meldung gemacht«, unterbrach Julia ihn und biss genussvoll in das Brötchen.

»Eben! Wir hätten ihn lückenlos überwachen können. Verfolgen, stellen, verhaften.«

»Deshalb haben wir uns ja bis zum Morgengrauen Zeit gelassen.«

»Ach ja? *Ihr*. Wie rücksichtsvoll!«, tobte Claus Hochgräbe. »Wie rücksichtsvoll von euch. Nicht nur, dass du mich als Vorgesetzten übergehst – du hintergehst auch deinen Partner!«

Sein Stuhl flog zurück, und er stampfte davon.

Julia kaute noch immer an ihrem Bissen, hatte aber plötzlich keinen Appetit mehr. Bis vor wenigen Sekunden hatte sie noch vorgehabt, ihm zu spiegeln, wie es war, wenn man übergangen wurde. Sie war es doch, die bei dem Einsatz im Stadtwald außen vor gelassen worden war. Der die Hände gebunden worden waren. Von Claus.

Sie hatte sich mit bestem Gewissen an ihren Kollegen aus dem Nachbarrevier gewandt. Und Brandt hatte sofort reagiert. Alles, was dort drüben geschehen war, lag nicht in ihrer Macht. Genauso wenig wie unter der Befugnis von Claus Hochgräbe. Das hatte sie bewusst in Kauf genommen ... und damit den Bogen womöglich überspannt?

Nein, sagte sie sich und ballte die Fäuste. Axel Reimer war ein Schwein, ein Vergewaltiger – und vielleicht noch Schlimmeres. Er durfte nicht auf freiem Fuß bleiben, während sein letztes Opfer nicht einmal nach Hause zurückkehren konnte.

Durant schob sich den letzten Bissen ihres Brötchens in den Mund, als Hochgräbe an den Esstisch trat. Seine Gesichtsfarbe hatte sich ein wenig normalisiert. Im Grunde war er doch der ruhige Pol der beiden, stets besonnen und immer einen Kompromiss zur Hand. Julia musste sich zwingen, kein schlechtes Gewissen zu zeigen. Er brachte diese weichen Züge immer wieder bei ihr hervor, wie noch kein Mann zuvor das geschafft hatte. Doch hier ging es um den Job. Und da machte ihr keiner etwas vor. Nicht einmal ...

»Julia, darüber reden wir noch.«

Hochgräbes Stimme hätte den Kaffee zum Gefrieren bringen können. Dazu der Zeigefinger, der Julia genauso unangenehm traf wie seinerzeit der Finger ihres Chemielehrers. Eines Sadisten, wie er im Buche stand. Der sich daran weidete, wenn er seine Zöglinge an der Tafel ins Versagen trieb.

Und bevor ihr der Bissen im Hals stecken blieb, hatte er auf dem Absatz kehrtgemacht. Sekunden später fiel die Wohnungstür ins Schloss.

Julia Durant verharrte noch einen Augenblick, bis ihr Herzschlag sich normalisiert hatte. Dann eilte sie ins Schlafzimmer, wo das Handy noch immer am Ladekabel hing. Sie wählte Brandts Nummer.

254

6:25 UHR

Die Morgenluft schmeckte nach Frost, auch wenn das Thermometer deutlich im Plusbereich lag. Eine Decke lag über den Schultern, der Innenraum war längst ausgekühlt.

Einige Zeit zuvor war der Wagen über einen Feldweg hierher gehoppelt. Jedes Schlagloch ein Stoß in die Wirbelsäule. Wenigstens hatte es in den vergangenen Tagen kaum geregnet, sodass es keine Schlammschlacht geworden war. In den Händen, die kühl und schweißfeucht waren, ruhte ein Fernglas.

Überall in seinem Haus waren die Lichter angegangen. Jeder Nachbar würde begreifen, dass es sich um eine polizeiliche Untersuchung handelte. Und spätestens, wenn er sich nicht zeigen würde, weil er in Untersuchungshaft saß, würden alle wissen, dass er ein Täter war.

Nicht nur der Sonderling, der es schon als Jugendlicher schwer gehabt hatte, sondern jemand, der gefährlich war. Nicht nur einer, der in einem Mörderhaus lebte, sondern einer, der seine eigenen Geheimnisse hütete. Und es war höchste Zeit, dass sie alle davon erfuhren.

Dörfer konnten verschwiegen sein. Bleierne Stille, die so manche kranke Seele in ein tiefes Grab riss. Menschen konnten blind sein, wenn sie nicht sehen wollten, was um sie herum geschah. Eine Ignoranz, die an Mittäterschaft grenzte.

Doch damit würde jetzt Schluss sein.

Menschen waren nutzlos.

Wertlos.

Und manche von ihnen ganz besonders.

*

Peter Brandt hatte sich einen Kaffee bringen lassen. Er genoss einen Augenblick der Ruhe hinter dem Haus, wo ein lang gezogener Garten die wahren Ausmaße des Grundstücks zeigte. Im ersten Drittel von einem mit Brombeerranken überwucherten Maschendrahtzaun getrennt, schienen die benachbarten Gärten im hinteren Bereich zu einer gemeinsamen Fläche verschmolzen. Ein Rasentraktor parkte unter einem schiefen Unterstand auf Reimers Seite. Ein gemauertes Klohäuschen auf der Marks-Seite war zu einem Gartenschuppen umfunktioniert, in dem Grabegabel, Spaten, Rechen und derlei deponiert waren.

Der Kommissar stand auf einem Weg schief ausgelegter Waschbetonplatten, die dafür sorgte, dass man mit sauberen Schuhen …

»Maledetto!«

Erst in dieser Sekunde traf ihn die Erkenntnis, dass beide Haushälften eine Hintertür in den Garten hatten. Und dass die Betonplatten durch ein rostiges Törchen nach nebenan führten.

Verdammt!

Wie hatte er das übersehen können?

Noch bevor Peter Brandt seine Gedanken sortiert hatte, erreichte ihn ein Anruf seiner Frankfurter Kollegin.

»Guten Morgen, Peter. Na, seid ihr zugange?«

»Klar«, sagte er eilig. »Ich weiß jetzt, warum keiner der Beamten Reimer dabei beobachten konnte, wie er Frau Marks zurück in ihre Wohnung brachte!«

»Aha.«

Brandt wusste, dass Durant dem verantwortlichen Kollegen unterstellte, er habe gedöst. Er verkniff sich einen spitzen Kommentar und berichtete von dem Weg durch den Garten.

»Mh. Klingt logisch«, gestand die Kommissarin ein. »Ich würde auch nicht riskieren wollen, dass mich einer der Nachbarn sieht. Selbst ohne Observierung. Auf so einem Dorf sind die Rollladenschlitze doch das Netflix der Anwohner.«

»Wie du meinst.« Peter grinste. »Darf ich meinem Kollegen dann also mitteilen, dass du ihn nicht mehr für einen pflichtvergessenen Siebenschläfer hältst?«

»Das habe ich nie gesagt!«

»Man kennt dich aber«, fiel er ihr ins Wort. Und er wusste, dass Julia diese Frotzelei aushalten würde. Und musste.

»Leider werden wir ihm nichts nachweisen können«, sprach der Kommissar nach einigen Sekunden weiter, und jede Spur des Lächelns war verflogen. »Keine Abdrücke, keine Spuren. Daran hat sich nichts geändert.«

»Macht nichts. Er hatte die Gelegenheit, sein Opfer unbemerkt zurückzubringen. Das heißt, wir müssen uns nicht auf Ungereimtheiten einstellen. Es kann sich alles so zugetragen haben, wie Astrid Marks es ausgesagt hat. Befragen wir ihn also entsprechend. Vielleicht knickt er ja ein.«

Nach allem, was Peter Brandt bislang von Axel Reimer mitbekommen hatte, blieben da nicht wenige Zweifel.

»Typen wie der knicken nicht so einfach ein«, sagte er daher, bevor die beiden sich voneinander verabschiedeten.

7:20 UHR

Immer wieder hatte sie auf die Uhr geblickt, die Minuten wollten und wollten nicht vergehen. Geschirr aus der Spülmaschine nehmen und dreckiges hineinräumen. Sechs Minuten. Frisieren. Drei Minuten. Noch ein Kaffee. Leerte sich die Tasse immer so schnell? Warum brauchte sie an allen anderen Tagen, in denen sie es eilig hatte, doppelt so lange für all diese Tätigkeiten? Oder war das Einbildung?

Als der Minutenzeiger sich auf die Vier legte, entschied Julia Durant, dass es endlich spät genug war, um den Anruf zu tätigen. Sie suchte die Nummer in ihrer Kontaktliste, die sie erst gestern dort abgespeichert hatte.

Frau Marks meldete sich schon nach dem ersten Freizeichen.

»Durant, guten Morgen. Ich habe Sie nicht geweckt, oder?«

»Ach, ich bin schon 'ne halbe Ewigkeit wach«, sagte Astrid Marks.
Nicht dass Julia Durant sich das nicht hätte denken können. Trotzdem …

»Gibt es etwas Wichtiges?«, sprach die Frau weiter.

»Ja, tatsächlich«, erwiderte Julia Durant, »und ich wollte, dass Sie es
von mir erfahren.«

»Etwa …«

»Wir haben Ihren Nachbarn verhaftet. In diesem Moment wird seine
Wohnung durchsucht.« Sie berichtete in ein paar Sätzen darüber.
Astrid Marks schwieg lange, bevor sie antwortete: »Verstehe ich das
richtig? Es geht bei der Verhaftung nicht um …«, sie stockte, »…
den, ähm, Übergriff, sondern hauptsächlich um diese Panther-Ge-
schichte?«

Lag da Enttäuschung in ihrer Stimme?

»Jein«, erklärte Durant und überlegte, wie offen sie sein sollte. Aber
wieso eigentlich nicht? »Ich sage es Ihnen ganz klar: Mein Chef war
dagegen. Aber Sie gehören ja ins Einzugsgebiet eines anderen Präsidiums, und dort sah man die Dinge etwas anders.«

»Aha.«

»Es sind beide Verdachtsmomente, die zählen. Eines alleine hätte
vermutlich auch den Offenbachern nicht gereicht.«

»Ist ja auch egal«, sagte Frau Marks zu Julias Erleichterung. »Gibt es
denn … also hat man schon Beweise gefunden? Sonst wird man Axel
ja kaum in Haft behalten, richtig?«

»Geben Sie den Kollegen noch ein wenig Zeit«, sagte Durant. »Ich
halte Sie auf dem Laufenden. Müssen Sie heute arbeiten?«

»Nein. Zum Glück nicht. Ich habe genug Überstunden für einen
doppelten Jahresurlaub.«

Kurz darauf legte Julia Durant das Telefon auf den Wohnzimmer-
tisch und öffnete ihren Kleiderschrank auf der Suche nach einer fri-
schen Bluse.

258

Irgendetwas musste sich doch finden lassen, sagte sie sich und meinte damit nicht ihre Kleidung. Nicht auszudenken, wenn Reimer seine Wohnung von oben bis unten gereinigt hatte. Wenn er triumphierend zurückkehren würde, in dem Wissen, dass niemand ihm etwas anhaben konnte.

Sie musste an Kurt Rettke denken.

Im Grunde waren die beiden doch gleich, nur dass der eine von ihnen genügend Macht besaß, um seine Mädchen nicht erst k. o. setzen zu müssen, bevor er sich an ihnen verging.

Übelkeit stieg in ihr auf – und eine unbändige Wut.

9:10 UHR

Anstatt ins Präsidium war sie in den Wald gefahren. Anstelle einer Bluse hatte sie sich ihr Laufshirt gegriffen, dazu die passende Hose und das Paar brandneuer Schuhe, die kaum mehr zu wiegen schienen als ein Päckchen Taschentücher.

Julia Durant wusste, dass sie angesichts ihrer schlechten Laune besser keine Konfrontation mit Claus riskierte. Zuerst musste sie sich den Schweiß aus jeder Pore treiben. Viel zu lange hatte sie seit dem letzten Mal gewartet, ein Schlendrian, den sie nie wieder hatte einreißen lassen wollen. Deshalb hatte sie sich auch einen Fitnesstracker auf das Smartphone installiert. Sie schaltete das Gerät stumm und die App aktiv, verstaute das Telefon in einer extra dafür vorgesehenen Lasche ihrer Kleidung und sprintete los.

Kaum zurück am Waldparkplatz, zog die Kommissarin das Telefon hervor, um den Tracker zu stoppen. Doch bevor sie dazu kam, ging auch schon ein Anruf ein.

»Gehst du irgendwann auch an dein Handy?«

Brandts Stimme klang unerwartet vorwurfsvoll, Julia vermisste den

ironischen Unterton. Sie schwitzte, ihr Atem ging noch immer stoß-
weise.

»Na ja, nicht bei jedem«, versuchte sie es mit einem kurzen Lachen,
doch ihr Kollege stieg nicht darauf ein.

»Wenn wir hier schon für dich arbeiten, sollte man dich auch erreichen können«, sagte er kühl. »Ich hab's x-mal probiert, wir haben
nämlich etwas gefunden.«

Durant schluckte, und sofort stieg ihr Puls wieder spürbar an. »Aha –
und was?«

»Zwei Gläser, die anders in der Vitrine standen. Longdrinkgläser, so
Teile aus den Siebzigern. Sind uns aufgefallen, weil sie im Gegensatz
zu den anderen nicht verstaubt waren.«

»M-hm.« Bis jetzt riss sie das noch nicht vom Hocker.

»Die zugehörigen Getränke stehen hinter einer abschließbaren Klap-
pe«, fuhr Brandt fort. »Southern Comfort, Portwein, irgendein Rum.
Und dazu zwei Phiolen, in denen sich zu neunundneunzig Prozent
K.-o.-Tropfen befinden.«

»Yes!«, entfuhr es Julia, und ihre Faust flog gen Himmel, als hätte sie
einen Marathon mit Bestzeit beendet. Zumindest mochte das für Au-
ßenstehende so aussehen, wie sie dastand, in ihren Sportklamotten
und völlig verschwitzt. Dabei hatte sie gerade einmal fünf Kilometer
geschafft, und das auch nur in durchschnittlicher Geschwindigkeit.
Doch ihre Laune war schlagartig aufgehellt. Kein Marathon der Welt
konnte sich so gut anfühlen wie eine lückenlose Beweiskette.

»Wie lange braucht ihr, um die Substanz zu testen?«, fragte sie.

»Dem Geruch nach ist es schon recht eindeutig«, antwortete Brandt.
»Der endgültige Nachweis sollte in den nächsten Stunden erbracht
sein.«

»Und diese Flaschen waren wo genau?«

»Hinter der Spirituosenklappe. So ein abschließbarer Schrank, aber
er ließ sich problemlos aufklappen, ohne dass wir ihn beschädigen
mussten. Das Schloss ist ziemlich ausgeleiert.«

Durant überlegte. »Und in dem Schrank – waren die Tropfen besonders versteckt?«

»Nicht wirklich. Es handelt sich um diese 10-Milliliter-Glasflaschen mit Schraubverschluss. Sie befanden sich inmitten der großen Flaschen, aber nicht so, als wolle er sie versteckt halten. Es gibt Aromen, die in ähnlichen Fläschchen verkauft werden.«

»Aromen?«

»Aromen für Hochprozentiges. Fruchtig, Kräuter, was auch immer«, erklärte Brandt. »Nicht ungewöhnlich, so etwas bei den Spirituosen aufzubewahren.«

»Prächtig«, murrte sie. »Und immer griffbereit, falls ein Opfer zu bewirten ist.«

»Das gibt dem Begriff Schlummertrunk einen ziemlich düsteren Beigeschmack«, antwortete Brandt. Es klang unbeholfen, und er hatte es sicher nicht als Witz gemeint. Durant wollte auch nichts weiter dazu sagen, aber sie spürte, wie die Wut zurückkehrte.

»Hör zu«, sagte sie daher. »Ich fahre jetzt ins Büro, etwas klären. Das sollte nicht allzu lange dauern. Danach komme ich rüber, und wir vernehmen Reimer.«

»War das eine Frage oder eine Anordnung?«, scherzte Peter Brandt.

»So wie es dir lieber ist«, gab Julia Durant zurück und beendete das Gespräch.

Sie öffnete die Fahrertür des Roadsters, legte sich ein Handtuch um den Nacken und sank auf den Sitz. Die verschwitzten Kniekehlen machten das Leder glitschig, Julia rubbelte sich Nacken und Haare trocken, dann fuhr sie mit dem Handtuch über die Sitzfläche zwischen den Beinen.

Du musst freundlicher sein, dachte sie. Immer wieder eckte sie an. Dabei hatte ihr Peter Brandt einen echten Gefallen getan. Als sie ihn am Vorabend darüber informiert hatte, dass es keinen Haftbefehl gegen Reimer gäbe, hatte er seinen eigenen Chef mit der Sache betraut. Und Staatsanwältin Elvira Klein. Flugs war die Sache in Bewegung geraten und entwickelte sich in die richtige Richtung. *Und zum Dank blaffst du ihn an.*

Durant tippte eine Kurznachricht an ihren Kollegen aus Offenbach.

> Sorry, Peter, der Fall geht mir ziemlich an die Nieren. Und Stress mit Claus hab ich auch noch. Ich geb nachher einen Kaffee aus, ok?

Es dauerte nicht lang, da trafen gleich zwei Antworten ein:

> Prima. Ich nehme einen Cappuccino Venti. Das ist der größte. Aber mit richtiger Milch bitte, nicht fettarm!

> Und ja: Starbucks gibt's auch in Offenbach ;-)

10:15 UHR

Claus Hochgräbe hatte Minuten zuvor alle Kommissare zu sich beordert, es war gerade genug Zeit für Julia Durant geblieben, nach ihrem Eintreffen ins Präsidium den Computer einzuschalten und E-Mails abzurufen.

Er nickte kaum merklich, als sie sein Dienstzimmer betrat, jedoch mit einem Gesichtsausdruck, den sie deutete als: »Du hast nachher noch eine Audienz beim Direktor.«

Doch vorher gab es noch etwas anderes zu berichten.

»Andrea Sievers hat sich gemeldet«, verkündete er. »Auch sie hat das Buch gelesen. Kurzum: Es gibt Abweichungen in der Tatabfolge.«

Uff. Schon wieder pochte das Herz der Kommissarin, und auch Kullmer, Seidel und Hellmer stand das Staunen ins Gesicht geschrieben. Und eine ungute Erwartung vor dem, was noch kommen würde.

»Im Buch wird beschrieben, dass der Täter seine Opfer zuerst mit der Schusswaffe bedrohte. Er zwang den Mann, die Frau mit Klebeband zu fesseln, und legte dem Mann danach Handschellen an. Anschließend begann er, sie nacheinander auszuziehen. Zuerst die Frau, dann den Mann. Und genau hier steckt der Fehler!«

»Wieso, weil er sie gefesselt entkleidete?«, wollte Hellmer wissen.

Kullmer hob die Schultern: »Ist doch eigentlich logisch, dass jemand, der zwei Opfer bedroht, sie zuerst fesselt.«

»Darf ich fortfahren?«, fragte Claus mit prüfendem Blick in die Runde. »Ihr liegt vielleicht richtig, aber darum geht es nicht. Andrea hat auch an den Handgelenken der männlichen Opfern Klebereste gefunden. Außer bei dem Verwesten natürlich. Und auch beim Kieler Fall waren die Spuren eindeutig.«

»Dann hat unser Copy-Killer also geschlampt«, konstatierte Durant nachdenklich. »Gibt es noch andere Abweichungen?«

»Nein. Aber die Beschreibung in dem Buch ist derart eindeutig, das müsste wirklich jedem aufgefallen sein, der sich mit Nickels Fall befasst hat.«

»Zumindest jemandem, der sich aus bestimmten Gründen intensiv damit befasst hat«, ergänzte Durant. »Darauf willst du doch hinaus, nehme ich an.«

»Allerdings. Ich meine damit ganz konkret Axel Reimer.«

»Wir lassen euch dann mal besser allein.« Hellmer bewegte sich Richtung Tür. Kullmer und Seidel eilten ihm nach.

Es entstand eine unangenehme Stille.

»Da. Siehst du«, sagte Claus schließlich.

»Was sehe ich?«

Seine Hände wedelten durch das Zimmer, in dem nur noch sie beide standen. »*Das* passiert mit meiner Autorität, wenn du mich hintergehst!«

»Ach, so ein Quatsch!« Durant wollte lachend abwinken, doch das Lachen blieb ihr im Halse stecken. »Mensch, Claus«, sagte sie, nachdem sie den verkorksten Lacher weggehustet hatte. »Nur weil ich dich liebe, muss ich nicht mit allem, was du tust, einverstanden sein. Oder siehst du das anders?«

»Liebst du mich denn?«

»Natürlich.«

Claus Hochgräbe trat an sie heran und blickte ihr tief in die Augen. »Dann lass so etwas nie wieder geschehen, abgemacht? Wir diskutieren meinetwegen die ganze Nacht lang, aber im Zweifelsfall musst du meine Entscheidung hinnehmen. Ich schwöre dir hoch und heilig, dass ich die Bosskarte niemals ausspielen werde, bloß weil mir die Argumente ausgehen.«

Julia Durant ließ die Worte auf sich wirken, während sie ihrerseits in den Augen ihres Gegenübers versank. Irgendwann wachte sie auf, spürte seine Arme um ihren Körper geschlungen und ihre eigenen um den seinen.

Seine Wärme, seine Lippen, seinen Geschmack.

So sollte Liebe sich anfühlen. Wie ein Rausch, wie ein inneres Lodern. Nicht wie dumpfe Ungewissheit, trübe Sinne und Knock-out.

»Ich möchte gerne bei Axel Reimers Vernehmung dabei sein«, sagte sie, als sie sich voneinander lösten. »Man hat K.-o.-Tropfen bei ihm gefunden. Peter würde auf mich warten, wenn ich ihm Bescheid sage.«

Claus Hochgräbe schenkte ihr ein Lächeln. Dann nickte er und antwortete: »Na dann los. Worauf wartest du noch?«

10:55 UHR

Nicht am Telefon!«

Darauf hatte Michael Krenz bestanden, und es war ihm vollkommen gleichgültig gewesen, dass die Kommissarin wiederholt auf ihren wichtigen Termin hinwies.

»Ich sage es Ihnen persönlich, und nur Ihnen. Das ist meine Bedingung. Wann, das ist mir egal.«

War es ein Machtspiel? Julia Durant vermutete es. Typen wie Krenz tickten so. *Er hat dich gegoogelt,* erinnerte sie sich. Er hatte sie auf Schwachstellen abgecheckt und auf den Prüfstand gestellt. Machtspiel. Immer wieder kreuzten Männer wie Krenz Julias Leben. Hoffte er, dass sie alles über den Haufen werfen würde, nur um ihn zu treffen? Würde er es genießen, wenn er ihr seine Information überreichte, dass sie sich seinen Bedingungen beugte? Und was überhaupt hatte er herausgefunden?

Julia musste es einfach wissen. Und zwar vor dem Aufeinandertreffen mit Brandt und Reimer. Jedes Puzzlestück war wichtig.

Sie zweifelte noch immer, als sie den Roadster auf die oberste Parkebene des Hessen-Centers steuerte. Wie oft hatte sie hier wohl schon gestanden? So ungern wie heute war sie wohl noch nie hergekommen.

Krenz' Pick-up stand nur einen Steinwurf von der Glasfassade entfernt, aus deren Portal sich immer wieder Menschen lösten, während andere darin verschwanden. Die meisten hektisch und angespannt. Von Bummeln konnte keine Rede sein. Draußen lungerte eine Handvoll junger Männer und Frauen vor dem Aschenbecher herum. Allesamt in schnoddrigem Look, aber so kleidete man sich wohl in diesen Tagen.

»Haben Sie's nicht aushalten können, wie?«, scherzte Krenz. Er war seinem Stil treu geblieben, auch wenn er vor dem Einkaufszentrum in etwa so passend wirkte wie Crocodile Dundee in New York. In der linken Hand hatte er ein braunes Kuvert.

»Ich habe eigentlich keine Zeit, das sagte ich ja«, erwiderte sie mit einem Deuten in Richtung des Umschlags. »Ist das die Information?«

Krenz grinste und schwieg.

»Herrje, bitte, ersparen wir uns das!«

»Ist ja schon gut.« Er machte einen Schritt auf sie zu, und in der nächsten Sekunde spürte sie das Papier. Ihre Finger rissen den Umschlag auseinander, weshalb hatte Krenz ihn auch noch zukleben müssen? Zwei Fotos kamen zum Vorschein. Auf einem war ein kleines Mädchen mit Schultüte zu sehen, das andere zeigte – Durant brauchte nur Sekunden, um den Namen abzurufen – Manuela Bierbaß. Mit zitterndem Zeigefinger deutete sie auf das Gesicht: »Das ist …«

»Rettkes Tochter!«

»Ich wollte etwas anderes sagen. Sie ist die Witwe eines Mordopfers.« Durant schluckte. »*Kurt Rettke?* Ist das sicher?«

»Na logisch. Es ist einer seiner dunklen Flecken in der Vergangenheit Und vermutlich auch einer, der ihn ziemlich schmerzt.«

»Weshalb?«

»Manuela pflegt keinen Umgang mit ihrem Erzeuger. Die beiden sind noch nie zusammen aufgetreten. Rettke spricht nicht gerne darüber, auch wenn es im Grunde kein echtes Geheimnis mehr ist. Manuela ist erwachsen, sie führt ihr eigenes Leben, ihre Ehe ist kinderlos. Kurzum: keine Jugendsünden, kein Enkel in Aussicht, keine Affären – nichts, was für die Klatschpresse in irgendeiner Form interessant wäre.«

»Worin bestand Rettkes Interesse an ihr?«

»Er hat sie finanziell unterstützt. Wollte, dass sie zurechtkommt. Das ist alles.«

»Sein typisches Gehabe als Menschenfreund«, sagte Durant mit abfälligem Unterton. Nie würde sie vergessen, welches Gesicht Kurt Rettke ihr gezeigt hatte. Dann dachte sie an Frau Bierbaß. An Yosemite, an Island. All die Reisen. »Er hat die Belohnung also ausgesetzt, um den Mörder des untreuen Ehemanns seiner unehelichen Tochter zu finden?«

»Scheint so.«

»Und dann? Wenn sie sonst nie Kontakt zu ihm hatte … soll sie sich ihrem Gönner an den Hals werfen?«

»Es gibt noch ein weiteres Geheimnis«, gestand Krenz mit eingetrübter Miene. »Aber das darf ich Ihnen nicht sagen.«

Durant schnaubte. »Ich komme *extra* hierher ... jetzt aber raus damit! Das ist kein Spiel!«

»Vergessens Sie's! Wenn das rauskommt, weiß Rettke, dass ich's Ihnen gesteckt habe. Und dann hat er mich am Arsch.«

Michael Krenz wandte sich um und lief los, Durant verharrte wie versteinert. Im nächsten Moment rannte sie ihm hinterher. Erreichte ihn, als er schon die Hand am Türgriff seines Wagens hatte. Zerrte an seiner Jacke, doch er hebelte sich aus der Umklammerung, verschwand im Inneren und zischte: »Finger weg, sonst sind sie ab!«

Die schwere Tür knallte ins Schloss, und der Motor dröhnte auf. Durant trat ihm hinterher. Sie bereute es schon im nächsten Augenblick, als ihre Fußspitze auf den wuchtigen Seitenschweller knallte. Der stechende Schmerz ließ sie verkrümmt zusammensinken.

Für eine unbestimmte Weile nahm sie nichts mehr wahr, bis irgendwann eine fremde Stimme in ihr Ohr drang.

»Hallo? Alles okay mit Ihnen?«

Sie spürte eine Hand auf ihrer Schulter. Und es waren mehrere Stimmen, die da auf sie einsprachen.

»Hat er Sie angefahren? Der Typ mit dem Pick-up?«

»Wir haben das Nummernschild.«

Julia Durant sah auf. Die schnoddrigen Spätpubertierenden vom Aschenbecher. Ein rothaariger Lockenkopf mit einer Menge Metall an den ungewöhnlichsten Gesichtsstellen hielt ihr ein Smartphone vor die Nase.

»Der Typ hat uns bemerkt«, lachte ein anderer. Südländisch. Vollbart. Mit viel zu engem T-Shirt. »Hat bestimmt die Hosen voll.«

»Geht es Ihnen gut?«, quakte eine dritte Person und blies eine Rauchschwade in Durants Richtung.

»Alles okay, danke.« Sie verzog das Gesicht. »Mir tut nur der Fuß weh.«

267

»Ist er drübergefahren?«, kam es entsetzt von der Rothaarigen. Überall dort, wo ihre Haut unter der Kleidung verschwand, lugten Tätowierungen hervor.

»Ich habe ihm gegen die Tür getreten.«

Drei Augenpaare weiteten sich.

»Wow!«

»Wie cool ist *das* denn!«

Doch Julia Durant hatte keine Zeit, sich in ihrem neu gewonnenen Ansehen zu aalen. Sie richtete sich auf und tastete nach ihrem Smartphone. Es war an Ort und Stelle, ebenso wie der Inhalt des Kuverts.

»Habt ihr auch gesehen, wohin er gefahren ist?«, fragte sie in die Runde.

»Ich sag doch, der hat die Hosen voll!«, verkündete der Schwarzbart.

»Er wartet nämlich da hinten«, ergänzte die Raucherin mit einer vielsagenden Kopfbewegung.

Durants Kopf flog herum. Tatsächlich. Krenz hatte angehalten, nur wenige Meter vor der Ausfahrt des Parkdecks. Und in diesem Augenblick schwang die Fahrertür des Pick-ups auf.

»Danke, gute Arbeit«, stieß sie hervor. »Wartet bitte auf mich, ich komme gleich wieder!«

Mit diesen Worten hastete sie los. Und sie versuchte, den Schmerz in der rechten Fußspanne zu ignorieren.

»Was sollte der Scheiß?«, fragte Durant, als sie Krenz erreichte.

»'tschuldigung«, murmelte dieser. »Ich hatte Muffensausen. Dieser Rettke …«

»Geschenkt«, unterbrach sie ihn mit einer schneidenden Handbewegung. »Aber jetzt rücken Sie verdammt noch mal raus mit der Sprache!«

»Okay, passen Sie auf.« Ihr Gegenüber sah sich um, als befürchte er, dass jemand ihn belauschen könne. »Ich bin zu Rettke gefahren, wie abgemacht, und habe ihm gesagt, dass ich in Bedrängnis geraten bin. Die Bullen und so. Irgendwas musste ich ja sagen. Und dass ich gerne wissen würde, warum er das alles sponsert. Natürlich ist er ausgewichen. Bis jetzt hätte ich ja auch nie gefragt, sondern immer nur gerne die Hand aufgehalten.«

»Was ja auch stimmt«, brummte die Kommissarin, doch Krenz ging nicht darauf ein.

»Ich habe ihm von vorletzter Nacht erzählt. Als ich Körtens gestellt habe. Das hat ihm überhaupt nicht gefallen, wie das gelaufen ist. Aber ich konnte ihm wenigstens glaubhaft machen, dass ich bei der Polizei in Erklärungsnot komme. Und dass es doch irgendwas geben muss, dass ich Ihnen hinwerfen kann, damit wir wieder alle in Ruhe unsere Arbeit machen können.«

»Und da gab er Ihnen das Foto.«

»Er ging hinter seinen Schreibtisch, zog eine Schublade auf und holte das Foto heraus. Sagte, dass es keine Aufzeichnungen und nichts gebe, was ihn mit seiner Tochter in Verbindung bringen könne. Er sagte, wenn es unbedingt sein müsse, soll ich Ihnen verraten, warum er so ein persönliches Interesse für den Fall hegt. Aber er wolle in keinem Fall, dass die Sache in der Presse breitgetreten würde. Schon allein Manuela zuliebe. Dann legte er das Foto wieder zurück.«

»Und dann?«

»Herrje! Dann kam ein Anruf auf seinem Handy. Nein. Wohl eher auf dem Luxus-Smartphone. Ein Blick aufs Display, er wurde nervös und befahl mir, zu warten und nichts anzurühren. Rettke stampfte nach draußen und knallte die Tür. Seine Stimme entfernte sich.« Krenz räusperte sich. »Na ja. Und ich ging zur Schublade, um das Foto abzulichten. Einfach, weil sich die Gelegenheit bot. Es ist immer besser, etwas in der Hand zu haben.«

»Weiter.«

»Ich machte ein paar Aufnahmen, das war erst mal alles. Mir ging der Arsch auf Grundeis, ich schob die Schublade wieder zu. Da lag allerlei Kram drinnen, hauptsächlich Medikamente. Und etwas, das wie ein Nachruf aussieht. Nur dass er seinen Namen trägt.«

Julia Durant schluckte. Fieberhaft versuchte ihr Gehirn, die neuen Puzzleteile einzuordnen. Gute Taten. Medikamente. Ein Nachruf. Bevor es klick machte, ergriff Michael Krenz erneut das Wort: »Um es kurz zu machen: Ich habe das alles im Internet nachgeschlagen. Es sind typische Mittel, die in der Krebstherapie eingesetzt werden. Und den Nachruf habe ich im Kameraspeicher des Telefons.«

»Lassen Sie sehen!«

Fassungslos überflog die Kommissarin die Zeilen.

Es war dort von kurzer, schwerer Krankheit die Rede.

Rettke war offensichtlich daran gelegen, mit der Welt ins Reine zu kommen, weil er sie in absehbarer Zeit verlassen würde.

Verdammt. Sosehr er die Hölle auch verdient haben mochte, das war eine bittere Pille.

»Schicken Sie mir alle Fotos, bitte«, sagte sie daraufhin. »Ich werde zusehen, dass ich Ihren Namen aus allem raushalte.«

Es war Krenz anzusehen, dass er dieser Aussage nicht allzu viel Vertrauen schenkte. Dennoch fuhren seine Finger über das Display, und kurz darauf verkündete Durants Telefon den Eingang neuer Nachrichten.

Sie kehrte zurück zum Eingangsportal, wo tatsächlich die Gruppe der jungen Menschen auf sie zu warten schien. Alle Blicke galten ihr. Ein Lächeln legte sich über das Gesicht der Kommissarin. Hatte sie die Gruppe nicht voreilig abgeurteilt?

Julia Durant kramte in ihrer Tasche, bis sie gefunden hatte, was sie suchte. Etwas verknittert vielleicht, aber sie würde ihren Zweck erfüllen.

»Danke noch mal, dass ihr mir geholfen habt«, sagte sie.

»Gerne doch«, feixte der Rotschopf. Sie hatte grüne Kulleraugen, und weder die Farben noch das Metall entstellten sie. Manch einem stand es einfach, dachte Durant. Sie streckte die Hand mit der Visitenkarte aus.

»Hier. Wenn ich mich mal revanchieren kann … Einfach anrufen oder eine Nachricht schreiben.«

Keine drei Sekunden später kam das erste »Wow!«, gefolgt von einem »Echt jetzt?«.

»Kriminalpolizei? Ehrlich?«, fragte der Schwarzbart.

Julia nickte und zwinkerte ihm zu: »Mordkommission.«

»Krass.«

»Also, um das klarzustellen: Bei Mord kann ich auch nichts machen. Also meldet euch besser bei mir, bevor ihr euch dazu hinreißen lasst.«

Alle lachten auf, auch Julia, dann wurde sie wieder ernst: »Ganz ehrlich: Ihr habt was gut bei mir.«

*

Als die Kommissarin eine Viertelstunde später auf der oberen Ebene des Hessen-Centers Cappuccino bestellte, wusste sie noch nicht genau, wie sie die neu gewonnenen Informationen am besten verwenden konnte. Doch irgendetwas würde ihr schon einfallen.

Sie lächelte. Dafür wusste sie etwas anderes umso besser. Ein letztes Mal wanderte ihr Blick über die Regale des Coffee-House. Dann schob man ihr auch schon die gewünschten Getränke über den Tresen. Julia Durant war mit ihrer Entscheidung sehr zufrieden.

Sie verließ den Ausgang und war beinahe ein wenig enttäuscht, als sie erkannte, dass die vier verschwunden waren. Zivilcourage war selten geworden in diesen Tagen. Sie hätte sich gerne noch einmal bei ihnen bedankt. Beim Einsteigen dachte die Kommissarin darüber nach, ob das, was die Bürgerwehr tat, noch als Zivilcourage zu werten war.

Doch sie fand keine Antwort darauf.

11:45 UHR

Es fehlte nicht viel, und Brandt hätte den Thermobecher einfach durch die Hand rutschen lassen. Entgeistert drehte er den dicken Kunststoff und musterte ihn.

»Damit kann ich mich doch nirgendwo sehen lassen!«, giftete er, auch wenn in seiner Miene ein gewisses Amüsement lag.

Julia Durant lachte so herzlich, dass ihr Tränen in die Augen stiegen. Peter Brandt war ja *so* berechenbar.

Sie hatte in der Warteschlange das Kaffee- und Souvenirangebot des Ladens begutachtet. Porzellan in allen Größen, meist mit dem Logo der Meerjungfrau oder dem »Frankfurt«-Schriftzug. Der Becher, den sie ausgewählt hatte, zeigte unter dem Stadtnamen die Justitia mit Waage und Schwert, so wie sie auf einem Pfeiler inmitten des Gerechtigkeitsbrunnens auf dem Römerberg stand.

»Ich dachte, du freust dich über ein Souvenir«, stichelte sie. »In einem Pappbecher wäre dein Cappuccino außerdem längst kalt geworden. Und für die Umwelt ist's auch besser so.«

»Sei froh, dass ich kein Sturkopf bin«, konterte Brandt. »Sonst würde ich eher verzichten.«

»Na komm. Immerhin habe ich keine Eintracht-Tasse mitgebracht. Und der Kaffee kann schließlich nichts dafür.«

»Frankfurt ist schon schlimm genug«, erwiderte Brandt, nahm einen Schluck und sagte dann süffisant: »Na ja. Schmeckt nach Plastik. Aber danke schön, lieber Eroberer, dass du uns Eingeborenen Glasperlen schenkst.«

Sie lachten beide, und ein letztes Mal schüttelte der Kommissar den Kopf. Eine Frankfurt-Tasse. Ausgerechnet ihm.

*

Axel Reimer machte keinen Hehl daraus, wie empört er über seine Verhaftung war. Seine Miene blieb versteinert, als Julia Durant und Peter Brandt nacheinander den Raum betraten.

»Wir zeichnen die Vernehmung auf«, erklärte der Kommissar und aktivierte die Aufnahmefunktion.

Reimer verschränkte die Arme und schwieg.

»Herr Reimer, bitte nennen Sie uns Ihren Namen, Ihr Geburtsdatum und Ihre Anschrift«, sagte Durant.

Nichts.

Wie sie das hasste. Diese Machtspiele, diese Blockadehaltung. Als Nächstes würde er nach seinem Anwalt verlangen.

»Warten Sie noch auf Ihren Rechtsbeistand? Dann könnten Sie uns wenigstens die Fragen zu Ihrer Person beantworten.«

»Anwalt?« Reimer atmete schwer. »Wozu brauche ich einen Anwalt?«

Durant wechselte einen schnellen Blick mit Brandt. Er hatte ihm doch gesagt, weshalb er verhaftet wurde. Oder?

»Es liegen schwerwiegende Vorwürfe gegen Sie vor«, antwortete Brandt vielsagend.

Reimer lachte auf. »Sie halten mich doch nicht im Ernst für den Panther?«

»Man hat schon Pferde kotzen sehen.«

Durant zuckte. Hatte Brandt das eben wirklich gesagt? Der Spruch mit den Pferden war einer von Hellmers Floskeln, und sie musste stets die Augen rollen, wenn er ihn verlauten ließ. Apropos Pferde …

»Sie besitzen einen goldenen VW Jetta.«

Reimer nickte. »Stimmt.«

»Wir haben hier noch nie einen solchen Wagen gesehen. Wo ist er?«

Reimer grinste, bevor er antwortete: »Sie haben aber sicher gesehen, dass mein Haus nur eine schmale Einfahrt hat. Keine Garage. Der Wagen steht die Straße runter im alten Feuerwehrhaus.«

»Wieso dort?«

»Das Gebäude wurde vor Jahren umfunktioniert. Fünf Garagen, alle vermietet. Mein Jetta ist mittlerweile ein Oldtimer. Zu schade für draußen.«

»Aber Sie fahren ihn regelmäßig.«

»Herrgott, ja! Er hat mich nie …«

»Auch in den Wald.«

»In den Wald?«

»Wir haben Reifenspuren gefunden«, antwortete die Kommissarin. »Und wir werden diese mit dem Profil Ihrer Reifen vergleichen.«

Reimer biss sich auf die Unterlippe.

»Welche Reifengröße haben Sie?«, fragte Brandt. Durant hatte aus dem Augenwinkel gesehen, wie er eine Nachricht verfasst hatte. Vermutlich an die Kollegen vor Ort. Ein Hinweis auf die Garage. Doch galt der Durchsuchungsbeschluss überhaupt für das Gebäude?

»165er oder so. Damals fuhr man ja noch nicht so breite Schlappen. Aber was hätte das dann schon zu bedeuten?«

»Ein weiteres Indiz«, erwiderte Durant.

»Aha. So wie die nicht gesendete E-Mail?«

»Oder zum Beispiel die K.-o.-Tropfen«, schaltete sich Brandt wieder ein.

Und wieder lachte Reimer, diesmal mit einem Kopfschütteln. »K.-o.-Tropfen. Bei mir.«

»Ja. In Ihrem Wohnzimmer. Abgeschlossen im Spirituosenschrank. Mit Ihren Fingerabdrücken.« Brandt machte eine Pause, bevor er weitersprach. »Vielleicht sollten Sie doch einen Anwalt verständigen?«

»Nein!« Reimer schlug auf den Tisch. Seine Augen blitzten, und er sah aus, als würde ihm gleich der Schaum vor den Mund treten. »Ich verführe Frauen. Na und? Ich mache mich dazu jünger, aber wer ist schon immer ehrlich in seinen Profilen? Bis jetzt ist wirklich jede, die mit mir ins Bett gegangen ist, freiwillig dorthin.«

»Außer vorgestern.«

»Vorgestern war ich allein.«

Julia Durant hoffte inständig, dass Brandt nicht den Namen von Frau Marks ausplauderte.

»Sie wissen, dass wir Ihr Haus observieren«, sagte der Kollege stattdessen.

»Das sieht ja wohl ein Blinder. Und?«

»Und Sie behaupten noch immer, Sie seien allein gewesen!« Brandt legte ein selbstgefälliges Grinsen auf. »Die Beamten waren auch vorgestern schon auf ihrem Posten.«

Wenn Reimer beunruhigt war, verbarg er es gekonnt. »Schön für sie.«

»Sie waren also den ganzen Abend über zu Hause und hatten keinen Besuch.«

»Ich war daheim und ich hatte kein *Date*.«

»Und das würde Ihre Nachbarin, Frau Marks, auch so sehen?«

Diesmal lachte Reimer nicht. Stattdessen verzog er das Gesicht zu einer ungläubigen Grimasse. »Astrid. Ein Date?« Er zeigte den Kommissaren einen Vogel.

»Jedenfalls wurde sie eindeutig gesehen, wie sie Ihr Haus betrat«, triumphierte Brandt. »Hätten Sie's gerne mit Foto und Minutenangabe?«

»Nein. Schon gut.« Reimer schüttelte sich. »Aber Astrid Marks. Ich bitte Sie.«

Dann geriet er ins Stocken. »Moment mal ...« Seine Stirn kräuselte sich. »Behauptet *sie* etwa ...?«

»Frau Marks hat da gar nichts behauptet«, unterbrach Durant ihn schnell. Sie wollte keine Aufmerksamkeit auf sie ziehen. Noch nicht. »Wir möchten es von Ihnen hören.«

»Ja, okay. Meinetwegen. Sie kam rüber, wir tranken ein Glas Wein und aßen ein paar Chips. Ende der Geschichte.« Reimer schien noch etwas sagen zu wollen, tat es aber nicht.

»Sicher?«, fragte Brandt.

»Ja. Ich meine, klar, Astrid ist ein scharfes Häschen.« Reimer schielte in Julias Richtung. »Nichts für ungut. Aber bei ihr kann ich nicht landen. Sei's drum. Auch andere Mütter haben schöne Töchter.«

Julia Durant verließ den Vernehmungsraum. Sie konnte, sie wollte diesem Typen nicht mehr zuhören.

12:20 UHR

Hochgräbes Reaktion fiel gedämpft aus, aber das hatte Julia nicht anders erwartet.

»Rettke möchte sich als Retter der Stadt aufspielen«, sagte er. »Vielleicht ein letztes Mal, wenn das mit dem Krebs stimmen sollte. Na und?«

»Du vergisst seine Verbindung zu Manuela Bierbaß«, antwortete die Kommissarin.

»Seine Privatsache.« Seine Stimme klang durchs Telefon besonders gleichgültig, oder bildete sie sich das nur ein?

»Hör mal, Claus«, drängte sie, »ich erwarte ja weder Blaulicht noch Handschellen, so gerne ich Rettke für all seine früheren Verbrechen bestrafen würde. Ich möchte einfach nur mit ihm reden. Mehr nicht. Nur reden.«

Hochgräbe schüttelte den Kopf. »Frank kann das übernehmen. Er war schon einmal da.«

Es war nicht zu überhören, dass er sich nicht vom Gegenteil überzeugen lassen würde.

»Hör mal«, fügte Claus versöhnlich hinzu. »Du und Rettke, ihr habt eine beschissene Vorgeschichte. Es würde niemandem etwas bringen …«

»Doch. Mir.«

»Warum? Weil du einem Todgeweihten in die Augen blicken kannst? Weil er niemals in Haft, aber dafür bald in die Hölle kommen wird?«

276

Julia Durant brummte etwas Unverständliches. Vielleicht war es genau das. Manchmal kam sie sich vor, als bestünde ihre Gefühlswelt für Claus aus Glas.

»Wie weit seid ihr bei Reimer?«, wollte der Boss wissen.

»Ich musste mal raus«, gestand sie. »Wir haben sein Fahrzeug, seine Abdrücke, die K.-o.-Tropfen, aber er mimt die Unschuld vom Lande.«

»Hm. Müsst ihr ihn laufen lassen?«

»So weit kommt's noch!«, schnaubte die Kommissarin.

*

Eine halbe Stunde später hielt Hellmers 911er vor Rettkes Anwesen. *Und wieder hier,* dachte er, während er sich aus dem tief liegenden Ledersitz nach oben stemmte. *Der Porsche muss weg.* Nicht auszumalen, wenn er an einem, nicht mehr allzu fernen Tag auf den Parkplatz des Präsidiums fahren würde, nur um anschließend nicht aus seinem Fahrzeug zu kommen. Der Spott der Kollegen würde ihn bis an sein Lebensende verfolgen.

Frank Hellmer fuhr sich durchs Haar und zupfte an seinem Sakko, bevor er auf die Klingel drückte. Die kugelförmige Kamera hinter getöntem Plexiglas hatte seine Eitelkeit geweckt. Völlig unerwartet erklang die Stimme Rettkes selbst.

»Sie schon wieder. Kommen Sie rein.«

Es klickte kaum hörbar, und Frank drückte das Gittertor auf. Es schwang nach innen, er trat hindurch und schloss es behutsam. Ein verstohlener Blick verriet ihm, dass sich am angebauten Schwimmbad heute keine Badenixen tummelten.

Kurt Rettke empfing ihn im Trainingsanzug, zweifellos war selbst dieser maßgeschneidert. Er trug weder Rolex noch Goldketten oder Ringe, auf der Stirn standen kleine Schweißperlen.

»Belastungs-EKG«, erklärte er knapp.

Hervorragend. Frank Hellmer schmunzelte. »Womit wir beim Thema sind.«

»Ach ja?«

»Ist alles in Ordnung mit Ihren Werten?«

»Wie man's nimmt.«

Der Kommissar fragte sich, ob sich irgendwo in der Villa noch der Arzt herumdrückte, den es ja wohl für ein Belastungs-EKG brauchte.

»Ihr Arzt ist demnach hier?«, fragte er. »Ich wollte Sie nicht unterbrechen.«

»Gerade gegangen«, murrte Rettke. »Sie sind gewiss nicht gekommen, um meinen Gesundheitszustand mit mir zu diskutieren, oder?«

»Wenn Sie's genau wissen wollen … Im Grunde schon.«

»Aha. Na, gehen wir erst mal rein, es zieht.«

Sie ließen sich in einer Art Wartebereich nieder, einer Sitzecke, die mitten in einer großzügig bemessenen Durchgangshalle stand. Weißes Leder, ein Betonquader mit Glasplatte, der als Tisch diente. Kein gemütlicher Ort, wie Hellmer fand, aber vermutlich parkte der Hausherr hier seine Besucher, um sie in Demut zu versetzen.

»Möchten Sie etwas trinken?« Wie aus dem Nichts hielt Rettke ein Glas Orangensaft in der Hand, durch das sich ein blutroter Schleier zog.

»Nein danke.«

Rettke trank einen großen Schluck und zwinkerte. »Das Geheimnis ist der Granatapfel.«

»Rote Früchte, sehr gesund. Auch zur Vorsorge.« Er beobachtete sein Gegenüber mit Argusaugen.

Dieser zuckte kurz, hatte sich jedoch gut unter Kontrolle. »M-hm.«

Hellmer wagte einen Vorstoß. »Wie lange haben Sie noch?«

Beinahe wäre Rettke das Glas aus der Hand geglitten. »Woher …«

»Kein Leugnen?«, unterbrach der Kommissar ihn. »Dann lassen wir die Spielchen. Also, wie ernst ist es?«

278

»Fifty-fifty. Wenn ich Glück habe …« Kurt Rettke hob die Achseln.
»Wenn nicht, dann reden wir von Monaten.«
Die beiden schwiegen. Schließlich durchbrach Rettke die Stille:
»Woher wissen Sie's?«
»Wir wissen es eben«, wich Hellmer aus.
»Dieser Krenz war alleine in meinem Büro«, kombinierte Rettke. »Er war der Einzige … Hören Sie. Sie müssen mir sagen, wer alles davon weiß!«
»Keiner außer uns«, versicherte Hellmer. »Und wenn Sie es genau wissen wollen: Bis eben war es nur eine Vermutung. Dann haben Sie es mir bestätigt.« Er war sich sicher, dass Julia ihm diese Lüge nachsehen würde.
Rettkes Gesichtsausdruck versteinerte sich. »Das finden Sie toll, wie? Jahrelang wollen Leute wie Sie mir ans Bein pissen, und jetzt funkt Ihnen der liebe Gott dazwischen.«
»Sie hätten es mir sagen müssen«, sagte Hellmer. »Als ich das erste Mal hier war. Das mit dem Krebs und das mit Ihrer Tochter.«
»Beides geht niemanden etwas an!«, herrschte Rettke ihn an. »Manuela will nichts mit mir zu tun haben, das muss ich akzeptieren. Aber wenn ich etwas dazu beitragen kann, den Mörder ihres Mannes zu finden …«
»Ein Mann, der sie betrogen hat. Das ist Ihnen klar, oder?«
»Trotzdem. Es geht um einen Pärchenmörder, der meiner Tochter und anderen geschadet hat. Und ich werde die Belohnung noch einmal erhöhen, wenn's sein muss. Im Jenseits bringt mir das Geld nichts mehr. Schlimm genug, dass Sie ihn nicht fassen.«
Hellmer schluckte. Er hätte gerne von Axel Reimer erzählt, aber er verkniff es sich, stattdessen fragte er: »Gibt es Hinweise, die Sie Krenz und seinen Männern gegeben haben? Dinge, von denen wir nichts wissen? Oder andersherum? Etwas, was Krenz Ihnen gesagt hat anstatt uns?«
Rettke stellte das Glas ab und verschränkte die Arme. »Nicht dass ich wüsste.«

»Haben Sie oder hat jemand anderes mit Ihrer Tochter gesprochen?«

»Mit mir spricht sie nicht. Krenz hat's versucht, aber auch dabei kam nichts rum.«

Frank Hellmer erhob sich. »Ich bitte Sie, nein, ich erwarte von Ihnen, dass Sie sich melden, falls Ihnen noch etwas dazu einfällt. Wir sind die Ermittler. Vergessen Sie das nicht.«

Auch Rettke stemmte sich nach oben. Er streckte dem Kommissar die Hand entgegen, und obwohl es sich seltsam anfühlte, erwiderte Frank die Geste. Rettkes Hand fühlte sich kalt und feucht an, dafür war sein Druck ziemlich fest.

»Herr Hellmer, ich erwarte es nicht, aber ich bitte Sie um zwei Dinge: Halten Sie die Sache mit Manuela aus den Medien. Ich respektiere ihre Entscheidung, auch wenn es hart ist. Sie darf nicht mit mir in Verbindung gebracht werden.«

Frank Hellmer nickte. »Das sollte machbar sein. Und zweitens?«

»Grüßen Sie Ihre Kollegin. Sagen Sie ihr, dass sie gewonnen hat, wenn auch anders, als sie es sich erhofft hat.«

Rettke zog die Hand zurück. Er kehrte Hellmer den Rücken, griff nach seinem Glas und trottete ohne Eile ins Hausinnere.

12:25 UHR

Beinahe zeitgleich trafen Seidel und Kullmer in Aschaffenburg ein. Doris Seidel erwartete einen Papagei, doch stattdessen trug Schindler einen grauen Cardigan und darunter ein verschlissenes, schwarzes T-Shirt. Genauso abgetragen wirkten Jeans und Schuhe. Da sich die Kommissare telefonisch angekündigt hatten, kamen sie direkt zum Punkt. Schindler führte sie ins Haus zu einem Tisch. Kullmer schlug das Buch auf und suchte mit dem Finger die entsprechende Passage, während Seidel den Graupapagei dabei beobachtete, wie er den Bauch unter die Tischplatte zu klemmen versuchte.

280

»Stoffwechselkrankheit«, schnaufte er, und Doris zuckte zusammen.
»Ich habe mir das nicht ausgesucht.«

Sie fühlte sich mies. Dabei hatte sie ihn weder verurteilt noch sich über ihn amüsiert. Aber trotzdem. Sie hatte gestarrt. Das genügte schon, oder?

»Entschuldigung, ich wollte nicht …«, begann sie unbeholfen, doch Schindler fiel ihr mit einem Lachen ins Wort: »Man kann ihn ja nur schwer übersehen, oder? Alles gut. Außerdem gewöhnt man sich im Laufe der Zeit daran.«

»Trotzdem.«

»Wie gesagt, kein Problem. Kommen wir zur Sache, okay? Ich habe noch ein Dutzend Kakteen umzutopfen.«

Das erklärte zumindest die zerschlissene Kleidung.

»Es gibt eine Diskrepanz zwischen dem Buch und den Morden«, erklärte Kullmer und las ein paar Zeilen vor. »Die Abfolge der Tat stimmt so nicht«, schloss er, »zumindest nicht bei den aktuellen Morden.«

»So, so.«

»Ist das alles, was Sie zu sagen haben?« Doris Seidel war verärgert.

Schindler grinste breit. »Ich habe so einiges zu sagen, aber leider hat sich nie jemand dafür interessiert.«

»Jetzt sind wir ja da. Und wir sind ganz Ohr.«

»Gut, Folgendes.« Schindler rieb sich die Hände. »Diese Passage ist falsch. Das ist alles. Nickel hat mir das spätabends erzählt, und ich habe es wohl falsch notiert.« Er prustete Luft aus den geschlossenen Lippen. »Hätte es eine zweite Auflage gegeben, hätte ich das korrigiert. Aber die gab es nicht.« Ein Lächeln trat auf sein Gesicht. »Wer weiß? Vielleicht wird ja jetzt noch was draus.«

»Moment, langsam«, sagte Kullmer. »Wie ist Ihnen der Fehler denn aufgefallen?«

»Ich habe mir die Akten der alten Fälle beschafft. Zumindest teilweise. Leider bekam ich sie erst ziemlich spät, also ist mir der Fehler erst aufgefallen, als das Buch schon veröffentlicht war.«

Doris Seidel mahlte mit den Kiefern. Die alten Akten. Es war nicht mehr viel übrig, wie sie wusste, und das ärgerte sie. Auf solche Dinge sollte man als Ermittler selbst kommen können und nicht vom Zufall abhängig sein.

13:15 UHR

Was genau hatte sie hierhergeführt? Sie wusste es nicht.
Vielleicht war es einfach dieses ungewisse Gefühl, dort unten, im Bauch. Eine Gefühlszone, die sie nur selten im Stich ließ.
Julia Durant sog die milde, nach Gras duftende Luft durch die Nasenflügel. Seit sie nicht mehr rauchte, nahm sie Gerüche intensiver wahr. Irgendwo schien eine Wiese gemäht worden zu sein. Ein entfernter Duft von Kuhfladen.
Sie stand im Garten des Doppelhauses Reimer/Marks. Die Beamten waren mit ihrer Durchsuchung so weit durch; es hatten sich ein paar weitere Hinweise gefunden, aber die mussten erst untersucht werden. Der alte Jetta war ebenfalls abtransportiert worden, um forensisch begutachtet zu werden. All das würde noch etwas Zeit in Anspruch nehmen. Durant atmete schwer. Wenigstens konnte Axel Reimer so lange in Untersuchungshaft festgehalten werden.
»Ein schönes Fleckchen – eigentlich.«
Julia Durant fuhr zusammen. Sie kannte die Stimme, hätte aber nicht damit gerechnet, sie hier zu hören.
»Frau Marks! Was machen Sie denn hier?«
Astrid Marks trug bequeme Kleidung und war nur wenig geschminkt und frisiert. Sie deutete mit der verbundenen Hand an sich herab.
»Ich … ich muss ein paar Sachen holen. Habe zu wenig eingepackt in der Eile.«
»Hm. Okay. Soll ich Sie begleiten?«

»Das wäre nett.« Die junge Frau nickte und lächelte schüchtern. »Wenn ich Sie nicht von irgendwas abhalte.«

»Die Kollegen haben alles eingepackt, auch das Auto«, erklärte die Kommissarin. »Die Untersuchungen werden noch ein Weilchen dauern, ich wollte mich nur noch einmal selbst umsehen.«

»Ja. In Ordnung. Danke.« Frau Marks stockte. »Und er?«

»Herr Reimer bleibt vorläufig in U-Haft. Der kann Ihnen nicht begegnen«, versicherte Durant.

Die beiden betraten das Haus. Es roch muffig, sofort öffnete Frau Marks die Küchenfenster. »Wenn ich hier nicht jeden Tag lüfte … Na ja, es ist ein altes Haus.«

»Möchten Sie hier wohnen bleiben? Ich meine langfristig?«

»Aber ja!« Astrids Blick flammte auf. Sie räusperte sich, offenbar selbst überrascht von dieser Reaktion. »Warum sollte ich klein beigeben? Nur weil mir … dort drüben … Sie wissen schon. Ich möchte hier nicht weg. Es ist mein Zuhause.«

Julia Durant ließ es dabei bewenden. Frau Marks würde selbst herausfinden, wie sie mit ihrem Trauma umzugehen hatte. Es brachte nichts, ihr in diesem Stadium reinzureden. Außerdem schien sie robust genug zu sein, um das Ganze zu bewältigen. *Hauptsache, Reimer wird verurteilt,* dachte Julia und drückte die Zähne so fest aufeinander, dass es im Kiefer knackte.

»Axel hat mir übrigens etwas Sonderbares erzählt«, kam es aus einem entfernten Teil des Wohnzimmers. Julias Blick folgte der Stimme, und sie sah, wie die Frau gerade zwei Bücher aus dem Regal zog und in einem Stoffbeutel verschwinden ließ.

»Aha. Und was?« Die Kommissarin trat in die Mitte des Wohnzimmers. Die Wohnung war das spiegelverkehrte Abbild des Nachbarhauses. Doch Astrid war längst auf dem Weg ins Bad.

»Das Auto«, erklang es, und parallel dazu klappten Schranktüren auf.

»Der Jetta?« Julia stellte sich in den Türrahmen.

»Ich glaube, es ging um den richtigen Jetta.«

»Hmm. Um das Auto von Nickel?« Julia Durant erinnerte sich, dass der Wagen nie gefunden worden war.

»Genau. Axel war ziemlich angetrunken. Ich kenne ihn, wenn er so ist. Dann sprudelt er nur so, und meistens sind es Angebereien.«

Das passte nicht nur zu dem Bild, das die Kommissarin von Reimer hatte. Einem Mann, der sein Alter und seine Profilbilder beschönigte, um bei jungen Frauen landen zu können. Es passte auch dazu, dass er am Vortag angeblich ziemlich übermüdet (sprich: verkatert) am Fenster gesessen hatte.

»Lassen Sie mich raten. Angebereien über seine Otto-Nickel-Sammlung.«

Astrid Marks kräuselte angewidert die Lippen. »Genau. Ekelhaft.«

»Was hat er zu dem Jetta gesagt?«

»Er sagte, dass der Wagen nie das Grundstück verlassen habe.«

»Aha. Aber es gibt keine Garage …«

»So war das auch nicht gemeint.« Astrid hob die Schultern. »Leider hat er nichts weiter dazu gesagt, außer dass er dazu eine eigene Theorie habe. Die würde er aber für sich behalten.«

Julia Durant schüttelte den Kopf. Typisch. Sie entschuldigte sich und zog im Hinausgehen ihr Telefon aus der Tasche. Brandt meldete sich nicht, also rief sie seinen Boss an.

»Was verschafft mir die Ehre?«, begrüßte Ewald sie überfreundlich. Doch ihr stand nicht der Sinn nach Geplänkel.

»Es geht um Nickel. Das Fahrzeug. Haben Sie die Akten griffbereit?«

»Natürlich.« Es raschelte. »Was wollen Sie wissen?«

»Hat man damals das Grundstück durchsucht?«

Im Stillen zählte Durant die Sekunden, während Ewald die Antwort suchte.

… achtundzwanzig, neunundzwanzig …

»Hier. Das Haus hat nur einen Schuppen. Fehlanzeige. Man hat in der Nähe des letzten Tatorts gesucht, unter anderem mit Polizeitauchern in einem Weiher. Außerdem eine bundesweite Fahndung.

Aber da war Nickel ja längst verhaftet. Das Ganze verlief sich also im Sande, spätestens nach seiner Verurteilung.«

»Hatte er nicht eine Frau?«

»Ja. Deshalb die Taucher. Man befürchtete, er habe sie umgebracht. Aber dafür gab es keine Indizien.«

»Außer dass sie verschwunden war«, warf Durant ein.

»Genau. Deshalb die Fahndung nach dem Jetta. Es lag immerhin nahe, dass sie sich mit dem Wagen davongemacht hat.« Ewald hüstelte. »Warum ist das plötzlich so wichtig?«

Durant berichtete, was Frau Marks ihr erzählt hatte. »Gibt es Aufnahmen von dem Grundstück?«, fragte sie zum Schluss, ohne allzu große Hoffnung.

»Keine Luftaufnahmen oder so«, sagte Ewald. »Aber ich suche gerne zusammen, was wir haben. Erwarten Sie nicht zu viel.«

»Schon okay«, antwortete Durant und verabschiedete sich. Sie erwartete genau genommen gar nichts. Das Haus, die Einfahrt, die Nachbarhäuser – hier schien seit dreißig, vierzig Jahren nichts mehr verändert worden zu sein. Kein Neubau, kein Abriss. Höchstens ein frischer Anstrich, ein anderer Zaun. Hier und da ein Brunnen oder Teich.

Julia Durant zuckte zusammen. Ein Teich.

Sofort eilte sie in den Garten, durchlief ihn einmal bis zum hinteren Ende, wo meterhohes Dickicht über einen Hügel wucherte. Fehlanzeige. Sie ließ ihren Blick über die andere Hälfte des Gartens wandern. Auch dort kein Teich, keine Senke, kein gar nichts.

Und wer konnte einen klobigen Personenwagen im Garten verbuddeln, ohne dass es einer der Nachbarn bemerkte? 1989, als es noch kein Internet gab, hatte man sich noch mehr mit dem Leben seiner Mitmenschen beschäftigt als heute.

Julia Durant stellte sich an den Hügel, soweit das Gestrüpp es zuließ. Vom Nachbarhaus war nur das Dach zu sehen. Eine hochgezogene Wand versperrte den Blick.

Das Telefon klingelte. Die Nummer verriet, dass es Platzecks Abteilung war. Die Spurensicherung.

»Hallo. Habt ihr was für mich?«, sagte Julia und klang dabei so abgeschlagen, dass es sie selbst erschreckte.

»Ja. Leider nichts Gutes.«

»Schieß los.«

»Bist du unterwegs, oder können wir uns treffen?«

»Ganz weit weg«, sagte Durant. »Ecke Gelnhausen. Wir müssen uns also aufs Telefonieren beschränken.«

»Hm, na gut. Dann pass auf. Wir haben alles wirklich intensiv untersucht, aber es gibt keine Spuren von irgendwelchen Betäubungsmitteln in Marks' Proben. Weder Urin noch Speichel und in der Blutprobe erst recht nicht.«

»Die Blutprobe wundert mich nicht. Werden K.-o.-Tropfen nicht binnen weniger Stunden abgebaut?«

»Verstoffwechselt. Richtig. Aber im Speichel hätte etwas sein müssen. Na ja. Vielleicht war es einfach nicht genug.«

»Das können wir ihr nicht vorwerfen!«, sagte Durant energisch. »Nach allem, was sie durchlebt hat, ist es ein Wunder, dass sie überhaupt Proben genommen hat.«

»Mag sein«, erwiderte der Forensiker. »Das ist das Problem bei Benzodiazepinen.«

»Bringt es euch was, wenn ihr den Stoff genau kennt? Brandts Team hat eine Phiole sichergestellt, die dürfte längst analysiert sein.«

»Ich rufe mal an«, antwortete Platzeck, aber er klang nicht sehr zuversichtlich. »Es gibt außerdem noch was. Der ärztliche Befund.«

Durant hielt den Atem an. *Sperma. Hautpartikel.*

Stattdessen hörte sie ihren Telefonpartner etwas vollkommen anderes sagen: »Gleitmittel. Latex. Keine Spuren von Ejakulat.«

»Hä?« Das mit dem Gleitmittel wusste sie doch schon längst. Und so dumm, bei all der Vorbereitung hinterher kein Kondom zu benutzen, war Reimer gewiss nicht.

»Die Marks hatte Geschlechtsverkehr, das ist eindeutig«, sprach Platzeck währenddessen weiter. »Doch es fehlen die typischen Verletzungen im Genitalbereich. Keine Risse, keine Hämatome, wie sie normalerweise vorhanden sein müssten, wenn der Sex nicht in beiderseitigem Einvernehmen stattfindet. Wenn du mich fragst – und du kannst dir jede anzügliche Bemerkung sparen! –, dann war das einvernehmlicher, beinahe schon zärtlicher Geschlechtsverkehr. Blümchensex.«

Blümchensex? Niemals!

»Sie war ja bewusstlos«, dachte Durant laut, doch das war noch kein Widerspruch zu dem, was Platzeck gesagt hatte. Im Gegenteil. Eine bewusstlose Frau wurde weder erregt, wurde nicht feucht, öffnete sich nicht bereitwillig. Bevor sie weiterdenken konnte, sprach Platzeck weiter: »Marks' Sexpartner ist jedenfalls sehr behutsam vorgegangen. Gerade so, als wolle er seine Tat so, hm, wenig unangenehm wie möglich begehen.«

Julia Durant schnaubte. So eine Umschreibung konnte nur von einem Mann kommen!

Wenig unangenehm! Doch Platzeck hatte den Widerspruch gelöst, jetzt ergab das Fehlen von Verletzungen wieder einen Sinn.

»Klar, das ist es!«, rief sie. »Er dachte, sie wird es nicht bemerken! Die beiden sind Nachbarn, verdammt!« War Axel Reimer derart kaltschnäuzig, dass er geglaubt hatte, damit durchzukommen?

Nachdem sie sich bedankt und aufgelegt hatte, warf die Kommissarin einen weiteren Blick in Richtung Nachbarhaus. Sie beschloss, einmal rüberzugehen. Schaden konnte es nichts. Doch zuvor musste sie noch einmal mit Frau Marks sprechen, und es würde kein leichtes Gespräch werden.

Ob sie ihr raten sollte, das Haus auch weiterhin zu meiden?

Es widerstrebte ihr zutiefst, ein Opfer in derartige Zwänge zu stürzen, nur weil man dem Täter nicht beikommen konnte. Aber wer wusste schon, wann Reimer wieder aus der Haft kam. Und wie lange es danach dauern würde, bis ihm der Prozess gemacht wurde. *Wenn überhaupt ...*

13:50 UHR

*E*rinnerungen.
Manchmal nur verschwommen, als lägen sie hinter Nebelschwaden. Manchmal so scharf, als spielten sich die Szenen zum ersten Mal ab.
Dunkelheit.
Ein einzelner, greller Lichtpunkt tanzte auf der Haut des Unterarms. Zitterte wie der gesamte Körper, hob und senkte sich, wenn der Atem die Lungen füllte und wieder verließ. Manchmal knackte ein Metallteil, ein Stück Plastik. Es roch unangenehm nach Plastik und Öl.
Ich liege auf der Lauer.
Ein Raubtier. Im Schatten. Niemand hat es kommen sehen, keiner weiß, dass es in seinem Versteck liegt. Ausharrend. Unbequem. Mit schmerzenden Beinen, die nur angewinkelt in die stickige Enge passen.
Beute. Traf es das nicht eher?
Ich bin nicht mehr unbeobachtet. Ich bin gefangen. Es gibt jemanden ... Aber warum?
Ein Krampf. Schmerz, als der Knöchel in einem ungewollten Impuls auf das Metall schlägt. Der Lichtpunkt verschwindet. Taucht erst wieder auf, als Tränen die Sicht verschleiern.
Der Gedanke, zu lauern, war erträglicher gewesen.
Ich bin machtlos.
Er hat die Macht.
Gelenkige Finger arbeiteten sich durch kantigen Stahl. Etwas bewegte sich.

288

Hatte er den dumpfen Knall gehört und kam zurück?

Bange Stille. Der Körper lag so still, als wäre er zur Salzsäule erstarrt.

Dann drang das Licht wieder ans Auge. Der gleißende Punkt, nur wenige Zentimeter im Durchmesser, lag auf dem linken Handrücken. Bewegungslos. Wie die käsige Scheibe des Vollmonds.

Offenbar waren die Schritte eine Täuschung gewesen.

Niemand kam.

Die rechte Hand suchte sich weiter ihren Weg. Das schmerzhafte Reißen wurde ignoriert. Rann warmes Blut aus der weichen Haut zwischen Daumen und Zeigefinger? Keine Zeit, um sich darüber Gedanken zu machen.

Weiter.

Wenn es gelang, das Gefängnis zu verlassen … wurde aus der Beute wieder das Raubtier? Oder würde die Beute das Weite suchen und fliehen?

Rennen. Falls nötig, bis zum Horizont.

In der nächsten Sekunde strich ein frischer Windzug über die feuchten Finger.

Die Klappe war nicht eingerastet.

Beinahe lautlos, nur mit dem kurzen Knarren der Feder, schwang sie nach oben.

Freiheit!

Blendend kühle Freiheit.

Doch würde die Beute jemals wirklich frei sein können, solange das Raubtier da draußen lauerte?

Die Nebelschwaden kehrten zurück. Höchste Zeit, wieder in die Gegenwart zu flüchten.

Keine Beute mehr zu sein.

Sondern das Raubtier.

*

Julia Durant näherte sich dem Haus, das sich links von Reimers Grundstück befand. Es glich dem Nachbarhaus in Alter und Bauweise, allerdings wirkte der Vorgarten ungepflegt, und ringsherum waren die Rollläden auf halbe Höhe gezogen. Auf dem Bordstein parkte ein silberner Mercedes mit ihr unbekanntem Kennzeichen. Julia Durant beugte sich nach vorn, um das Wappen zu erkennen. Niedersachsen. Dazu ein Aufkleber auf der Heckscheibe. Ostfriesland. Jetzt fiel es ihr ein. LER. Leer. Ziemlich weit entfernt.

Sie lenkte ihre Gedanken zurück zu Reimer und seiner Prahlerei über den Jetta. Durant hatte sich gegen eine Nachricht an Kollege Brandt entschieden. Sie wollte Reimer persönlich nach Nickels Wagen fragen und dabei seine Körpersprache beobachten, um herauszufinden, was er hinter seiner Wichtigtuerei verbarg. Axel Reimer erinnerte sie in vielerlei Hinsicht an ein kleines Kind. Er hortete Schätze und wollte mit diesen angeben. Er hatte sicher so manches Geheimnis. Doch wie Kinder nun mal waren: Geheimnisse blieben nur interessant, wenn man sie mit jemandem teilen konnte. Auch wenn es dann keine Geheimnisse mehr waren. Sie würde ihm die Information entlocken, aber zuvor brauchte sie eine Strategie.

Vorläufig galt es, ein paar ehemalige Nachbarn ausfindig zu machen. Ein paar alte Geschichten in Erfahrung zu bringen. In einer Straße, wo jeder jeden kannte, vergaß man es über Jahrzehnte lang nicht, wenn ein Serienmörder im Haus nebenan gelebt hatte.

»Johanna und Ortwin«, las die Kommissarin auf dem Klingelschild über dem Familiennamen. Bleistift auf vergilbtem Papier. Das sah vielversprechend aus.

Im Inneren erklang kein Laut, als sie auf den Metallknopf drückte. Sie drückte noch einmal, so fest es ging. Wieder nichts. Doch irgendwo hinter der Haustür schabte es, als würde jemand einen schweren Karton über den staubigen Boden schieben. Julia formte eine Faust und klopfte auf das lackierte Holz. Erst zaghaft, dann fester.

»Hallo?«

Zuerst wurde es still. Dann erklangen Schritte, offenbar im Obergeschoss, und nun kamen sie die Holztreppe hinunter. Hinter einem eckigen, gelblich angelaufenen Ausschnitt aus Strukturglas erschien die Silhouette eines Kopfes. Julia hielt ihre Hände wie einen Trichter vor den Mund. »Hallo! Jemand zu Hause?«

Die Tür schwang einige Zentimeter auf, und ein dunkler Lockenkopf mit roten Wangen lugte durch den Spalt.

»Ja?«

Es handelte sich um eine junge Frau mit neugierigen Rehaugen und rissigen Händen. Sie trug eine löchrige Jeans und werkelte offenbar im Haus. Weiße Farbspritzer auf ihrem Metallica-Shirt und zwischen den Sommersprossen.

Julia Durant stellte sich vor und zeigte ihren Dienstausweis.

»Mordkommission?«, fragte ihr Gegenüber, nachdem sie sich ebenfalls vorgestellt hatte. Sie hieß Jeannette.

»Wir ermitteln in einer Mordserie. Ich habe ›Johanna und Ortwin‹ gelesen, sind das Ihre Eltern?«

»Großeltern.« Der Lockenkopf lächelte. »Aber ziemlich nah dran.«

»Ich mache das schon eine Weile.«

»Das Haus steht seit drei Jahren leer«, erklärte Jeannette. »Meine Eltern leben in der Nähe von Oldenburg, und ich studiere in Würzburg. Seit Oma nicht mehr lebt, kümmere ich mich ein bisschen darum. Wir wollen es verkaufen, aber da ist noch nichts in Aussicht.«

»Ach nein?« Durant dachte nach. An der Entfernung nach Hanau, Offenbach und Frankfurt konnte es nicht liegen. Die Autobahn direkt vor der Haustür …

»Ich denke, wir müssen im Preis runtergehen. Das Dach ist wohl bald fällig.« Jeannette hob die Achseln. »Fakt ist: Weder ich noch meine Schwester, noch meine Eltern werden hierher zurückkehren. Sollte sich kein Käufer finden, werden wir es mit Vermieten versuchen. Deshalb gönne ich den Wänden ein bisschen Farbe.«

»Könnten die fehlenden Interessenten mit Ihrem Nachbarn zu tun haben?«, fragte Durant direkt.

»Wie kommen Sie darauf?«

»Haben Sie nie von Georg Otto Nickel gehört?«

»Wer soll das sein?«

»Ein Serienkiller. Er lebte direkt im Haus nebenan. Neunundachtzig, kurz vor der Wende, hat man ihn verhaftet.«

Jeannette lachte auf. »Ach herrje. Ich bin Jahrgang neunzig. Davon weiß ich nichts.«

»Haben Ihre Großeltern nicht darüber gesprochen? Das kann ich mir nur schwer vorstellen.«

»Warten Sie mal. Doch, da war etwas. Oma hat immer von einem bösen Mann erzählt, aber da war ich noch ein Kind, also hat sie mir keine Details verraten. Ein Serienmörder?«

»M-hm.«

»Tut mir leid. Ein böser Mann, der schlimme Sachen gemacht hat. Mit anderen Menschen. So irgendwie habe ich das im Ohr. Das war's aber auch schon. Opa wollte nicht, dass sie darüber sprach. Immer, wenn er in den Raum kam, wechselte sie schnell das Thema.« Jeannette hob die Schultern: »Möchten Sie vielleicht reinkommen? Ich meine, falls Sie das Chaos nicht stört.«

Durant bejahte, und die beiden gingen ins Innere. Sie unterhielten sich über die laufende Renovierung – es roch nach Farbe, und überall standen Kartons und lagen Baumaterialien herum –, dann lenkte die Kommissarin das Gespräch auf Nickel zurück. Jeannette nahm sich Zeit: »Warten Sie! Ich habe keine Ahnung, ob das von Bedeutung ist, aber wir haben hier ja zwei Nachbarhäuser, wie die meisten eben. Mit einer Familie war Opa zerstritten. Das kam immer mal am Rande wieder hoch. Ich weiß nicht, weshalb, aber es kann eigentlich nur der Nachbar gewesen sein.«

»Was gewesen sein?«

»Dem Opa ein Stück Land verkauft hat. Mein Großvater war Landwirt, die Scheune gibt es nicht mehr. Hinten, wo die Grundstücke in die Wiesen übergehen, war der Kompostplatz. Opa sagte, dass er bis zur Gemeindereform in den Siebzigern genutzt wurde. Danach höchstens noch als inoffizielle Halde, weil viele zu bequem waren, in den Nachbarort zu fahren. Kurzum: Ein großer Teil der Fläche gehörte meiner Familie, das hatte nur nie jemanden gestört. Und Opa war ja selbst froh, seinen Mist abladen zu können. Als er die Landwirtschaft aufgab, verkaufte er alles, bis auf dieses Haus. Mama und meine Tante studierten, Anfang der Achtziger, da kam das Geld gerade recht.«

Durant hatte angespannt gelauscht. »Und Nickel kaufte diese Ländereien?«, fragte sie. Das musste man in den Grundbüchern nachlesen können.

»Nur eines, soweit ich weiß. Opa hat immer in Richtung Wald gezeigt und mir erzählt, dass das früher alles mal seins war. Auch die alte Grünschnitthalde, also der Hügel, wo wir immer spielten. Da, wo jetzt das Gestrüpp wuchert. Er mochte es nicht, wenn wir dorthin gingen. Er sagte, ein sehr böser Mann habe dort gelebt. Und er sei froh, dass er fort sei.«

»Danke«, presste Durant hervor. »Ich glaube, das hilft mir weiter.«

»Das hoffe ich.«

Und ich erst, dachte die Kommissarin. *Und ich erst.*

In der Küche stand eine kleine Reisekaffeemaschine. Jeannette hatte zwei alte Porzellantassen ihrer Großmutter zum Vorschein gebracht. Alte Sammeltassen, wie es sie seinerzeit in vielen Haushalten gegeben hatte. Sie hatte sie abgespült und mit frischem Kaffee gefüllt. Milch, sagte sie, trinke sie keine. Schwarz könne sie anbieten.

»Vielleicht ist in der alten Zuckerdose noch ein Rest«, fiel ihr dann ein, doch Julia Durant winkte ab: »Ist schon gut. Danke.« Sie überlegte, ob sie nach der Telefonnummer der Mutter fragen sollte. Immerhin war diese hier aufgewachsen. Doch während die beiden Frauen sich weiter unterhielten, erfuhr die Kommissarin, dass die Mutter eine Frachtschiffreise unternahm und telefonisch nicht zu erreichen war.

293

Durant hatte während des Gesprächs darauf gewartet, dass Jeannette sie noch einmal nach Details über Georg Otto Nickel fragte. Doch sie schien sich überhaupt nicht dafür zu interessieren. Stattdessen meldete sich Julias Smartphone und verkündete gleichzeitig, dass die Akkuladung nur noch zwanzig Prozent betrage.

»Peter?«, sagte sie hoffnungsvoll.

»Ich melde mich im Auftrag von Ewald. Bist du bereit für Bilddateien?«

»Ja. Ich muss danach nur das Internet ausmachen. Akku, du weißt schon.«

»Wer kennt das nicht!« Brandt lachte. »Ich schicke sie. *Subito.* Aber vorher gibt's noch einen echten Knaller.« Er ließ eine vielsagende Pause. »Wo treibst du dich eigentlich herum?«

»Ich habe zuerst Frau Marks befragt, jetzt bin ich nebenan«, antwortete Durant ungeduldig. »Rück's raus, sonst platze ich!«

»Dann halte dich mal besser fest. Axel Reimer war mit sechzehn Jahren in der Psychiatrie. Ich warte noch auf den Bericht, das heißt, ich hoffe, dass da noch irgendwo eine Akte existiert …«

»Moment.« Durant sprang auf. Sie eilte nach nebenan in ein leer geräumtes Wohnzimmer mit abgeklemmter Deckenleuchte. Der Fußboden war abgeklebt, und es roch nach Tapetenkleister. »Reimer? In der Psychiatrie? Woher hast du das denn jetzt?«

»Ermittlungsarbeit«, kam es flapsig zurück. »Du bist nicht die Erste, die sich um die Nachbarschaft gekümmert hat.«

»Aha.« Ist ja toll, dass ich das auch mal erfahre, hätte sie am liebsten hinzugesetzt.

»Reg dich ab. Es war ein älterer Herr, er wird wohl gesehen haben, wie wir Reimer in den Streifenwagen verfrachteten. Kam auf einen meiner Jungs zu und wollte ihn ausquetschen.« Brandt schniefte. »War ja im Grunde davon auszugehen, dass die Observierung und unsere Besuche nicht unbemerkt bleiben.«

»Trotzdem«, brummte Durant. »Erst *jetzt?*«

»Ich habe es selbst vor ein paar Minuten erzählt bekommen, tut mir leid. Der Kollege hat es nicht für so wichtig erachtet, der Alte habe nur beiläufig davon gesprochen, dass sie ihn schon mal abgeholt hätten. Ich habe mich sofort ans Telefon geklemmt.« Brandt nannte einen Namen und eine Hausnummer. »Es müsste das hellblaue Haus schräg gegenüber sein. Zwei, drei Grundstücke versetzt.«

»Auf halbem Weg zu Reimers Elternhaus«, rief sich Julia Durant ins Gedächtnis.

Hatte der Nachbar gemeint, dass schon einmal jemand in Reimers Haus verhaftet worden war? Oder meinte er am Ende Axel Reimer selbst, wie er damals in die Minna verfrachtet worden war?

»Mag sein«, bestätigte Brandt ihren laut ausgesprochenen Gedanken. »Gehst du direkt rüber?«

»Worauf du dich verlassen kannst.«

15:05 UHR

Und Sie wollen wirklich nicht zum Kaffee bleiben?«

»Wirklich nicht. Danke.«

Nur mit Mühe konnte sich die Kommissarin dem Angebot der alten Eheleute entziehen. Sie stand noch in der Haustür, an der sie vor einigen Minuten geklingelt hatte. Ein Umstand, der dem Hausmütterchen, das um die achtzig sein musste, überhaupt nicht zu behagen schien.

»Dann kommen Sie doch wenigstens in die Wohnstube«, drängte sie, »anstatt hier in der Zugluft zu stehen.«

Durant betrat ein weiteres Haus, das baugleich mit all den anderen in der Siedlung war. Enge, funktionale Räume. Graubraune Elektroöfen, die im Winter unheilvoll knackten und einen immensen Stromverbrauch hatten.

Sie nahm auf einem grünen Cordsofa Platz, auf dem Katzenhaare lagen. Angestrengt stellte sie eine Reihe von Fragen, die sich mehr und mehr auf Axel Reimer konzentrierten. Den beiden war nicht entgangen, was sich in den letzten Tagen hier ereignet hatte. Doch sie klangen weder abfällig noch verärgert. Reimer sei ein ordentlicher Mensch, ein Eigenbrötler vielleicht, aber niemand, der unangenehm auffiel. Jedenfalls nicht, seit er erwachsen war.

Aha. Julia rechnete nach. Wie alt war er? Mitte vierzig. Auch wenn er sich dafür gut gehalten hatte. Wenn Reimer in der Psychiatrie gewesen war, musste es wohl die Kinder- und Jugendpsychiatrie gewesen sein. Zumindest, wenn sie davon ausging, dass der Aufenthalt um Nickels Verhaftung herum lag. Damals war er sechzehn Jahre alt gewesen.

Julia Durant kreiste den Zeitraum durch gezieltes Fragen ein. War es vor oder nach Nickels Verhaftung gewesen? Danach. Und vor der Wiedervereinigung? Ja, auf jeden Fall. Und auch vor der neuen Dacheindeckung. Mit erstaunlicher Zielstrebigkeit hatte der Hausherr sich auf den Weg ins Arbeitszimmer gemacht, um die Handwerkerrechnungen zu suchen. Seine Frau hatte energisch darauf bestanden, dass es diese nicht mehr gäbe. Durant hielt sich geflissentlich zurück. Alte Ehepaare besaßen eine Dynamik, auf die man als Außenstehender besser keinen Einfluss nahm.

Während er noch hustete und fluchte, hatte sie bereits ein Fotoalbum in der Hand. In der Mitte der vergilbten Pappseiten waren zwei Fotos nebeneinandergeklebt.

»Ostern 1990« und »Juni 1990«.

Auf dem einen Bild zwei Kinder mit Osterkörbchen vor einer gelb blühenden Wiese.

Auf dem anderen ein Metallzuber, um den allerlei Wasserspielzeuge verteilt lagen. Während die alte Frau sich in den Gesichtern der lachenden Kinder verlor, hatte Julia Durant das Hausdach im Visier. Der Himmel strahlend blau, frei liegendes Gebälk und ein Gerüst. Wenn man davon ausgehen konnte, dass die alten Herrschaften sich nicht irrten, stand der Zeitraum fest.

Julia Durant verabschiedete sich, so schnell es ging, ohne zu unhöflich zu sein. Als sie außer Hörweite war, rief sie Brandt an. Ein scheuer Blick nach hinten, doch die Haustür blieb geschlossen. Durant nannte ihrem Kollegen das Jahr 1990, erstes Drittel.

»Willst du nicht vielleicht nach Offenbach wechseln?«, scherzte dieser.

»Du hast doch gerade erst eine neue Kollegin bekommen«, erwiderte die Kommissarin. Dann fiel ihr ein, dass sie Canan Bilgiç schon eine ganze Weile nicht mehr gesehen hatte. Die kesse Deutschtürkin war vor ein paar Monaten zur Offenbacher Mordkommission gestoßen, doch seitdem hatte es nur wenige Berührungspunkte zwischen den beiden Präsidien gegeben.

»Die ist ja nie da«, moserte Brandt. »Ständig nur Urlaub.«

»Ist eben nicht jeder so wie wir«, sagte Durant schnippisch. Wie viele Urlaubstage sie in ihrem Leben schon hatte verfallen lassen? Sie wusste es nicht. Aber sie wusste, dass Peter da ähnlich tickte. »Gönn's ihr doch. Besser, als dass sie den Job irgendwann hinschmeißt, weil sie ausgebrannt ist. Ich jedenfalls bleibe hier.«

Peter Brandt kicherte. »Wenn du mit *hier* das meinst, wo du gerade bist, dann ist das mein Präsidium. Willkommen im Team.«

»Schön. Können wir bitte zurück auf Axel Reimer kommen?«

»Ich kümmere mich«, versprach der Kommissar.

Als sie das Handy zurück in die Tasche schob, kam Julia Durant ein Gedanke. Sie machte auf dem Absatz kehrt und klingelte noch einmal an der Tür des hellblauen Hauses. Hatte es hinter den Gardinen gewackelt, als sie sich umgedreht hatte? Sie konnte es nicht beschwören. Dennoch dauerte es eine Weile, was aber auch mit dem Alter der Besitzer zu tun haben konnte. Beide waren um die achtzig und hatten entsprechende Wehwehchen. Dann aber öffnete sich die Tür, und das spitze Gesicht der Frau erschien im Spalt. Als sie die Kommissarin erkannte, erhellte sich die Miene zu einem warmen Lächeln.

»Möchten Sie jetzt doch ein Stück Kuchen mit uns essen?«

Durant zögerte, erinnerte sich an das zurückliegende Gespräch. Alle Kinder und Enkel ausgeflogen. Man sah sich, wenn überhaupt, nur zu Familienfeiern. Die beiden mussten ziemlich einsam sein, auch wenn sie wenigstens noch einander hatten. Unwillkürlich musste sie an ihren Vater denken. Ob er auch so dagesessen hatte, an den Wochenenden, bei Kaffee und Kuchen? Wenn seine Haushälterin freihatte und die Stunden nicht verstreichen wollten. Wie oft hatte er wohl darauf gewartet, ob Julia nicht vielleicht anrufen würde? Wie oft hatte er sich dazu entschieden, sie nicht anzurufen, weil er sie nicht stören wollte?

Sie lachte auf und sagte: »Ich konnte den Kaffee bis auf die Straße riechen. Da hab ich's mir noch mal überlegt.«

Sie folgte der alten Frau ins Wohnzimmer und wischte sich verstohlen eine Träne aus dem Augenwinkel.

Zwischen zwei Stücken Pflaumenkuchen und einem Kaffee, der so stark dosiert war, dass die Milch ihn nur dunkelbraun färbte, sprachen die drei noch einmal über Axel Reimer. Wie der Kontakt gewesen sei. Ob er sich auffällig verhalten habe. »Der war für sich.« – »Man kann von hier aus ja fast nichts sehen.«

»Was ist mit sozialen Kontakten?«

»Wenig Besuch.« – »Manchmal waren Frauen zu Gast, meistens ein gutes Stück jünger. Aber das ist heutzutage ja normal.«

»Haben Sie mitbekommen, dass Reimer einen goldenen VW Jetta fuhr?«

»Na klar. Genauso einen hatte der Nickel auch.«

Durant lächelte. »Es ist aber nicht derselbe. Nickels Wagen ist verschwunden. Können Sie mir etwas darüber sagen?«

Beide verneinten. Dann sagte der Mann: »Er stand immer in der Einfahrt. Irgendwann war er weg.«

»Können Sie das zeitlich irgendwie eingrenzen?«

»Das ist dreißig Jahre her!«

298

»Trotzdem. Es könnte von Bedeutung sein. War es vor oder nach seiner Verhaftung?«

Auch wenn sie die Antwort schon kannte, hielt Julia das für einen guten Einstieg. Die Verhaftung, der Mauerfall, das neue Hausdach. Alte Leute verbanden Erinnerungen häufig mit anderen, größeren Ereignissen.

»Vorher«, antwortete er mit Bestimmtheit.

»Lange vorher«, ergänzte sie.

»Und wie darf ich mir das vorstellen? Ist er damit weggefahren und nicht zurückgekehrt? Hat er den Wagen vorher beladen?«

»Er war einfach weg«, sagte die Frau betrübt. »Genau wie die Kleine.«

»Nickels Frau?«

»Die beiden waren doch nicht verheiratet!«, prustete der Mann. »Wäre auch schön blöd, so einen zu nehmen. Ich glaube, sie hat ihre Siebensachen gepackt und sich abgesetzt. Nickel war tagelang nicht zu sehen, aber als ich ihm einmal begegnete, sah er aus, als würde er alles kurz und klein schlagen wollen.«

»So hat er doch immer ausgesehen«, sagte seine Frau und hob sich die Hand vor den Mund, als fände sie es noch immer ungehörig, schlecht über ihren Nachbarn zu sprechen.

»Wieso fragen Sie nach dem Auto?«, erkundigte sich der Mann und hielt die Kaffeekanne auffordernd über den Tisch. Durant lehnte ab. »Ist Schonkaffee«, sagte er.

Deshalb die Stärke, dachte sie amüsiert. Wenn schon ohne Koffein, dann wenigstens die volle Dröhnung. »Danke. Ich hatte vorhin schon eine Tasse.«

»Wie Sie meinen.« Er schüttete seiner Frau und sich nach. Dann bohrte er weiter: »Also. Wegen dem Jetta ...«

»Es gibt Gerüchte, dass der Wagen das Grundstück nie verlassen hat.«

»Wo soll er denn sein?«, fragte die alte Frau stirnrunzelnd.

»Nickel hat sich Land hinter seinem Garten gekauft. Den alten Abfallplatz.«

Sofort schlug der Mann die Hand auf den Tisch. »Na klar! Dieser Typ. Es hat nie jemanden gestört, wenn man seinen Grünschnitt dorthin brachte. Aber plötzlich hat er jeden vertrieben. Mich hat er auch einmal gestoppt. Dabei hatte ich gerade mal eine halbe Schubkarre Brombeerschnitt. Das stand dann vierzehn Tage rum, bis wir es einem anderen Nachbarn zum Häckseln geben konnten.«

Durant ließ ihn geduldig ausreden, auch wenn sie das Gefühl im Magen immer deutlicher spürte. Es lag weder an den Pflaumen noch am Kaffee. Es war eine Ahnung, die immer stärker wurde.

Nachdem sie sich zum zweiten Mal verabschiedet hatte, riss sie das Smartphone förmlich aus der Tasche. Um ein Haar wäre es ihr aus der Hand geglitten und in hohem Bogen auf das Trottoir geschellt. Seelenruhig dagegen war Hochgräbes Stimme am anderen Ende: »Na, mein Schatz? Bist du noch bei Reimer?«

Und ob! »So wie's aussieht, werde ich auch noch ein Weilchen bleiben. Brandt und Ewald sind informiert«, sagte die Kommissarin hastig. »Wie sieht es denn mit Metallsuchern aus? Oder Sonar. Oder was auch immer.«

Claus prustete laut. »Was zum Teufel willst du denn damit?«

»Nickels Auto. Womöglich hat er es im Garten vergraben.«

»Ist das denn so wichtig?«

»Na hör mal! Reimer hat damit vor Astrid Marks angegeben. Und wer weiß, bei wem noch. In Schindlers Buch ist keine Rede davon, auch nicht über den Verbleib der Frau. Soweit ich weiß, wird sie immer noch vermisst – oder nicht? Es ist *ein* Fall!«

»Ein Fall mit langem Bart«, unterbrach Claus sie. »Wir haben eine Menge Tote, die aktueller sind.«

Julia zwang sich, ruhig zu bleiben. »Wenn wir das Auto finden, kann ich Reimer damit auf die Pelle rücken. Es ist immerhin ein Beweismittel, etwas, was die Polizei lange gesucht hat. Und er weiß offensichtlich davon. Er ist derart selbstsicher, wir brauchen etwas, womit wir ihn auf seinem hohen Ross zum Wackeln bringen. Da käme mir das Auto gerade recht, um ihn zu piesacken.«

»Hmm.« Claus schnalzte mit der Zunge. »Lass mich mal ein bisschen rumtelefonieren, okay?«

»Meinetwegen. Dann fahre ich noch mal nach Offenbach.«

15:49 UHR

Ewald und Brandt standen über die Tischplatte gebeugt, auf der sich allerhand Papiere in wüstem Chaos befanden. In der Hand des Chefs ein Ausdruck, auf dem großflächige, schwarze Muster zu erkennen waren.

»Sie kommen genau richtig!«, begrüßte er die Kommissarin mit einem Blick über die Ränder seiner Lesebrille. Noch bevor ihr etwas Schlagfertiges einfiel, sprach Ewald weiter: »Das Profil passt. Zweifel ausgeschlossen. Reimers Reifen entsprechen exakt den Abdrücken in Ihrem Stadtwald.«

»*Ihr* Stadtwald«, murrte Brandt, der schon oft angemerkt hatte, dass viel zu viele Bereiche der Frankfurter Gemarkung zugesprochen würden, obwohl sie eigentlich zu Offenbach gehörten.

»Das passt ja«, sagte Durant, den Zwischenruf ignorierend. »Wollen wir Reimer damit konfrontieren?«

»Nein, warte. Es gibt noch mehr.« Brandt wühlte in den Papieren und förderte ein paar zusammengetackerte Seiten zutage.

»Was ist das?«

»Ein Bericht aus der Psychiatrie. Wenn ich die Dame mal zitieren darf: ›Wir haben mehr Glück als Verstand.‹«

»Ach ja. Und das heißt?«

»Es existieren keine Unterlagen mehr von vor 1990. Als man vor Jahren damit begann, die Akten zu digitalisieren, nahm man den

1.1.1990 als Stichtag. Reimers Aufenthalt war im Februar, für vierzehn Tage, mit anschließender Therapie.«

Er überreichte seiner Kollegin die Papiere. Julia Durant bedankte sich und setzte sich. Dann begann sie zu lesen.

Es war die traurige Geschichte eines jungen Mannes, Einzelkind, das zeit seines Lebens Schwierigkeiten gehabt hatte, mit anderen in Kontakt zu treten. Von der Mutter verwöhnt, vom Vater eher abgelehnt, war er bereits im Kindergarten ziemlich isoliert gewesen. Keine Vereine. Ersten Kontakt zu Alkohol und weichen Drogen im Alter von vierzehn. Keine sexuellen Erfahrungen, zumindest nach Aussage der Mutter. Ein gewisses Aggressionspotenzial, er höre »immer diese schlimme Musik«. Die Frage nach einem Auslöser blieb im Dunklen, er habe seit Wochen immer wieder mal die Schule verweigert und säße oft mit apathischem Ausdruck »einfach nur da«.

Einer ärztlichen Notiz zufolge sei eine drogeninduzierte Psychose möglich. Genauere Abklärung erforderlich.

Leider gab es keine Aufzeichnung darüber, warum genau man Reimer in die Psychiatrie geschickt hatte. Durant vermutete, dass die Eltern mit einem jugendlichen Rebellen überfordert waren, der plötzlich nicht mehr so funktionierte, wie sie das gerne hätten. Möglich, dass Polizei oder Jugendamt sich eingeschaltet hatten, wenn Schulverweigerung eine Rolle spielte. Sie rechnete nach. Wenn die Auffälligkeiten mit Nickels Verhaftung zu tun hatten … von dort bis zum Klinikaufenthalt waren es nur wenige Monate. Dazwischen Weihnachten. Eine Zeit, in der es selbst in stabilen Familien zu Krisen kam.

Am Ende der Aufzeichnung bescheinigte man Reimer, gute Fortschritte gemacht zu haben. Kein Wort über eine medikamentöse Einstellung. Kein Wort über eine Therapie. Es war, als habe man nur die Hälfte der Unterlagen digitalisiert. Hatte man die Rückseiten vergessen? *Verdammt.*

302

Nur eines war deutlich zu lesen: Keine Selbst- oder Fremdgefährdung festzustellen.

»Na dann«, brummte Durant, die noch nicht wusste, ob sie mit diesem Ergebnis zufrieden oder unzufrieden sein sollte.

*

»Was willst du ihm sagen?«, fragte Peter Brandt, der an einem Schokoriegel kaute.

Julia Durant hob die Schultern. »Na ja, zuerst die Sache mit den Reifenspuren. Darauf wird er vermutlich entgegnen, dass *alle* Jettas dieses Profil fahren. Dann knalle ich ihm die Sache mit der Psychiatrie vor den Latz. Ein weiterer Punkt, der an seinem Image kratzt. Etwas, was er uns niemals erzählt hätte. Und wenn's sein muss, noch mal die Fingerabdrücke auf den K.-o.-Tropfen.«

»Das hatten wir doch schon.«

»Mir egal. Wenn er es leugnet, ein Grund mehr, seinen Geisteszustand infrage zu stellen. Ich will, dass er aus der Reserve kommt. Dass er ausrastet.«

»Ich weiß nicht.«

Brandt kaute noch immer auf Schokolade und Erdnüssen herum. Er schien nicht erpicht auf einen durchdrehenden Tatverdächtigen in seiner Obhut. Bevor Durant etwas dagegensetzen konnte, piepte ihre Nachrichten-App.

Claus. Er schlug vor, den Boden zu sondieren.

Können das heute noch erledigen – ruf mich mal an

Dazu ein Smiley mit Kussmund.

Julia Durant entschuldigte sich kurz, um zu telefonieren, und berichtete anschließend den beiden Offenbachern von ihrem Vorhaben.

»Ich kann mir weder einen Bagger noch einen Metallsucher aus dem Ärmel schütteln«, sagte Ewald gereizt.

»Müssen Sie auch nicht.« Die Kommissarin grinste zufrieden.

Sie hatte etwas ganz anderes vor.

17:45 UHR

Der Pick-up war zu hören, lange bevor er am unteren Ende in die Straße einbog. Julia Durant verzog den Mund. Ob Kurt Rettke auch die Benzinrechnungen übernahm? Oder kompensierte Krenz mit dem Fahren einer solchen Spritschleuder die Größe eines gewissen Körperteils? Das sollte dir egal sein, sagte sie sich. Dann erstarb das Dröhnen auch schon, und Crocodile Dundee sprang aus dem Wagen. Seine Miene war ernster als sonst, fast schon gestresst, wie die Kommissarin fand.

»Mit Ihnen macht man was mit!« Keuchend zwängte er sich an ihr vorbei zur Ladefläche, wo ein länglicher Sack aus wasserdichter Plane festgezurrt war. »Wissen Sie, dass ich fast bis Fulda fahren musste?«

»Sie haben was gut bei mir«, sagte Durant und dachte wieder an die Sache mit den Tankbelegen. »Vielleicht machen wir ja den Hunderttausend-Euro-Fang.«

Krenz' Augen begannen zu leuchten. »Echt jetzt?«

»Wir finden es nur heraus, wenn wir loslegen.«

Krenz neigte den Kopf in Richtung Horizont. »In zwei Stunden geht die Sonne unter.«

»Na dann. Worauf warten wir noch?«

Krenz schulterte den Seesack und drückte Durant eine weitere Tasche in die Hand. Sie begaben sich in den Garten hinter Reimers Haushälfte, wo Krenz den Rucksack öffnete, in dem sich ein Satz spezieller Kopfhörer befand. Danach entnahm er dem Seesack einen Metalldetektor, den er ihr in die Hand drückte.

304

»Vorsicht«, mahnte er. Durant schätzte das Gerät auf zwei oder drei Kilogramm, wesentlich leichter als erwartet. Etwas verkrampft hielt sie den zweifach geknickten Stab, in dessen Mitte ein Griff mit einem handgroßen Display angebracht war. Das obere Ende sah aus wie eine Krücke. Julia legte den Unterarm in die Mulde und wagte nicht, das ovale Gitter am anderen Ende des Detektors ins Gras zu setzen.

Schon nahm Michael Krenz ihr das Gerät wieder ab, stöpselte den Kopfhörer ein und machte ein paar Handgriffe. »Wohin?«, wollte er wissen. Julia Durant deutete auf den mit hohem Gras und Gestrüpp überwucherten Hang.

»Na prima«, knurrte Krenz mit einem Augenrollen. »Hätte ich das vorher gewusst.«

»Ist das ein Problem? Wie tief kann das Gerät denn suchen?«

»Die Tiefenortung ist kein Problem. Mein Kumpel sucht damit nach Militaria, da sollte ein ganzes Auto kein Problem sein. Aber ich hätte seinen Trimmer mitbringen können, dann müsste ich mich nicht durch die Dornen schlagen.«

Durant grinste. »Sie stehen doch auf Outdoor.«

Krenz murmelte etwas, zweifellos wenig nett, aber sie verstand ihn nicht. Dann stapfte er los. Julia wollte ihm folgen, doch er drehte sich um und zog eine imaginäre Linie, hinter der sie warten solle. Widerwillig leistete sie dem Folge.

18:05 UHR

Nie im Leben hätte sie etwas mit Sören Henning angefangen. Doch Doris Seidel musste sich eingestehen, dass ihr beim Klang seiner Stimme warm ums Herz wurde. So schlecht es ihr im Sommer auch gegangen war, damals, bei ihrer ersten Begegnung in Kiel: Henning hatte ihr gutgetan. Andere Gedanken, eine andere Gegend. Abstand zu allem, was hier zu Hause zum Alltag gehörte. Es musste diese Erinnerung sein, die seine Stimme in ihr abrief. Deshalb dieses angenehme Kribbeln. Und dabei hatte Hennings Anruf nun wahrlich nichts Romantisches an sich.

»Ich hatte vorhin einen Anruf aus Bad Kissingen«, berichtete er. »Ist das nicht bei euch?«

»Wie man's nimmt«, antwortete Doris und überlegte kurz. War das nicht schon Bayern? Natürlich. Bayerische Rhön, zwischen Fulda und Schweinfurt.

»Trotzdem näher bei euch als ausgerechnet Kiel«, sagte Henning. »Na, egal. Es gibt dort einen ungeklärten Doppelmord aus dem Jahr 2016. Ebenfalls ein Pärchen, und die beiden lagen tot im Wald.«

Doris Seidel biss sich auf die Unterlippe. »Aha. Und warum meldet man das erst jetzt?« Sie erinnerte sich noch sehr deutlich, dass man im Sommer bundesweit nach vergleichbaren Fällen gesucht hatte.

Henning räusperte sich. »Entweder ist da was untergegangen, oder, was ich viel eher glaube: Man hat zu große Unterschiede gesehen. Das Pärchen bestand nämlich aus zwei Frauen. Und dann fand sich der Wagen auf dem Parkplatz von irgendeinem Moor.«

»Das schwarze Moor? Das ist wirklich nicht allzu weit von uns. Eine Stunde, schätze ich.«

»Kann sein. Egal. Ich vermute, man hat sich wegen des Moors an unsere Leichen erinnert. Und vielleicht, weil die beiden Ringe trugen, also offensichtlich ein Paar waren.«

»Hm. Wundert mich trotzdem, warum das Ganze erst jetzt aufgefallen ist.«

Henning lachte kurz auf. »Das kann ich dir sagen! Wir haben unsere Ermittlung wieder aufgenommen. Und seit die Mordserie mehrere Bundesländer betrifft, zieht das ziemlich weite Kreise. Ich wundere mich, dass man uns nicht noch viel mehr Cold Cases zuträgt.«

Da hatte er zweifelsfrei recht, dachte Seidel und fragte dann: »Gibt es Fotos der beiden?«

»Ich schick dir alles zu. Weshalb Fotos?«

»Ich habe gerade überlegt, dass man, wenn man einem Pärchen folgt und nur eine der beiden Personen lange Haare hat, vielleicht glauben konnte, dass es sich um Mann und Frau handelt.«

Henning überlegte. »Möglich. Die beiden lagen ziemlich lange unentdeckt herum, bis man sie im Februar 2016 auffand. Der Todeszeitpunkt dürfte irgendwann im Herbst 2015 gelegen haben.«

Doris horchte auf. »2015? Wann war dein Fall noch mal, im August?«

»September.«

»Also lagen die beiden Taten womöglich sehr nah beieinander«, schloss sie.

»Sicher ein weiterer Grund, der die Kollegen aus Bayern bewogen hat, sich zu melden«, gab Sören Henning zurück.

Doris wusste, dass man Pannen nicht vermeiden konnte. Dass man Dinge übersah, dass Mails in Vergessenheit gerieten und dass man je nach Tagesform mal mehr und mal weniger gut darin war, Zusammenhänge zu erkennen. Sie wusste auch noch nicht so recht, was sie mit der Information anfangen sollte, aber sobald sich Sören verabschiedet hatte, lag ihr Finger erwartungsvoll auf der Computermaus, um die Dateien abzurufen.

Als der Posteingang vermeldete, dass es neue Nachrichten gab, fiel ihr Blick wie zufällig auf den Zeitstempel. 18:09 Uhr. Sie wollte längst Feierabend gemacht haben. Peter hatte sich am Nachmittag um Elisa gekümmert, und ein Spieleabend stand auf dem Programm. Sie griff zum Handy und tippte eine Nachricht.

Tut mir leid, ich kann hier nicht weg. Neue Hinweise.

Auch der Kussmund, der nur Sekunden später eintraf, machte den bitteren Beigeschmack nicht erträglicher. Irgendwann würde Elisa flügge werden, und es würde keine Spiele- oder Videoabende mehr geben. Und dann würde Doris sich an jeden einzelnen Tag erinnern, an dem sie die Chance auf ein paar Stunden Familienzeit versäumt hatte, nur weil der Job ihr wichtiger gewesen war.

Mit einem tiefen Seufzer öffnete sie den Dateianhang und zwang sich zur Konzentration.

18:15 UHR

Weshalb bekomme ich keinen Bagger?«

Julia Durant wischte sich die Schweißperlen von der Stirn. Sie wollte die Welt nicht mehr verstehen, auch wenn tief in ihr die Vernunft dasselbe rief, was Claus Hochgräbe über das Mobiltelefon verkündete: »Schau doch mal auf die Uhr. Wer rückt denn um diese Uhrzeit noch mit dem Bagger aus?«

Das Ergebnis hatte sie in helle Aufregung versetzt. Michael Krenz hatte erst vor Minuten den Erdhügel erklommen gehabt, der zwischen zwei grob gegossenen Betonwänden aufgeschüttet war, die einst als Durchfahrt der Halde gedient hatten. Er hatte an verschiedenen Punkten Probemessungen vorgenommen. Danach hatte er das Gestrüpp, so gut es ging, zur Seite getreten und war zum Fuß des Hügels zurückgekehrt. Meter für Meter, Bahn für Bahn arbeitete er sich anschließend nach oben vor. Und der Erfolg hatte nicht lange auf sich warten lassen. Metall. Circa einen Meter tief, manchmal mehr, manchmal weniger.

»Aber es scheint ein zusammenhängendes Objekt zu sein«, vermeldete Krenz. Ein Objekt, so groß wie ein Mittelklassewagen.

Und alles, was Claus Hochgräbe zu beschäftigen schien, war der Feierabend von Baggerführern! Irgendwo neben ihrem Ohr meldete sich Krenz zu Wort: »Einer meiner Jungs ist im GaLa-Bau. Soll ich …«

»Scht!«, wehrte Durant ab, während sie weiter dem Boss lauschte. Hochgräbe versicherte ihr, dass es gleich am nächsten Tag losgehen könne.

»Der Wagen liegt seit 89 dort«, schloss er, »und der Einzige, der davon weiß, sitzt in Untersuchungshaft. Wer soll ihn also ausgerechnet heute Nacht verschwinden lassen?«

So ungern sie es tat, Julia musste ihm recht geben. Sie rang Claus noch das Versprechen ab, dass er sich bei Ewald um eine nächtliche Streife kümmerte, die das Grundstück in regelmäßigen Abständen anfuhr. Dann legte sie auf und wandte sich Michael Krenz zu. »Sorry. Jetzt bin ich ganz Ohr.«

»Ich habe einen Kollegen mit Bagger«, sagte er.

»Danke. Morgen früh reicht.«

»Wie Sie meinen.« Krenz hatte die Kopfhörer abgenommen und das Metallsuchgerät vorsichtig auf den Boden gebettet. »Sie sollten aber wissen, dass ich neben dem möglichen Fahrzeug auch noch einen anderen Treffer erzielt habe.«

»Einen anderen Treffer?«

»Etwas, das nicht so tief liegt. Schwach metallisch. Womöglich mehrere Objekte, nur ein, zwei Spatenlängen tief vergraben.«

Julia Durant ließ ihren Blick durch den Garten schweifen. Vielleicht besaß Reimer ja irgendwelche Gerätschaften. Oder seine Nachbarin. »Hallo? Was suchen Sie denn?«, fragte Krenz ungeduldig und tippte ihr an den Oberarm.

»Etwas zum Graben«, antwortete sie geistesabwesend.

Krenz lachte auf. »Wenn's weiter nichts ist …« Ohne weitere Erklärungen spurtete er los und war wenige Augenblicke später hinter der Hausecke verschwunden.

Als er zurückkehrte, hielt er einen Klappspaten in seiner Rechten.

Julia Durant seufzte. Im Grunde hätte sie es wissen müssen. Survivalmesser und Klappspaten gehörten zur Grundausstattung jedes Outdoorbegeisterten.

*

Astrid Marks saß auf dem Dach des alten Wasserhäuschens und genoss die Stille. Es war ihr Platz, schon immer gewesen. Von hier aus hatte sie einen guten Blick auf ihr Haus, und dennoch war sie Welten von zu Hause entfernt. Keiner wusste von ihrem Versteck, niemand sonst kam hierher. Weder die Dorfjugend, um heimlich zu rauchen, denn dafür lag das Häuschen nicht weit genug vom Ortsrand entfernt. Noch Liebespaare, aus denselben Gründen. Und das Buschwerk und die Bäume, die ringsum einen schützenden Wall bildeten, wurden bestenfalls einmal pro Saison von der Gemeinde geschnitten.

Sie spielte mit dem Verband an ihrer Hand. Der Stoff war schon ganz ausgefranst, ein Zeichen ihrer Nervosität. Reimer war verhaftet. Sie selbst sollte in ihrem Zimmer sitzen. Oder irgendwo beim Abendessen. Oder, das hatte die Kommissarin ihr angeboten, noch einmal in ihren eigenen vier Wänden schlafen. Stattdessen hockte sie hier, auf einem umgebrochenen Ast, und konnte ihre Blicke nicht von dem Geschehen lösen.

War es das, was sie ausgesagt hatte?

Der Kommentar, der sich auf den alten VW Jetta bezog?

Hatte Julia Durant eins und eins zusammengezählt, so schnell, dass es keiner weiteren Hinweise bedurfte?

Frau Marks zog eine Packung Mentos hervor und drückte sich eines der bunten Kaubonbons in den Mund.

Julia Durant. Sie war gut.

Alles, was man über sie hörte, schien zu stimmen.

Eine einfühlsame Person, aber knallhart, wenn es um die Verfolgung von Gewaltverbrechern ging.

Ein Lächeln zuckte über ihre kauende Visage.

Wenn jemand sich in Axel Reimers Wade verbiss, dann Kommissarin Durant. Sie würde ihn nicht mehr loslassen.

Und *sie* … würde frei sein.

Astrid kaute drei weitere Pastillen, während sie immer wieder durch das Opernfernglas sah, das sie griffbereit auf den Oberschenkeln platziert hatte.

Der Fremde kniete mit dem Gesicht in Richtung Brombeerdickicht, genau dort, wo er zuletzt mit seiner Sonde gestanden hatte. In der Hand ein kleiner Spaten. Er beugte sich immer wieder vornüber und griff in das Loch. Zwei Erdhügel, wie Maulwurfshaufen, hatte er bereits aufgeworfen. Daneben trippelte die Kommissarin, mindestens genauso angespannt wie sie selbst. Es schien jeden Moment etwas zu passieren, die Spannung hing wie Gewitterwolken über der Szene.

Tatsächlich glaubte Astrid, den spitzen Aufschrei zu hören, als der Mann sich erneut in das Loch hineinbeugte und einen schwarzen Sack zutage förderte.

*

»Ein Müllsack?« Michael Krenz verzog das Gesicht, offenbar ein wenig enttäuscht.

»Was auch immer sich darin befindet«, sagte Durant hastig, »es liegt hier nicht ohne Grund. Bitte öffnen Sie ihn nicht, wir dürfen den Inhalt nicht kontaminieren.«

Sie schlüpfte in ein Paar Einmalhandschuhe, an die sie heute endlich mal gedacht hatte. Krenz stellte den Beutel vorsichtig zu Boden, es war ein gewöhnlicher grauschwarzer Müllbeutel mit verknotetem Zugband. Mit den Fingerspitzen ließ sich die Öffnung gerade so weit dehnen, dass Durant mit einer Hand ins Innere fahren konnte. Sie zog die Hand zurück, als sie den ersten Gegenstand zu fassen bekam. Es war ein Smartphone, ausgeschaltet, das Display mit getrocknetem Matsch beschmiert. Sie griff erneut in den Beutel. Ein weiteres Gerät. Beide Modelle waren relativ modern, ein iPhone und ein Samsung. Ein Verdacht regte sich in ihr.

»Smartphones?«, hörte sie Krenz fragen.

Durant platzierte die beiden Apparate wieder in dem Beutel und riss ihn weiter auf. Mindestens ein halbes Dutzend, wenn nicht mehr. Konnte das sein? Handelte es sich hierbei um die Trophäen des Panthers?

»Wenn Sie Glück haben«, ihr Herz klopfte bis zum Hals, »haben Sie soeben einen Hunderttausend-Euro-Fund ausgegraben.«

20:35 UHR

Claus Hochgräbe saß an einem Schreibtisch, der eingezwängt zwischen Flachbildfernseher und Bücherregal platziert war. Auf den antiken Sekretär war er in einer Kleinanzeige gestoßen. Auf der Ablage stapelten sich Papiere rings um einen brandneuen Laptop. Er schien so in seine Arbeit vertieft, dass Julia Durant sich durch ein Räuspern bemerkbar machen musste. Sofort schrak er auf. Er stand auf und schob den Stuhl behutsam nach hinten, um trotz Filzgleitern keine Kratzer auf dem Parkett zu hinterlassen.

»Da bist du ja, Schatz.« Sein Lächeln drang tief in Julias Anspannung und löste einen Teil davon auf.

»Hallo.« Sie umarmte ihn und küsste ihn auf den Mund. Blieb einfach stehen, er schwieg und hielt ihren Körper. Es tat unendlich gut. Längst hatte sie ihm berichtet, was sich auf Axel Reimers Grundstück zugetragen hatte. Krenz. Der Klappspaten. Die Mobiltelefone. Längst war sein entnervtes Stöhnen vergessen, als er sie durch die Freisprecheinrichtung gerügt hatte. »Kannst du nicht ein Mal warten, bis alles seinen Gang geht?«

Kurz darauf hatten sie gelacht, während der Roadster in Richtung Abendrot schoss. Es war ein erleichtertes Lachen gewesen. Ein anerkennendes. Claus Hochgräbe wusste, was die Mordkommission an einer wie Julia Durant hatte.

»Hast du die Tüte ins Präsidium gebracht?«, fragte er in die wohlige Stille hinein. Sie hielten sich noch immer umklammert, und Julia nickte nur. Ihre Wange rieb über die Wolle seines Pullovers. Die Tüte war bei der Forensik, das Grundstück würde regelmäßig von einem Streifenwagen kontrolliert werden, und Krenz hatte versprochen, kein Sterbenswort über die Sache zu verlieren. Die Kommissarin fragte sich, inwiefern sie ihm vertrauen konnte. Würde er nicht spätestens bei seinem Sondengängerkumpan damit prahlen, wenn er ihm das Gerät zurückbrachte? Und was war mit den anderen Typen von der Bürgerwehr? Würde Krenz ihnen den Abend freigeben, oder würde er sie auf Patrouille schicken, obwohl er wusste, dass der Täter in Untersuchungshaft saß? Und dann gab es ja auch noch Kurt Rettke. Er erwartete mit Sicherheit regelmäßige Berichte von Krenz.

Ein kehliger Seufzer rollte heran, und Julia konnte ihn nicht unterdrücken.

Sofort verstärkte Claus seine Umarmung und raunte ihr etwas zu.

»Lass los für heute«, hörte sie ihn sagen, und sein Atem strich ihr übers Ohr. Ein Schauer durchströmte sie, und unmittelbar darauf trafen ihre Lippen die seinen. Julia spürte die Leidenschaft in seinen Händen, die sich über ihren Rücken, ihr Gesäß und ihre Bluse bewegten.

Nur ein kurzer Gedanke daran, wie dringend sie eine Dusche brauchte.

»Schatz ... ich bin doch bestimmt total verschwitzt ...«

Schon schob Claus sie in Richtung Badezimmer. Das Wasser begann zu sprühen, ihre Kleider vermischten sich auf dem Boden. Und dann wurden sie eins, und das Rauschen übertönte ihre schnellen Atemstöße.

*

Gegen Mitternacht schreckte sie hoch.

Enge in der Brust. Atemnot. Ein Parkdeck, unterirdisch. Tonnenweise Erdreich und Stahlbeton umgab sie von allen Richtungen. Es war, als drücke die gesamte Last der Konstruktion auf ihren Brustkorb. Ein Schatten umklammerte sie. Ein Stich ins Herz, dessen Kälte bis hinunter in die linke Hand zuckte.

Julia atmete sich frei. Durch die Nase ein. Pause. Durch den Mund wieder aus.

Sie sammelte sich. Alles war in Ordnung. Sie war in Frankfurt. Ein ganzes Stockwerk über dem Erdboden. Claus Hochgräbe schlummerte neben ihr.

Die Panik verkroch sich, aber nur schleichend. Und niemand konnte sagen, wann sie zurückkommen würde.

Julias Augen suchten die Uhr.

Noch sechs Stunden.

Weniger. Der Bagger würde um halb acht auf der Matte stehen. Vermutlich früher. Sie sollte spätestens um sechs Uhr auf den Beinen sein, damit sie um sieben Uhr vor Ort sein konnte.

Schlaf wieder, Mädchen, mahnte sie sich. Doch wie so oft gelang es ihr nicht.

Julia Durant lag auf dem Rücken, die rechte Hand auf dem Solarplexus platziert. Sie atmete in den Bauch, ließ die Hand aufsteigen und absinken. Meistens half das. Heute aber brachen ihre Gedanken immer wieder aus. Marks. Reimer. Krenz.

Sie hatte noch einmal mit Astrid Marks gesprochen. Verwundert, dass diese nicht in ihrer Pension nächtigte, sondern in die Szene geplatzt war. Sie wolle in ihrem eigenen Bett schlafen. Julia Durant verstand das. Nur allzu gern hätte sie ihr von dem Fund der Mobiltelefone berichtet, doch das durfte sie nicht. Noch nicht.

»Wir sehen uns morgen früh. Wundern Sie sich nicht, es dürfte laut werden. Vielleicht schlafen Sie doch besser auswärts?«

»Nein. Ich bin Frühaufsteherin.« Marks hatte gelächelt und zum Abschied gewinkt. Durant konnte es verstehen. Sie wollte dabei sein. Zu Hause sein. Sicher sein.

Reimer konnte ihr nichts mehr tun.

Aber wie bescheuert musste man sein, derart belastendes Material im eigenen Garten zu vergraben? Hatte Reimer es nicht mehr gewagt, das belastende Material von seinem Grundstück zu bringen? Dass er überwacht wurde, konnte ihm kaum entgangen sein.

Julia Durant überlegte weiter. Reimer war zu gerissen für einen solchen Fehler. Hatte er die Tüte zuerst woanders gelagert? An einem Ort, der noch unsicherer war als der eigene Garten? Hatte er alle Smartphones wie Trophäen in seinem Haus gesammelt und diese erst jetzt in der Tüte vergraben? Oder war er das Risiko eingegangen, jedes Mal aufs Neue mit der Schaufel in den Garten zu gehen? War das nicht ziemlich waghalsig, selbst für einen, der sich für unantastbar hielt? Und hätte man es der Stelle nicht ansehen müssen, wenn sie mehrfach umgegraben worden wäre?

Wenn Axel Reimer die Tüte aber erst jetzt vergraben hatte, wo war sie vorher gewesen? Und bedeutete das Einbuddeln etwa, dass er keine weiteren Geräte sammeln wollte? War er mit seinem brutalen Werk am Ende?

Die Kommissarin schnaufte und rollte sich auf die Seite. Dorthin, wo ihr Partner lag und ruhig und gleichmäßig atmete.

Das Mondlicht tauchte das Schlafzimmer in ein diffuses Licht. Julia Durant fragte sich, ob sich auch in dieser Nacht Liebespaare in den Stadtwald trauen würden. Und ob sie dabei an Michael Krenz vorbeimussten, oder ob dieser zu Hause in seinem Bett lag. Allein?

Noch fünfeinhalb Stunden.

Noch eine Stunde.

Der Wecker klingelte um 6:30 Uhr.

DONNERSTAG

DONNERSTAG, 14. SEPTEMBER

Astrid Marks drückte auf dem Display ihres Smartphones herum. Der Alarm verstummte. Sie ging online, um die Nachrichten zu lesen. Wie zu erwarten fand sich keine Meldung über die Verhaftung eines Tatverdächtigen. Frau Durant hatte so etwas gesagt. Stillschweigen gegenüber der Presse, bis man sich sicher sei. Offenbar hatte man in den beiden Kommissariaten, hier und in Frankfurt, noch immer Bedenken. *Dabei haben sie doch die Handys.*

Frau Marks schüttelte den Kopf. Wer war sie, um die Arbeit der Ermittlungsbehörden infrage zu stellen. Sie blieb noch einen Augenblick liegen und surfte ein wenig im Netz. Keine Meldungen über neue Vorkommnisse im Stadtwald. Natürlich nicht.

Die Polizei hatte ihren Panther gefasst und in einen Käfig gesperrt. Für die meisten war die Sache damit erledigt.

Axel Reimer würde ihr so schnell keine lüsternen Blicke mehr zuwerfen, auch keine andere Frau in die Fänge bekommen. Er würde sich nie wieder damit brüsten, ein Leben inmitten Georg Otto Nickels vier Wänden zu führen. Dieses kranke Schwein. Vielleicht war er es nun, der im Gefängnis zur Beute wurde.

Astrids Blick fand die Zeitanzeige. 6:42 Uhr.

In einer Dreiviertelstunde würde das Grundstück von Polizeibeamten wimmeln. Julia Durant hatte einen Bagger geordert. Und parallel dazu würden die Kriminaltechniker sich um den schwarzen Müllbeutel kümmern.

»Deine Tage sind gezählt«, sagte sie mit bitterem Unterton, als sie auf der Klobrille Platz nahm. Noch immer spürte sie das Drücken im Unterleib. Ein Gefühl, das dort nicht hingehörte. Die Penetration. Nichts, woran sie denken wollte.

Stattdessen dachte sie an Julia Durant. Sie würde ebenfalls hierher kommen. Ganz bald.

Astrid lächelte zufrieden.

*

Peter Brandt hatte alle Genehmigungen beschafft. Als der Kleinbagger um zwanzig nach sieben von der Ladefläche des Lkw mit dem Logo eines lokalen Garten- und Landschaftsbaubetriebs gerollt wurde, stemmte er zufrieden die Fäuste in die Hüften. Neben ihm schlürfte Julia Durant Kaffee aus einem Pappbecher. Außerdem hatten sich Platzeck und zwei Kollegen eingefunden.

»Müssen wir auf Ewald warten?«, erkundigte sich die Kommissarin.

Brandt schüttelte den Kopf. »Nein.«

Der Baggerführer kam zusammen mit dem Fahrer des Lkw, offenbar der Chef der Firma, auf sie zu. Ein kurzer Wortwechsel, ein paar geschäftige Blicke, dann dröhnte der Motor auf, und die Raupe arbeitete sich in Richtung Hügel vor. Julia Durant hatte allen Einwänden zum Trotz darauf bestanden, dass der Bagger sich von vorn näherte.

»Wir können das Gestrüpp doch einfach wegreißen«, argumentierte der Fahrer.

»Ich will aber nicht, dass etwas über den Hügel fährt. Insbesondere nicht über das, was *darunter* liegt.« Nachdem Julia aufs Neue erklärt hatte, wonach hier gesucht wurde, schienen alle Beteiligten überzeugt zu sein. Wer konnte schon wissen, wie dick die Erdschicht über dem Wagen war. Und wie lange die Erde und die Karosserie einem mehrere Tonnen schweren Raupenbagger standhalten würden.

317

Immer wieder grub sich die Schaufel in den Hang. Grasbüschel und Wurzelknollen kullerten durch die Gegend, dunkle, torfige Erde wurde aufgeschüttet. Auch wenn der Garten vorher alles andere als gepflegt gewesen war: Die Fahrspuren und der Aushub verliehen ihm binnen Minuten das Flair einer Großbaustelle. Dann ein metallisches Kreischen, gefolgt von einem Knacken.

Noch bevor die Kommissarin den Goldlack des Kofferraumdeckels erkannte, sah sie die zerborstene Heckscheibe, über die Fetzen einer grauen Abdeckplane hingen.

»Verdammt. Er ist es!«, stieß sie hervor und war längst losgerannt. Auch der Baggerführer, der die Schaufel sofort zum Stehen gebracht hatte, sprang aus seinem Häuschen. Ebenso sein Boss, der auf einer erhöhten Position stand, um ihn bei Bedarf zu dirigieren.

»Ach schau an«, knurrte er mit einem verstohlenen Grinsen. »So einen hatte ich auch mal.«

»So einen sicher nicht«, murmelte Durant, während sie sich an den Männern vorbeischob. Auch Platzeck war sofort zur Stelle.

»Wo habt ihr die Tüte mit den Handys ausgegraben?«, wollte er wissen.

Durant deutete auf eine Stelle in der Luft, etwa einen halben Meter oberhalb des Kofferraums.

»Mh«, sagte Platzeck und kratzte sich unterm Kinn. »Warum hat er es ausgerechnet dort vergraben? Es gibt x Plätze in diesem Garten, an denen es unauffälliger gewesen wäre.« Er deutete auf eine mannshohe Kiefer. »Da zum Beispiel. Niemand käme auf die Idee …«

»Es war aber nun mal hier«, sagte Durant kurz angebunden und deutete auf den Kofferraum. »Können wir den aufmachen?«

»Erst noch ein bisschen freilegen«, sagte Platzeck, und sofort waren die beiden Landschaftsbauer mit Grabschaufeln zur Stelle. »Vorsicht«, mahnte er die beiden an.

»Wir machen schon nichts kaputt«, murrte der grobschlächtige Kerl, der sich ihnen als Chef vorgestellt hatte. Seine Muskeln waren auch

318

durch den Pullover zu erkennen, und der breite, braun gebrannte Nacken trug die Erinnerung an einen langen Sommer im Freien. Immer wieder schabte das Metall der Schaufeln dumpf. Die nach hinten ragende Stoßstange, vermutete Durant. Graue Fetzen lappten aus der Erde. Dann tauchte das Kennzeichen auf und mit ihm der Drücker des Schlosses.

»Darf ich?«, fragte Platzeck.

»Ist eh verrostet«, mutmaßte der Baggerführer, und schon der erste Versuch, den Platzeck wagte, gab ihm recht.

»Scheiße. Wäre ja sonst auch zu leicht«, grummelte er. »Ich weiß nicht mal, ob abgeschlossen ist oder nicht.«

»Machen wir kurzen Prozess«, schlug Durant vor. Welche Spuren sollte sie schon zerstören, nach so vielen Jahren unter der Erde?

Platzeck ließ sich ein Brecheisen geben und verständigte sich mit den beiden anderen Männern über die beste Stelle. Dann setzte er es an. Er drückte mehrfach, fluchte, stemmte sein ganzes Gewicht auf das Eisen. Metall kreischte und gab den Blick in den Kofferraum des Jettas frei.

Julia Durant stockte der Atem.

Aus einer löchrigen Plastikfolie, die auf der einen Seite schwarz und auf der anderen weiß war, lugte ihnen ein mumifizierter Schädel entgegen.

Und aller Wahrscheinlichkeit nach handelte es sich bei der Person um eine Frau.

*

So schön liegt sie da.

So warm, so nackt, so weich.

Das zerbrochene Herz an der goldenen Kette, wie es auf ihrer Kehle schimmert.

Im Mondlicht.

Wie hat Meat Loaf es gesungen?

»Would you offer your throat to the wolf with the red roses?«
Ihre nackte Kehle, in der die Lust pulsiert.
Ich bin kein Wolf.
Ich bringe keine Rosen.
Nur den Tod.
Tot ist sie.
Und tot bist du.

9:45 UHR

Obwohl über die Tatsache, dass die Person im Kofferraum des Volkswagens seit Jahrzehnten tot war, kein Zweifel bestand, hatte sich Dr. Andrea Sievers an den Fundort bemüht. Erleichtert stellte Julia Durant fest, dass das Aufeinandertreffen mit Peter Brandt entspannt vonstattenging. Die Rechtsmedizinerin und den Kommissar verband eine, wenn auch lange zurückliegende, Liebschaft. Kurz, heftig, jedoch von vornherein zum Scheitern verurteilt gewesen. Dass Andrea die Beziehung so abrupt für beendet erklärt hatte, hatte Peter ihr lange nachgetragen.

»Sauber«, ließ sie verlauten, als sie sich über den Kofferraum beugte. In den vergangenen zwei Stunden hatte man den Kofferraum wieder geschlossen, um mit den Erdarbeiten fortfahren zu können. Der Jetta lag nun so weit freigelegt, dass man die Türen öffnen konnte, um erste Spuren sichern zu können. Die Seitenfenster und die Windschutzscheibe waren unversehrt. Wurzelwerk hatte sich an ihnen entlanggegraben und die Fachleute zu der Schätzung kommen lassen, dass dreißig Jahre eine realistische Einschätzung seien. Georg Otto Nickel musste das Auto zwischen die Wände der Durchfahrt gefahren haben, eine Schutzfolie darübergespannt und im Anschluss Zweige, Humus und Muttererde aufgeschüttet haben.

»Und damals will keiner einen Bagger bemerkt haben?«, wunderte sich Brandt.

»Das schiebt man auch mit dem Schlepper.« Der Landschaftsbauer zuckte mit den Achseln. »Und von denen gibt's hier so viele, da achtet man nicht drauf.«

Vermutlich hatte er recht. Eine alte Grünschnitthalde, ein Traktor – das dachte auch Julia Durant. In ihrem Kopf rekapitulierte sie, was sie über Nickels Lebensgefährtin wusste. Es war erschreckend wenig. Er hatte mit ihr zusammengelebt. Seit wann, darüber gab es unterschiedliche Aussagen. Bis wann, wusste auch niemand so genau. Irgendwann, vor seiner Verhaftung, sei sie einfach verschwunden gewesen. Für die Kommissarin glich es einem Wunder, dass in den Akten ein Name vermerkt gewesen war. Und dass es überhaupt jemand mit Nickel ausgehalten hatte. Weder sein Foto noch sein Psychogramm machten ihn zu einem attraktiven Zeitgenossen.

»Gut in Schuss, die Madame«, hörte Durant Sievers weitersprechen. »Darf ich?«

Durant nickte, im nächsten Moment knisterte die Folie, als die latexverpackte Hand der Rechtsmedizinerin darunterfuhr. Das Plastik gab den Brustkorb der Toten frei. Außer einer goldenen Halskette schien sie unbekleidet zu sein. Erst auf den zweiten Blick erkannte die Kommissarin Reste eines Slips.

»Hatte sie sonst nichts an?«, hakte sie nach. »Oder sind die Kleider verrottet?«

»Keinesfalls!«, widersprach Andrea. »Nicht wenn sie hier abgelegt und eingegraben wurde. Sie war bis auf ihr Höschen so, wie der liebe Gott sie erschaffen hat. Und das da«, sie deutete auf den grauen Hals, über den sich noch immer Haut spannte, »sieht mir ganz nach der Todesursache aus.«

Julia Durant vermutete, dass die Ärztin Strangulationsmale erkannte, auch wenn sie selbst nichts Auffälliges sah. Sie hatte es auch selten

321

mit mumifizierten Leichen zu tun. »Hilf mir mal«, bat sie. »Erwürgt?«

»Hundert Punkte. Und wenn du es genau wissen willst, leihst du sie mir ein paar Stunden aus zum Spielen.«

Julia Durant schnaufte. Dieser Humor …

»Wir sind uns also einig, dass es sich um eine Frau handelt«, vergewisserte sie sich. »Welches Alter? Und wie ist das mit der Haarfarbe?«

»Alter, Haarfarbe, Körbchengröße«, feixte Andrea, »du kannst von mir alles haben. Aber erst nach der Obduktion.«

»Ist ja gut«, erwiderte Durant mit einem Augenrollen. »Meinetwegen kannst du sie haben.«

11:25 UHR

Alina Cornelius und Julia Durant kannten sich seit vielen Jahren. Ihre Freundschaft war vertraut, auch wenn sie sich manchmal über längere Zeiträume nicht sahen. Dabei wohnte Alina ebenso wie Julia fußläufig zum Präsidium.

Sie hatten sich zum Mittagessen verabredet, eine gute Gelegenheit für Julia, um die Wartezeit mit etwas Angenehmem zu überbrücken. Andrea Sievers und die Spurensicherung würden Stunden brauchen, um der Leiche und dem Fahrzeug ihre Geheimnisse zu entlocken. Außerdem war das letzte Treffen der beiden Freundinnen schon wieder viel zu lange her. Während Julia bei laufendem Motor darauf wartete, bis sich das Verdeck des Roadsters geschlossen hatte, ließ sie die letzten Monate Revue passieren: Die Hochzeit. Die Sommermorde. Kiel. Bernd Burkhardt. Der Panther. Als Psychologin war Alina an dem Seelenleben von Gewalttätern interessiert. Wer konnte ihr das verdenken, waren sie und Julia doch einmal selbst Opfer gewesen? Vielleicht einer, vielleicht der wichtigste der Gründe, weshalb sich die beiden Frauen auch ohne häufige Treffen so gut verstanden.

322

Die Kommissarin erinnerte sich, dass sie Alina den Text von Reimers E-Mail hatte senden wollen. Weshalb hatte sie das nicht getan? Wie hatte sie das vergessen können? Sie knirschte mit den Zähnen. Im Sommer, erinnerte sich Durant, hatte sie die beiden Julitoten ihrer Freundin gegenüber erwähnt. Eher beiläufig. Alina hatte gerade einen Löffel mit Pistazieneis und Sahne in den Mund geschoben. Irgendetwas von einem hohen Vernichtungsdrang erklärt. Von einem Täter, der sich von seinen Ritualen nicht abbringen ließ.

»Koste es, was es wolle?«, war Julias Rückfrage gewesen.

»Zumindest hat er eine niedrige Hemmschwelle und eine hohe Risikobereitschaft. Ob er so weit gehen würde, in flagranti verhaftet zu werden ... das weiß ich nicht.«

Es war dünn. Damals wie heute.

Die beiden Frauen umarmten sich innig. Alina roch gut, ihre Haut fühlte sich weich und behaglich an. Plaudernd schlenderten sie zu einer Pizzeria im Marbachweg. Die Sonne strahlte aus voller Kraft, trotzdem waren die meisten Sitzplätze im Außenbereich frei. Sie wählten einen Platz am Rand, der nicht im Schatten der gigantischen Sonnenschirme lag. Alina blinzelte ins grelle Licht. Noch bevor Julia sich fragen konnte, ob sie ihr einen Platztausch anbieten solle, hatte Alina eine Sonnenbrille hervorgezaubert und diese auf der Nase platziert.

»Braucht ihr mich jetzt also doch.« Sie lächelte.

»Ich wollte dich längst anrufen«, sagte Julia, »aber irgendwie ...«

Der Ober kam, und die beiden bestellten das Menü des Tages, Minestrone, Bandnudeln mit Garnelen und Pannacotta. Dazu einen Wein.

Die Kommissarin fasste zusammen, was sich in den letzten Tagen zugetragen hatte. Ihr Fokus lag dabei auf Axel Reimer. Und sie endete damit, dass sie eine Tüte Smartphones und einen dreißig Jahre alten Volkswagen ausgebuddelt hatten.

»Und die Tote?«, fragte Alina.

»Womöglich Nickels Frau.«

»Hm. Das kann dann aber nicht dieser Reimer gewesen sein, oder?«
Julia verdrehte die Augen. »Leider! Reimer hat sich plötzlich einen
Anwalt zugelegt. Dreimal darfst du raten, was als Nächstes passieren
wird.«

»Ihr lasst ihn doch nicht frei?«

»Ich fürchte, darauf wird's hinauslaufen. Zumindest, wenn's ein guter Anwalt ist. Der wird uns sämtliche Indizien schallend um die
Ohren hauen.«

Alina wäre um ein Haar der Löffel in die Suppe gefallen. »Hör mal!
Er hat seine Nachbarin vergewaltigt!«

Vom anderen Ende der Terrasse hoben sich neugierige Blicke in
Richtung der beiden. Julia räusperte sich. Zum Glück donnerte im
nächsten Augenblick ein Lkw den Marbachweg hinauf in Richtung
Sozialzentrum.

»Nicht so laut«, raunte sie.

»Entschuldigung. Aber du weißt selbst, bei diesem Thema sehe ich
rot.«

Natürlich verstand Durant das. Sie hatte derlei Winkelzüge schon
viel zu oft erlebt, um zuversichtlich zu sein. Egal wie wertvoll der
Fund der Smartphones auch gewesen war.

»Was mich viel mehr interessiert«, fuhr sie fort, »ist, was Reimer nun
tun wird. Er weiß, wessen wir ihn beschuldigen. Er hat uns ja selbst
kontaktiert.«

»Ich dachte, er streitet das ab.«

»Den Anruf nicht, nur die E-Mail.«

»Okay. Aber der Anruf ist sicher?«

»Ja. Spielt das eine Rolle?«

Alina Cornelius nahm einen Schluck Wein, während sie nachdachte.
»Es könnte eine Rolle spielen. Selbstüberschätzung, der Drang, zu
spielen. Das könnte eine neue Ebene sein, die er sich sucht. Das

Töten allein genügt ihm nicht. Nicht mehr. Er möchte seine Macht auf einem neuen Level ausüben. Gegen die Polizei.«

Durant schnaubte. »Dann dürfte die Belohnung am Ende noch ein Ansporn für ihn sein.«

»Das ist durchaus möglich«, sagte Alina. »Es könnte natürlich auch sein, dass er aufhören will. Aber nach allem, was ich bis jetzt gehört habe, halte ich das für unwahrscheinlich. Ihr seid ihm zu nahegekommen, habt ihm etwas weggenommen.«

»Du meinst …«

»Ich vermute, er wird nicht die Hände in den Schoß legen. Im Gegenteil.«

Julia Durant trank das Weinglas in einem Zug leer.

Dann griff sie zu ihrem Handy und checkte die Wetterdaten und die Mondphase. Es würde noch ein, zwei helle Nächte geben. Helle, milde Nächte. Knutschende Paare im Autokino, Jugendliche, die sich an abgelegenen Waldseen trafen, Frischverliebte, die von der Lust in die Wälder getrieben wurden. Die letzten Nächte in diesem Jahr, bevor es für lange Zeit kalt und dunkel werden würde.

Die letzten Nächte für ein tödliches Raubtier, um der Welt noch einmal das Ausmaß seiner Macht zu zeigen.

13:15 UHR

Im rechtsmedizinischen Institut hob Andrea Sievers soeben den in eine Salzlösung gelegten Zeigefinger aus seinem Behältnis. Der Finger fühlte sich kalt und glitschig an, sie hatte auf eine Pinzette verzichtet, um die Haut nicht versehentlich zu zerstören. Ein prüfender Blick, dem ein Lächeln folgte. Das Vergraben in einem praktisch luftdichten Raum hatte der Leiche gutgetan. Kein Tierfraß, keine Verwesung. Mit ein wenig Glück würde sie der unbekannten Toten einen vollständigen Satz Fingerabdrücke abnehmen können. Blieb

325

die Frage, ob die Ärmste jemals in ihrem kurzen Leben registriert worden war.

In dem kleinen Glaskasten, wo Andrea ihren Computer und eine Pinnwand mit Aufnahmen von besonderen Fällen hatte, meldete sich das Telefon. Sie stöhnte auf und ließ den Finger auf einen leeren Metalltisch plumpsen, auf dem sonst Leichen zur Sektion lagen. Unterwegs zog sie sich den Handschuh von der Rechten und stieß sich, wie so oft, die Schulter, als sie die scharfe Ecke in den gläsernen Verschlag nahm. Mit einem stummen Fluch auf den Lippen riss Andrea den Hörer vom Apparat. Zu spät. Freizeichen. Diesmal fluchte sie laut. Das Display verriet ihr, dass es sich um eine wohlbekannte Nummer handelte. *Julia Durant, mobil.* Die Rechtsmedizinerin drückte auf eine Taste und wartete, bis der Rückruf aufgebaut wurde.

»Was?«, schnarrte sie, nachdem Durant sich gemeldet hatte.

»Ich wollte hören, wie weit du bist«, sagte die Kommissarin.

»Ich buche mir gerade einen Urlaub nach Ägypten«, stichelte Andrea. »Immer nur Katzenvideos anzusehen ist mir auf Dauer zu langweilig.«

»Mensch, Andrea, ich sitze hier auf heißen Kohlen!«

»Okay. Wenn du's genau wissen willst: Ich nehme der Guten gerade die Fingerabdrücke. DNA ist schon unterwegs. Der Körper weist keinen Einschuss oder andere Verletzungen auf, ich gehe davon aus, dass man sie erwürgt hat. Außer einem Slip trug sie keine Kleidung, Vergewaltigungsspuren oder dergleichen lassen sich leider nicht mehr feststellen. Und frag mich jetzt nicht nach Sperma oder Haarschuppen! In der Plastikfolie fanden sich Nadeln und Laubreste, die darauf hindeuten, dass der Mord im Wald geschah. Jedenfalls waren das keine Pflanzenreste, die sich beim Ausgraben dorthin verirrt haben können. Ein kleiner Tannenzapfen war ihr ins Höschen geklemmt.«

»Kann es sein, dass der Mörder sie erst entkleidet und ihr den Slip hinterher wieder angezogen hat?«, wollte Durant wissen. »Vielleicht, um ihre Scham zu bedecken?«

»Möglich. Das müsst ihr aber selbst rausfinden, fürchte ich. Es könnte auch sein, dass sie sich gewehrt hat. Auf dem Rücken liegend, mit dem Knie des Täters auf dem Brustbein und seinen Händen um den Hals. Dabei ist der Zapfen ... reingerutscht.«

»Moment. Brustbein?«

»Ach so, ja, sorry.« Andrea ärgerte sich, das hatte sie tatsächlich vergessen zu erwähnen. »Wenn ich die Frakturen im Brustbereich deuten soll, dann kommen die entweder davon, dass etwas sehr Schweres auf ihr lag. Zum Beispiel das Knie des Täters. Es könnte auch beim Verladen in den Kofferraum geschehen sein. Vergiss nicht: Die Frau ist seit dreißig Jahren tot. Daran besteht kein Zweifel. Aber wir müssen damit leben, dass sich manche Dinge nicht mehr eindeutig feststellen lassen.«

»In Ordnung. Danke«, antwortete Julia Durant. »Dann lass mich wissen, wenn du mit den Abdrücken fertig bist.«

»Mache ich. Gibt es denn überhaupt einen Satz zum Abgleich?«

»Daran arbeite ich«, kam es zurück. Doch es klang wenig zuversichtlich, wie die Rechtsmedizinerin fand.

*

Als das Smartphone von Julia Durant ein weiteres Mal klingelte, reagierte sie mit verwundertem Tonfall: »Ach schau an! Zuerst tust du so, als ginge ich dir tierisch auf die Nerven, und dann kannst du plötzlich nicht genug von mir bekommen.«

Dr. Sievers kicherte kurz und wurde mit einem Schlag todernst. »Es ist etwas, das ich dir vergessen habe zu sagen. Unsere Tote war nämlich schwanger.«

»Sie bekam ein Kind?«

»Sag ich doch.«

Die Kommissarin schluckte schwer, als sie sich der Bedeutung bewusst wurde. Die Frau hatte ein Kind im Bauch gehabt. Von Nickel?

»Und hatte sie ... ich meine, im wievielten Monat war sie?«

»Hä?« Dr. Sievers schien irritiert, und dann lachte sie schrill. »Quatsch, Julia, doch nicht *so* schwanger! Sie hat eine Schwangerschaft hinter sich, mindestens eine, inklusive Geburt. Das meine ich damit.«

Julia Durant schluckte erneut. Ein Kind?

Warum um alles in der Welt hatte ihr das niemand gesagt?

14:00 UHR
Polizeipräsidium. Dienstbesprechung im Konferenzzimmer.

Claus Hochgräbe hatte sich von Julia Durant auf den neuesten Stand bringen lassen. Hellmer, Kullmer und Seidel stellten nur wenige Zwischenfragen. Das Erstaunen überwog. Eine Sache machte allen zu schaffen, und zwar die Frage, ob man Axel Reimer weiter in Haft behalten würde oder nicht.

»Er hat den Jetta weder eingebuddelt, noch hat er die Frau ermordet«, sagte Hochgräbe nach einem kurzen Blickwechsel mit Durant. »Wir müssen abwarten, wie die Offenbacher damit umgehen. Offenbar hat er sich einen Anwalt besorgt.«

»Diese Pille müssen wir schlucken.« Durant nickte mit zerknirschter Miene. »Aber was uns jetzt beschäftigt, ist erst einmal Folgendes: Georg Otto Nickel hatte ein Kind – beziehungsweise die Frau, die man im Kofferraum des Wagens gefunden hat. Was wurde aus dem Kind? Warum hat uns das niemand gesagt? Halten die Nachbarn in der Sudetenstraße allesamt dicht, oder haben sie nichts davon gewusst? Ich meine … ein Kind! So was kann man doch nicht verheimlichen.«

»Hast du 'ne Ahnung«, murrte Hellmer, und alle im Raum wussten, dass es die abgründigsten Vorfälle gegeben hatte. Unbemerkte Hausgeburten, nicht registrierte Kinder, nicht selten aus inzestuösen Verbindungen. Tote Säuglinge.

»Ich weiß, dass es das gibt«, erwiderte die Kommissarin, schärfer als gewollt, »aber wir ermitteln so intensiv in Nickels Umfeld – warum kam das nicht längst zur Sprache?«

»In dem Buch steht jedenfalls nichts.« Peter Kullmer deutete auf einen Stapel abgegriffener Papierseiten. »Weder die Frau noch ein Kind sind da erwähnt.«

»Was ist mit diesem Jugendlichen?« Doris Seidel runzelte die Stirn.

Hochgräbe schüttelte den Kopf. »Das war doch Reimer, oder nicht?«

»Das war unsere *Theorie*«, sagte Seidel. »Es könnte sich aber genauso gut um Nickels eigenen Sohn gehandelt haben. Er war alt genug für große Kinder.«

»Laut Akte hatte er aber keine«, wandte Durant ein. Zumindest das ging aus den übrig gebliebenen Unterlagen hervor. Nickel war ohne Angehörige verstorben. Keine Besucher, keine Erben. Außerdem: Hätte Nickel seinen eigenen Sohn als »Balg« und als »Muttersöhnchen« bezeichnet? Ihn als ebenso wertlos betrachtet wie seine Opfer? Durant fiel auf, dass sie sich mit ihrer letzten Aussage praktisch selbst widersprochen hatte. Nickel war den Akten nach nicht nur kinderlos, er war überhaupt nicht verheiratet gewesen. Das schloss einen unehelichen Spross in keiner Weise aus. »Scheiße!«, äußerte sie laut und schlug sich auf den Oberschenkel. »Ist doch ganz klar. Es ist sein Kind, und sie war nicht seine Frau! Aber das stellt uns gleich vors nächste Problem. Wenn Nickels Vaterschaft nämlich nicht eingetragen ist, bringt uns das alles gar nichts!«

»Ich sehe eh nicht, was das alles überhaupt bringen soll«, gestand Kullmer. »Du glaubst doch nicht wirklich, dass Reimer dieses uneheliche Kind ist.«

»Ich glaube überhaupt nichts mehr« Durant hielt bereits das Telefon in der Hand. »Ruft bitte noch mal bei diesem Autor an und quetscht ihn über die Frau und das Kind aus. Ich telefoniere mit Brandt.«

*

Im Präsidium in Offenbach herrschte eine betretene Stimmung. Weder Ewald noch Brandt rissen sich in diesem Augenblick darum, den Telefonhörer in die Hand zu nehmen. Mit einer demonstrativen Bewegung in Richtung Tür signalisierte Ewald seinem Kollegen: *Dein Büro. Dein Telefonat.*

»Ja!«, bellte dieser ins Mikrofon, ohne auch nur einen Blick auf das Display zu verschwenden. Durants Stimme beschwichtigte ihn nur wenig.

»Hallo Peter. Ich habe ein kleines Attentat …«

»Immer nur schön her damit!«, motzte er weiter. »Mit mir kann man's ja machen.«

»Was ist denn los?«, fragte Durant. »Etwa Reimer?«

»Mh. Während wir beide hier telefonieren, wird er aus der U-Haft entlassen. Toll, nicht wahr? Und jetzt bekomme ich wahrscheinlich auch gleich noch deinen Unmut darüber ab!«

»Quatsch. Ich musste ja damit rechnen.« Dann ein gepresstes Lachen. »Ich stelle mir gerade vor, wie Reimer zum ersten Mal seinen Garten sieht.«

Es war nur ein kleiner Trost, aber auch Peter Brandt konnte ein Grinsen nicht unterdrücken. »Wenigstens etwas, ja«, murmelte er. Dann wurde er wieder ernst. »Denkst du, wir sollten die Marks vorwarnen?«

»Ich kann sie anrufen«, antwortete Durant. Es war ein Telefonat, um das sich beide nicht rissen. Brandt bedankte sich und fragte dann: »Was wolltest du denn überhaupt von mir?«

»Es geht um die Tote. Nickels Freundin, vermutlich. Ich brauche alles, was ihr habt.«

»Du weißt, da gibt's nicht viel.«

»Wusstest du, dass sie ein Kind hatte?«

Brandt kratzte sich hinterm Ohr. Ein Kind? Das war ihm neu. Daran würde er sich doch erinnern … »Sicher? Darüber weiß ich nichts. Und in seiner Akte …«

330

»Unehelich. Aber Andrea hat eine Schwangerschaft inklusive Geburt festgestellt. Irrtum ausgeschlossen, dafür ist die Leiche in einem viel zu guten Zustand.«

»Und das Kind soll von Nickel sein?«

»Keine Ahnung. Aber wir müssen das prüfen. Ich möchte auch Reimers Geburteneintrag sehen.«

»Du meinst aber nicht, dass Nickel etwas mit Reimers Mutter hatte? Das ist doch absurd.«

»Ich meine *gar* nichts mehr. Es gibt doch ein DNA-Profil von Nickel. Und demnächst ist das der Toten fertig. Wir haben außerdem eine Probe von Reimer. Das bisschen Fleißarbeit können wir investieren.«

»Reimer war damals Jugendlicher«, wandte Brandt ein, dem das sehr weit hergeholt erschien.

»Na und? Nickel war alt genug. Und selbst die Tote war circa Mitte dreißig. Der Zeitpunkt ihrer Niederkunft lässt sich leider nicht mehr feststellen, der könnte auch schon mit zwanzig gewesen sein.«

Brandt schüttelte sich. »Du vergisst, dass Reimer einer wohlhabenden Familie entstammt. Mit Vater und Mutter.«

»Und du vergisst, dass es ein Dorf ist. In solchen Käffern passieren mitunter die schrägsten Dinge. Jeder weiß Bescheid, aber nach außen hin schweigt man wie ein Grab.« Julia Durant seufzte. »Peter, ich weiß, es klingt absurd. Aber wir schließen eins nach dem anderen aus, was sollen wir auch sonst machen?«

Peter Brandt saß noch lange, nachdem er aufgelegt hatte, an seinem Schreibtisch und spielte mit dem leeren Becher, den seine Kollegin ihm geschenkt hatte. Reimer und Nickel. Es war richtig, Reimer fühlte sich dem Serienkiller aus den Achtzigern in irgendeiner Form verbunden. Aber familiäre Bande? Wenn überhaupt, dann müsste Frau Reimer ihn unehelich empfangen haben und ihren Gatten als Vater angegeben haben. Und dann? Hatte Reimer junior es heraus-

gefunden? Hatte er die Ablehnung seines vermeintlichen Vaters gespürt und seinem leiblichen Vater nachgeeifert? Lebte *sein* Leben?
Beging *seine* Morde? Passte das zusammen?

Im Gegenteil, dachte er. Dann müsste Reimer ja seine eigene Stief-
mutter ermordet haben. Oder war das Nickel gewesen? Oder beide
zusammen? Und warum?

Und gab es überhaupt noch ein anderes Kind?

Brandts Kopf schmerzte. Das passte hinten und vorne nicht!

Oder übersah er am Ende etwas?

Das Telefon meldete sich ein weiteres Mal. Ewald, der offensichtlich
wieder hinter seinem Schreibtisch saß. Der Boss kam direkt auf den
Punkt: »Ich wollte dir nur Bescheid geben, dass Reimer soeben in ein
Taxi steigt.«

Brandts Faust spannte sich so hart, dass es im Plastikgehäuse des
Telefonhörers ungesund knackste.

Cazzo!

Sein Fuß traf den metallenen Unterschrank seines Schreibtisches mit
einem ohrenbetäubenden Scheppern.

14:05 UHR

Warum war sie überhaupt hierhergefahren?

Julia Durant verharrte hinter dem Steuer ihres Opels und warf einen
verstohlenen Blick auf ihr Telefon, wie sie es in der vergangenen
Stunde immer wieder getan hatte. Sollte sie nicht in Offenbach sein,
um alte Akten zu durchforsten? Nein. Das konnte Brandt auch ohne
ihre Hilfe. Drehte sie ihre rastlosen Kreise in Frankfurt, um bei Bedarf schnell in der Rechtsmedizin sein zu können? Doch was sollte
sie dort? Solange Andrea Sievers nicht mit irgendeiner Fantasiesoft-
ware das erwachsene Gesicht des Säuglings aus dem mumifizierten
Uterus rekonstruieren konnte, gab es wohl kaum etwas, was ihre An-

332

wesenheit erforderte. Oder suchte die Kommissarin am Ende nur eine Beschäftigung, um eben nicht zu Reimers Haus zu fahren? Um ihm nicht auf die Pelle zu rücken, um keine Übersprunghandlung zu begehen, die sie bereuen würde?

Schob sie das Telefonat mit Astrid Marks bewusst vor sich her? Irgendjemand musste die Ärmste doch darüber informieren, dass ihr Vergewaltiger wieder nach Hause käme. Nach nebenan. Ins selbe Haus. Julia spürte Übelkeit in sich aufsteigen. In diesem Augenblick vibrierte das Smartphone mit dem vertrauten Klang einer Kurznachricht. Brandt. Axel Reimer war freigelassen worden. Sie biss sich auf die Unterlippe.

Höchste Zeit! Julia Durant verfasste eine Antwort, in der sie ihrem Kollegen mitteilte, dass sie Frau Marks informieren würde. Sekunden später lauschte sie dem Freizeichen, doch es meldete sich nach dem sechsten Tuten nur die Mailbox.

»Hallo Frau Marks, hier Durant. Ähm, ich wollte nur Bescheid sagen – und es tut mir sehr leid! –, dass Axel Reimer aus der Untersuchungshaft entlassen wurde. Vielleicht möchten Sie ja wieder zurück in die Pension? Jedenfalls können Sie mich jederzeit erreichen. Okay? Ciao.«

Wenn es eines gab, was sie noch weniger mochte, als auf Anrufbeantworter zu sprechen, dann war es das Überbringen von unguten Nachrichten.

Die Kommissarin seufzte. Sollte sie tatsächlich aussteigen?

Wie würde Manuela Bierbaß reagieren, wenn sie ihr Fragen zu Kurt Rettke stellte? Einem Mann, mit dem Durant ein riesiges Problem hatte und mit dem auch dessen heimliche Tochter nichts zu tun haben wollte. Jede aus ihren eigenen Gründen.

Nein, beschloss sie und drehte den Zündschlüssel.

Für Rettkes Seelenheil war sie nicht zuständig. Und Frau Bierbaß hatte auch so schon genug zu ertragen.

Zwanzig Minuten später hockte Durant auf einer Tischkante im leeren Konferenzzimmer. Sie umklammerte eine Colaflasche, in der nur noch ein letzter Schluck verblieben war. Ihr Blick streifte über die Boards, auf denen die Aufnahmen von Opfern und Tatverdächtigen hafteten. Bunte Linien, grellfarbige Notizzettel, ein riesiges Aufheben. Und wofür? Was hatte es gebracht?

Sie warf den Kopf nach hinten und kippte den Rest der Cola in den Mund. Danach flog die Plastikflasche in Richtung Mülleimer, in der Überzeugung, dass sich der, der ihn leeren würde, über die fünfundzwanzig Cent Pfand freuen würde. Der Abfall in dem Behälter türmte sich jedoch bereits so hoch, dass die Flasche mit einem lautstarken Hüpfen herausfiel und erst nach endlos erscheinendem Rollen zum Liegen kam.

Julia Durant tappte ihr hinterher, bückte sich unter einen Doppeltisch und angelte die Flasche hervor, um sie zurück in den Eimer zu stopfen. Dabei fiel ihr Blick auf die zerrissenen Papiere darin, zwischen denen zwei blaustichige Gefrierbeutel hervorlugten. Sie verharrte in ihrer Bewegung. Ein Gedanke nahm Gestalt an. Ein Gedanke, den sie vorher unterdrückt hatte, den sie nicht hatte zulassen wollen – oder können. Axel Reimer war in Frau Marks eingedrungen. Hatte sich ihrer Weiblichkeit ermächtigt, als sie wehrlos vor ihm lag. Eine längst vergangene Erinnerung kam in ihr auf. Sie hatte es selbst erfahren, mit dem Unterschied, dass sie nicht mit K.-o.-Tropfen willenlos gemacht worden war. Und auch nicht erinnerungslos. Julia Durant wischte die aufsteigenden Bilder beiseite, denn hier ging es nicht um sie, sondern um Astrid Marks. Und um Axel Reimer, einen Mann, für den es nichts Wichtigeres zu geben schien, als junge, gut aussehende Frauen zu erobern. Mit ihnen zu schlafen. Die Opfer des Panthers waren Frauen, die in dieses Beuteschema passten. Allerdings hatten sich an ihnen keine Hinweise auf sexuellen Missbrauch gefunden. Kein Gleitmittel, keine Rissverletzungen. Warum hatte er sie nicht genommen, nachdem er ihre Alphamännchen getötet hatte und sie wehrlos vor ihm lagen? Warum hatte er sich ausgerechnet hier, auf dem Zenit seiner Macht, zurückgehalten?

Die Kommissarin hockte noch immer auf dem Boden und starrte ins Leere.

Was, wenn doch jemand anderes der Panther war?

Was, wenn dieser Panther am Ende überhaupt keine Möglichkeit besaß, mit seinen Opfern zu kopulieren?

Was …

Julia Durant sprang auf und eilte zu Claus, in der Hoffnung, dass er in seinem Büro zu finden war.

14:42 UHR

Axel Reimer stieg aus dem Taxi, entschuldigte sich kurz und drückte dem Fahrer sein Portemonnaie in die Hand. Als Pfand, weil er ins Haus eilen und Geld holen musste. Mürrisch dachte er, als er den Schlüssel ins Schloss schob, ob er der Polizei die Fahrtkosten in Rechnung stellen sollte.

Niemals im Leben hätte er geglaubt …

Er durchquerte den Flur und erreichte das Wohnzimmer.

Was für ein Chaos …

Er zog eine Schublade auf und hoffte, dass sich keiner der Beamten die paar Hunderteuroscheine in die Tasche gesteckt hatte. Tatsächlich waren die Sparbücher und Bankbelege durchwühlt worden, das Geld aber da. Reimer griff einen Schein und schob die Schublade wieder zu. Dann kehrte er geradewegs zu dem Taxifahrer zurück, jedoch ohne Eile, denn die Uhr war ja bereits abgeschaltet, und es kam nicht mehr auf die Minute an.

Während er den Fahrer bezahlte, kreisten seine Gedanken um Raimund Schindler. Weshalb hatte ausgerechnet der Autor des Buches über Nickel ihm einen Rechtsanwalt beschafft?

*

335

Astrid Marks verbarg sich hinter dem Vorhang, den sie bis auf einen schmalen Spalt zugezogen hatte. Ihre Hand umklammerte die beiden Enden, als fürchtete sie, dass der schwere Stoff von alleine zur Seite schwingen könne. Ihre Augen klebten an der Person, die soeben zum zweiten Mal in Richtung Grundstück lief. Axel Reimer. Der Diesel des Mercedes heulte auf, als der Fahrer das Taxi in Bewegung setzte. Bald waren nur noch die Bremsleuchten zu sehen, bevor der Wagen am Ende der Straße abbog und verschwunden war. Nebenan fiel die Haustür ins Schloss. Er war zu Hause.

Sie atmete schwer.

Ob er schon gesehen hatte, was hinter dem Haus geschehen war?

Und warum hatte man ihn überhaupt auf freien Fuß gesetzt?

Er begann zu räumen. Astrid konnte sich gut vorstellen, wie es in der Wohnung aussah. Vermutlich würde es Tage dauern, bis er seine ganz bestimmte Ordnung wiederhergestellt hatte. Seinen Schrein, seinen Tempel, seinen Kultplatz.

Was er wohl sagen würde, wenn er feststellte, dass das vergrabene Heiligtum aus dem Garten verschwunden war?

*

Hinter einem anderen Fenster, in unmittelbarer Nachbarschaft, gab es keine Vorhänge. Auch der Rollladen war nicht herabgelassen. Doch das störte die beobachtende Person nicht im Geringsten. Sie hielt sich in der Nähe der Wand auf, ein paar Schritte von der Glasscheibe entfernt. So konnte sie alles sehen, aber blieb hinter dem reflektierenden Glas verborgen.

Ein zufriedenes Lächeln zeichnete sich auf ihrem Gesicht ab.

15:05 UHR

Die Untersuchung der Smartphones war am Abend abgebrochen worden. Feuchtigkeit. Die Geräte mussten teilweise zerlegt und getrocknet werden, weshalb die Untersuchung erst am Morgen wieder aufgenommen werden konnte. Vor dem Zerlegen allerdings mussten sie auf Fingerabdrücke und Hautpartikel untersucht werden, ein Vorgang, der die ganze Sache zusätzlich ausbremste.

»Wir brauchen die vermaledeiten Daten!«, betonte Frank Hellmer, als er Platzeck endlich ans Telefon bekam.

»Ist ja gut, wir sind dran«, gab dieser unbeeindruckt zurück. Der oberste Forensiker wusste nur zu gut, wie eilig die Kollegen der Mordkommission es immer hatten.

»Und wann darf ich damit rechnen?«

»Ich melde mich«, raunte Platzeck. »Unaufgefordert!«

Am Ende, wenn es um verwischte Fingerabdrücke ging, bekamen die Spurensicherer auch wieder den ganzen Frust ab. Manchmal bestimmte die Abfolge bestimmter Schritte das Tempo, in dem man Ergebnisse erwarten durfte. Eine zähe Übung in Geduld.

Frank Hellmer hatte die Minuten gezählt, seit man ihm gesagt hatte, dass ein Anwalt Axel Reimer aus der Haft gepaukt hatte. Er verstand nicht, wieso das möglich war. Wollte es nicht verstehen. Solange es kein erklärbares Motiv gab, waren die Indizien nicht ausreichend. Reimer beteuerte seine Unschuld. Und dann hatte der Anwalt das Reden übernommen. Er behauptete, dass man seinem Mandanten die angeblichen Beweise genauso gut untergeschoben haben könnte.

Eine Plastiktüte mit Trophäen?

Hellmer schluckte.

Und es dauerte eine weitere Stunde, bis der erlösende Anruf ihn erreichte.

»Na, hast du mich vergessen?«, neckte Platzeck.

»Wieso?«

»Du hast seit über einer Stunde nicht angerufen.« Ein Lachen aus dem Lautsprecher. »Ich dachte schon, du hättest das Interesse verloren.«

»Blödmann. Habt ihr was?«

»Selber. Und ja. Die ersten beiden Geräte haben ein paar Daten ausgespuckt. Es sind die von Bernd Burkhardt und Michaela Körtens.«

Hellmer wollte auf die Liste schauen, doch dann erinnerte er sich auch so. Burkhardt. Der aktuellste Mord. Und Frau Körtens war im Juli gestorben.

»Hat das was zu bedeuten?«, wollte er wissen. »Burkhardts Handy befand sich ja nicht lange in der Tüte.«

»Du meinst wegen des Zustands? Das heißt gar nichts. Hast du dir mal die Platinen dieser hochgejubelten Geräte angesehen? Im Grunde ist es ein Wunder, dass die überhaupt funktionieren. Strand, Schwimmbad, Badewanne ... diese permanente Feuchtigkeit. Deshalb halten die Teile auch kaum bis zur nächsten Vertragsverlängerung. Aber um deine Frage zu beantworten: Sämtliche SIM-Karten wurden entfernt, und man hat die Geräte vermutlich erhitzt, unterkühlt oder magnetisiert. Jedenfalls war es schwierig, und ich kann dir nicht garantieren, dass wir verwertbare Daten finden.«

Im Folgenden redete Platzeck noch über die gerätetypischen IMEI-Nummern, Benutzerregistrierungen und allerlei technische Details. Hellmer dachte längst an etwas völlig anderes. Wenn Axel Reimer, der schon von Berufs wegen über ein technisches Verständnis verfügte, die Geräte derart aufwendig unbrauchbar gemacht hatte – *warum* vergrub er sie dann in seinem Garten? War das nicht eine fast schon stümperhafte Geste? Oder unterlag Reimer einem solch ausgeprägten Drang, seine Trophäen in der Nähe zu horten, dass er damit seine Verhaftung riskierte?

Hellmer wusste es nicht.

338

15:07 UHR

Julia Durant saß im Büro des Chefs, die Arme über dem Bauch verschränkt, und konzentrierte sich auf ihren Atem, der das Zwerchfell hob und senkte.

Sie war kreuz und quer durchs Präsidium geeilt, angeblich befand Claus sich in einer Besprechung mit den Obersten, doch weder beim Polizeipräsidenten noch sonst wo wusste man etwas davon. Schließlich hatte Durant Hochgräbe in der Kantine gefunden, wo er alleine vor einem Espresso hockte. Kurzerhand hatte die Kommissarin sich dazugesetzt. Claus hatte tatsächlich einen Termin in der Chefetage gehabt, doch Julias Anliegen drängte zu sehr, um sich anzuhören, was er dort gewollt hatte. Energisch debattierend waren die beiden an den Schreibtisch zurückgekehrt, wo Claus Hochgräbe ihr nun gegenübersaß.

»Beeindruckende Theorie«, sagte er. Doch Julia Durant erkannte durchaus, wenn er skeptisch war. Und er war skeptisch.

»Dann lass mich alles Nötige tun, um sie zu verifizieren«, drängelte sie.

»Oder falsifizieren«, ergänzte er.

»Meinetwegen auch das«, schnaubte sie. »Wir haben in diesem Fall schon so viele verrückte Ansätze gehabt – da kommt's auf einen mehr oder weniger auch nicht an.«

»Hast du schon von den Handys gehört?«

»Die Trophäen«, erklärte er daraufhin. »Es sind die Geräte der Opfer.«

Julia Durant biss sich auf die Zunge. Sie hatte ihr Telefon ans Ladekabel gehängt, und dort befand es sich noch immer. Hellmer war mit der Sache befasst gewesen, er hatte sie sicher längst versucht, zu kontaktieren. Verdammt! Aber warum lenkte Claus von der eigentlichen Sache ab?

»Was bedeutet das für uns?«, fragte sie.

»Wir haben Axel Reimer womöglich zu früh freigelassen. Deshalb war ich auch eben im Haus unterwegs. Ich …«

Julia Durant fiel ihm ins Wort: »Claus! Ich versuche dir doch gerade verzweifelt zu erklären, dass Reimer nicht der Panther ist!«

»Dass er es vielleicht nicht ist.«

»Was macht das für einen Unterschied?«

»Wir reden über einen Serienkiller.« Nun wurde Hochgräbe scharf. »Er mordet in hellen, warmen Mondnächten, und seine Opfer sind Liebespaare. Das letzte Mal wurde er gestört. Sein Zyklus ist unvollständig. Ein Mann ist tot, die Frau ist noch am Leben. Heute ist womöglich die letzte Nacht, bevor es wolkig und kalt wird. *Das* ist der Unterschied, den wir zu all den anderen Morden haben. Und das ist der Unterschied, den alle Nächte ab morgen haben werden. Wenn wir nicht auf der Hut sind, wird er heute Nacht wieder töten und danach in der Versenkung verschwinden.«

Julia Durant fuhr sich durchs Haar. Nicht ohne eine gewisse Verzweiflung zu spüren, die offenbar auch von Claus Hochgräbe Besitz ergriffen hatte, sagte sie: »Dann sind wir uns doch im Grunde einig. Meine Theorie schließt deine nicht aus. Nur dass es sich womöglich nicht um einen Panther handelt. Sondern um eine Pantherin.«

15:12 UHR

Ein Windstoß hatte das zur Hälfte heruntergelassene Wohnzimmerrollo zum Klappern gebracht. Axel Reimer zog an dem abgegriffenen Gurt, dessen Seiten ausgefranst und dessen Oberfläche von einem dunkelgrauen Glanz überzogen war. Schon *er* hatte den Gurt durch seine Hände gleiten lassen, dachte er zufrieden.

Als sein Blick in den Garten fiel, stockte ihm der Atem. Natürlich war er darüber informiert worden, dass das Auto und weitere Beweisstücke sichergestellt worden waren. Er hatte bereits geahnt, dass sie ihm nicht alles gesagt hatten. Jetzt begriff er auch, weshalb. Der Bagger musste von hinten gekommen sein, die Spuren führten durch den gemeinsamen Teil des Gartens, von Frau Marks' Seite her zu seinem. Erdbrocken und Grasbüschel lagen kreuz und quer; an manchen Stellen war zu erkennen, dass jemand die größten weggeräumt hatte, wenn auch nur halbherzig. Doch das Schlimmste war etwas anderes: der Jetta. Reimer würde ihn vermutlich niemals wiedersehen. Wie gerne hätte er ihn selbst ausgraben wollen. Wie gerne hätte er auf dem Fahrersitz gesessen. Den Duft des Vanillebaums gerochen, in einem Innenraum, der genauso gut konserviert war wie eine ägyptische Grabkammer. Nur noch einmal den Geruch von neunundachtzig …

Reimer schüttelte den Gedanken von sich, während er in die Küche schritt. Er stellte sich vor den Herd und öffnete die Filterelemente der Dunstabzugshaube. Sofort verklebten seine Fingerkuppen mit dem Fett, das sich an den Kanten sammelte, egal wie oft man die Filter reinigte. Er legte die Metallrahmen direkt ins Waschbecken und wusch sich die Hände mit Spülmittel sauber. Anschließend krempelte er die Ärmel über die Ellbogen, und seine Arme verschwanden in dem Schlund der matt gebürsteten Esse. Er spürte den Plastikbeutel, den er weit nach oben geschoben hatte. Dorthin, wo nicht einmal der gewiefteste Polizeibeamte suchen würde. Mit einem grimmigen Gesichtsausdruck förderte er das verpackte Tablet zutage, reinigte sich erneut die Hände und befreite es aus der Tüte. Es war alles, was ihm geblieben war, um sich ins Internet einzuloggen. Alle anderen Geräte befanden sich noch in der Forensik, bis auf sein Klapphandy, mit dem er aber lediglich telefonieren konnte. Und selbst wenn: Auch die beiden Router waren weg. Doch zum Glück hatte er seinerzeit nicht am falschen Ende gespart: Das Gerät war mit einem Surfstick ausgestattet.

Axel Reimer wartete geduldig, bis das Betriebssystem hochgefahren war. Das Spülwasser schäumte derweil über den Filterelementen der

Abzugshaube. Als ein vertrautes Geräusch ihm signalisierte, dass das Gerät bereit sei, kehrte er ins Wohnzimmer zurück und ließ sich in den Sessel sinken. Vielleicht das einzige Möbelstück, das noch genauso dastand wie vor dem Durchwühlen seiner persönlichen Habe. Georg Otto Nickels Habe. Es war *sein* Ohrensessel, in dem Reimer es sich behaglich machte. Ob Nickel hier gesessen hatte, die *Tagesschau* betrachtend, in der man über seine Morde berichtete?

Ein Grinsen legte sich auf Reimers Gesicht, als er das Display entsperrte.

15:20 UHR

Eine *Pantherin*«, wiederholte Frank Hellmer argwöhnisch. »Das gibt's doch nicht.«

»Darum geht es nicht!«, erwiderte die Kommissarin genervt. Soeben hatte sie ihren Kollegen ihre Theorie vor Augen geführt, und sie ärgerte sich darüber, dass er sich über den Begriff mehr Gedanken zu machen schien als über die Sache, die sich dahinter verbarg.

»Sondern?«

»Es geht um Nickels Kind!«, rief Durant. »Doris und Peter haben mit diesem Schindler gesprochen, oder nicht? Und was ist mit Brandts Nachforschungen?«

»Komm mal wieder runter«, sagte Hellmer in betont ruhigem Tonfall. Er wippte mit der Linken und nahm mit der anderen Hand den Hörer ab. Ein gezielter Tastendruck, ein paar Sekunden verstrichen. »Hallo? Peter?«, sagte er mit einem spöttischen Grinsen. »Ich habe hier eine Partnerin, die auf ziemlich heißen Kohlen sitzt. Wie sieht's aus?«

Während Durant ihm einen vernichtenden Blick zuwarf, schaltete Hellmer auf Lautsprecher. Sie fragte sich, welchen Peter ihr Kollege angerufen hatte. Kullmer oder Brandt. Als sie eine weibliche Stimme

342

vernahm, reagierte Durant verdutzt, dann erkannte sie Canan Bilgiç und musste lächeln. Brandt hatte endlich seine vor Energie sprühende Kollegin wieder.

»Hallo? Es ist hart«, begann die Deutschtürkin. »Viele uneheliche Kinder, aber irgendwas fällt immer aus dem Raster.«

»Hm. Haben Sie nach Müttern mit Söhnen gesucht oder auch nach Töchtern?«

»Zuerst nach beidem. Da gab es jede Menge Treffer, also haben wir das Ganze eingeschränkt auf die Mütter, deren Verbleib ungeklärt ist. Die Liste wurde sofort deutlich kleiner.«

»Wie klein?«

»Im möglichen Zeitraum gibt es zwei Fälle, die ins Puzzle passen könnten.«

»Super! Lassen Sie hören.«

Canan Bilgiç las die beiden Namen vor, die der Kommissarin vollkommen unbekannt waren. Silke Faber und Johanna Müller. Die erste der beiden Frauen hatte in Offenbach entbunden, die andere in Hanau. Die erste einen Jungen, die zweite ein Mädchen.

»Und die Meldeadressen?«, wollte Durant wissen.

Bilgiç nannte sie ihr. Keine davon passte auch nur annähernd, was aber nichts heißen sollte. »Ich habe den Verbleib der beiden überprüft«, sagte sie anschließend. »Frau Faber hat einen US-Amerikaner geheiratet. Gemeinsam mit ihm und dem Kind hat sie die Bundesrepublik verlassen.«

»Wann genau?«

»31.7.1990.«

»Hmm. Das sind mehrere Monate nach der Verhaftung von Nickel«, dachte Durant laut, ohne sich dabei Gedanken darüber zu machen, wie weit die junge Kollegin bereits in die Ermittlung einbezogen war. Canan Bilgiç ließ sich nichts weiter anmerken, als sie fragte: »Bei der anderen ist das schwieriger.«

»Inwiefern?«

»Johanna Müller«, sagte Bilgiç und seufzte. »Davon gibt es Hunderte.«

»Aber nicht mit unehelichen Töchtern.«

»Stimmt. Trotzdem. Eine Nachforschung wird schwierig werden, vor allem weil wir keinen Ansatzpunkt haben.«

»Wieso nicht?«

»Frau Müller bekam ihre Tochter am 2. April 1983. Der Wohnsitz in ihrem Personalausweis war vermutlich nicht mehr aktuell, denn ich konnte nichts über sie finden.«

Julia Durant gab den 2.4.83 ins Suchfeld ihres Browsers ein. »Samstag«, dachte sie laut. Im Krankenhaus werden Adressen nicht nachgeprüft. Das Standesamt würde die Meldung über den neuen Erdenbürger frühestens am 4. April erhalten haben. »Wissen Sie, wann die Frau aus der Klinik entlassen wurde?«

»Nein. Aber das kann ich rausfinden.«

Julia Durant bedankte sich, fast schon überschwänglich. Doch schon als Hellmer den Hörer zurück auf den Apparat gelegt hatte, ebbte die Welle ab.

»Und was dann?«, brachte er es auf den Punkt. »Das Mädchen wird gemeldet. Unter falscher Adresse. Keinen interessiert's, zumindest nicht, bis die Schulpflicht beginnt.«

»Immerhin 1989!«, rechnete Durant schnell nach.

»Na und? Viel wahrscheinlicher ist es doch, dass man der Kleinen eine Weile hinterherforschte und die Ermittlungen irgendwann einstellte. Kein Internet und die Datenbanken noch in den Kinderschuhen. Die Jugendämter genauso überlastet wie heute. Wen interessiert da schon ein kleines Mädchen?«

So ungern die Kommissarin es zugeben wollte: Frank Hellmer hatte vermutlich recht. Wenn sich eines während ihrer langjährigen Laufbahn nie geändert hatte, dann das. Am Ende waren es immer die Kinder, die durchs Raster fielen. Deren Seelen verbrannten. Eine ungute Ahnung stieg in ihr auf.

Georg Otto Nickel war offiziell nicht verheiratet gewesen und hatte alleine gelebt, auch wenn die alten Nachbarn etwas anderes ausgesagt hatten. Wenn das Mädchen *nicht* von ihm war, warum sollte er dann Hemmungen gehabt haben, auch sie zu ermorden? Die Frau, die er (zumindest zeitweise) geliebt haben musste, hatte er schließlich auch getötet. Und sein misanthropisches Menschenbild war in Schindlers Buch ja hinlänglich dokumentiert.

15:20 UHR

Zeitgleich in Axel Reimers Haus. Das Display wollte überhaupt nicht mehr damit aufhören, neue Chateingänge zu vermelden.

Bin ich so ein gefragter Typ?, dachte er, und das Grinsen lag ihm noch immer auf den Lippen.

Vor ein paar Wochen wäre er um ein Haar in die Falle getappt. Gab es Männer zuhauf, die sich in Singlebörsen mit aufgehübschten Fotos und hinabkorrigierten Geburtsjahren herumtrieben, so begegnete man auch manchmal den weiblichen Gegenparts dazu. »Stef« war so eine gewesen. In ihrem Profil gab sie sich als Zweiundzwanzigjährige aus. Sie hatte dafür, so Reimers Vermutung, ein junges Foto ihrer Mutter ausgewählt. Oder, wenn sie über diese Fähigkeiten verfügte, das eigene Bild künstlich altern lassen. Im Internet gab es Apps und Websites für alles, das wusste er selbst am besten. Doch genauso findig war er gewesen, im Chat die richtigen Fragen zu stellen, und es hatte sich herausgestellt, dass die Kleine kaum volljährig war. Reiche Eltern, behinderte Schwester, Internat. Es hatte nicht allzu lange gedauert, bis Reimer herausfand, dass es sich um Stefanie Hellmer handelte. Dass ihr Facebook-Profil dem bearbeiteten Foto ziemlich ähnlich sah und dass sich eine Menge Polizeibeamte unter den Freunden tummelten. *Holzauge, sei wachsam.*

Er hatte sie kurzerhand aus seiner Liste entfernt. Auch wenn sie einen Körper hatte, der seine Lenden in Wallung versetzte. Doch Rei-

345

mer musste sich eingestehen, dass die Jahre, in denen er bei Teenagern landen konnte, wohl endgültig vorbei waren. Und dann auch noch eine Polizistentochter …

Er öffnete einen Chat. Sie nannte sich *j34nny*, und die beiden hatten schon seit geraumer Zeit miteinander zu tun. Sie verbarg sich hinter zwei kristallblauen Augen, sicherlich hatte ein Fotoeditor an dem Strahlen mitgewirkt. Und normalerweise verschwendete Reimer seine Zeit nicht mit Frauen, die nach angemessenem Hin und Her ihr Aussehen nicht preisgeben wollten. Doch sie war etwas Besonderes. Schien stets genau zu wissen, was sie zu antworten hatte, um sein Interesse zu behalten. Vielleicht war es auch ihr Name, der Reimer bei der Stange hielt. Jeanny, so wie der berühmte Titel von Falco. Dabei konnte die Frau, wenn sie tatsächlich erst Mitte zwanzig war, den toten Sänger nur noch als Kind gekannt haben. Fast zwanzig Jahre, dachte Reimer mit einem schweren Seufzer. Er war als *amadeus* eingeloggt. Ein Vorname mit A. Ein Alias, den er noch nie zuvor benutzt hatte.
Vielleicht war es ja Schicksal, das die beiden zusammengeführt hatte.

> j34nny: du warst lange nicht online
> amadeus: :-(
> j34nny: dachte schon, du hast mich geblockt

Jeanny verstand das Spiel, genau wie er. Sie gab sich geheimnisvoll und dann wieder naiv. Gut möglich, dass sie sich jünger machte, als sie war. Doch das nahm Reimer ihr nicht krumm. Sie tippte wie ein Teenager, ohne Rücksicht auf Groß- und Kleinschreibung. Doch ihre Worte klangen erwachsen. Manchmal. Und hier und da rutschte ihr sogar mal ein Großbuchstabe heraus, auch wenn sie die persönliche Anrede konsequent kleinschrieb. Ein Argument dafür, dass sie eben doch nicht so alt sein konnte. Reimer fühlte sich sonderbar erregt bei der Vorstellung, dass sie ihn vermisst hatte.

amadeus: Geblockt?? Nein!! Es gab technische Probleme. Internet – *dahinter ein kotzender Smiley* – Aber jetzt bin ich wieder da :-)
j34nny: :-)
amadeus: Hast Du mich etwa vermisst?
j34nny: vielleicht
amadeus: Hat mir schon gefehlt, mit Dir zu schreiben …
j34nny: same here – *Smiley einer lächelnden Katze*

Reimer atmete schwer. Es war so anders, sich mit dieser Frau auszu-
tauschen. Er wollte so viel von ihr wissen, wusste aber, dass er sie
nicht bedrängen durfte. Er wusste nicht viel über sie. Die Informationen waren zu wenig, um sie in den sozialen Netzwerken aufzuspü-
ren. Es gab sie scheinbar nur hier. Er musste etwas riskieren, sonst
kam er nicht weiter.

amadeus: Was machst Du gerade? Außer, dass wir beide texten …
j34nny: nichts. rumhängen.
amadeus: Bei dem Wetter?
j34nny: woher willst du wissen, dass es bei mir genauso schön
ist? – *Teufelchen*
amadeus: Ich könnte das Regenradar checken ;-)
j34nny: stimmt. ich könnte aber auch ein dicker alter mann im
sudan sein.

Reimer grinste breit und öffnete eilig einige Browserfenster. Dann
tippte er weiter.

amadeus: Da regnet es auch nicht

j34nny: siehst du, das mag ich so an dir
j34nny: hat mir gefehlt
amadeus: Danke – *Smiley mit roten Wangen*

347

Jetzt oder nie, dachte er.

> amadeus: Du wolltest mir noch verraten, woher Du kommst ;-)
> j34nny: wollte ich das?
> amadeus: Na ja, was kann passieren? Weiß ja nicht, wie Du
>   aussiehst. Stalken ist also nicht drin – *Engelchen*
> j34nny: hmmmm
> j34nny: also kann ich dir nur eins davon verraten
> amadeus: Aussehen oder Ort
> j34nny: oder keins von beidem
> amadeus: Bist du etwa schüchtern?
> j34nny: vielleicht …
> amadeus: Bist Du nicht. Ich verrate Dir auch was.
> j34nny: was denn?
> amadeus: Was Du wissen willst
> j34nny: so so

Reimer rieb sich die Schläfe. Sie ließ ihn wieder ganz schön zappeln. Und das Chatfenster verriet ihm, dass sie nicht tippte. Er hätte sich gewünscht, da käme noch etwas. Doch stattdessen lenkte er ein.

> amadeus: Hey. Ist nicht so wichtig
> j34nny: das kam eben aber anders rüber
> amadeus: War keine Absicht
> amadeus: Bin nur so happy, dass du online bist

Jeanny reagierte mit einem Kussmund.

> j34nny: freu mich auch
> j34nny: außerdem kann's ja nicht afrika sein
> amadeus: Wieso?

348

j34nny: ich hab umkreissuche aktiviert. was bringt mir ein chat
am anderen ende der welt?

Reimer durchlief ein heiß-kaltes Kribbeln. Da war es wieder. *Das* war
Jeanny. Er wollte ihr etwas schreiben, doch prompt leuchtete die
Meldung auf dem Bildschirm auf:

j34nny hat den Chat verlassen

»Verdammt«, schnaubte er wütend. So machte sie es immer. Angeblich brach die Internetverbindung immer wieder ab, das zumindest
hatte sie ihm irgendwann als Erklärung angeboten. Reimers Angebot, ihr technische Hilfe zu leisten, hatte sie in gekonnter Manier
abgewiegelt.

Axel Reimer rief sich die Grafik ihrer Augen auf den Schirm und
begann, sich mit der anderen Hand den Schritt zu massieren. Er
wartete zwei Minuten, ob sie nicht doch zurückkehrte, aber nichts
geschah. Also stand Reimer auf, wechselte ins Schlafzimmer, wo
er zuerst die Matratze zurück auf den Lattenrost hieven musste. Keuchend sank er darauf nieder, das Tablet in der Hand, und er rief eine
Website mit kostenlosen Pornovideos auf. Seine Hand um das ent-
blößte Glied gelegt, verfolgte er die Bewegungen der kleinbrüstigen
Blondine, die das Kostüm eines Hausmädchens trug. Sie ritt einen
Mann, danach warf sie sich auf den Rücken und verlangte in Eng-
lisch, dass er sie hart und tief nehmen solle. Reimer stöhnte, der
Bildschirm wackelte, und noch immer waren die blauen Augen zu
sehen, die ihn über dem Videofenster anblickten.

In die er versank, während er sich in seine Hand ergoss.

Er *musste* sie einfach haben. Koste es, was es wolle.

15:40 UHR

Tut uns leid«, meldete sich Doris Seidel, die ziemlich außer Atem klang.

»Wo steckt ihr denn?«, fragte Julia Durant und versuchte dabei, ihre Gereiztheit zu unterdrücken.

Seidel erwähnte die Zeil, Frankfurts Einkaufsmeile, und irgendein Café, in dem sie auch schon einmal gesessen hatte. »Schindler war die ganze Zeit über nicht erreichbar«, berichtete Seidel weiter, »und dann hat er sich geweigert, am Telefon mit uns zu sprechen. Er sei ohnehin in der Stadt. Wir wollten dich anrufen, aber …«

Das Handy. Das Ladekabel. »Schon gut«, murrte die Kommissarin. »Hat es sich denn wenigstens gelohnt?«

»Aber so was von!«, hörte sie Kullmer rufen, offensichtlich hatten die beiden das Telefon mit der Freisprecheinrichtung ihres Ford Kuga verbunden. »Willst du warten, bis wir da sind?«

»Nein!«

»Okay, dann hier die Kurzversion: Nickel hatte eine Frau und eine Tochter. Er hat sie in den Gesprächen mit seinem Knastgenossen mehrfach erwähnt, aber er hat Schindler strengstens untersagt, darüber zu schreiben.«

»Moment. Wusste Nickel, dass Schindler ein Buch schreiben will?«

»Hm. Stimmt«, murmelte Kullmer, und sofort meldete sich Seidel zu Wort: »Er sagte ›erwähnen‹, nicht schreiben. Die Entscheidung, ein Buch zu verfassen, hat Schindler doch erst nach Nickels Tod getroffen.«

»Okay. Das würde ich aber gerne ganz genau wissen«, sagte Durant. »Das mit der Tochter passt jedenfalls ins Bild.«

»In welches Bild?«, fragte Doris, und Julia erzählte von Johanna Müller. »Ist dieser Name aufgetaucht?«, wollte sie wissen.

»Keine Namen. Zumindest nichts, woran Schindler sich erinnert. Nickel hat das Mädchen höchstens zwei-, dreimal erwähnt. Doch jedes Mal, wenn er es tat, war etwas Menschliches in seinen Augen.«

»Und das«, ergänzte Kullmer, »gab es wohl nicht allzu oft in seinem Blick.«

»Na gut«, schloss die Kommissarin. »Kommt ins Präsidium. Und dann sehen wir mal, ob wir den Weg der Kleinen nicht doch ein bisschen beleuchten können.«

*

Etwa zwanzig Minuten waren vergangen.

Julia Durant hatte einige Telefonate geführt, von denen drei ins Nachbarpräsidium gegangen waren. Zudem ein kurzes Gespräch mit den beiden Senioren, deren Kaffee ihr noch immer einen bitteren Geschmack ins Gedächtnis rief.

»Verdammt!« Sie hatte sich an die Stirn geschlagen. Hätte sie nur ein wenig besser hingehört. Die beiden Alten hatten ihr die Lösung doch praktisch auf dem Kuchentablett serviert.

Er war einfach weg. Genau wie die Kleine.

Genau so hatte es die Frau mit betrüblicher Miene gesagt. Und mit der »Kleinen« hatte sie nicht etwa die junge Freundin Nickels gemeint, sondern ihre Tochter!

Die Kommissarin taxierte ihre Kollegen, sie hatten sich allesamt im Konferenzzimmer zusammengefunden. Als sie sich der Aufmerksamkeit bewusst war, schritt sie neben ein Flipchartboard, auf dem sie einige Daten vermerkt hatte.

Johanna Müller, geboren 1963 in Hamburg.

Sie wäre heute so alt wie ich, dachte sie im Stillen und fröstelte.

Es folgte:

Sandra Müller, geboren am 2.9.1983 in Hanau.
Vater nicht angegeben; womöglich G. O. Nickel

351

Wohnten beide zwischen April 1983 und 19. Juli 1989 (= letzter Mord
Nickels) für unbestimmte Zeit im Haus Sudetenstraße 9
Zeugenaussagen widersprüchlich → Mutter und Tochter verschwanden
womöglich schon früher

Sandra Müller.
Der Name war nicht viel seltener als der ihrer Mutter.
Parallel dazu hatte Durant die Daten von Axel Reimer aufgelistet.
Geboren 1974. Als Sandra geboren wurde, war er neun Jahre alt. Der
Aufenthalt in der Psychiatrie war erst 1990, also nach dem Ver-
schwinden von Mutter und Tochter. Und Monate nach Nickels Ver-
haftung.

»Wir haben eine Menge und trotzdem *nichts*«, konstatierte Hochgräbe nach einem Augenblick des allgemeinen Schweigens. Er hatte versprochen, eine bundesweite Fahndung nach sämtlichen Sandra Mül-
lers auszugeben, die im April dreiundachtzig geboren worden waren.
Doch was niemand auszusprechen wagte, war, wie ihnen das Ganze
bei der Ergreifung des Panthers helfen sollte.
Auch wenn der Name Johanna bei Julia Durant ein Klingeln im Ohr
hinterließ.
Sie hatte den Kopf nur leider derart voll, dass sie ihn in diesem Moment nicht einordnen bekam.

16:30 UHR

Nur mit großer Mühe war es Astrid Marks gelungen, ihre Haushälfte unbemerkt zu verlassen. Sie hatte gewartet, bis ihr Nachbar sich ins Bad begab und das Duschwasser in den Leitungen zu
rauschen begann. Den Wagen hatte sie in weiser Voraussicht auf
dem Feldweg hinter ihrer Hecke abgestellt, und den Weg erreichte

sie, ohne erst von der Haustür über den Gehweg laufen zu müssen. Das Gartentürchen klemmte zwar, weil es nur selten bewegt wurde, doch Astrid hatte es in den letzten zwei Tagen schon mehrfach benutzt. Ein letztes Mal blickte sie auf das Haus zurück, weniger aus Nostalgie, sondern weil sie im Kopf noch einmal durchging, ob sie auch alle elektrischen Verbraucher abgeschaltet hatte.

Behutsam zog sie die Autotür ihres kleinen Toyota zu und legte den Sicherheitsgurt an. Dann startete sie den Motor und fuhr ein Stück, bevor sie am Sportplatz noch einmal anhielt, um auf ihr Handydisplay zu schauen. Ein Anruf von Kommissarin Durant, dazu eine Nachricht, in der sie sie bat, sich noch einmal bei ihr zu melden. Doch zuerst, entschied Frau Marks, wollte sie mehr Kilometer zwischen sich und Axel Reimer bringen.

*

Als das Telefon der Kommissarin sich meldete, fiel ihr ein Stein vom Herzen.

»Frau Marks. Ich habe mir schon Sorgen gemacht«, sagte sie. »Sind Sie zu Hause?«

»Nein. Ich konnte nicht«, kam es nach einer kleinen Pause, und die Stimme der Frau klang zerknirscht. Kein Wunder.

»Dann haben Sie es also mitbekommen ...«

»Dass *er* wieder frei ist? War ja schwer zu übersehen.«

»Wir konnten nichts machen, tut mir leid«, beteuerte Durant. »Aber die KTU wertet immer noch seine persönlichen Gegenstände aus. Geben Sie die Hoffnung nicht auf.« Sie machte eine kurze Pause, dann fragte sie: »Gehen Sie wieder in die Pension?«

»Ich glaube, ja. Aber zuerst mal muss ich etwas essen. Das mache ich immer, wenn ich Frust habe.« Frau Marks lachte gackernd. »Zum Glück habe ich die Joggingschuhe eingepackt.«

353

»Wir können ja mal zusammen los«, sagte Durant. »Jedenfalls bleiben wir in Kontakt. Und bitte melden Sie sich bei mir, wann immer Sie das Bedürfnis danach haben.«

»Ist schon in Ordnung.« Marks atmete schwer. »Danke.«

Kaum dass Julia Durant das Gerät aus der Hand gelegt hatte, meldete sich Michael Schreck. Er habe Neuigkeiten für sie.

»Spann mich bloß nicht auf die Folter«, mahnte Durant ihn an, denn sie wusste um Mikes Neigung, sich in technische Details zu verlieren.

»Dann komm am besten runter. Sonst kapierst du es nämlich nicht.« Schreck wusste allzu gut um Julias Neigung, bei technischen Details auf Durchzug zu stellen.

16:45 UHR

Immer wieder warf Reimer verstohlene Blicke in Richtung Tablet, welches ans Ladekabel gestöpselt in der Schrankwand lag. Er kroch im verschwitzten T-Shirt durch das Chaos, das die Beamten hinterlassen hatten. Fotografien, Papiere, Bücher. Offenbar hatten sie sämtliche Pappschuber seiner Blu-Ray- und DVD-Sammlung geöffnet und auch die Buchdeckel auf darin verborgene Verstecke überprüft. Er ärgerte sich darüber, dass sie seine Spirituosen verschüttet hatten und dass persönliche Gegenstände fehlten. *K.-o.-Tropfen,* dachte er übellaunig, als ein Piepgeräusch ihn auffahren ließ.

j34nny: hey. Noch da?

Vorsicht, mahnte er sich. Wenn ich ihr sage, dass ich seit über einer Stunde auf das Display starre, hält sie mich für aufdringlich. Oder sie unterstellt mir, dass ich noch mit anderen chatte.

354

amadeus: Selber hey! Wieder :-)

j34nny: so schnell wie du online warst?

j34nny: hmmm ;-)

j34nny: es macht mir ja auch gar nichts aus, wenn du noch mit
anderen chattest

amadeus: – *überlegte krampfhaft* – nein, ich bin hier am räumen

j34nny: spätjahrsputz? :-D

Er liebte es ja, wenn sie schlagfertig war …

amadeus: So ähnlich :-(

j34nny: na komm. das will ich jetzt aber genau wissen

amadeus: Ich hatte … ungebetene Gäste

j34nny: einbrecher?

amadeus: Quasi

j34nny: – *bestürzter Smiley* –

j34nny: hölle!

amadeus: Na ja. es ist ein Riesenchaos

j34nny: ich weiss nicht, ob ich das könnte …

amadeus: Was?

j34nny: zu wohnen, wo eingebrochen wurde. hast du keine angst?

amadeus: Ich bin groß und stark ;-)

… und es erregte ihn, wenn sie sich derart mitfühlend gab.

j34nny: wenigstens machst du was

amadeus: Hmm?

j34nny: ach egal. bei mir nebenan ist auch so ein schlachtfeld.
aber keiner stört sich dran

amadeus: Was denn für ein Schlachtfeld?

j34nny: der garten vom nachbar

355

Axel Reimer stockte der Atem. *Nein!* Das konnte nicht sein. Es gab vierzig Millionen Mädchen und Frauen in diesem Land …

j34nny: hallo?

amadeus: what?

j34nny: du bist so einsilbig, störe ich?

amadeus: Nein, gar nicht!!

amadeus: Es ist nur komisch

j34nny: was denn?

amadeus: – *verkniff sich, etwas anderes zu tippen –* Ach, es lief nicht so gut die letzten Tage

amadeus: Und dann so was

amadeus: Aber jetzt, wo wir texten, ist alles nicht mehr so schlimm …

j34nny: – *zwei Smileys: rote Wangen und Kussmund –*

j34nny: ich mach doch gar nix

amadeus: Doch. Du warst da, vorhin, als ich meinen Hänger hatte.

j34nny: ist doch alles halb so schlimm, hm?

j34nny: warte …

Es dauerte eine gefühlte Ewigkeit, bis der Bildschirm verriet, dass *j34nny* wieder etwas tippte. Reimer konnte sich nur mit Mühe davon abhalten, sie mit Fragezeichen zu bombardieren. Dann erschien das Tastatursymbol. Da war sie wieder.

j34nny: hier, schau mal

Sie lud eine Bilddatei hoch.

j34nny: ich weiss ja nicht, wie's bei dir aussieht – aber DAS ist ein schlachtfeld!

356

Axel Reimer schluckte so hart, dass es ihm im Hals stach.

Was sich dort aus Pixeln aufbaute, war tatsächlich nichts anderes als sein eigener Garten.

16:53 UHR

Die silberne Statue des Terminators aus dem gleichnamigen Film lenkte Julia Durant immer wieder ab. Die roten Glutpunkte aus den tiefen Augenhöhlen des Metallschädels schienen sie zu verfolgen, wohin sie sich auch stellte. Schrecks Arbeitsbereich glich dem Cockpit eines Flugsimulators, zumindest stellte die Kommissarin es sich so vor. Überdimensionale Monitore, unzählige Kabel und davor ein Ledersessel mit breiten Armlehnen, in dem der angehende Kapitän schaltete und waltete. Durant hatte sich hinter ihm platziert, auf dem Hauptbildschirm lag eine Satellitenaufnahme der Sudetenstraße mit den zugehörigen Hausnummern. Um die Häuser hatte der IT-Experte jeweils einen roten Schimmer gelegt. Es wirkte beinahe wie eine Wärmebildaufnahme.

»Viele Router sitzen im Keller, unweit des Hausanschlusses«, referierte er. »Das Problem dabei: die Reichweite. Je nachdem wie viel Eisen sich in einer Zwischendecke befindet, sitzt man schon in der darüberliegenden Etage auf dem Trockenen.«

»Aha«, sagte Durant, deren Router sich, wie sie wusste, direkt neben der Telefondose im Flur befand. Allerdings wohnte sie auch in einem Mehrfamilienhaus. »Und bei Reimer war das auch so?«

»Jein. Er hatte einen Repeater, sprich: einen Leistungsverstärker. Das war schwierig, weil wir ihn zuerst für den eigentlichen Router hielten. Doch dann tauchte im Keller ein zweites Gerät auf.«

»Gut.« Julia Durant atmete schwer. Es schien darauf hinauszulaufen, dass sie Schreck drängen musste, auf den Punkt zu kommen.

Er kam ihr zuvor: »Das Problem ist: Reimers Computer sind clean.« Der folgende Erguss über die Welt von IP- und Mac-Adressen war kurz, aber so heftig, dass die Kommissarin darüber sogar den Terminator vergaß. An dessen Ende fasste Mike das Ganze zusammen: »Was auch immer Axel Reimer im Netz getrieben hat: Die E-Mail stammt nicht zwingend aus seinem Haus.«

»Aber wie kann das sein? Ich denke, wir haben den Router …«

»Gott, bist du mal wieder schwer von Begriff.« Er lachte und deutete in Richtung der vermeintlichen Wärmebilder. »Der Übeltäter befand sich *außerhalb!* Vor der Tür, im Nachbarhaus, whatever …«

»Also war es gar nicht Reimer?«

»Das habe ich nicht gesagt. Es war nicht sein Gerät – aber es war sein Router.«

Julia Durant schnappte nach Luft. Die Reichweite. Der rote Schimmer umrahmte das Doppelhaus und reichte bis über die Grundstücksgrenze, wenn auch die Stärke immer blasser wurde. Auch von nebenan und von gegenüber leuchtete das Blassrot. Es gab nur wenige Bereiche, in denen sich die Signale nicht überschnitten. Sie erinnerte sich an einen Bummel am Mainufer entlang, irgendwann im Sommer. Das WLAN ihres Telefons war noch aktiviert gewesen und hatte gut und gerne dreißig verfügbare Netzwerke gelistet.

Sie trat vor den Monitor, der das Doppelhaus fast so groß wie eine Handfläche anzeigte. »Sind das reale Netzwerke, oder ist das nur eine Simulation?«

»Nur ist gut!«, empörte sich Schreck: »Das war Arbeit!«

»Sorry. Ich meine: Was ist mit dem Netzwerk von Frau Marks? Müsste das nicht auch durch die Wände leuchten? Und hier, nebenan. Das Haus steht zum Verkauf. Ob es da noch Internet gibt …«

Schreck stöhnte auf. »Ja. *Kapiert.* Es ist eine Simulation. Wo, sagtest du, gibt es einen Router?«

Durant deutete auf die Haushälfte von Frau Marks. Schreck klickte ein paarmal. Dann erglomm ein schwaches Rot entlang der Trennwand.

»So wenig?«

»M-hm. Natursteinmauer. Und wo soll ich das Netz wieder rausneh-men?«

Durant deutete auf das Haus nebenan, in dem sie mit Jeannette ge-sprochen hatte. Und, nach einigem Überlegen, auch auf die Adresse der beiden alten Herrschaften. »Ich vermute nicht, dass die beiden das Internet nutzen oder Serien streamen«, dachte sie laut und war fast amüsiert bei dem Gedanken, sich das bildlich vorzustellen.

»Nur damit wir uns da einig sind«, sagte Schreck, nachdem er die Ände-rungen an der Karte vorgenommen hatte. »Die Reichweite außerhalb der eigenen vier Wände ist je nach Bauweise des Hauses und der Positi-on und Sendeleistung des Routers stark begrenzt. Aber jemand, der di-rekt vor dem Eingang parkt, könnte das vom Wagen aus hinbekommen. Nicht dass wir hier vorschnell die Nachbarschaft anschwärzen.«

Julia Durant nickte.

Es lag ihr fern, den beiden Frauen, die dafür infrage kamen, etwas zu unterstellen. Weder Astrid Marks noch dieser Jeannette. Im Gegenteil. Viel schwerer fiel es ihr, akzeptieren zu müssen, dass Axel Reimer Stück für Stück entlastet wurde. Sollte er die E-Mail tatsächlich nicht gesendet haben? Aber er hatte sich doch zu dem Anruf bekannt. Welches Spiel trieb er mit der Polizei? War er es am Ende selbst gewesen, der sich mit einem Gerät, das sie bei der Durchsuchung nicht gefunden hatten, ins eigene Internet eingeloggt hatte? Die Kommissarin überlegte weiter. Lag nicht direkt an der nächsten Autobahnauffahrt einer jener Elektro-niktempel, in dem man solche Geräte zu Niedrigpreisen kaufen konnte?

17:03 UHR

Immer wieder hatte er das Foto aus dem Chat betrachtet. Gedreht, gewendet, gezoomt. Es zeigte seinen eigenen Garten! Die alte, ver-schüttete Durchfahrt, den Platz, an dem Nickel vor Jahrzehnten den Jetta vergraben hatte. Axel Reimer erinnerte sich, er hatte auf dem alten Wasserhäuschen gesessen, wie er es in seiner einsamen Jugend häufig getan hatte. Während sich die Pärchen zum alten Grillplatz oder dem Steinbruch verzogen. Während die anderen sich an der Bushaltestelle oder am Spielplatz trafen, mit Bier und Zigaretten, die sie an den unmöglichsten Stellen ihrer Kleidung oder im Rahmen der Fahrräder versteckt hielten.

Axel Reimer hatte *gewusst,* was Nickel trieb. Keiner hatte ihm geglaubt. Dieser grobschlächtige, verschrobene Mann, der in einem Doppelhaus am oberen Ende der Straße lebte. Der nur selten grüßte, was vermutlich daran lag, dass er seine Außenwelt kaum wahrnahm. Dass er nur sah, was er sehen wollte. Junges, bleiches Fleisch, vom Mondschein in blasse Farben getaucht. Menschen, die von ihrer Lust ins Freie getrieben wurden. Weil sie es heimlich tun wollten, oder mussten. Weil es verboten war, was sie dort trieben. Immer wieder hatte Reimer sich gefragt, ob es eine Ähnlichkeit zwischen ihm und dem jugendlichen Georg Otto gegeben haben könnte. Ob auch Nickel als Sechzehnjähriger ein Einzelgänger, ein Eigenbrötler gewesen war. Und wie er es geschafft hatte, eine Frau an sich zu binden und ein Kind zu zeugen.

Axel Reimer hatte das Tablet beiseitegelegt und nach einem hölzernen Bilderrahmen gegriffen. Er lagerte das Foto seit Jahren hinter dem Brockhaus in seiner Wohnzimmerwand, die Bullen hatten ihm offenbar keine Bedeutung zugemessen. Zwischen Papierstapeln, die auf dem Boden entstanden waren, hatte es gelegen. Vergraben unter einem Haufen umgestürzter Bücher. Wie durch ein Wunder war die Glasscheibe heil geblieben.

Das Mädchen war schön gewesen, sie kam ganz nach ihrer Mutter. Irgendwann war sie verschwunden. Dabei hatte Reimer sich schon bei dem Gedanken ertappt, wie er sich vorstellte … in ein paar Jahren … wenn sie alt genug war …

Doch hatte er damals ahnen können, als er aus seinem Versteck in den verwachsenen Garten gestarrt hatte, dass sich in dem Kofferraum des goldenen Jettas die Leiche der Mutter befunden hatte?

360

»Selbst wenn«, stieß er hervor, obwohl ihn keiner hören konnte. Der Bilderrahmen mit der (vielleicht der einzigen noch existierenden) Aufnahme der beiden knackte in seiner Hand. Erschrocken begriff er, dass sein Griff die Glasscheibe zum Bersten gebracht hatte, ein tiefer Riss zog sich über das Gesicht des Mädchens.

Was Axel Reimer so wütend machte, war die Tatsache, dass man ihm damals nicht hatte glauben wollen. Er hatte es versucht, aber alle hatten ihn belächelt.

»Geltungsdrang«, hatte es geheißen.

Typisch für einen einsamen, verpickelten Jungen, der keine Freunde hat.

Seit damals hatte Reimer nie wieder mit der Polizei gesprochen, wenn es nicht unbedingt notwendig gewesen war. Bis heute. Sie hatten seine Hilfe nicht verdient. Sie – und nicht etwa die Begegnung mit Nickel! – waren schuld an seiner Psychose. Seinen Aggressionen. Und immer mehr hatte er erkennen müssen, wie nutzlos Menschen waren. Seine Eltern, seine Nachbarn, seine Mitschüler.

Nur die Frauen.

Axel Reimer legte das Foto behutsam beiseite. Dann nahm er das Tablet wieder in die Hand.

Die Frauen liebte er.

Und wenn er jetzt keinen Fehler machte, würde er den letzten warmen Abend des bevorstehenden Herbstes nicht alleine verbringen müssen.

17:05 UHR

Eine weitere Dienstbesprechung wurde anberaumt. Mit dabei waren neben zahlreichen Beamten aus anderen Abteilungen auch Peter Brandt und Canan Bilgiç, außerdem ihr Vorgesetzter Ewald. Schmunzelnd nahm Julia Durant den Kaffeebecher in die Hand ihres Kollegen wahr. Er musste ihn geöffnet und das Inlay verändert haben. Sie erkannte den Schriftzug »Offenbach« und darunter einen Schattenriss des Ledermuseums.

»Ich hatte vorhin eine längere Besprechung mit ein paar hohen Tieren«, fasste Hochgräbe zusammen, »und wir sind uns so weit einig, dass wir eine revierübergreifende Aktion starten werden. Der gesamte Stadtwald wird heute Nacht von Zivilbeamten nur so wimmeln. Sitte, Rauschgiftdezernat, wir erhalten Unterstützung von fast jeder Seite.«

»Wäre es nicht einfacher, diesen Reimer einfach zu observieren?«, erkundigte sich eine Stimme, deren Gesicht die Kommissarin nicht zuordnen konnte. Das Konferenzzimmer war mit derart vielen Personen besetzt, dass sie den Überblick verloren hatte.

»Das könnten wir natürlich tun«, wich Hochgräbe aus, »aber er soll sich sicher fühlen. Die einzige Option, die wir haben, ist, ihn in flagranti zu erwischen.«

»Ziemlich riskant«, vermeldete jemand anders.

Julia Durant musste unwillkürlich nicken, auch wenn sie Claus nicht in den Rücken fallen wollte.

Sie räusperte sich, und prompt deutete der Boss auf sie: »Möchtest du etwas dazu sagen?«

Alle Blicke richteten sich auf Julia, was ihr nicht behagte. Eine heiße Welle durchwogte sie, als sie aufstand. »Es gibt Zweifel daran, ob Reimer wirklich unser Täter ist«, sagte sie zögerlich. Eigentlich hatte sie diese Information erst später preisgeben wollen, doch was blieb ihr anderes übrig?

Ein erregtes Raunen schwoll an.

»Bitte!«, rief Hochgräbe in die Menge, und es wurde wieder ein wenig leiser. »Diese Theorie – und es ist nicht mehr als das! – darf den Raum nicht verlassen! Die Online-Medien geben quer durch die Bank Meldungen heraus, wie besonders ausgerechnet diese Nacht heute sein wird. Wie hell das Mondlicht strahlt, wie die Natur ein letztes Mal duftet, bevor der erste Frost ihr das Leben aushauchen wird.« Jemand kicherte.

»Lauter schwülstige Sachen eben«, sagte der Boss daraufhin, »die wir entsprechend in Umlauf bringen. Wenn der Panther«, er setzte den Begriff mit den Fingern in Anführungszeichen, »diese Dinge liest, weckt das vielleicht seine Mordlust. Und sie überwiegt seine Vorsicht. Leider waren wir zu spät für eine Kampagne in den Zeitungen, aber wir hoffen noch auf einen Radiospot.« Hochgräbe prustete angestrengt. »Wie auch immer: Mehr können wir im Vorfeld nicht tun.«

Im Folgenden unterrichtete er die Anwesenden darüber, dass der Stadtwald von Zweierteams observiert werden sollte. Getarnt als Pärchen, die mit Zivilfahrzeugen die Waldparkplätze anfahren und sich nach Einbruch der Dunkelheit mit Picknickdecken und Rucksäcken durch den Wald bewegen würden. Oder Einzelpersonen, die sich direkt im Anschluss an die Besprechung entsprechend ausstatten würden, um verborgene Positionen im Wald einzunehmen. Unsichtbar für jeden. Die Aktion war mit den zuständigen Jagd- und Forststellen abgesprochen.

»Was ist mit unseren ›besorgten Bürgern‹?«, erkundigte sich Frank Hellmer, als Hochgräbe eine kurze Pause machte, um einen Schluck Wasser zu trinken. Irgendwo im Raum sorgte Hellmers Formulierung für ein Aufstöhnen, anderswo für ein schnaubendes Lachen.

»Die Bürgerwehr ist mit dabei«, antwortete Hochgräbe betont sachlich. »Wir können sie nicht ausschließen, denn dann müssten wir zu viele Personen über unsere Aktion in Kenntnis setzen. Wir wollen den Panther locken, nicht abschrecken.«

An dem Raunen war zu erkennen, dass diese Einschätzung nicht bei jedem gut ankam. Julia Durant, die noch immer neben Claus stand, setzte mit lauter Stimme an: »Es hat ihn bisher auch nicht gestört, dass Krenz und seine Kumpane vor Ort waren. Auffälliger wäre es doch, wenn man sie plötzlich nicht mehr sehen würde.«

363

Ob sie selbst genauso dachte? Julia Durant wusste es nicht. Und sie war auch nicht überzeugt davon, dass der Panther sich in den Wald locken lassen würde, nur weil man suggerieren würde, diese September-Mondnacht sei seine allerletzte Chance auf Beute. Was die Kommissarin viel mehr beschäftigte, war der Gedanke daran, wer sich unter dem Fell des Panthers verbarg, wenn es nicht Axel Reimer war.

*

Doris Seidel drängte hinter ihrem Mann in Richtung Ausgang. Ihre Blase drückte, sie hatte es vor der Besprechung nicht mehr zur Toilette geschafft. Nur langsam fädelten die Kollegen sich aus der Tür hinaus. Und ausgerechnet als Peter sich vor ihr durch den Rahmen schob, lief er einer drallen Blondine mit aufreizender Kleidung in die Arme.

»Hee, nicht so stürmisch!«, erklang das sinnliche Schnarren ihrer Stimme, und sie strich ihm über den Nacken.

Barbara Schlüter. Doris Seidel hätte sich um ein Haar in die Hose gepinkelt. Von allen Kolleginnen der Sitte musste ausgerechnet *sie* …

»Ach, da ist ja auch Doris! Grüß euch.« Die sinnliche Stimme mit dem rauchigen Unterton lachte. »Ich bin zu spät, so ein Mist.«

»Für mich ist's auch gleich zu spät«, presste Seidel hervor und machte sich auf den Weg zum Klo. Jeder Schritt fiel ihr schwer, und das nicht, weil sie so dringend musste. Sie konnte es kaum ertragen, Peter mit diesem Vamp alleine zu lassen. Dieses Flittchen, die immer herumlief, als wäre sie als Undercover-Callgirl unterwegs. Warum streichelte *so* eine ihrem Mann den Nacken? Und warum, zum Teufel, brachte diese Person sie derart auf die Palme, wenn doch nichts zwischen den beiden gewesen war?

Doris kauerte wie ein Häufchen Elend in ihrer Kabine, den Kopf zwischen die Hände vergraben, die Ellbogen auf den Knien.

Sie vertraute Peter. Das hatten sie miteinander geklärt, und er hatte ihr im Grunde niemals einen Grund dafür gegeben, dieses Vertrauen

364

infrage zu stellen. Doch musste sie deshalb auch Barbara Schlüter vertrauen?

Niemals.

Kurze Zeit später saßen die beiden im Büro. Keiner verlor ein Wort darüber, was auf dem Flur geschehen war. Stattdessen ließ Doris sich die Nummer von Raimund Schindler diktieren, die sie direkt ins Telefon tippte. Es hatte sich herausgestellt, dass er sich um einen Anwalt für Axel Reimer bemüht hatte.

Es war eine berechtigte Frage, wie zwei Typen wie Schindler und Reimer zusammenkamen. Auch wenn die beiden das Interesse für die Verbrechen von Georg Otto Nickel verband, hatte es bisher keine Anzeichen dafür gegeben …

»Schindler?« Die Meldung riss Doris aus ihren Gedanken.

»Ja, äh, hier Doris Seidel. Mordkommission Frankfurt.«

»Das Letzte hätten Sie sich sparen können«, schnaufte er. »Ich sehe nicht nur aus wie ein Elefant, ich habe auch das Gedächtnis wie einer.«

»Aha. Dann kennen Sie also auch Axel Reimer?«

»Wie kommen Sie darauf?«

»Beantworten Sie bitte meine Frage.«

»Na ja«, kam es lang gezogen. »*Kennen* ist vielleicht zu viel gesagt …«

»Sie haben ihm immerhin einen Anwalt besorgt.«

»Stimmt.«

»Und? Wie kamen Sie dazu?«

»Ich halte ihn für unschuldig. Er ist ein Spinner. Aber kein Mörder.«

»Das sagt Ihnen … Ihre innere Stimme? Oder gibt es dafür irgendwelche Anhaltspunkte?«

Schindler lachte schallend. »Dass er ein Spinner ist, sieht man ziemlich schnell, oder? Und er ist wieder frei. Das spricht doch für seine Unschuld.«

»Hm. Welches Interesse haben Sie an seiner Freilassung?«

»Herrje, dieser Typ hat mich x-mal genervt. Kennt das Buch in- und auswendig, hat mich andauernd angerufen, weil er mir Details aus Nickels Leben erzählen wollte. Weil ich Fotos von seinem Haus machen sollte und über seine Begegnung mit ihm schreiben. Er fand sich nicht richtig dargestellt in dieser Passage. Das ist schon eine ganze Weile her, mindestens zwei Jahre. Ich habe ihn abgewimmelt. Das Buch ist gedruckt, es war ein Flop, Ende der Geschichte.«

Es entstand eine Pause, in der die Kommissarin das Gefühl bekam, dass es eben nicht das Ende der Geschichte gewesen war.

»Erzählen Sie weiter«, sagte sie daher nur, und Schindler stöhnte auf. »Also gut. Seit den Morden im Sommer denke ich darüber nach, ob ich nicht eine Neuauflage machen soll. Und dabei dachte ich an diesen Reimer und das Haus und alles Drumherum. Besitzt er wirklich die Möbel von Nickel?«

»M-hm.«

Schindler kicherte abfällig. »Wie gut, dass ich ihn rausgepaukt habe. Dann wird er es mir nicht mehr übel nehmen, wie ich ihn vor zwei Jahren abgekanzelt habe.«

Doris Seidel stellte noch ein paar Fragen, dann verabschiedete sie sich.

Raimund Schindlers Geschichte konnte stimmen.

Die Frage war nur, ob er auch mit seiner Einschätzung von Axel Reimer richtiglag.

17:17 UHR

j34nny: ach schau an :-)
j34nny: bist ja doch wieder online
amadeus: Sorry.
amadeus: Sagte doch, das Telefon.
j34nny: ja ja ;-)

j34nny: frau und kinder?

amadeus: Habe ich nicht. Weißt du doch.

j34nny: sagtest du zumindest

Warum war sie plötzlich so schnippisch?

Axel Reimer hatte Zeit zum Nachdenken gebraucht. Er hatte ein Telefonat vorgeschoben, um sich aus dem Chat zu entfernen. Und dann hatte er sich das Hirn zermartert. Er wollte es am liebsten lauthals herausschreien, doch dann würde *j34nny* vermutlich den Kontakt zu ihm abbrechen. Behutsam. Das war die Devise. Doch sie machte es ihm nicht gerade leicht.

amadeus: Ich würde es Dir ja beweisen …

j34nny: schon gut. ich höre auf

j34nny: du weisst selbst, wie viele idioten es im netz gibt

amadeus: Idiotinnen leider auch …

j34nny: mag sein

j34nny: ich bin keine – *Smiley mit Heiligenschein* –

amadeus: Nein, das bist Du nicht.

amadeus: Dafür mag ich Dich viel zu sehr.

j34nny: *rotwerd*

amadeus: Im Ernst. Das musste mal gesagt sein.

j34nny: danke – *Kussmund* –

Es entstand eine kurze Pause.

j34nny: ist alles in ordnung bei dir?

amadeus: Ich weiß nicht.

amadeus: Eigentlich schon. Aber dann …

j34nny: dann was?

amadeus: Ich habe Angst, dass wir uns verlieren.

j34nny: verlieren? inwiefern?

amadeus: Es ist ... das Foto.

j34nny: mein profilbild?

amadeus: Nein.

amadeus: Das mit dem Garten.

j34nny: ist dir plötzlich eingefallen, dass du aufräumen musst?

j34nny: :-D :-D :-D

Jetzt oder nie ...

amadeus: Nein. es ist etwas anderes. Aber bevor ich's Dir verrate, musst Du mir etwas versprechen.

Ewig dauernde Sekunden verstrichen, bis sie endlich etwas tippte. Reimer hielt den Atem an.

j34nny: kommt drauf an

Puh, schnaufte er.

amadeus: Es ist nichts Schlimmes. Nur, dass du den Kontakt nicht abbrichst. Nicht einfach so. Nicht nach all den schönen Chats.

j34nny: du machst es aber spannend

amadeus: Sorry. Es ist mir wichtig.

j34nny: ja, okay, abgemacht

Vermutlich war die Frau viel zu neugierig, um etwas anderes zu antworten. Und was hinderte sie daran, ihren Namen zu ändern, den Chat zu löschen und Reimer zu blockieren? Letzten Endes konnte ihr nichts geschehen, wenn sie sich entschied, ihr Versprechen nicht einzuhalten. Allerdings wusste sie auch noch nicht, dass ...

j34nny: OMG – kennst du diesen garten etwa???

368

Reimer zuckte zusammen. Manchmal war es, als könne sie seine Gedanken lesen.

amadeus: Nicht direkt.
amadeus: Aber die Richtung stimmt.
j34nny: na, dann mal raus damit
amadeus: Der Garten gehört mir.

Im Grunde hätte nun alles passieren können. Ein Aufschrei, ein Dutzend blau-gelber Smileys, die mit aufgerissenem Mund die Hände ans Gesicht drückten. Etwa so wie in dem Gemälde »Der Schrei« von Edvard Munch. Und genau so dürfte *j34nny* sich in diesem Moment wohl auch fühlen.

Doch sie reagierte völlig anders.

*

Julia Durant hatte die Besprechung zwischenzeitlich verlassen, um einen Anruf zu tätigen. Schon vor dem Zusammentreffen hatte sie die Nummer des alten Ehepaars gewählt, aber nur die Frau erreicht.

»Es tut mir leid, wer spricht da?«, hatte sie gefragt.

»Durant«, war die Antwort der Kommissarin gewesen. Dann ein zweites Mal, mit deutlich schärferer Aussprache.

»Tut mir leid, ich verstehe Sie kaum.«

»Ist Ihr Mann zu sprechen?« Durant erinnerte sich, dass die Frau das bessere Erinnerungsvermögen zu haben schien. Das scharfe Gehör indes gehörte ihrem Ehemann.

Die Dame reagierte verwundert. »Den Garten rechen?«

Die Kommissarin formte einen Trichter aus der Hand und hielt ihn direkt an die Unterseite des Telefons: »Hier ist *Julia Durant!* Von der Polizei.«

369

»Huch! Sind Sie laut. Möchten Sie uns nicht einmal wieder besuchen kommen? Ich verstehe Sie so schlecht am Telefon.«

»Darf ich Ihren Mann sprechen?«

»Er schläft um diese Zeit. Aber wenn Sie später noch einmal anrufen möchten …«

»Danke! Das mache ich.«

Als die Kommissarin das Gerät zurück in die Tasche verschwinden ließ, blickte sie sich verstohlen um. Zum Glück befand sich niemand in Sichtweite.

Ob du auch einmal so wirst, wenn du alt bist?, fragte sie sich und war, ohne eine Antwort auf diese Frage zu finden, in den Konferenzsaal zur großen Lagebesprechung geeilt.

Nun wählte sie die Nummer ein zweites Mal.

»Hallo?«

Mit Erleichterung stellte Durant fest, dass die Stimme am anderen Ende dem Ehemann gehörte.

»Hallo, hier Durant von der Kripo.«

»Ach ja. Meine Frau hat mir schon gesagt, dass Sie anrufen wollten.«

»Bitte. Ich muss Sie noch einmal nach Otto Nickels Familie fragen. Leider habe ich keine Zeit für einen Besuch. Bekommen wir das hin?«

Er zögerte. »Eigentlich wäre meine Frau diejenige, die sich erinnern kann. Aber sie versteht am Telefon nicht mehr so viel.«

Das habe ich gemerkt, dachte die Kommissarin. Dabei meinte sie es nicht abwertend. Die beiden führten eine Ehe, die sicher gute und schwere Zeiten gesehen hatte. Doch sie waren immer noch füreinander da. Der eine hörte gut, die andere behielt die Erinnerung. So etwas wünschte sie sich insgeheim auch. Mit Claus.

»Vielleicht kann sie ja in der Nähe bleiben«, schlug Durant vor. Dann leitete sie das Gespräch auf Nickels Lebensgefährtin, ohne ihren Namen zu nennen.

»Hat sie sich Ihnen vorgestellt?«

»Nein.«

»Gibt es vielleicht einen Zeitpunkt, so wie die Sache mit Ihrem Dach, um den Zeitraum ihres Verschwindens einzugrenzen?«

Eine kurze Rücksprache zwischen den beiden. Doch die Antwort blieb eindeutig.

»Nein.« – Dann ergänzte er: »Es war vor dem Mauerfall. Vor Nickels Verhaftung. Aber das hilft Ihnen vermutlich nicht weiter.«

»Stimmt.« Das waren immerhin zehn Monate.

»Ist der Name Johanna einmal gefallen?«

Wieder ein Zwiegespräch. Im Hintergrund verneinte die Frau lautstark.

Julia Durant räusperte sich. »Sie bezeichneten jemanden als ›die Kleine‹. Meinten Sie damit ein Kind?«

»Natürlich!«, rief der Mann. »Sagen Sie bloß …«

»Und hatte diese Kleine vielleicht einen Namen?«

»Ja.« Er druckste herum. »Wie hieß sie noch mal …«

»Sandra?«, fragte Durant und hasste sich für ihre Ungeduld. Es wäre besser, wenn die beiden von selbst darauf kommen würden.

Doch längst klang es aus dem Hintergrund: »Sandra! Die kleine Sandra. So ein liebenswürdiges Kind!«

Bingo! Doch noch war Durant vorsichtig. »Haben Sie mit Sandras Mutter gesprochen?«

»Kaum.«

»Hatte sie vielleicht einen Akzent? Einen Dialekt, der nicht aus Hessen stammt?«

»Hmm. Ich weiß nicht. Was für einen denn?«

»Norddeutsch?«

»Da spricht das Mädchen von nebenan aber mehr Dialekt«, erwiderte der Alte, und Julia stutzte. Redete er von Jeannette? Sie hatte ihre Aussprache nicht auffällig gefunden, allerdings hatte sie auch gewusst, woher sie stammte.

»Gut, ist auch nicht so wichtig«, wehrte sie ab, um sich wieder auf ihre Fragen zu konzentrieren. »Was war mit der kleinen Sandra? Verschwand sie mit ihrer Mutter zusammen?«

»Wo soll sie denn sonst sein?«

»Genau das versuche ich herauszufinden«, antwortete die Kommissarin ein wenig ungehalten.

»Bedaure, Frau Durant. Aber wir sind alte Leute, und das Ganze liegt schon lange zurück.«

Sie spürte, dass der Mann das Gespräch beenden wollte.

»Tut mir leid, falls das eben zu harsch war«, sagte sie hastig. »Es ist nur so, dass uns die Zeit davonläuft.«

»Das Gefühl kenne ich«, antwortete die Stimme, die mit einem Mal sehr müde klang.

»Trotzdem. Wenn Ihnen noch *irgendwas* einfällt ... auch wenn es unwichtig zu sein scheint ... Sie haben ja meine Karte. Rufen Sie mich bitte jederzeit an.«

*

Axel Reimer summte vor sich hin.

Sie war da – immer noch –, genau wie sie es ihm versprochen hatte. Und ihre Reaktion hätte kaum entspannter ausfallen können.

»Na ja. War ja zu erwarten, dass der Filter uns zusammengewürfelt hat.«

Sie spielte auf die Einstellungen an. Alter, Geschlecht, Postleitzahl et cetera. Was auch immer sie eingestellt hatte; Axel Reimer war auf der Suche nach Frauen unter dreißig, die in einem Radius von höchstens fünfzig Kilometern lebten. Wahlweise reduzierte er diese Einstellung auf einen bestimmten Postleitzahlenbereich oder um ein paar Kilometer, um die großen Städte auszublenden. *Frankfurt,* dachte er verächtlich. Noch nie hatte er eine aus der Stadt getroffen, die seine Mühen wert gewesen wäre. Eingebildete Hühner mit einem Hang zur Magersucht, emanzipiert bis zum Gehtnichtmehr oder mit einem Gedankenhorizont, der einzig bis zum Weltklima und der vermeintlich richtigen Ernährung reiche.

Und jetzt sie. Jeanny.

amadeus: Und Du bist direkt nebenan?

Doofe Frage. Aber sie musste ja nicht wissen, dass er die Antwort längst kannte.

j34nny: klar.

amadeus: Schon krass.

j34nny: »krass«?

j34nny: sehr romantisch ;-)

amadeus: Ich hab's ja nicht so gemeint.

amadeus: Freue mich übrigens sehr, dass Du noch dran bist :-) :-)

j34nny: was soll ich denn machen? du weisst ja eh jetzt, wo ich
  wohne :-P

amadeus: Ich würde es akzeptieren.

j34nny: ja ja

amadeus: Nein, im Ernst!

j34nny: ist doch alles gut

j34nny: chatte ich halt mit dem nachbarn. auch mal was.

amadeus: Was machst Du eigentlich da drüben?

amadeus: Dachte, das Haus stünde leer.

j34nny: tut es auch. Ich hübsche es auf

amadeus: Und dann?

j34nny: verkaufen

j34nny: du kennst nicht wen?

amadeus: Glaube nicht.

j34nny: schade

j34nny: dann muss ich wohl noch ein paar tage hierbleiben ;-)

373

Wollte sie ihm damit etwas sagen? Oder wollte er nur zwischen ihren Zeilen etwas lesen, was überhaupt nicht dort stand?

> amadeus: Vielleicht hast du ja wenigstens nette Nachbarn ;-)))
> j34nny: :-P
> amadeus: Nein, ernsthaft. Hast du eine Küche? Oder lebst Du aus dem Pizzakarton?
> j34nny: so viele fragen … … …
> amadeus: Entschuldigung.
> amadeus: Wollte es Dir bloß so nett wie möglich machen.
> j34nny: na dann :-)

Wieder ließ sie ihn zappeln. Doch er verbot sich, etwas zu tippen. Viel zu groß war die Gefahr …

> j34nny: aber im ernst: ich habe eine Küche. mit kaffeemaschine!
> amadeus: Du Glückliche!
> j34nny: hat man dir deine etwa geklaut???

Reimer stockte. Wenn *j34nny* seine Nachbarin war, musste sie mitbekommen haben, dass die Polizei hier gewesen war. Wie man über ihn redete. Konnte es sein, dass all das an ihr vorbeigegangen war? Er schüttelte den Kopf. Es gab nur einen Weg, es herauszufinden.

> amadeus: Wieso geklaut?
> j34nny: na der einbruch

Axel Reimer grinste breit.

> amadeus: Ja und nein,

log er.

374

amadeus: Sie ist zu Bruch gegangen. Mein Koffeinpegel droht
schon abzusinken.

j34nny: keine nachbarn, die du fragen kannst?

j34nny: ;-)

amadeus: *hüstel* – rotwangiger Smiley –

amadeus: Würdest Du mir …

amadeus: Tatsächlich?

j34nny: klar

j34nny: komm rüber

j34nny: ist doch eh bekloppt, sich von einem haus zum nächsten
zu texten

Das ließ Axel Reimer sich nicht zwei Mal sagen.

Er erfand eilig eine Ausrede, dass er sich noch frisch machen wolle. Total verschwitzt, wie er sei. *J34nny* konterte, dass sie auch nicht gerade im Ausgehlook sei. Er solle also ruhig sofort rüberkommen.

amadeus: Okay. Gerne :-)

j34nny: mit koffeinmangel ist nicht zu scherzen, da kenn ich mich
aus ;-)

amadeus: Du legst ja ein ziemliches Tempo vor.

j34nny: na ja, wieso auch nicht?

j34nny: ein serienkiller wirst du schon nicht sein …

Axel Reimer lachte auf.

Ein selbstverliebtes Grinsen legte sich auf sein Gesicht, und es blieb auch noch dort, als er das Tablet wieder in seinem Versteck in der Küche platzierte. Und auch als er die Haustür öffnete, lag es auf seinen Lippen.

Serienkiller.

Georg Otto Nickel.

Es war *sein* Haus. *Seine* Tür. *Sein* Grundstück, über das Reimers Füße ihn trugen.

Nach nebenan.

Zu *seiner* Nachbarin.

18:30 UHR

Sören Henning hatte den Computer bereits heruntergefahren und das Licht im Büro gelöscht. Die Arme gerade zur Hälfte in den Ärmeln seiner Windjacke gefangen, hörte er, wie das Telefon schnarrte. Seufzend zog er die Rechte zurück, betrat das Halbdunkel und war natürlich zu spät. Er betrachtete die Vorwahl. 069.

Henning ging zum Lichtschalter, schloss die Tür und hängte die Jacke zurück an den Haken. Dann drückte er auf die Rückruftaste. Und wunderte sich sehr darüber, dass sich eine andere Stimme meldete als die, die er erwartet und vielleicht auch erhofft hatte.

»Durant. Dann habe ich wohl zu schnell aufgelegt.«

»Hallo nach Frankfurt«, grüßte er. »Ich war im Begriff zu gehen.«

»Haben Sie's gut.«

»Der Panther, vermute ich.«

»Ja. Es geht um den Fall bei Fulda. Haben Sie schon davon gehört?«

»Natürlich. Wir wurden damals angefragt, aber konnten nichts dazu beitragen. Unser Doppelmord schien eine Beziehungstat zu sein. Einzelfall. Die Toten in Fulda waren zwei Frauen.«

»Gab es keine DNA? Keine Klebebandreste zum Abgleich? *Nichts?*«

»Nichts, was einen Vergleich rechtfertigte«, antwortete Henning etwas angesäuert. Er wusste um die direkte Art von Kollegin Durant, auch wenn er sie stets geschätzt hatte. Doch er würde sich nicht unterstellen lassen, seine Arbeit nicht ordentlich …

»Würden Sie mir einen Gefallen tun?«, unterbrach Durant seine Gedanken.

»Natürlich. Sogar nach Feierabend.«

»Danke.« Sie nannte zwei Namen, Johanna und Sandra Müller. Allerweltsnamen, wie er fand. Er stöhnte auf. »Der Norden ist groß, das wissen Sie?«

»Aber Sie kennen sich besser aus.« Säuselte sie etwa? Nein. Henning ertappte sich bei dem Gedanken, dass er für Durants Kollegin wahrscheinlich längst den PC wieder eingeschaltet hätte. Angestrengt beugte er sich nach vorn, um den Taster zu betätigen. »Ich sehe zu, was ich herausfinden kann. Aber das braucht ein Weilchen, und ich kann Ihnen da nichts garantieren.«

*

Julia Durant telefonierte mit der Rechtsmedizin, nur um dort zu erfahren, dass Andrea Sievers sich gerade eine Pizza holen war. Sie biss sich auf die Unterlippe. Hunger hatte sie auch. Und Feierabend klang ebenfalls nicht schlecht. Aber danach fragte keiner. Ob es ihr gefiel oder nicht: Sie musste abwarten.

Nicht gerade ihre größte Stärke.

Und bis zum Sonnenuntergang war es nicht mehr lange hin.

19:10 UHR

Axel Reimer betrat den Gehsteig und blickte sich noch einmal um. Doch Jeannette hatte die Haustür bereits geschlossen.

Sie hielt ihn also für einen Schummler. Das hatte sie ihm ziemlich direkt ins Gesicht gesagt, als sie in einem leeren Raum auf zwei umgestürzten Eimern saßen, mit Porzellantassen in der Hand, die ein kitschiges Vogelmotiv aus Gold- und Rosatönen trugen.

Und während sich vor seinen Augen bereits ein Film abspielte, in dem sie willenlos unter ihm lag, während er in sie eindrang, hatte sie einen kessen Bogen geschlagen: »Du wärst aber auch der Erste, der im Internet vollkommen ehrlich ist. Also Schwamm drüber.«

Reimer wäre um ein Haar die Tasse aus der Hand gefallen. Kaffee schwappte auf den Boden. Die Frau hatte nur gelacht. Zum Glück lag überall Folie aus.

»Das trocknet von allein«, hatte sie gesagt und abgewinkt.

Es wäre auch peinlich gewesen, wäre er gerade jetzt aufgestanden. Seine Erektion zeichnete sich überdeutlich unter dem Hosenstoff ab.

Sie waren einfach sitzen geblieben. Hatten geredet, gelacht und Unverbindlichkeiten ausgetauscht.

Und dann hatte sie ihn gefragt, ob es irgendwo einen Platz gäbe, wo man den Nachthimmel beobachten könne.

Reimer hatte nach Luft geschnappt.

»Den Nachthimmel? Gibt es in Friesland denn keinen?«

»Doch, schon. Aber ich habe ihn seit Ewigkeiten nicht mehr gesehen. Gibt es nicht irgendwo hier sogar einen Sternengarten?«

»Einen Sternenpark«, hatte Reimer korrigiert. »Aber das ist in der Rhön, hinter Fulda. Lohnt sich nicht.«

»Ist das so weit?«

»Relativ. Etwa eine Stunde. Aber darum geht es nicht. Der Mond …«

»Verstehe. Er ist zu hell.«

Reimer lächelte zufrieden. Sie war schnell von Begriff. Und sie schien das Licht der Nacht ebenso zu lieben wie er.

»Der Mond ist es aber auch wert«, sagte er, betont beiläufig.

»Ich hab's schon gehört. Vorhin, im Radio. Sie reden gerade so, als würde es den Mond ab morgen nicht mehr geben.« Jeannette verzog den Mund und benutzte die Zeigefinger wie Anführungszeichen, als sie den Radiosprecher zitierte: »Es ist die letzte Sommernacht, bevor uns die kalte, dunkle Jahreshälfte erreicht.«

Reimer hatte bloß gelächelt.

Und irgendwann gesagt: »Vielleicht stimmt es ja. Ich hatte vor, zum alten Steinbruch zu gehen. Ist ein bisschen unheimlich dort, aber die Sicht ist phänomenal.«

Schweigen.

Dann klatschte Jeannette in die Hände: »Guter Plan. Wann gehen wir los?«

19:25 UHR

Auf der Toilette im vierten Stock des Präsidiums knöpfte Julia Durant gerade ihre Jeans zu. Beim Händewaschen dachte sie zwangsläufig an ihre Fingernägel, die in einem katastrophalen Zustand waren. Als sie vor Seifenschaum trieften, meldete sich das Smartphone. Hastig, und nicht zum ersten Mal mit dem feurigen Entschluss, das Gerät künftig nicht mehr mit aufs Klo zu nehmen, rieb die Kommissarin die Hand an der Hose trocken. Und verpasste dennoch den Anruf.

Andrea Sievers.

Sie eilte zurück ins Büro und wählte die Nummer der Rechtsmedizin vom Festnetz aus an.

»Hast du einen Treffer?«

»Na, na. Immer langsam mit den jungen Pferden!«

»Weshalb rufst du denn an?«

»Ich habe keinen Treffer, aber eine Erkenntnis«, betonte Dr. Sievers. »Die DNA der Frauenleiche hat eine Übereinstimmung ergeben. Allerdings mit einem ganz anderen Fall …«

»Welchem?«

»Ich sag's ja schon – herrje! –, du bist ja mal wieder unerträglich heute.«

»Tut mir leid, Andrea, aber uns pressiert es wirklich.«

»Es ist ein Doppelmord in Bayern, von vor zwei Jahren. In der Nähe der Leichen wurden verschiedene DNA-Spuren festgestellt.«

»Moment. Bayern? Du redest aber nicht von der Rhön?«

Wieder schoss Durant in den Kopf, dass man sich dort, wenn überhaupt, als fränkisch und nicht als bayerisch sah. Doch das zählte im Augenblick nicht.

»Doch«, hörte sie Andrea sagen. »Zwei Frauen. Ein Cold Case. Es gibt den Verdacht, dass es irgendein homophobes Arschloch war …«

»Sicherlich nicht!«, rief Durant wie elektrisiert. »Von wem stammt die DNA?«

»Das weiß ich nicht. Aber sie ist definitiv mit *unserer* DNA verwandt. Erstgradig.«

»Moment. Mit welcher DNA genau?«

»Na mit der Toten aus dem Kofferraum!«

Nachdem sie minutenlang ins Leere gestarrt hatte, griff die Kommissarin erneut zum Hörer. Sie entschied sich mit Blick auf die Uhr, direkt auf dem Handy anzurufen, und tatsächlich ging Sören Henning schon beim zweiten Freizeichen dran.

»Das muss Gedankenübertragung sein.« Er lachte.

»Wie bitte?«

»Ich wollte auch gerade anrufen, aber ich sag's gleich, es ist nur eine flüchtige Spur.«

»Ich bin ganz Ohr.«

Der Kommissar berichtete von einer Familie, die auf dem Land in der Nähe des Nord-Ostsee-Kanals lebte. Eine Siedlung mit wenigen Häusern. Eine Kommune, auf die man mit dem Finger zeigte, während man hinter vorgezogener Hand tuschelte.

»Es gibt ein paar alte Kollegen in Itzehoe«, berichtete Henning weiter, »die sich noch an die alten Zeiten erinnern. Achtzigerjahre. Immer, wenn irgendwo ein Kind verschwand, suchte man zuerst dort. Und das Schulamt hatte die Leute sowieso auf dem Kieker, weil man dort regelmäßig mit dem Streifenwagen auftauchen und irgendwen zum Unterricht karren musste. Die Bewohner stritten energisch dafür, ihre Kinder nicht ans Schulsystem opfern zu müssen. Erst in den Neunzigern kehrte Ruhe ein, und irgendwann wurde die Kommune aufgelöst.«

»Hm. Und Sie glauben …«

»Ich werde mich morgen früh mit dem zuständigen Standesamt in Verbindung setzen. Laut den Kollegen gab es dort ein Mädchen, das nirgendwo gemeldet war. Sie wurde auffällig, weil sie ein paar Ladendiebstähle beging. Sandra, Nachname unbekannt. Das ist in Erinnerung geblieben, weil sie sich weigerte, ihren Namen preiszugeben. Nur zufällig kamen die Beamten darauf, als sie sie nach Hause brachten und jemand der Erwachsenen den Namen rief. Die Beschreibung des Mädchens könnte passen, auch wenn das natürlich alles vage ist. Das Problem ist: Es gibt keine Akten mehr darüber.«

Julia Durant kratzte sich am Kopf. In der heutigen Zeit erschien es fast undenkbar, wie ein Kind *nicht gemeldet* sein konnte. Doch es geschah immer wieder. Wenn die kleine Sandra zum Zeitpunkt ihres Verschwindens erst fünf Jahre alt gewesen war, hatte sich niemand für sie interessiert, bis sie schulpflichtig wurde. Ein volles Jahr später. 1990. Ohne zuvor eine gültige Meldeadresse gehabt zu haben. Sie seufzte. Es war verdammt vage. Aber irgendeine Verbindung musste es ja geben.

Die beiden wechselten noch ein paar Sätze über den Mord in der Rhön, und Henning stöhnte auf, als ihm klar wurde, dass bei einer Verhaftung des Panthers wohl auch seine eigene Doppelmordermittlung zu einem Ende finden durfte. Stand es ihm zu, Erleichterung zu zeigen, weil am Ende ein ungeklärter Fall weniger in seiner Statistik stand? Weil er den Angehörigen einen Abschluss präsentieren konnte, was auch ihm selbst ermöglichte, sich von der Ermittlung zu lösen? Oder war es am Ende nicht viel schlimmer, dass eine Mordserie von nicht geahnter Größe ihm diese Erleichterung bescherte?

Sören Henning wusste es nicht.

381

19:40 UHR

Der Mond hatte sich bereits einen Platz über dem immer leuchtenden Stadthimmel verschafft. Julia erblickte ihn im selben Moment, als sie auf den Parkplatz trat. Dann flammten auch schon die Lichter von Hochgräbes Dienstwagen auf.

Vor wenigen Minuten erst war er an ihrem Dienstzimmer vorbeigehastet, hatte den Kopf nur kurz in den Türspalt gesteckt und gefragt: »Fahren wir zusammen?«

»Ich komme nach«, war Julias Antwort gewesen. Sie hatte noch mehr sagen wollen, und es wäre wichtig gewesen, doch im nächsten Augenblick war Claus verschwunden gewesen.

Sie winkte ihm, doch er übersah sie. Zumindest nahm er sie nicht rechtzeitig wahr, um noch zu bremsen. Schon zog das nächste Auto an ihr vorbei. Achselzuckend schritt die Kommissarin in Richtung ihres Wagens und entriegelte die Tür. Eine kühle Brise strich ihr über den Nacken, und sie musste grimmig lächeln. Von wegen milde Nacht. Es schmeckte bereits nach Frost. Und der Panther würde heute Nacht sicherlich alles tun, nur nicht im Frankfurter Stadtwald sein.

Sie sank auf den Fahrersitz, startete den Motor und koppelte das Smartphone mit den üblichen Wischbewegungen mit dem Autoradio. Dann setzte sich der knallrote Roadster in Bewegung. Doch Julia Durant bog nicht in dieselbe Richtung wie die Einsatzfahrzeuge vor ihr.

*

Claus Hochgräbe klappte den Kragen seiner Jacke nach oben. Er parkte auf dem versteckten Parkplatz in der Nähe des Kelsterbacher Schwimmbads und hatte darauf verwiesen, dass sich keine Streifenwagen hierher verirren durften. Er war alleine. Wartete auf Julia und fragte sich, ob er ihr in all der Eile überhaupt gesagt hatte, wo sie sich treffen sollten. So viele Beamte. So viele Anweisungen. Er war sich plötzlich nicht mehr sicher. Und es wurmte ihn zutiefst, dass Aktionen wie diese ihm sehr deutlich aufzeigten, wie fremd er noch immer im Rhein-Main-Gebiet war.

Hochgräbe tastete zuerst am Gesäß, dann in der Hemdtasche.

Verdammt.

Wo war sein Telefon?

19:45 UHR

Und es gibt keinen Zweifel?« Julia Durant musste sich auf den Verkehr konzentrieren.

»Nein«, hörte sie Brandt sagen. »Wo treibst du dich eigentlich rum? Auf der Pirsch kannst du ja nicht sein, hm?«

Genau wie ihn selbst, der mit der Befragung und Verhaftung von Axel Reimer betraut gewesen war, hatte man auch die Frankfurterin von der Aktion im Stadtwald ausgeschlossen. Zu bekannt waren ihre Gesichter, die immer wieder in den Medien auftauchten. Zu groß die Gefahr, dass sie den Täter allein durch ihre Anwesenheit verschrecken könnten.

»Blödmann«, blaffte Durant und meinte damit nur teilweise ihren Kollegen, denn soeben hatte sie ein überbreiter Nobelschlitten geschnitten. Am liebsten hätte sie sich das Kennzeichen notiert, doch da war er auch schon aus ihrem Sichtfeld verschwunden.

Peter Brandt erwiderte nichts, denn er kannte sie gut genug, um zu wissen, dass ihre Ausbrüche meist ebenso schnell verflogen, wie sie auftauchten. Vielleicht hatte sie ja auch italienisches Blut in den Adern.

»Das heißt noch lange nicht, dass ich untätig sein muss«, erklärte die Kommissarin, immer noch mit angespannter Stimme. »Hör mal, Pe-

383

ter, hier sind nur Idioten unterwegs. Nimm's mir nicht übel, aber ich lege auf.«

Brandt nahm es ihr nicht übel. Aber ein seltsames Gefühl stieg in ihm auf, und er wusste nicht, ob er es gut oder schlecht finden sollte.

20:27 UHR

Weiter als bis zu dem alten Wasserhäuschen kam der tief liegende Roadster nicht. Ungemähtes Gras wucherte zwischen den ausgefahrenen Rinnen. Steine so groß wie Fäuste ragten aus der Erde.

»Hast du was?«, erkundigte sie sich bei Schreck. Umständlich fummelte sie sich den Bluetooth-Kopfhörer hinters Ohr, der ihr freies Sprechen ermöglichte. Obgleich sie diese Technik verabscheute. Man musste nicht rund um die Uhr erreichbar sein. Andererseits …

»Moment. Ich brauche schon ein wenig Zeit«, kam es, und der satte Klang des millimetergroßen Lautsprechers überraschte sie.

»Wir haben alles, nur nicht das«, keuchte sie.

»Ja, ja. Ich habe zwei Signale. Müsste ein Kilometer Luftlinie sein, plus/minus.«

»Wohin?«

»Eine Lichtung oder so. Relativ genau östlich. Bist du gerade auf einem Weg?«

Durant bestätigte das. Schreck meinte, sie solle Reimers Signal bis zum Waldrand folgen. Dann rechts halten. Die Kommissarin fühlte nach ihrer Dienstwaffe. Dann kamen die Konturen der Baumkronen in Sicht. Wenn sie sich auch schon unzählige Nächte über das durchdringende Mondlicht beschwert hatte, heute dankte sie dem lieben Gott dafür, dass sie ohne ihre verräterische Taschenlampe auskam.

*

Einen guten Kilometer entfernt spürte der Panther den Schweiß unter der Strumpfhose.

Der Panther.

Wie dumm die Medien doch waren. Wie einfach es war, die Menschen zu verblöden.

Sie schnaubte verächtlich. Wäre auch nur einer auf die Idee gekommen, dass sich unter dem schwarzen Nylonstrumpf eine Frau befinden könne? Hätte man nicht wenigstens die Möglichkeit in Betracht ziehen können? Durften nur Männer Raubtiere sein?

Sie war alles andere als emanzipiert. Frauen. Männer. Keiner von denen, die sie getötet hatte, war etwas wert gewesen. Pärchen. Ehebrecher. Betrüger.

Von der Lust in den Schutz der Dunkelheit des Waldes getrieben.

Dorthin, wo eine andere Lust lauerte. Ein Drang.

Ich bin du.

Du hast mich gefangen.

Lass mich frei!

Für einen Augenblick glaubte sie, die Hände des kleinen Mädchens zu sehen. Die blutige Stelle, wo das Metall des Kofferraumdeckels in ihre Haut geschnitten hatte. Den tanzenden Lichtpunkt. Und dann die kreisrunde Scheibe. Der Vollmond, der alles ringsum in eine gespenstische Atmosphäre tauchte. Als wäre es nicht bereits gespenstisch genug. Nachts. Allein. Im Wald.

Wo bist du?

Wohin sollte sie gehen?

Sollte sie abwarten?

Dann antwortete er. Endlich.

Doch er sprach nicht mit ihr, er rief sie nicht. Sie folgte seiner Stimme, dann erkannte sie ihn.

Er war wütend.

Was hast du getan?

Du böser Mensch! Du untreues Luder!

385

Schau dir an, was du davon hast.

Ein warmer Fleck breitete sich im Schritt ihrer Schlafanzughose aus. Es rann hinab bis auf ihre nackten Füße.

Wie sie so daliegen.

Friedlich und still.

Hand in Hand.

Es war, als lächelten sie.

Und so grausam es auch sein mochte, sie hatte kaum zuvor etwas Schöneres gesehen.

*

Axel Reimer lehnte mit dem Rücken am Gestell eines alten Hochsitzes, der sich in der Nähe des Waldrands befand. Vor ihm der steil abfallende Hang des alten Steinbruchs. Eine Eule flatterte zwischen den Bäumen hervor. Er atmete den Frieden ein, der in der kühlen Nachtluft lag. Freiheit.

Was ihm als Jugendlicher nie gelungen war, schien ihm heute umso leichter von der Hand zu gehen. *Jeanny, quit livin' on dreams,* ging es ihm durch den Kopf.

Heute Nacht bist du bei mir.

Er spürte, wie die Hitze in seinen Lenden pulsierte. Sie war noch viel wundervoller, als er es sich vorgestellt hatte. Und sie war mit ihm hier, wollte diese Nacht mit ihm verbringen. Mit einer Verächtlichkeit, die er überhaupt nicht aufkommen lassen wollte, musste er an seine andere Nachbarin denken. Monatelang hatte er versucht, sie von seinen Vorzügen zu überzeugen. Ohne Erfolg.

»Dein Pech«, stieß er fast lautlos hervor. Dann warf er einen Blick über die Schulter.

Jeanny – er nannte sie noch immer so, weil er es für einen ganz besonderen Gag zwischen ihnen hielt – hatte sich in die Büsche geschlagen.

»Die Blase eines kleinen Mädchens«, hatte sie entschuldigend vorgebracht und sich allem Anschein nach dafür geschämt. »Du darfst dich nicht vom Fleck bewegen!«

»Natürlich nicht«, hatte er geantwortet, und ihr Augenaufschlag war ihm durch Mark und Bein gegangen.

You're lost in the night.

Etwas knackte im Gehölz.

Dann trat sie ins Mondlicht.

*

Julia Durant schritt angestrengt voran, eine plötzliche Steigung bremste sie aus. Sie hatte im Kopf überschlagen, wie lange sie für die Wegstrecke wohl brauchen würde. Zehn bis fünfzehn Minuten, maximal, je nachdem wie verwinkelt sich die Luftlinie laufen lassen würde.

»Komme ich näher?«, erkundigte sie sich mit gepresstem Atem.

»Definitiv«, bestätigte Schreck. »Reimer steht mucksmäuschenstill. Wobei das nichts zu sagen hat. So genau …«

»Schon gut. Was ist mit Claus?«

Julia Durant hatte es sicher ein halbes Dutzend Mal auf dem Telefon ihres Freundes versucht, doch jedes Mal war nach ein paar Freizeichen die Mailbox drangegangen. Ignorierte er sie etwa? Oder war ihm etwas zugestoßen?

»Ich kann nicht so mir nichts, dir nichts das Handy vom Boss orten!« Schreck klang sehr bestimmt.

»Doch! Kannst du«, forderte sie. »Ich muss ihn erreichen.«

»Vielleicht hat er es stumm oder im Auto liegen lassen …«

»Mag sein. Finden wir's raus.«

»Das geht dann aber auf deine Kappe«, murrte der ITler.

Julia Durant sagte nichts dazu. Vor ihr gabelte sich der Weg, es gab weder Wanderzeichen noch Hinweisschilder. Zwischen den Abzwei-

387

gen führte eine Art Trampelpfad geradeaus in den dichter werdenden Bewuchs.

Wohin sollte sie gehen?

Schützend hob sie die Hand vors Gesicht, um ihre gedämpfte Stimme ins Mikrofon lenken. »Mike? Wohin?«

»Rechts.«

»Hier geht ein Pfad geradeaus. Ist das nicht kürzer?«

»Bei mir nicht. Warte.« Es klackerte im Hintergrund. »Ja, versuch's mal. Da müsste eine Lichtung kommen und dann wieder der richtige Weg. Dürfte dir ein ganzes Stück ersparen.«

Na dann. Julia Durant prüfte erneut den Sitz ihrer Waffe, bevor sie in geduckter Haltung ins Dickicht stieg.

Sie bedauerte es schon nach wenigen Metern. Überall lagen Äste, die über den schmalen, ausgetretenen Streifen ragten. Sie stolperte immer wieder, was auch daran lag, dass das Mondlicht durch die Baumkronen stark abgedämpft wurde. Immer wieder knackte es, und das Bersten von trockenem Holz wirkte in der Stille des Waldes so laut wie Schüsse.

Toll gemacht, Julia!

Dann vernahm sie eine Stimme.

20:39 UHR

Nichts.

Seit einer gefühlten Ewigkeit trat Claus Hochgräbe auf der Stelle und wartete darauf, dass von irgendwoher eine Meldung kam. Ein Kollege von der Sitte leistete ihm Gesellschaft und hatte vor wenigen Minuten eine Kurznachricht von Peter Kullmer erhalten. Er und Doris waren ebenfalls als Liebespaar unterwegs. Dort, wo Peter ihr vor nicht allzu langer Zeit den Heiratsantrag gemacht hatte. Dort, wo es nicht allzu weit zu den Fundorten der Opfer war. Wie sich das anfühlen musste? Liebe und Tod, so nah beieinander. Und dann auch noch für Doris und Peter. Ihr Start in die Ehe war ja wahrlich turbulent gewesen …

Alles ruhig, hatten die beiden vermeldet. So lauteten alle Nachrichten. Hochgräbe hatte den Ärger über das abhandengekommene Smartphone aufgegeben. Hatte es angeklingelt, wenn auch ohne große Hoffnung, denn er glaubte sich zu erinnern, dass er es seit der großen Lagebesprechung nicht aus dem Lautlosmodus geholt hatte. Auch bei Julia hatte er keinen Erfolg gehabt, und er wusste nicht, was ihn mehr ärgerte.

»Darf ich noch mal?«, bat er den Kollegen erneut.

»Klaro.«

Hochgräbe wählte die Durchwahl der Computerforensik. Michael Schreck nahm ab, er klang gehetzt. »Ja!«

»Hochgräbe hier.«

»Ich raste echt gleich aus!«, schnaufte der ITler. »*Sie?* Was ist das für eine Nummer?«

»Fragen Sie besser nicht. Ich versuche, Julia zu erreichen.«

»Willkommen im Club! Wir haben es x-mal bei Ihnen probiert. Sie ist hinter Reimers Handy her …«

»Sie ist *was?*«

»… und eben ist die Verbindung abgebrochen«, fuhr Schreck unbeirrt fort. Panik lag in seiner Stimme. »Das Signal ist futsch. *Beide* Signale.«

Hochgräbe spürte, wie es in seinem Inneren brannte. Er wollte am liebsten sofort in den Wagen springen, das Telefon in der Hand, und rechnete sich aus, wie lange er wohl brauchen würde. Eine halbe Stunde Minimum. Er verfluchte den Stadtwald und hörte Michael Schreck zwar sprechen, das Gesagte drang aber nicht zu ihm durch.

*

Sie kniete am Boden.

Etwas stach sie durch die Hosenbeine ins Knie, sie wagte aber nicht, sich zu bewegen. Die Handschellen rieben schmerzhaft über die Knöchel der Handgelenke, sie waren viel zu fest zugedrückt. Ihr Atem ging schwer. Direkt neben ihrem Gesicht, so nah, dass sie hätte hinlangen können, stand Axel Reimer. Die Hose hinabgelassen, ebenso die grauen Boxershorts. Lockige Schamhaare und ein fleischiger Penis direkt auf Augenhöhe.

»Alles weg!«, zischte eine Stimme aus dem Nichts, und Reimer schlüpfte aus dem Shirt. Gänsehaut lag über seinen Armen. Hier, im Waldesinneren, war es ein paar Grad kühler als außen.

Dann ratschte etwas, was sie für Klebeband hielt. Dazu ein gepresstes Summen, dessen Quelle direkt hinter ihr liegen musste. Doch sie widerstand dem Impuls, den Kopf wegzudrehen.

Wie hieß es immer? *Unauffällig bleiben. Verharren, bis ...*

Ein dumpfes Ploppen. Axel Reimer ging mit einem Ächzer zu Boden. Plump, wie ein Kartoffelsack, schlug er vornüber ins Laub. Sein Hinterkopf begann zu glänzen.

Blut.

Dann erkannte sie eine geschmeidige Gestalt, die neben sie getreten war.

Julia Durant schmeckte Eisen unter der Zunge. Offenbar hatte sie sich darauf gebissen. An einen Kinnhaken konnte sie sich nicht erinnern.

Was war geschehen?

Immer wieder glaubte sie, eine vorbeihuschende Katze zu sehen, doch sie wusste nicht, ob es ein Traum oder Realität. War es der Panther, schwarz, in aufrechtem Menschengang, aber ohne die typischen Ohren oder eigene Nasenspitze? Ein Mensch unter einer eng anliegenden Strumpfmaske?

Nur langsam ordneten sich die Bilder zu einer schmerzenden Erinnerung.

Knock-out. Und wenn er nur für Minuten gewesen war.

»Aufstehen!«

Durant wusste nicht, wie sie das bewerkstelligen sollte. Kniend. Mit den Händen auf dem Rücken und Klebeband über dem Gesicht.

Ihre Zunge drückte gegen den bitter schmeckenden Kleber. Es war eines der Bilder, das sie hin und wieder in ihren Alpträumen heimsuchte. Dunkelheit. Druck auf der Brust. Und das verzweifelte Gefühl, man würde die Atemluft nur durch einen engen Strohhalm saugen.

»Los!«

Etwas Hartes traf sie an der Schulter. Diese Stimme. Durant hob den Kopf. Noch immer trug die Katze eine Maske. Scham stieg in der Kommissarin auf. Vor ihr lag Axel Reimer, den sie viel zu lange für den Panther gehalten hatten. Offenbar tot.

Und sie fragte sich in dieser Sekunde, ob nicht auch die anderen Vorwürfe …

Eine Hand fuhr ihr in den Haaransatz und riss den Kopf nach vorn. Mit einem Stechen in sämtlichen Beinmuskeln kam Julia zum Stehen. Taumelte kurz, dann erhielt sie einen weiteren Stoß. Mit dem Handgelenk fühlte sie an der Hüfte nach dem Verbleib ihrer Dienstwaffe, auch wenn diese ihr momentan kaum von Nutzen sein konnte. Sie war weg. Sekunden später spürte sie den Oberkörper der maskierten Gestalt. Weiche Brüste, die sich an sie drückten, um sie in eine bestimmte Richtung zu drängen. Definitiv eine Frau.

Verdammt.

Kurz darauf fand Julia sich an einen Baumstamm gelehnt, die Beine von sich gestreckt. Sie wollte strampeln und treten, doch sie war viel zu benommen dafür. Schon waren ihre Gelenke mit Klebeband umwickelt, und flinke Hände schlangen ein paar weitere Bahnen um die Knie.

»Sie dürfen alles sehen«, raunte es unter der Maske hervor, »das haben Sie sich verdient.« Die Katze hob die Schultern, und es schien beinahe, als zöge sie unter dem Gewebe ein trauriges Gesicht. »Mehr kann ich leider nicht für Sie tun.«

*

Der Mond hatte eine hohe Position erreicht und tauchte den Wald in ein gespenstisch helles Leuchten.

Und dann nahm sie die Frau wahr, die regungslos auf einer geblümten Decke lag. Sosehr sie sich auch anstrengte, Julia Durant konnte das Gesicht nicht erkennen. Es lag verdeckt hinter einem knorrigen Baumstamm. Die Brüste entblößt, die Haut war bleich. Kein Slip. War sie bewusstlos? Oder tot?

Immer noch benommen registrierte die Kommissarin ein Rascheln. Es kam hinter dem Stamm hervor, dann trat auch schon der schwarze Körper in geduckter Haltung in ihr Blickfeld. Ging sie auf vier Beinen? Fauchte sie?

Nein. Sie atmete gepresst, angestrengt, und sie lief rückwärts. Die Hände zogen etwas Schweres, vermutlich die Leiche von Axel Reimer. Er war genauso nackt wie die Frau, neben die er gezogen wurde. Als die beiden Körper nebeneinanderlagen, verharrte die Katze.

Eine Erinnerung stieg in Durant auf. Die Hände. Als Nächstes würde die maskierte Gestalt die beiden Hände der Toten ineinanderlegen.

Ob es damals auch so gewesen war, als Georg Otto Nickel seine Morde beging? Vielleicht genau hier, an derselben Stelle?

Als eine kindliche Stimme in ihr Ohr drang, horchte die Kommissarin auf.

»Du sollst das nicht! Warum hast du ihr wehgetan?«

Es war kein Kind weit und breit zu sehen. Vielmehr kauerte die Gestalt mit geballten Fäusten auf dem Körper des Mannes. Durant kniff die Augen zusammen. Was machte sie da? Ihre Hüfte bebte, aber es war nichts Sexuelles. Kein Reiten, kein Reiben an dem Genital. Vielmehr eine Anspannung, aus der sie sich offenbar lösen wollte, indem sie aufschrie und mit den Fäusten auf seinen Brustkorb trommelte.

»Ich habe Angst! Alleine. Im Dunkeln.« Ein tränenersticktes Winseln. »Ich wollte nicht alleine sein! Warum hast du mich allein gelassen?« Dann sank sie nieder und umarmte ihn. »Alles kaputt … alles kaputt …«

Ein leises Weinen, schließlich gluckste sie zufrieden. »Ich habe alles wieder schön gemacht.«

Mit diesen Worten griff sie nach vorn, Durant reckte sich, aber konnte nicht sehen, was genau sie dort tat. Griff sie dem Mann ins Gesicht? Streichelte sie ihn?

Langsam zog die Gestalt die Hand zurück. Verharrte einige Sekunden, dann kletterte sie zwischen die beiden. Dorthin, wo die Blumen der Decke unter der Frau hervorlugten. Wo die Hände der beiden Liegenden regungslos dalagen.

Sie ergriff diese und legte sie ineinander.

»Papa musste es tun«, raunte sie und schüttelte den Kopf. Die Stimme klang nun weitaus erwachsener. »Du hast ihn betrogen. Ich habe das nie verstanden. Habe ihn dafür gehasst. Aber *du* hast angefangen. *Du*.«

Sie drückte die Hände ineinander und legte sie behutsam vor sich. Streichelte darüber – zumindest machte es den Eindruck, denn auch das konnte Durant nur erahnen.

»Aber ich verzeihe dir. Ich bin dir nicht mehr böse.« Ein leises Kichern, dann kehrte das Kind zurück in die Stimme. »Jetzt ist ja alles wieder gut. Alles gut. Alles wieder gut.«

Und nun zog sie, völlig unerwartet, die Maske vom Kopf und schüttelte die Haare, die im Mondlicht silbrig strahlten.

Sie lachte hämisch und warf einen kurzen Blick in Julia Durants Richtung.

393

Der Kommissarin stockte der Atem.

Auch wenn sie es geahnt hatte, wollte etwas in ihr es noch immer nicht glauben.

*

Sie konnte es ihr nicht verzeihen.

Beide waren schuldig. Beide hatten den Tod verdient. Aber *sie* hatte alles ausgelöst.

Sie hatte sich mit einem anderen getroffen, während sie und ihr Vater zu Hause saßen und den Vollmond betrachteten.

Du bist du.

Ich bin bei ihm.

Wir sind eins.

Als er sie ins Bett gelegt hatte, hatte sie ihn gefragt. »Wann kommt Mama wieder?«

Er hatte nichts dazu gesagt. Nur müde gelächelt. Und sie hatte lange wach gelegen, so lange, bis sie hörte, dass er nach dem klimpernden Wagenschlüssel griff und mit schwerem Schuhwerk durchs Haus stapfte.

Dann ein Lichtschein. Er hatte den Kopf in den Türspalt gesteckt. Sie hatte die Augenlider aufeinandergepresst, wie sie es immer tat, wenn sie sich schlafend stellte. Beide waren unzählige Male darauf reingefallen.

Graue Fetzen durchwogten ihre Erinnerungen. Irgendwie hatte sie es geschafft, sich durch den Hausflur zu schleichen. An ihm vorbei. Nach draußen, wo der Wagen parkte.

Auf dem Beifahrersitz lag ein feldgrauer Rucksack.

Wollte er sie etwa alleine lassen?

Sie hatte es gerade noch rechtzeitig geschafft, in den Kofferraum zu klettern und den Deckel zuzuziehen.

Wir sind eins.

Die Pistole wog schwer in ihrer Hand, dabei war sie so klein. Fast wie eine Spielzeugwaffe oder eine Wasserpistole, nur dass es diese meist in grellen Farben gab statt in anthrazitfarbenem Stahl.

Sie legte die Waffe behutsam in den Schneidersitz und beugte sich nach hinten, wo sie nach der Tasche mit der Digitalkamera griff. Sie packte das Gerät aus, nahm die Schutzscheibe vom Objektiv und betätigte den Schalter. Das Display zeigte allerhand Informationen und Belichtungswarnungen an, die sie allesamt ignorierte. Sie drückte ein paarmal, bis der richtige Modus eingestellt war. Dann setzte sie sich bequem und hob die Kamera vors Auge, um die beiden Körper zu fokussieren.

Noch einmal vereint.

Ein letztes Mal.

Es klickte ein paarmal, dann legte sie den Fotoapparat mit derselben Behutsamkeit zurück, wie sie ihn entnommen hatte.

Du hast ihm das Herz gebrochen.

Du hast unsere Familie zerstört.

Er hat dich getötet.

Und ich töte dich.

Ihre Hand kehrte zurück zu der Pistole.

»Du musst jetzt sterben«, wisperte sie und beugte sich nach vorn.

*

Für Julia Durant bestand kein Zweifel. Sie wollte die Frau erschießen, genauso, wie es allen Opfern zuvor widerfahren war. Sie musste eingreifen. Eben hatte sie die Pistole aus ihrem Schoß gehoben, und als Nächstes würde sich der Lauf in den Mundraum der Bewusstlosen schieben.

»Hören Sie auf!«, stieß sie hervor. Der Knebel hinderte sie.

Sie drückte mit der Zunge gegen das Klebeband. Ein Spalt entstand, sie rief erneut. Waren die Worte auch verwaschen – die Frau reagierte darauf. Ihr Oberkörper drehte sich langsam in Richtung der Kommissarin. Und mit dem Oberkörper auch der rechte Unterarm, der angewinkelt nach vorn stand. So lange, bis die Mündung in Durants Richtung zeigte.

Falls es eine Spur von Bedauern in ihrem Gesicht gab, Julia erkannte es nicht. Lag es nur daran, dass sich ein Schleier vor den Mond geschoben hatte?

Panisch wechselte der Blick der Kommissarin zwischen der Mündung und den Augen der Frau hin und her. Sie wollte nicht sterben. Nicht heute, nicht hier.

Sie dachte an all das, was sie noch erledigen wollte … noch *erleben*.

Augen.

Mündung.

Augen.

Das Mondlicht kehrte zurück. Und mit ihm die Erkenntnis, dass die Frau eine eiskalte Mörderin war, an der es keine zaghafte, kindliche Ader mehr gab. Der es nicht darauf ankam, ob ein Leben mehr oder weniger auf ihrer Liste stand.

Wie hatte Nickel es gesagt?

Menschen sind nichts wert.

Julia Durant wollte etwas sagen, doch ihre Zunge war wie gelähmt.

Ein Gebet. Sie wollte ein Gebet …

Dann fiel ein Schuss.

22:45 UHR

Dr. Andrea Sievers stand zwischen Peter Brandt und Claus Hochgräbe.

Grelle Scheinwerfer verliehen dem Wald etwas Surreales, Motten und kleinere Insekten schwirrten in den Lichtkegeln umher. Die

Gnadenlosen hatten Leichensäcke auf den Boden gelegt und hievten den Körper von Axel Reimer hinein.

»Tut mir leid«, murmelte die Rechtsmedizinerin düster. Im Mundwinkel steckte eine Zigarette, die sie noch nicht entzündet hatte.

Hochgräbe wusste, was sie damit sagen wollte. Sie war *zu spät* gewesen, auch wenn er wusste, dass man ihr daraus keinen Vorwurf machen durfte. Wie oft hatte sie die Kollegen beider Präsidien schon darauf hingewiesen, dass eine DNA-Analyse keine Sache von ein paar Stunden war. Dass ein genetischer Fingerabdruck nun mal weitaus mehr Zeit in Anspruch nahm als ein Satz klassischer Fingerabdrücke, auch wenn das Fernsehen einem immer wieder das Gegenteil suggerierte.

»Du kannst nichts dafür«, raunte Brandt mit belegter Stimme. Auch er schien sich für etwas zu schämen, und sei es nur, weil er Axel Reimer ziemlich hart zugesetzt hatte. Was würde die Nachbarschaft denken? Würde man, auch wenn die Presse x-fach das Richtige berichten würde, nicht doch immer wieder daran denken, wie er in Handschellen aus dem Mörderhaus geführt worden war? Wie man ihn verdächtigte, sein Haus observierte und sein Grundstück durchsuchte, nur um am Ende eine Leiche in seinem Garten zu finden?

Eine kranke Seele. So würden die Menschen ihn in Erinnerung behalten. So würde man denken, wenn man an seinem Grabstein vorbeiwandelte. Und im Grunde würden sie damit nicht einmal unrecht haben. Eine arme Seele war er allemal gewesen.

»Wenn ich nur früher hier gewesen wäre ...« Claus Hochgräbe schluckte schwer. *Wenn.* Es könnte womöglich ein Leichensack weniger sein.

Wenn er nicht in den Stadtwald gefahren wäre.

Wenn er noch einmal mit Julia gesprochen hätte.

Wenn er sein bescheuertes Telefon nicht im Büro hätte liegen lassen!

Es waren einfach zu viele Wenns, um sich nicht schuldig zu fühlen.

22:55 UHR

Die grellen Lichtreflexe brachten sie beinahe um den Verstand. Endlich schien auch jemand anders die Notwendigkeit zu erkennen, das Blaulicht abzuschalten.

»Danke«, wollte sie sagen, doch sie brachte kaum etwas hervor. In der Hand spürte sie eine Plastikflasche, sie trank ein paar Schlucke, dann räusperte sie sich.

Julia Durant fand sich an der Seitentür eines Rettungswagens sitzend. Den Kopf in einen Verband gewickelt, angeblich hatte sie eine Platzwunde am Hinterkopf. Ob man sie geklebt hatte? An eine Naht konnte sie sich nicht erinnern. Doch was hieß das schon? Sie wusste ja nicht einmal, wie lange es her war, dass Peter Brandt mit seiner Dienstwaffe aus dem Gebüsch gebrochen war. Nur eine Sekunde nach der Explosion des Schusses. Und nur eine weitere Sekunde, bevor der Körper von Frau Marks aufzuckte, um im nächsten Augenblick vornüberzukippen.

»Alles in Ordnung bei dir?«, hörte sie eine vertraute Stimme aus weiter Ferne fragen.

Sie erkannte ihren Claus, es fühlte sich unendlich gut an, ihn zu sehen. Julia Durant nickte und wollte aufstehen, doch die Knie waren zu wackelig. Claus kam nahm sie in den Arm, sie drückte den Kopf fest an seinen Bauch. Spürte seine Hand auf ihrem Haar, behutsam.

»Das war in letzter Sekunde, hm?«, sagte er.

»Ich glaub's auch.«

Und während die beiden so dastanden und in ihrem Kopf derart viele Gedankenfetzen umherschwirrten, dass ihr auch ohne Gehirnerschütterung schwindelig werden musste, dachte Julia Durant nur an eines.

An einen großen, heißen Kaffee.

*

»Was machst *du* eigentlich hier?«, fragte sie einige Minuten später. Ihre Frage war an Peter Brandt gerichtet, der es tatsächlich geschafft hatte, ihr einen Becher Kaffee zu organisieren.

»Andrea hat versucht, dich zu erreichen«, erklärte dieser achselzuckend. »Als sie es weder bei dir noch bei Claus geschafft hat, meldete sie sich bei mir.«

Julia Durant blinzelte ihn an und musste lächeln.

Endlich, dachte sie. Endlich schien Brandt seiner verflossenen Liebschaft mit der nötigen Distanz begegnen zu können.

Peter Brandt sprach längst weiter. Er hatte sich auf den Weg in die Sudetenstraße gemacht. Irgendwann hatte ihn der Anruf von Claus Hochgräbe erreicht, der ebenfalls kein Glück mit Julias Handynummer hatte.

»Euer ITler hatte die letzte Position«, schloss er. »Dann fand ich dein Auto, na ja, und den Rest kennst du ja.«

»Danke, Peter«, raunte die Kommissarin und fasste ihren Kollegen zärtlich an den Unterarm.

»Danke!«

ZWEI TAGE SPÄTER
Polizeipräsidium Südosthessen, Offenbach
Abschlussbesprechung

Man hatte sich hier eingefunden, weil sich die wichtigsten Ereignisse im Zuständigkeitsbereich des Nachbarpräsidiums zugetragen hatten. Nach ein wenig Small Talk übergab Ewald das Wort an Claus Hochgräbe, der mit Julia Durant nach vorne trat.

Irgendwer kommentierte, dass sie um ein Haar das letzte Opfer des Panthers geworden wäre.

»Sorry, Leute, aber können wir uns bitte auf etwas einigen?«, bat Julia Durant mit gequältem Blick.

Alle Augen richteten sich auf sie, und sie rümpfte vielsagend die Nase, als sie sagte: »Ich möchte diesen Begriff ›Panther‹ heute nicht mehr hören.«

Manche kicherten, die meisten nickten verständnisvoll.

Der Panther war eine Pantherin gewesen. Waren es eigene Denkbarrieren gewesen, die durch die Nennung eines männlichen Tieres entstanden waren? Hätte man am Ende schon viel früher an die Möglichkeit denken müssen, dass es sich genauso gut um eine weibliche Person handeln könnte?

Hätte Julia am Kaffeetisch des alten Ehepaars dann womöglich anders reagiert, als von einer »Kleinen« die Rede gewesen war?

Alles Spekulation. Und nicht mehr zu ändern.

Astrid Marks hatte sie alle an der Nase herumgeführt. Mit kaltem Kalkül, mit einer Überlegenheit, die seinesgleichen suchte.

Das Projektil aus Brandts Dienstpistole hatte sie am rechten Oberarm getroffen. Ein gezielter Schuss, um ihr die Möglichkeit zu nehmen, Durant zu erschießen. Oder hatte Brandt woanders hingezielt? Hatte er einen finalen Rettungsschuss geplant?

Im Grunde wollte sie es nicht wissen.

All ihre Sympathien, die sie für Astrid Marks entwickelt hatte, waren zu enttäuschten Verletzungen geworden. Wunden, die tief saßen. Die Selbstzweifel aufkommen ließen. Hatte sie sich jemals derart täuschen lassen?

Astrid Marks hatte sich Zugang zu Reimers Haus verschafft. Hatte seinen Router benutzt, um den Verdacht der E-Mail auf ihn zu lenken. Hatte sich mit ihm verabredet, ihn mit K.-o.-Tropfen betäubt und anschließend behauptet, dass *er* sich an *ihr* vergangen hätte. All das hatte sie bereitwillig zugegeben.

Claus Hochgräbe verlas ein Protokoll der ersten Vernehmung, die im Krankenhaus stattgefunden hatte. Frau Marks hatte nach Julia Durant verlangt, und auch wenn er ihr deutlich zu verstehen gegeben hatte, dass er nichts davon hielt, wenn Julia dem nachgab, hatte sie sie aufgesucht.

400

»Aber warum das alles?« Die Zwischenfrage kam von Canan Bilgiç. Eine legitime Frage.

»Astrid Marks ist Nickels leibliche Tochter«, holte Durant aus. »Die DNA ist eindeutig, aber leider sind wir erst zu spät darauf gekommen. Sie wurde nach dem Tod ihrer Mutter weggegeben. Dem Mord, den sie mit angesehen hat. Es war der erste Mord, den ihr Vater beging, und zugleich der Start seiner Mordserie. Er strich durch die Wälder und tötete Pärchen, aus Rache, weil seine Frau ihn betrogen hatte. Astrid war dabei, bei Nickels allererstem Mord. Als er ihre Mutter tötete. Aber sie wehrt sich, darüber zu sprechen. Sie behauptet, die Erinnerungen an damals seien wie Träume. Das werden die Psychologen herausfinden müssen. Jedenfalls taucht nirgendwo in den Akten ein Mädchen auf. Mein erster Verdacht fiel auf Jeannette, die Nachbarstochter. Ich schätze, weil es die französische Form von Johanna ist. Der Name ihrer Mutter.« Die Kommissarin fuhr sich durchs Haar, ohne dabei den schmerzenden Bereich ihrer Wunde zu berühren. »Frau Marks hat also dieses kindliche Trauma. Das sie selbst zur Mörderin werden ließ. Das klingt wenig befriedigend, ich weiß, aber sie musste immer wieder durchleben, wie zuerst die Mutter starb und schließlich auch der Vater. Vielleicht hat man ihr gesagt, er sei tot, aber in ihrer Erinnerung war das anders abgespeichert. Sie war ein kleines Mädchen, wer weiß schon, was das mit ihrer Seele angerichtet hat. Irgendwann erfuhr sie, wer sie war. Wer ihr Vater war. Und dann musste sie herausfinden, dass es das Haus noch gibt und dass in dem Haus jemand wohnt, der sich mit den alten Möbeln und Gegenständen umgibt. Der dasselbe Auto fährt, alte Fotografien hat und seine ganze Existenz wie in einer Art Schrein verbringt. Das musste sie unterbinden, denn das einzige Anrecht auf ihren Vater hat sie. Plötzlich hatte sie die Möglichkeit, an ihr Leben anzuknüpfen. In einer wesentlich vertrauteren Umgebung, als sie es jemals erwartet hätte. Vielleicht hätte sie aufgehört zu morden, wenn wir Reimer verhaftet hätten. Vielleicht hätte sie es sich in seiner Hälfte des Hauses bequem ge-

401

macht. Hätte ihre Mutter in dem Grab gelassen, das Nickel ihr verschafft hat.« Julia schnaufte. »Vielleicht hätte Astrid Marks von da an ein unscheinbares und – für sie – glückliches Leben geführt.«

»Stattdessen wandert sie ins Gefängnis, und das ist auch gut so«, kommentierte Brandt. »Gequälte Kinderseele hin oder her: Da steckt so viel Planung, so viel Niedertracht dahinter …«

Niemand widersprach ihm.

*

Es regnete, und die Herbstkälte fiel in stürmischen Böen übers Land. Julia Durant beobachtete die Tropfen, die auf ihre Windschutzscheibe prasselten. Sie wollte nicht aussteigen. Hatte den Besuch immer wieder hinausgezögert, aber wusste, dass es keinen Weg daran vorbei gab. In eiligen Schritten nahm sie die wenigen Meter zur Haustür und klingelte. Während sie darauf wartete, dass man ihr öffnete, sah sie hinüber zu dem alten Haus. Die Rollläden waren hinabgelassen, alles wirkte, als befänden sich die Besitzer auf einer längeren Reise. Julia Durant wusste es besser. Sie hatte noch einmal mit Jeannette telefoniert, bevor diese abgereist war. Ob sie je hierher zurückkehren würde? Niemand konnte das beantworten. Die Verletzungen – zum Glück waren es nur kleinere Schürfwunden – würden heilen. Doch der Schatten auf ihrer Seele würde bleiben.

Dann knarrte es hinter der Kommissarin, und sie fuhr herum. Das alte Gesicht im Türspalt war grau und mürrisch, zumindest bis die Frau sie erkannte.

»Frau Durant!« Sie strahlte. »Was bringen Sie denn für ein Wetter mit?«

Julia Durant ließ sich nach innen bitten, lehnte Kaffee und Kuchen ab und versuchte, das Gespräch so schnell wie möglich auf den Punkt zu bringen. Doch die Hausherrin bestand energisch auf einem Stück Apfelkuchen mit Rosinen.

»Sie hätten es mir sagen müssen«, murmelte Durant kauend.

Beide wechselten einen schnellen Blick. Es geschah reflexartig, sie konnten nichts dagegen tun.

»*Was* sagen?«, fragte der Alte dennoch.

»Sandra Müller«, antwortete die Kommissarin geduldig.

Ein tiefer Seufzer entfuhr seiner Frau. »Müssen wir … ich meine … Ach Gott.« Sie schüttelte sich.

Julia Durant griff nach ihrer Hand. »Ich glaube nicht. Aber trotzdem. Ich hätte es wissen müssen. Und ich möchte, dass Sie es mir ganz genau erzählen.«

»Da gibt's nicht viel«, sagte der Mann. »Das Mädchen kam immer zu uns, wenn sie es nicht aushielt. Heimlich. Sie sagte, sie wolle weg und wisse nicht, wohin. Und *er*, na ja, sie wissen ja, was aus ihm geworden ist. Ein Mehrfachmörder. Einmal haben wir sie im Garten sitzend gefunden. Sie hat geweint. Ihre Mutter sei für immer verschwunden, sagte sie. Und ihr Vater sei böse.«

»Und dann?«

»Dann haben wir sie zu meinem Bruder gebracht. Er hatte einen *Hof*.« Er verzog das Gesicht. »Na ja, eher eine Hofruine. Leben mit der Natur und dergleichen. Einen Stall voll Kinder, aber keinen Trauschein. Meins war das ja nie, aber wir dachten, es wäre ein Tapetenwechsel.«

»Und Sandra hätte jederzeit wiederkommen können«, bekräftigte die Frau.

»Hm. Ist sie aber nicht«, sagte Durant.

»Nein. Nickel hat sie auch überhaupt nicht gesucht. Er war vielleicht sogar froh, dass er das Kind vom Leib hat. Er hat sich umgebracht, richtig?«

Durant nickte.

»Dann wusste er, dass er ein schlechter Mensch war.«

»Leider war Sandra nicht viel besser«, wisperte Durant in ihre Tasse.

*

Das abschließende Telefonat mit Sören Henning übernahm Doris Seidel.

Sie berichtete ihm, dass die Doppelmorde bei Kiel und in der bayerischen Rhön von derselben Täterin verübt worden waren. Sandra Müller hatte die Kommune irgendwann verlassen und den Namen Astrid Marks angenommen. Henning wusste von seinen alten Kollegen, dass sie nach den Ladendiebstählen behauptet habe, dass Sandra nicht ihr richtiger Name sei. Selbstschutz? Das konnte heute niemand mehr so genau sagen.

»Sie redet ausschließlich mit Julia«, erklärte Doris, »aber wir werden versuchen, alles aus ihr herauszubekommen. Vor allem weil wir davon ausgehen müssen, dass es noch weitere Morde gibt. Und mindestens noch ein weiteres Opfer ihres Vaters, nämlich den Liebhaber der Mutter, der ja irgendwo vergraben sein muss.«

»Wird sie das denn alles zugeben?«

»Wir hoffen es. Irgendein Teil von ihr – und sei es das kleine Mädchen, das immer noch in ihr lebt – ist erleichtert, dass das Töten ein Ende hat.«

»Ich verstehe trotzdem nicht, warum es überhaupt angefangen hat«, murmelte Henning.

»Kinder haben die wunderbare Gabe, Traumata zu verdrängen. Das Problem dabei: Sie kommen irgendwann wieder. Entweder als Psychosen oder als Depressionen, Angstzustände oder sonst wie. Wir gehen davon aus, dass Astrid dem ersten Liebespaar zufällig begegnet ist. Vielleicht der Trigger für sie, der all die unterdrückten Erinnerungen wieder ans Tageslicht brachte. Irgendwann kam dann die Nacht, in der sie loszog. Genau wie ihr Vater.«

»Nur dass Nickel Liebespaare tötete, weil er seine untreue Frau auf sie projizierte«, warf Henning ein.

»Ja. Und seine Tochter sah in ihnen den Vater, der die Mutter tötete. Zuerst musste sie ihn töten, als Strafe für den Tod der Mutter. Dann die Mutter, weil sie sich schuldig gemacht hatte, indem sie ihn betrog. Was zu dem ganzen Drama führte. Und am Ende vereinte sie die beiden, Hand in Hand. Julia Durant hat es praktisch mit angesehen.«

»Sie hat verdammtes Glück gehabt. Wie geht es ihr denn?«

»Du kennst sie ja. Sie steckt das weg, zumindest nach außen hin. Ihr Innerstes zeigt sie uns nicht. Aber sie hat schon weitaus Schlimmeres erlebt. Wir alle.«

»Hmm.« Henning druckste. »Jedenfalls … wenn du mal wieder einen Tapetenwechsel brauchst: Kiel hat noch eine Menge zu bieten. Wollte ich nur gesagt haben.«

Doris Seidel schluckte. »Ähm …«

»Die Einladung gilt natürlich auch für deinen Mann«, ergänzte Henning schnell.

»Danke«, sagte sie leise und war enttäuscht und erleichtert zugleich. Nichts und niemand sollte sich jemals wieder zwischen Peter und sie stellen.

Es lag an ihr, ihren Teil dazu beizutragen.

EPILOG

Die Vernehmung von Sandra Müller erstreckte sich über mehrere Tage, an denen sie sich zahlreiche Pausen erbat. Trotzdem kamen eine Reihe von Bändern und ein wahrer Papierberg beisammen, auch wenn die Dinge im Grunde recht simpel waren.

Als Astrid Marks hatte sie neben der Apotheke gewohnt, in der Tanja Kirch gearbeitet hatte. Die beiden hatten einander flüchtig gekannt, Sören Henning war mit einem Foto von Haustür zu Haustür gegangen und konnte dies bestätigen. Sie war dem Liebespaar ins Moor gefolgt und hatte es nach demselben Schema getötet, wie es einst ihr Vater getan hatte.

»Woher haben Sie die Tatabfolge gekannt?«, wollte Durant wissen.

»Bis ich erwachsen war, habe ich nicht gewusst, was mit mir los ist«, sagte Sandra. »Das war als Jugendliche die Hölle, und auch später, als ich auf mich allein gestellt war, wurde es nicht besser.. Immer nur diese Alpträume. Ich habe sie nie verstanden. Drogen, Alkohol, das erste Mal. Immer schien es in mir etwas zu geben, was herauswollte, aber den Weg nicht fand. Ich hatte nie eine längere Beziehung, und das, obwohl ich bestimmt kein hässliches Entlein bin. Na ja, dann kam eine Psychologin. Die laberte bloß rum. Und dann ließ ich mich hypnotisieren. Nach und nach habe ich herausgefunden, *wer* ich bin. Und was damals geschehen ist.«

»Und dann?«

»Ich habe bei Vollmond am Strand gesessen. Dachte, ich sei alleine. Doch zwischen den Dünen kam ein Geräusch. Ein Pärchen, sie schliefen miteinander. Da spürte ich es zum ersten Mal. Sie zischte ihm zu, dass sie aufpassen müssten. Dass sie leise sein müssten. Das niemand sie sehen dürfe. Heimlich. Etwas Verbotenes. Ich spürte es in mir aufsteigen. Das durfte nicht sein. Sie mussten bestraft werden.«

Durant erinnerte sich an den Kloß, den sie hatte wegschlucken müssen, bevor sie fragen konnte: »Und dann?«

»Ich stand bloß da. Die Fäuste geballt. Irgendwann fing ich an zu schreien. Da sahen sie mich und schrien auch. Rannten davon, und die Hälfte ihrer Kleider blieben liegen. Ich habe keine Ahnung, wie lange ich da so stand. Allein, im Mondlicht. Aber von diesem Augenblick an kam das Gefühl immer wieder. Wenn die Nächte warm und hell waren. Wenn es die Sündigen in die Einsamkeit zog, um verbotene Dinge zu tun.« Pause. »Ich bereitete mich darauf vor. Manchmal nahm ich Schlaftabletten. Aber immer wieder zog es mich raus. Und manchmal …«

»So wie 2016 im Moor?«

»So wie 2016 im Moor.«

*

Peter Brandt ordnete seine Gedanken. Wer würde den Nachlass von Axel Reimer erhalten? Was würde mit seinem Haus und all dem Mobiliar geschehen? Hatte am Ende Astrid Marks alias Sandra Müller einen Anspruch darauf?

»Nein«, dachte er laut.

In seinem Kopf versuchte der Kommissar, die Abläufe der letzten Tage aus einer anderen Perspektive durchzugehen. So als wäre Reimer das Opfer. Als sei er kein triebgesteuerter Sonderling, der sich auf krankhafte Weise mit einem Serienmörder identifizierte. Es fiel ihm nicht leicht.

Astrid Marks hatte sich mit Reimer verabredet. Das Treffen war von ihr ausgegangen, sie hatte die K.-o.-Tropfen mitgebracht, ihm diese verabreicht und die Phiolen anschließend in Reimers Spirituosenschrank platziert. Sie war selbst in sich eingedrungen, vermutlich mit einem Vibrator, der in einem Kondom steckte. Hatte alles so aussehen lassen, als habe er sich an ihr vergangen. Aus Hass.

Und warum? Weil er sich so zu geben versuchte, wie ihr leiblicher Vater gewesen war? Weil er sie an ihn erinnerte und sie ihn deshalb tot sehen wollte?

Sie hatte sein Interesse an ihr über Wochen hinweg schamlos ausgenutzt, hatte eine Armverletzung vorgetäuscht, um sich selbst unverdächtig zu machen und seine Aufmerksamkeit zu verstärken. Die Fahrt zum Supermarkt, der stetige Wechsel zwischen Augenklimpern und Abweisung. Die böse Seele, die in ihr lebte, hatte enorme Kräfte freigesetzt.

Brandt hatte mit Durant darüber gesprochen, wie die E-Mail mit den Versen zustande gekommen sein konnte. Es musste eine der ersten Annäherungen gewesen sein, die Astrid ihrem Nachbarn zugestanden hatte. Vielleicht wie beiläufig, draußen, zwischen Garten und Mülltonnen.

»Sie hat ihn bezirzt«, hatte die Kommissarin vermutet. »Hat ihn an seinem sensibelsten Punkt getroffen, an seiner Verehrung für Nickel. Niemand außer ihm kenne sich so gut aus. Und dann flüsterte sie ihm die Zeilen ein.«

»Und er soll das einfach gemacht haben?«, wandte Brandt ein.

»Was sollte denn passieren? Er fühlte sich vermutlich wie ein Weltretter, jetzt, wo man seinen Worten endlich Beachtung schenkte. Immer nur belächelt … Damals schon war es ihm nicht gelungen, das Morden zu beenden. Keiner glaubte ihm. Und Astrid hat ihm vermutlich gesagt, er solle es anonym machen. Und selbst wenn die Polizei ihm über die Mail auf die Spur käme, könne nichts passieren. Immerhin sei er der Experte.«

Peter Brandt hatte lange darüber nachdenken müssen.

Also hatte Astrid Reimer gezielt die Zeilen aus Rilkes »Panther« verwenden lassen, dazu Wilhelm Busch und die anderen. Um eine Verbindung herzustellen. Um ein männliches Täterbild entstehen zu lassen, wiederauferstehen zu lassen. Die Morde bei Mondschein im Wald. Und von diesem Tag an hatte sie sich vermutlich umgänglicher gezeigt. Empfänglich für Reimers Balzgehabe. Also hatte er sich freiwillig in ihre Klauen begeben und sich damit selbst zum Hauptverdächtigen gemacht.

Trotzdem. Wäre es nicht einfacher gewesen, die Mail heimlich von Nickels Computer zu senden? Wäre das nicht eine viel plausiblere Erklärung – allein, weil es viel simpler war? Hätte *ich* womöglich genauso gehandelt? Natürlich nicht, dachte er hastig, ich wäre überhaupt nicht erst in eine solche Situation geraten. Und selbst wenn … Spätestens in der U-Haft hätte ich der Sache ein Ende bereitet. Aber wenn Reimer das getan hätte, wäre seine wohl einzige Hoffnung, die Nachbarin ins Bett zu kriegen, verpufft. Genügte das, um Reimers Handeln zu erklären?

Brandt wusste es nicht. Aber eines wusste er genau: Axel Reimer hatte eine junge Frau begehrt, die sein Untergang geworden war. Und dass es ausgerechnet die leibliche Tochter seines hochverehrten Georg Otto Nickel war, wirkte wie eine üble Ironie des Schicksals.

*

Der Prozess gegen Sandra Müller alias Astrid Marks sollte noch in diesem Jahr beginnen. Obwohl sie ein umfassendes Geständnis abgelegt hatte, bestand kaum Hoffnung auf eine milde Strafe. Julia Durant rechnete sich im Stillen aus, dass trotz allem für sie eine reale Möglichkeit bestand, mit Mitte fünfzig aus der Haft entlassen zu werden. Ob sie dann in ihr Elternhaus zurückkehren würde – und ob dieses Haus dann überhaupt noch so dastehen würde, war fraglich. *Bis dahin bist du fast siebzig,* dachte Durant (halbwegs entsetzt). Dann aber legte sich ein Lächeln über ihre Lippen. Es gab Dinge, über die musste sie sich nicht den Kopf zerbrechen. Nicht mehr.

*

Sie hatte sich mit Michael Krenz verabredet und es dabei genossen, sehr geheimnisvoll zu tun. Krenz hatte nervös gewirkt und sich sofort auf ihren Terminvorschlag eingelassen. Sie trafen sich dort, wo sie sich zum ersten Mal begegnet waren. Kaum vorzustellen, dass das gerade mal zwei Wochen her sein sollte.

»Wie friedlich alles ist«, sagte die Kommissarin und ließ ihren Blick in die Ferne schweifen, wo sich sattgrüne Grasflächen zwischen den Baumrändern erstreckten.

»Wieder«, betonte Krenz. »Wieder.«

»Deshalb bin ich hier.« Julia Durant blickte ihn forschend an. Er schien nichts zu ahnen – oder beherrschte ein ziemlich gutes Pokerface.

»Sie wollen Frieden schließen?«, ulkte Krenz. »Ich wusste gar nicht, dass wir …«

»Es geht um die Belohnung«, unterbrach sie ihn, und sofort horchte der Mann auf.

»Die … hunderttausend?«

Durant nickte. »Im Grunde hat der Fund des VW Jetta zur Ergreifung der Täterin geführt. Die Tote, die DNA et cetera.«

Krenz schluckte schwer. »Ist das Ihr Ernst?«

»Ja. Wieso nicht?«

»Aber … wird Rettke auch zahlen?«

»Ich muss für den kausalen Zusammenhang jedenfalls nicht lügen«, sagte Durant. »Rettke hat diese Belohnung öffentlich zugesichert. Also soll er auch zahlen.«

»Hm.« Krenz kniff die Augen zusammen. »Sie mögen ihn nicht.«

Julia Durant hob die Hand und tat so, als riebe sie mit dem Nagel des Zeigefingers unter dem Daumennagel. »Nicht so viel. Aber mehr werde ich dazu nicht sagen.«

Michael Krenz strahlte bis über beide Ohren.

»Dafür könnte ich … Ach, was soll's!« Er riss die Kommissarin an sich – sie hätte nicht im Traum mit einer solch überbordenden

Geste gerechnet – und drückte ihr einen feuchten Kuss aufs Gesicht. »Danke!« Er ließ sie wieder los, sie taumelte. »Und Verzeihung.«

»Sch… schon gut«, stammelte sie, bevor sie wieder zurück zu ihrer Fassung fand und hinzufügte: »Aber dafür will ich auch nie wieder etwas von Ihrer Bürgerwehr hören!«

»Deal!« Der Mann mit der Fleckentarnhose hielt ihr grinsend die Rechte zum Handschlag hin. Durant langte hinein.

Dann verabschiedeten sie sich, und endlich konnte sie sich mit dem Handrücken übers Gesicht fahren.

Krenz. *In einem anderen Leben,* dachte sie, aber dann dröhnte auch schon der Motor des Pick-ups auf, und jeder Anflug von Romantik erstickte in einer stinkenden Rußschwade.

*

Nachdem alles seinen Gang genommen hatte, gönnte sich Julia Durant einen dreiwöchigen Urlaub bei ihrer Freundin Susanne Tomlin an der Côte d'Azur. Sie hatte diese Reise schon viel zu lange aufgeschoben und hätte sie um ein Haar wieder abgeblasen, weil Claus kurzfristig im Präsidium bleiben musste. Nachdem er ihr mit Engelszungen zugeredet und versprochen hatte, so bald wie möglich nachzukommen, war sie in den Flieger gestiegen.

Während sie also den warmen Herbst am Meer genoss, drängte sich ihr eine Frage auf.

»Worüber denkst du nach?«, raunte eine Stimme neben ihr. Susanne setzte sich mit zwei bauchigen Glasflaschen in der Hand neben sie. Eine davon reichte sie ihr.

»Merci.« Julia lächelte und saugte einen Mundvoll Orangina aus dem Strohhalm. Sie lauschte der Brandung und ließ sich Zeit mit ihrer Antwort. »Ich dachte daran, wie es wohl wäre … für immer hier zu sein. So wie du.«

Susanne Tomlin kicherte leise. »Das wäre natürlich ganz wundervoll.« Längst hatte sich in ihrer Aussprache ein französischer Akzent niedergeschlagen, der ihren Worten etwas ganz Besonderes verlieh. »Aber würde dich das glücklich machen? Und was ist mit deinem Claus?«

Nein, dachte Julia Durant, auch wenn sie gerne noch ein wenig länger an dieser Fantasie festgehalten hätte. Doch sie wusste es besser. Sie konnte, sie wollte der Kriminalpolizei nicht den Rücken kehren. Noch nicht.